THE GOLDFINCH

金翅雀

〔上〕

唐娜・塔特 Donna Tartt——著 劉曉樺——譯

獻給母親，獻給克勞德

第一部

荒謬並不帶來自由，而是束縛。

——卡繆

第一章　捧著骷髏的男孩

1.

仍在阿姆斯特丹時，我夢見了母親，那是許多年來的第一次。當時我已在旅館裡躲了超過一週，不敢打電話給任何人，也不敢出門。即便是最細瑣尋常的聲音都令我心驚膽戰，惶惶不安：電梯的叮鈴聲、哐啷作響的飲料推車，甚至是教堂大鐘的報時。在那宏亮的鐘鳴聲中，德維斯特圖倫飯店與聖方濟各沙勿略堂猶若一抹幽影，一幅末日童話的織錦繡帷。白天時，我坐在床尾，絞盡腦汁想要解讀電視上的荷蘭新聞（但完全是白費力氣，因為我一句荷蘭文也不懂）。放棄後，便裹著駝毛大衣，坐到窗邊，遠眺運河——我離開紐約時太過倉促，帶的衣服不夠保暖，即便在室內也不足以禦寒。

屋外熱鬧非凡，生氣蓬勃。時值聖誕，夜裡，運河橋上的燈火輝煌璀璨，路上男女面頰通紅，圍巾在刺骨寒風中翻騰飛舞，載著耶誕樹的腳踏車喇然駛過石板路。午後，一支業餘樂團演奏聖誕頌歌，微弱的旋律顫巍巍地飄盪於冬日之中。

房內，客房服務的餐盤狼籍一地，到處都是菸蒂，從免稅商店買來的伏特加早已變得溫熱。在那些坐立難安的幽禁時光中，我就像囚徒熟悉牢籠般，把房裡每一個角落摸得清清楚楚。這是我首次造訪阿姆斯特丹，雖然一眼也不及好好欣賞這城市，但這間客房，在它那荒涼蕭索、寒風穿隙、陽光濯滌的美麗中，彷彿散發著一種明銳的北歐感，有如一具迷你小巧的荷蘭模型，在淨白如清教徒式的儉樸中又點綴有東方商船運來的奢華飾品。寫字桌上掛著兩幅小小的金框油畫，我花了異常久的時間凝視端詳。其中一幅畫的是一名農民在教堂旁的結凍池塘上溜冰，另一幅是一艘小船在波濤洶湧的冬海上顛簸掙扎。它們只是裝飾用的複製品，沒有任何特別之處，但我仍細細打量，彷彿畫中藏有什麼能破解古法蘭德斯大師內心祕密的關鍵線索。飯店外，凍雨敲打窗戶，運河上煙雨矇矓。儘管房內的錦緞鮮明濃豔，地毯柔軟舒適，但冬日的燈火仍散發一種一九四三年的冰冷色調，令人不由想起貧困的生活、無糖可加的稀薄淡茶、飢腸轆轆進入夢鄉。

每日清晨，我會趁天光依舊黯淡，早班的服務人員仍未上班，大廳依舊冷清前下樓取報。飯店裡的員工壓低音量，輕聲交談，腳步靜悄無聲，淡漠的目光在我身上一掃而過，彷彿我並不存在：那個住在二十七號房、白天裡從不下樓的美國人。我也努力安慰自己，那名夜班經理（深色西裝、平頭、玳瑁眼鏡）大概也費心做了些安排，以免飯店引來什麼騷動或麻煩。

儘管先驅論壇報對我隻字未提，但消息已在荷蘭的各報章媒體傳了開來。密密麻麻的外國文字如吊人胃口般擺盪於我理解範圍之外。Onopgeloste moord[1]。Onbekende[2]。我上樓，回到床上（身上依舊緊裹大衣，因為房裡實在太冷了），將報紙鋪滿被單。照片裡有警車、有犯罪現場的封鎖膠條，但就連標題都如天書一般。雖然媒體似乎仍未掌握我姓名，但我看不出文章裡有沒有任何關於我的描述，或是否仍有線索尚未公開。

客房。暖氣。Een Amerikaan met een strafblad[3]。運河裡橄欖色般的綠波。

1　荷蘭文，意指「凶殺懸案」。
2　荷蘭文，意指「未知」。
3　荷蘭文，意指「美國前科犯」。

因為我又冷又病，加之多數時候根本不知該做些什麼才好（除了保暖的衣物外，我也忘了帶書），所以白天裡幾乎都窩在床上。夜暮似乎在午後三、四點便拉下。滿床的報紙窸窣作響，我不停在夢境中穿進穿出，而且幾乎所有夢境都瀰漫著同一股朦朧焦慮，無聲無息地滲透至清醒時刻：法院開庭審理；行李在停機坪上爆開，衣物散落滿地；我在機場裡看不見盡頭的走廊上拔足狂奔，努力想趕上飛機，卻知道自己永遠趕不上。

多虧這場高燒，我做了許多詭異矜奇又栩栩如生的怪夢，在床上大汗淋漓，抽搐掙扎，分不清外頭是日是夜。但就在最後也最糟糕的幾個夜裡，我終於夢見了母親。那夢境神祕倏忽，感覺不像夢，反而更像一次探訪。我夢見自己在霍比的店裡——或者說得準確些，在某個陰森昏暗的異夢空間裡，四周約略布置成店裡的模樣——而母親驀然出現身後，我在鏡中看見她的倒影。一見到她，我便欣喜欲狂，傻楞原地，動彈不得。是她，從頭到腳、寸寸分分都是如假包換的她。她身上的雀斑、凝視我的笑容，都比往昔更加美麗，卻不見絲毫年耄，烏黑的秀髮與俏皮上揚的嘴角也一如過往。那不是夢，而是一種充盈房內的存在；一種力量，一個真真切切的化外之物。儘管我極度渴望，卻曉得自己不能轉身。與她正眼相望是不為我和她的世界所允許的，這是她唯一能夠探視我的方式。我們的目光在鏡中默然交會良久，就在她彷彿要開口時——愉悅、憐愛與著惱的神情在臉上摻雜交錯——一團白煙在我們之間裊裊升起，而我，就這麼醒來了。

2.

假若她仍在世，事情就不致演變於此。但不幸地，她在我幼時便意外亡故。儘管在那之後，我所經歷的一切都是咎由自取，但失去她時，我仍像失去所有標的，再也無可前往幸福的國度，擁有其他更熱鬧或更和諧的生活。

她的死猶如分野，劃分了過去與未來。儘管悲傷，我卻不得不承認，在這麼多年過去之後，我仍未遇到一個像她一樣，能讓我覺得自己備受寵愛的人。只要有她在身邊，世界就彷彿活了起來。她就像一盞迷人的舞台燈，將四周照得明亮閃耀，透過她雙眼所見的一切都比平常更鮮明、更繽紛——我還記得在她過世的前幾週，我們在東村一家義大利餐廳共進遲來的晚餐。她陡然抓住我衣袖，只見一個插滿蠟燭、可愛至極的生日蛋糕從廚房裡端了出來，微弱的燭光映照在漆黑的天花板上，昏黃搖曳。侍者將蛋糕放到桌上，火光在家人間跳躍，照亮老婦人幸福洋溢的面孔，滿室盡是溫馨的笑容。侍者雙手背在身後，往後退開——其實就是一場你可以在下城任何一家平價餐廳看見的普通生日晚餐。我敢保證，若非母親之後沒多久就意外身亡，我連記都不會記得。但她死後，那畫面一遍一遍浮現腦海，此生或許再難忘懷。那圈暈黃的燭火，那在我失去她時，也同時失去的日常幸福。

而且母親非常美麗。雖然這並非重點，但她確實是個美人。剛從堪薩斯來到紐約時，她曾當過一陣子的兼職模特兒，但面對鏡頭時總是過於緊張，因此無法成為一流的模特兒。無論她擁有什麼樣的美麗，都無法轉譯至底片之中。

但她就是她，一件舉世罕見的珍寶。我不記得看過任何真正與她相像的人。她有一頭烏黑的秀髮，在夏天裡會冒出雀斑的嫩白肌膚，明亮的瓷藍色眼瞳。那對斜斜的顴骨散發著一種混合部落與如凱爾特曙光般陰鬱夢幻的奇異氣質。別人有時會猜她是冰島人，但實際上她來自奧克拉荷馬邊境附近的一座堪薩斯小鎮，擁有一半一半的愛爾蘭與卻洛奇血統。她就像賽馬般亮麗動人、大膽沉著、光鮮優雅，卻總喜歡自稱是土包子，逗我發笑。不幸的是，她這份異國風情在照片中卻顯得有點過於嚴厲與冷酷——化妝品遮去了她的雀斑，黑髮在頸後束成馬尾，看上去就像《源氏物語》中的貴族——卻絲毫不曾捕捉到她的溫暖、活潑，以及我最愛她的飄忽性情。你可以從照片散發的僵硬感中明顯看出她有多不信任鏡頭。那是一種如老虎般的警戒神態，彷彿準備好隨時迎接攻擊。但平時的她完全不是那樣。她的腳步迅捷雀躍，動作倏忽輕盈，總是坐在椅子邊緣，彷彿一隻優雅纖長的水鳥，隨時可能振翅驚飛。我好愛她身上的檀香香水，那味道是如此濃烈、如此猝不及防。也好愛她彎腰親吻我額頭時，漿挺的裙子總會發出細微的窸窣聲。聽見她笑，你就會想放下手邊的一切，隨她而去。無論她去哪兒，男人總會用眼角餘光偷偷打量她，他們的眼神有時甚至會讓我有些著惱。

她的死是我的錯。其他人總是有點太急著想要安慰我。他只是個孩子；誰想得到呢；太可怕了；運氣真糟；這可能發生在任何人身上。沒錯，這些話句句不假，只是我一個字也不相信。

事情發生在紐約，十四年前的四月十日（光是寫到這日期，我的手也忍不住停滯。我必須強迫自己寫下去，強迫自己繼續動筆。那原本是再平凡不過的一天，如今卻彷彿一根插在月曆上的生鏽鐵釘）。

倘若那天一如預期地度過，那麼它將平平淡淡消融於夜空，與我其他所有八年級的日子一同無聲無息地淹沒於時光洪流之中。我現在會記得什麼呢？或許零星的斷簡殘篇，或許什麼也不記得。但想當然耳，那天早晨的紋理已深深烙印於腦海，甚至比此時此刻還要清晰，即便是空氣中的浸濡濕意也依舊飽滿鮮明。前一夜下了雨，猛烈的暴風雨，不僅店鋪淹水，就連幾個地鐵站都關閉了。我和母親站在公寓外那塊吸飽雨水、踩上去就啪滋作響的門毯上；她最喜歡，同時也對她極為仰慕的門房阿金高舉手臂，倒退走在五十七街上，大聲吹口哨，替我們招攬計程車。車輛呼嘯而過，濺起波波骯髒水花。雨水盈潤的烏雲在摩天大樓上的高空翻騰變幻，遮蔽清澈的藍天。廢氣瀰漫街道上，寒風濕濡輕柔，宛若春日。

「唉呀，那輛車有人了。」阿金在街頭的嘈雜聲中高喊，往後退開，看著計程車揚起水花，轉過街角，空車提示燈啪地熄滅。在所有門房之中，就屬他身材最為矮小：一名蒼白瘦削、活潑開朗的小個子，來自波多黎各，膚色淺淡，過去曾是羽量級的拳擊手。儘管因為嗜酒的關係，面孔略顯浮腫（有時值夜班時可以聞到他身上有J＆B的啤酒味），但身材依舊結實，動作也依舊敏捷——滿口玩笑，老愛躲在街角抽菸，天冷時就原地踱步，朝戴著白手套的雙手呵氣，用西班牙文的笑話逗得其他門房哈哈大笑。

「趕時間嗎？」他問母親。他的名牌上寫著波特．D，但大家都叫他阿金，因為他嘴裡鑲了顆金牙，也因為他的姓「de Oro」在西班牙文中即「黃金」之意。

「不，我們不趕時間，別擔心。」但她一臉疲憊，用顫抖的雙手將頸間鬆脫翻飛的圍巾重新繫好。

阿金一定是發現了，因為他瞥了我一眼（我逃避似地靠在公寓門口的水泥花架上，視線四處飄移，就是不敢看向她），臉上隱隱流露不以為然的神色。

「今天不搭地鐵嗎？」他問我。

「嗯，我們有些事要辦。」見我一時語塞，母親便代為回答，但聽起來不是太有說服力。我通常不會注意她穿了什麼，但她那天早上的裝扮（白色風衣、粉紅色薄圍巾、黑白雙色的樂福鞋）卻深深烙印在我腦海，讓我再難回想她其他模樣。

那時我十三歲。我非常不願回想我們共度的最後一個早晨是多麼彆扭，就連門房都察覺到我們之間的尷尬。其他時候我們總是有說有笑，但那天早晨卻幾乎無話可說，因為我剛被學校勒令休學。前一天，校方打電話去她的辦公室，回家後，她一語不發，怒不可遏。最糟的是我根本不曉得自己為什麼會被休學，但有七成五的把握，應該是畢曼先生（在從他辦公室走去教師休息室的路上）向二樓樓梯間窗戶瞄了一眼，卻好死不死撞見我在校內抽菸（或該說看見我站在吞雲吐霧的湯姆．蓋伯旁；抽菸的人是他；但這在我們學校基本上就等同自己違反校規）。母親痛恨香菸。她父母是一對和藹可親的馴馬師——我很喜歡聽母親說他們的故事，但很不公平地，我還沒來得及認識，他們便都已與世長辭——常往返於西部各地，以培育摩根馬維生，愛喝雞尾酒、打橋牌，每年一定參加肯塔基的賽馬大賽，家裡隨處可見銀製的菸盒。但有一天，當外婆正要從馬廄回屋時，忽然彎腰劇咳，甚至咳出血來。此後，在母親的青春歲月裡，氧氣筒成為長駐前廊的風景，臥房的窗簾再也不曾拉開。

但是——正如我所恐懼，而且並非毫無來由的恐懼——湯姆抽菸的事只是冰山一角。我在學校麻煩纏身已經不是一天兩天的事。事情是從幾個月前，父親拋妻棄子、離家出走那時開始的，或該說像滾雪球般越滾越大。我和母親向來不是太喜歡他，而且少了他，我們的日子其實過得更開心，但其他人似乎都對他毫無預警的出走大為震驚與痛心（他沒有留下任何錢財、扶養費，或聯絡地址）。我在上西城的學校老師十分同情我，急於提供最大的諒解與支持，以至於給我——一個拿獎學金的學生——各種特別的補助金、延長我的作業期限，並一而再、再而三地給予我改過的機會。他們不停將繩子越放越長，直到幾個月後，我發現自己已然垂降到一個深不見底的深淵。

因此，我們兩人——母親和我——接獲學校通知，請我們過去會面。會議十一點半才開始，但反正母親早上都得請假，我們就想提早到西城——吃早餐（還有，展開一場嚴肅的談話，我想），順便替她同事買生日禮物。她前一晚凌晨兩點半才睡，電腦螢幕的光芒映在她神色凝重的面孔上，手指不停敲打鍵盤，撰寫電子郵件，為早上的請假做準備。

「我不知道妳怎麼想，」阿金對母親說，語氣有些激動，「但我已經受夠了這春天和濕氣，一天到晚都在下雨，下雨——」他打了個哆嗦，做出拉緊領口的樣子，瞥向天空。

「我想下午應該就會放晴了。」

「是啊，但我已經準備好要迎接夏天了。」他搓了搓雙手，「人們一個個離城，他們不喜歡夏天，老是抱怨那高溫，但我呢——我是隻熱帶鳥，天氣越熱越好。夏天你就放馬過來吧！」他拍拍雙手，踏穩馬步，擺出準備接招的姿勢。「而且——我最喜歡的，就是城裡會變得好安靜。到了七月啊——哪裡都人去樓空，整座城市昏昏欲睡，大家都離開了。妳知道嗎，」他彈了下手指，計程車呼嘯而過，「那就是我的假期。」

「但留在這兒不會覺得很熱嗎？」我那個性冷漠的父親就討厭她這點——老是喜歡和女侍、門房或乾洗店裡氣喘吁吁的老頭閒聊。「我的意思是，冬天裡你起碼可以多加件大衣——」

「欸，妳有在冬天守門過嗎？我告訴妳，那可不是普通的冷。不管妳穿了幾件外套，戴了多少帽子，只要一、二月裡站在這裡，吹著從河上灌來的寒風？呼——那真的是冷翻了。」

我心浮氣躁，一面啃著自己的大拇指指甲，一面看著計程車無視阿金高舉的手臂呼嘯而過。我知道在十一點半的會談開始前，這將會是一場煎熬的等待，而我所能做的，就是動也不動站在原地，不要脫口而出任何會自找麻煩的問題。我不曉得我和母親踏進辦公室後，他們會送上什麼出其不意的驚喜。「會談」這兩個字隱含有威權、指控、擊垮，或許還有驅逐的意味。如果我失去獎學金，那將會是一場天大的災難。父親離開後我們就破產了，只能勉強付出房租。最糟的是，我擔心畢曼先生已經從某處得知我和湯姆．蓋伯一起去漢普敦過夜時，曾闖入無人居住的度假別墅。雖說是「闖入」，但我們沒有破壞任何門鎖或損壞任何物品（湯姆的母親是房屋仲介，我們用從她辦公室架上偷來的鑰匙開門），主要只是看看衣櫥裡有些什麼東西，翻了翻梳妝台的抽屜而已。不過我們確實也拿了點東西：冰箱裡的啤酒、一些Xbox的遊戲和一片電影光碟（李連杰的《鬥犬》），以及一些些現金，總共大約是九十二塊——都是從廚房罐子裡掏出來的皺巴巴的五元鈔和十元鈔，以及從洗衣間換洗衣物口袋中撈出來的大把零錢。

只要想起這件事，我就一陣反胃。我去湯姆家已經是幾個月前的事，但即便我拚命告訴自己，畢曼先生絕不可能知道我們私闖民宅——他怎麼可能知道？——我的想像力卻依舊飛馳，驚慌失措地瘋狂亂竄。我已經打定主意絕對不會告發湯姆（即便我無法同樣肯定地說他沒有出賣我也一樣），但那卻令我進退維谷。我怎麼會如此愚蠢？強行入侵是違法的，是要坐牢的。前一夜，我在床上躺了好幾個鐘頭，遲遲無法入睡，心裡煎熬萬分，輾轉反側，只能看著一波又一波的雨水擊打窗戶，思忖自己該怎麼回答他們的質問。但如果我連他們知道什麼都不曉得，又能怎麼替自己辯解？

阿金重重嘆了口氣，放下手臂，倒退走回母親佇立之處。

「真不敢相信。」他對她說，一眼仍疲憊地留意馬路，「蘇活區那淹了大水，妳有聽說吧？卡洛斯說聯合國總部那兒有幾條街都封了。」

我悶悶不樂地看著一群工人走下市區巴士，猶如成群的黃蜂般冰冷陰鬱，毫無欣喜之色。若是再往西走一、兩條街運氣可能會好些，但我和母親已經學乖了，知道如果我們自己去招車，阿金會不開心。但就在這時——事出突然，我們都嚇了一跳——一輛亮著空車指示燈的計程車硬切過巷子，朝我們疾駛而來，濺起一大波透著下水道味的水花。

「小心！」計程車猛然停靠路邊，阿金出聲示警，往旁跳開——隨即發現母親沒有雨傘。「等等。」他說，舉步就要走進大廳。他將失物招領的雨傘收在壁爐邊的一只銅桶裡，到了雨天就重新分發給需要的住戶。

「不要緊。」母親高喊，在包包裡翻找她那把糖果色的條紋小折疊傘。「別麻煩了，阿金，我這兒有——」

阿金跑回路旁，替她關上車門，然後彎腰傾身，敲了敲車窗。

「祝妳有個美好的一天。」他說。

3.

我自認是個敏銳的人（我想大概所有人都這麼認為），而在寫下這一切時，我很想在上方畫上一道迫近的陰影。但當時的我對未來毫無所覺，心裡七上八下地只是擔心學校的會面。當我打給湯姆，告訴他我被休學時（用家用電話小聲偷講；手機被母親沒收了），他聽起來似乎不是太意外。「聽著，」他打斷我，說，「別傻了，席歐，沒有人知道我們的事，把你他媽的嘴巴關緊就好。」我還來不及回話，就聽見他說：「對不起，我得走了。」說完，便這麼掛斷電話。

計程車上，我試圖打開車窗，呼吸一點新鮮空氣，但是打不開。車裡聞起來像是有人在後座換過尿布，或甚至真的拉了坨屎，之後再企圖用一大堆聞起來像防曬乳的椰子味空氣芳香劑遮掩。座椅油膩，還用膠帶補過，避震器也壞了，只要經過減速路障，我的牙齒就會喀喀相撞。掛在後視鏡上的宗教飾品也是：各種勳章和一把迷你彎刀在塑膠鍊上搖晃彈跳，還有個纏繞頭巾的蓄鬍大師用他那雙銳利的眼神凝視後座，賜福般地高舉雙掌。

公園大道上，一排排的紅色鬱金香昂然挺立，看著我們呼嘯而過。寶萊塢的流行樂曲——音量小到幾乎細不可聞——催眠似地在我聽覺邊緣盤旋繚繞，閃耀生輝。樹梢甫發新芽，達格斯提諾超市與格里斯帝斯超市的送貨員推著裝滿食品雜貨的推車；神情緊繃煩躁的女主管踩著高跟鞋在人行道上匆忙前行，身後拖著不想上學的幼稚園孩童；一名制服工人將排水溝裡的殘渣掃進簸箕，律師和股票經紀人伸出掌心，皺起眉頭仰望天空。計程車在大街上顛簸前進（母親臉色發青，緊抓扶手，穩住自己），我看著窗外陰沉緊繃的上班族面孔（身穿雨衣、面色憂愁的人潮死氣沉沉地穿過行人穿越道，喝著紙杯咖啡的人們一面講手機，一面偷偷摸摸地左張右望），努力不去想那些可能即將到來的厄運，其中包括了少年法庭，或監獄。

計程車猛然一個急轉，拐進八十六街。母親朝我滑了過來，抓住我手臂。我看見她臉色變得如鱈魚般蒼白濕冷。

「妳暈車嗎？」我問，暫時忘記自己的麻煩。她那痛苦僵硬的表情我再熟悉不過：雙唇緊抿，額前汗水閃耀，睜大的雙眼無神呆滯。

她張口欲言——忽然又一手捂住嘴巴；計程車猛然急煞，停在紅綠燈前，把我們朝前一甩又狠狠扔回椅背上。

「再忍一下。」我說，隨即傾身向前，敲了敲油膩的塑膠玻璃，司機（一名纏著頭巾的印度錫克教徒）被我嚇了一跳。

「司機先生，」我透過鐵絲網大聲道，「到這裡就好，我們現在下車，可以嗎？」

那名錫克教徒——他的臉孔映在掛了花環的後視鏡中——雙眼牢牢盯著我，說：「你們想在這裡下車。」

「對，麻煩你了。」

「但這裡不是你們給的地址。」

「我知道，但到這裡就行。」我說，回頭看向母親——她的睫毛膏都暈了，一臉憔悴，在包包裡翻找皮夾。

「她沒事吧？」計程車司機懷疑地問。

「沒事，沒事，她很好。我們只是要提早下車，謝謝。」

母親用顫抖的雙手掏出幾張看起來又濕又皺的鈔票，塞過窗格。錫克教司機伸手接過車資（無可奈何地別開目光），我下車，替她打開車門。

下車時，母親腳步有些踉蹌，我扶住她手臂。「妳還好嗎？」我怯生生地問，計程車揚長而去。我們現在在第五大道北區，身旁是一棟棟面對中央公園的華宅大樓。

她深呼吸了口氣，抹了抹額頭，又捏捏我手臂。「呼，」她說，用手在臉前搧風。她額前上汗水閃耀，眼神還是有點渙散，看起來隱隱像隻被風吹亂飛行路線的海鳥。「對不起，我還是有點昏昏的。感謝上帝我們下車了。我沒事，只是需要點新鮮空氣。」

人潮在風寒的街角川流而過：穿著制服的女學生嬉鬧奔跑，避開我們，繞道而行；保母推著精美的嬰兒車，裡頭躺著兩、三個小嬰兒；一名貌似律師的父親板著臉孔匆匆與我們擦身而過，拽著兒子的手腕，硬拖著他往前走。「不行，布蘭登。」我聽見他對快步想要跟上的小男孩說，「你不能那麼想，擁有一份你喜歡的工作更重要——」

一名管理員拎著提桶，將肥皂水倒在大樓前的人行道上。我們往旁退開，以免被潑到。

「告訴我，」母親說——指尖按住太陽穴——「是我的問題，還是那輛計程車真的不可置信的——」

「噁心？聞起來像是熱帶夏威夷防曬乳和嬰兒大便的味道？」

「其實——」她用手在臉前搧風，說，「——如果他停車和起步不要那麼猛，那味道我還能忍受。我原本好好的，但突然間就很不舒服。」

「妳為什麼每次都不開口問能不能坐前座？」

「你口氣好像你爸。」

我困窘地別開目光——因為我也聽見了，那和他如出一轍，自以為無所不知的討厭語調。

「要不我們走去麥迪遜大道，找個地方讓妳坐下來歇歇。」我說。我快餓死了，而且那裡有家我喜歡的餐館。

但是——她幾乎就要打了個哆嗦，我可以看見一股明顯的煩噁之感湧上她喉間——母親搖了搖頭，說：「我想透透氣。」她伸手在眼睛下方點了點，把暈開的睫毛膏擦乾淨，「這裡的空氣感覺好清新。」

「好啊。」我說，回答得有些太快，急於遷就她，「我都可以。」

我努力想表現出若無其事的樣子，但母親——依舊頭暈目眩、微微顫抖——察覺我語氣中的不對勁。她仔細端詳我，想解讀我腦中究竟有什麼盤算。（多虧了這幾年和父親同住的生活，讓我們養出這個壞習慣，總是試圖解讀對方的心思。）

「怎麼了？」她問，「你有想去什麼地方嗎？」

「呃，沒有，沒有特別想去哪。」我說，後退一步，慌忙四處張望。即便我飢腸轆轆，還是覺得自己沒有立場堅持什麼。

「我只要歇口氣，再等我一下就好。」

「要不然——」我眨著眼，只覺得心煩意亂。她想做什麼？什麼可以逗她開心？「——還是我們去公園坐坐？」

見她頷首同意，我不由鬆了口氣。「好吧。」她用那總是讓我想起《歡樂滿人間》的魔法保母的語調說，「但我只要喘口氣就好。」於是我們朝七十九街的行人穿越道走去，經過巴洛克風格花架中精心修剪的植栽，以及鑄有鐵飾的沉重大門。天光消褪，變得如灰濛濛的工業區般的陰沉，微風宛若茶壺噴出的蒸氣般沉重。馬路對面的公園外側，畫家們正在架設攤位，展開畫布，掛起自己繪製的聖派屈克大教堂與布魯克林大橋的水彩畫。

我們一語不發，默默前行。我滿腦子只顧想著自己的麻煩，（湯姆的爸媽也有接到電話嗎？我怎麼忘了問他？）還有成功說服她去餐館後要點些什麼當早餐（歐姆蛋和薯條，還有培根；她的話則是老樣子：裸麥麵包、水波蛋，還有一杯黑咖啡），因此沒留意我們前進的方向，只是察覺她剛開口說了些什麼。她沒看向我，而是眺望公園，臉上神情令我不由想起一部知名的法國電影，但片名記不得了。電影裡，心不在焉的人們走在寒風呼號的大街，滔滔不絕地高談闊論，卻又不像真的在和彼此交談。

「妳說什麼？」在困惑了幾秒後我開口詢問，加快腳步追上她，「什麼碎了？」

她彷佛忘了我在身旁，嚇了一跳。那件白色風衣——在風中獵獵翻飛——加上她那如朱鷺般的細長雙腿，讓她看起來就像要張開翅膀，飛越公園。

「什麼碎了？」

「喔。」她一臉茫然，隨即搖了搖頭，嘴角飛快上揚，發出她那孩子氣的尖銳笑聲。「你聽錯了，我是說時光隧道。」

即便這話沒頭沒尾，我依舊了解她的意思，或該說我自以為了解——那種彷彿斷線般的戰慄感，像打嗝般忽然在人行道上失去短短幾秒，或底片中少了幾格畫面。

「不，不，小狗寶，只是這裡實在太讓人懷念了。」她搔了搔我的頭，讓我有些難為情地歪嘴一笑。小狗寶是我的乳名，我不喜歡她這樣叫我，也不喜歡她搔我頭髮，但不管我覺得多彆扭，都很開心見到母親心情好轉。「每次都這樣。只要來這裡，我就會覺得自己又回到十八歲，彷彿剛下巴士一樣。」

「這裡？」我狐疑地問，讓她牽起我的手——我通常不會那麼做。「這就怪了。」我對母親初抵曼哈頓的生活再熟悉不過。她剛搬來時住在B大道——離第五大道非常遠——一間位於酒吧上方的單房公寓，門口睡著流浪漢，酒吧裡的客人吵架吵一吵，就直接在店外打起架來；還有個叫做莫的瘋老太太，把頂樓的樓梯間封起來，違法養了十還是十二隻貓。

她聳了聳肩：「是啊，但這裡仍和我第一天抵達時一模一樣，好像走進了時光隧道。在下東城——你也知道那裡，日新月異，隨時都在改變；但對我來說，那裡反而像李伯大夢，我總覺得自己彷彿離那越來越遠、越來越遠。有時候，我醒來，感覺他們好像在一夕之間大舉入侵，將附近的店家改頭換面。老餐館一間間倒閉，原本的乾洗店被新潮的酒吧取代……」

我保持尊重，緘默不語。近來，時光的流逝經常占據她思緒，或許是因為她生日快到了。我年紀大了，犯不著再費事過生日。幾天前，當我們一起在公寓的沙發靠枕底下和外套、夾克的口袋裡翻找零錢，好付錢給熟食店的外送員時她曾這麼說。

她將雙手插進外套口袋，說：「但是這裡呢，穩定多了。」儘管語調輕快，我卻能看見她眼裡的迷濛。多虧了我，她昨晚顯然睡眠不足。「公園北側是少數幾個還能窺見這城市一八九〇年代樣貌的地方；格拉梅西公園也是，還有部分的東村。我剛到紐約時，還以為這裡是伊迪絲・華頓、《法蘭妮與卓依》和《第凡內早餐》的結合體。」

「《法蘭妮與卓依》的故事背景是在西城。」

「是嗎，我太傻了，不曉得。我只能說，這裡和下東城很不一樣，沒有會在垃圾桶裡生火的流浪漢。這裡的週末神奇美妙——徜徉在博物館裡——自己一個人在中央公園悠然踅步——」

「悠然踅步？」她好多話聽在我耳裡都好陌生，而且踅步聽起來好像她童年裡耳熟能詳的馬術術語：懶洋洋地奔馳之類的，某種介於慢跑和快步之間的馬匹步態。

「喔，你知道的，就像我平常悠閒亂晃那樣。身無分文，襪子都穿出了洞，只能靠燕麥片果腹。信不信由你，以前週末時，我有時會走路來這裡，留錢坐車回家。那時他們用的還是代幣，不是票卡。而且雖然進博物館要付錢，就是那個『自由捐獻』？好吧，我想我那時膽子一定是比較大，也或者是他們可憐我，因為——喔不。」她說，語氣陡然一變，僵立原地。但我沒發現，又往前走了幾步。

「怎麼了？」我回過頭問，「什麼事？」

「好像有什麼東西。」她伸出掌心，昂首望向天空，「你沒感覺到嗎？」

她才說完，光線似乎就立刻暗了下來。天色彷彿與秒針賽跑般迅速轉黑。公園裡的枝枒在風中瑟瑟顫抖，樹上的新葉在烏雲的映襯下顯得無比稚嫩脆弱。

「真是，早該想到的。」母親說，「就要下大雨了。」她探身朝街道北側看去：半輛計程車也沒有。

我又拉起她的手：「走吧，」我說，「另一邊比較好招。」

我們不耐煩地等待「禁止穿越」的紅燈閃完最後幾秒。紙屑在空中飛舞，沿著街道滾動前進。「嘿，那裡有輛計程車。」我說，往第五大道看去。但話才出口，就看見一名生意人舉手跑向路邊，空車的指示燈立刻熄滅。

街道另一頭，畫家連忙用塑膠布蓋住作品。賣咖啡的小販拉下餐車的百葉窗。我們匆匆過街，才剛到對面，就感到一大顆雨珠落在我臉上。零星的棕色漣漪——稀稀落落，如十分硬幣大的漣漪——開始浮現在馬路上。

「喔，該死的！」母親嘆了聲，在包包裡翻找雨傘——那把傘小到連一個人撐都有點勉強，更遑論我們兩人。

來了，冰冷的雨水傾斜潑灑，如水柱般沖刷樹梢，拍打對街的遮篷。母親努力想撐起那把不肯乖乖配合的小傘，卻不太成功。街道和公園裡的人們用報紙或公事包擋在頭頂，匆匆跑上博物館的台階，博物館的門廊是街上唯一能躲雨的地方。我們兩人也縮在薄薄的糖果色條紋小傘下，跑上台階，莫名有種歡欣的氣氛。快快快，我們怎麼看都像是在逃離某樁厄禍，而非一頭闖進。

4.

自從母親隻身一人，沒有朋友相伴，也幾乎身無分文地搭上堪薩斯的巴士，來到紐約後，發生了三件改變她人生的大事。首先是一名叫做戴維．喬．皮克林的經紀人看見她在東村的一間咖啡館當女侍：一個穿著二手服飾、腳踩馬汀大夫靴又營養不足的少女，辮子長到可以坐在上頭。當她替他端上咖啡時，他先是開了七百元的酬勞，然後又提高到一千塊，說本該在對街拍攝型錄的女孩沒有出現，要她幫忙替補。他指出工作車的位置，只見謝里登廣場公園上果真架起了設備。他數出十張鈔票，平攤在櫃台上。「給我十分鐘。」她說，迅速將剩下的餐點送完，然後脫下身上的圍裙，掛回衣架，就這麼走出店外。

「我只是郵購型錄的模特兒。」她總是耐著性子這麼解釋——意即她從未拍過時尚雜誌或當過時裝模特兒，只拍過連鎖服飾店，如密蘇里或蒙大拿平價少女休閒服的廣告傳單。有時候很好玩，她說，但大多時候都很辛苦：在一月拍攝泳裝，因為得了流感不停發抖；夏天又要忍受高溫，穿著軟呢和羊毛服飾，在人造秋葉中汗流浹背好幾個鐘頭，吹著攝影棚風扇送出的熱風，讓化妝師趁拍攝空檔衝上前替她擦汗補粉。

但在那幾年假扮大學生的日子裡——胸前懷抱書本，和其他模特兒三三兩兩在校園布景中擺出生硬的姿勢——她存到足夠的學費，讓自己成為一名真正的大學生，進入紐約大學主修藝術史。直到十八歲搬來紐約前，母親從未親眼見過任何一幅偉大的畫作，而她熱切地想要彌補那些錯失的時光——「那是最純粹的喜悅，最美妙的天堂」她說，沉浸在藝術書籍裡，一遍遍鑽研同樣的幻燈片（馬奈、維亞爾），直到視線開始模糊。（「太瘋狂了，」她說，「但如果我下半輩子可以一直不停欣賞這六幅畫就太好了。如果要發瘋，我想不到其他更好的方法。」）

而大學就是她來到紐約後經歷的第二件大事——對她而言，甚至可能是最重要的一件。若非因為第三件事（與父親邂逅、結婚——這就不像前兩件事一樣幸運了），她應該會完成碩士學位，繼續攻讀博士。只要一有幾小時的空檔，她一定立刻前往傅立克美術館、現代藝術博物館或大都會藝術博物館——這也就是為什麼我們站在滴滴答答的博物館門廊，凝視煙雨朦朧的第五大道，看著雨珠在街上濺起白色水花時，我並不意外看見她甩乾雨傘，說：「不如我們先進去看看，順便等雨停。」

「喔——」但我其實比較想吃早餐。「好啊。」

她看了看手錶；「參觀一下也好，反正這種時候也招不到計程車。」

她說得對，但我實在好餓。*那我們到底什麼時候才要吃東西？*我氣悶悶地思忖，跟著她走上台階。就我對她的了解，等到會談結束後，她絕對會氣到不想帶我去吃中餐，我得等回家後才能吃上一碗穀片之類的。

不過博物館裡總是瀰漫著一股濃濃的假期氣氛。一走進大廳，我立刻被遊客歡欣的喧鬧聲所環繞，一種異樣的安心感油然而生，彷彿今日即將面對的一切都被隔絕在外。大廳很吵，充滿潮濕大衣的氣味。一群濕淋淋的老年亞洲遊客熱熱鬧鬧地跟在朝氣十足、如空姐般的女導覽身後經過；渾身濕透的女童軍圍在衣帽間附近，交頭接耳；服務台前排著一列灰色制服的軍校生，個個脫去了帽子，雙手交握背後。

對我來說——一個從小在城市長大的男孩，總是關在公寓的牆垣之內——博物館之所以如此有趣，主要是因為它巨大的規模。它彷彿一座房間綿延無盡的宮殿，而且越深入就越是荒涼。歐洲裝飾藝品展覽區深處有些無人看管的寢室與沒有用繩索圍擋的畫室，感覺就像困在深沉的魔咒裡，彷彿已數百年無人造訪。自從我會一個人搭地鐵後，就很喜歡自己來博物館，恣意遊蕩，直到迷失方向。我步步深入這座藝術迷宮，直到有時發現自己來到被眾人所遺忘的陌生展區，裡頭擺著我從未見過的盔甲與瓷器（而且有時再也找不到路回去）。

我跟在母親身後，一起和她排在入場隊伍中。我抬起頭，目不轉睛地牢牢凝視那如巖穴般、足足有兩層樓高的拱頂天花板。若我用力凝視，有時會覺得自己彷彿變成一根羽毛，輕飄飄地漂浮其上。這是我小時候學到的把戲，但年紀越大就越失靈。

同時間，母親——鼻頭通紅，還因方才在雨中奔跑而氣喘吁吁——在包包裡翻找她的皮夾。「參觀後我去禮品店逛逛好了。」她說，「我相信瑪蒂爾最不想收到的就是一本藝術書籍，但抱怨只會顯得自己胸無點墨。」

「什麼嘛，」我說，「原來禮物是要送瑪蒂爾的？」瑪蒂爾是母親任職的廣告公司的藝術總監。她父親是法國織品進口業的龍頭鉅子，年紀比母親小，出了名的難伺候。只要租車公司或外燴服務不合她意，就會大發雷霆。

「對。」她默默給了我片口香糖。我接過，把口香糖塞進嘴裡，包裝紙扔進她包包。「瑪蒂爾就是這樣，她認為一份精心挑選的禮物不該太貴，而是要去跳蚤市場，挖出個完美又便宜的紙鎮。這樣是很好沒錯，如果我們有人有時間去下城的跳蚤市場尋寶的話。去年輪到布露——她一整個慌了，趁午餐時間衝去薩克斯第五大道百貨公司買禮物，最後自己在公基金上又多貼了五十塊，買了副太陽眼鏡，Tom Ford的，我想。但瑪蒂爾還是有辦法挑毛病，碎唸一堆什麼美國人啊、消費文化之類的。重點是布露根本不是美國人，是澳洲人。」

「妳和薩吉爾談過這事嗎？」我問。薩吉爾——鮮少出現在辦公室，但常和唐娜泰拉．凡賽斯之流出現在社交新聞版——是母親廣告公司的老闆，身家上億。「和薩吉爾商量」就像是在問「耶穌會怎麼做？」

「在薩吉爾的想法中，所謂藝術書籍就是赫爾穆特．紐頓[4]或瑪丹娜之前出的那本精裝圖書。」

我正想問赫爾穆特．紐頓是誰，但突然又靈光一現：「妳為什麼不乾脆買張地鐵票給她？」

母親翻了個白眼。「相信我，我該這麼做的。」公司最近出了點小意外，本該去接瑪蒂爾的車碰上塞車，害她被困在威廉斯堡的一家珠寶工作室裡，哪兒也去不了。

「就弄成像份——匿名禮物，直接放在她桌上，一張舊儲值卡，裡頭半毛錢也沒有，看她會有什麼反應。」

「我可以告訴你她會有什麼反應。」母親說，將她的會員卡遞過窗口，「開除她的助理；大概再加上製作部半數的員工。」

母親的廣告公司專拍女性配件。從早到晚，母親在瑪蒂爾那雙煩躁激動又略顯凶惡的目光下監督攝影工作，看著水晶耳環在人造的聖誕雪花中吞光吐豔；以及——無人看管，直接放在空無一人的禮車後座上的鱷魚皮手提包——在天堂般的夢幻光暈中璀璨生輝。母親非常擅長自己的工作，比起鏡頭前，她更喜歡待在鏡頭後。而且我知道每當她看見自己的作品出現在地鐵海報或時代廣場的廣告看板上時，總是開心的不得了。但儘管這份工作外表看似光鮮亮麗（香檳早餐、古德曼百貨公司的禮品袋），工時卻十分長，而且相當空虛，令她鬱鬱寡歡——我感覺得出來。她真正渴望的是重返校園，但當然了，我們都心知肚明，在父親離開的狀況下，那機會有多渺茫。

「好了。」她說，從售票口前轉過身，把入場證交給我。「記得幫我留意時間，好嗎？現在有個大展——」她指向一張海報：《肖像與靜物畫：來自黃金時代的北國鉅作》，「——我們無法一次全部看完，但有幾件作品……」

我跟著母親踏上大廳主梯，她的聲音逐漸消散空中——我一方面覺得自己應該謹慎地緊緊跟在她身旁，一方面又有股衝動，想要落後幾步，假裝我和她沒有關係，心裡天人交戰，難以決定。

「我不喜歡這樣匆匆忙忙。」我在樓梯頂層趕上她，聽見她說，「不過話說回來，這種展覽本來就需要看個兩、三次才夠。這次還有展出〈杜爾博士的解剖學課〉[5]，我們一定得去看看。不過我真正想看的是一幅罕見的小畫，畫家是維梅爾的老師，一個舉世無雙，你從沒聽過的偉大耆老。哈爾斯[6]的作品也很重要，你知道哈爾斯是誰，對吧？〈歡樂的暢飲者〉？還有那些養老院的女看護？」

「知道。」我遲疑不決地回答。在她提到的作品中，我只知道〈杜爾博士的解剖學課〉。它被印在海報上，做為主打作品：栩栩如生的肌肉線條、濃淡不一的黑色色調、貌似酒鬼的外科手術醫生，鼻頭通紅，雙眼布滿血絲。

4 Helmut Newton，出生於柏林，長年旅居法國，知名的時尚情色攝影師，於二〇〇四年辭世，享年八十三歲。

5 The Anatomy Lesson of Dr. Nicolaes Tulp，荷蘭畫家林布蘭於一六三二年所繪之油畫作品，現收藏於荷蘭海牙莫瑞泰斯皇家美術館。

6 Frans Hals，約出生於一五八〇年，卒於一六六六年，荷蘭黃金時代的肖像畫家。

「藝術通論課都會上到。」母親說，「這兒，左轉。」

樓上冷的要命，特別是我被雨淋濕的頭髮還沒乾透。「不，不，這裡。」母親說，抓住我衣袖。展廳很難找，我們在擁擠的展館間來回徘徊（在人潮中穿進穿出，左兜右繞，三番兩次循著原路，從迷宮般的指示牌和隔間折返），〈杜爾博士的解剖學課〉那幅陰沉的巨型海報不時出現在意外的交界處，彷彿某種陰邪的路標。手臂被扒了皮的屍體反覆出現，下方的紅色箭頭寫著：手術室由此去。

我對一堆黑衣荷蘭人圍成一圈的油畫沒有太大興致，穿過玻璃門後——從回音陣陣的展廳來到鋪了地毯的靜室——起初我還以為我們走錯了地方。牆壁散發著溫暖、晦暗、朦朧的豐饒光芒，一種古老、平凡的醇潤感；但忽然間，又被清晰、繽紛而純粹的極光畫、肖像畫、室內畫、靜物畫所打散。這些作品有些小巧，有些壯觀：丈夫相偕身旁的女士、帶著狗兒的女士、身穿繡禮服的寂寞佳人，以及一身毛皮大衣、珠光寶氣的獨身商人。狼籍的宴會桌上散落著去了皮的蘋果與核果殼、披垂的織錦與銀器、以錯視法描繪的爬行昆蟲與條紋色的花朵。越往深處走，畫面就越妖異美麗。去皮的檸檬，外皮在刀鋒邊緣微微發硬，幽綠色的霉斑。光線在半空酒杯杯緣上閃耀芒澤。

「我也喜歡這幅。」母親輕聲說，來到我身旁，站在一幅尤其令人震懾的小巧靜物畫前：漆黑的背景前有隻白色蝴蝶，懸浮在某種紅色水果上方。那背景——濃郁如巧克力的黑——有種複雜的溫暖感，透露著擁擠的儲藏間與歷史，以及時間的流逝。

「他們真的很懂得要怎麼呈現這種感覺，這些荷蘭畫家——從成熟進入腐敗。水果正漂亮，但無法持久，很快就要壞了。特別是這裡，你看。」她說，一手越過我肩頭，在空中比畫，「這筆觸——這蝴蝶。」那後翅是如此粉嫩、如此精巧，彷彿只要她指頭碰上了，顏色就會暈開。「他畫得多麼美，在靜止之中又透著一抹顫動。」

「他這幅畫畫了多久？」

母親原本站得有些過於太靠近，她稍稍後退，端詳畫作——渾然不覺有個嚼著口香糖的警衛被她吸引上前，現正目不轉睛地注視她背影。

「這麼說吧，荷蘭人發明了顯微鏡。」她說，「他們是珠寶工匠，是磨製鏡片的專家。他們想盡可能地得到一切細節，因為就連最微小的事物也蘊藏著意義。無論什麼時候，只要你在靜物畫中看見蒼蠅或昆蟲——一朵枯萎的花瓣，或是蘋果上的一點黑斑——都是畫家在向你傳達祕密訊息。他在告訴你生命無法長久——一切都是稍縱即逝，有生就有死，所以靜物畫在法文中才叫做『死去的自然』。或許乍看之下，你不會在這些美麗與繁盛中發現那微小的腐敗，但只要凝神細看——就會發現它的存在。」

我湊上前，看向牆上低調的文字介紹，上頭寫著這名畫家——埃德里安．寇爾特生卒年不詳——在世時沒沒無名，直到一九五〇年代才開始受人矚目。「嘿，」我說，「媽，妳有看到這個嗎？」

但她已經走向前去。展廳裡又冷又安靜，天花板低矮，沒有半點大廳的宏偉喧鬧與回音。雖然展示的作品不算少，但仍有種荒僻地帶的祥和與閒適感，彷彿被真空包圍其中，平靜安詳：如同一間坐滿考生的教室，到處瀰漫著長長的嘆息和過多的吐氣聲。我跟著母親來來回回，觀看一幅又一幅畫作，速度比平常快許多，她一般不會看得那麼倉促。我們從花朵看到牌桌再到水果，略過許多作品（我們的第四幅銀杯或死去的雉雞），毫不遲疑地轉向（「現在，換哈爾斯了，他的這些酒鬼和村姑有時實在很老套，但只要認真起來就非常驚人。再也沒有這些吹毛求疵和分毫不差的精準，下筆如神，東一撇、西一捺，動作飛快。這些面孔和手——畫得如此細膩，他知道這些是吸引觀賞者目光的重點。但你看看那衣裳——那麼簡略——簡直像速寫。你看看那筆觸是多麼開放和現代！」）。我們在哈爾斯一幅捧著骷髏頭的男孩肖像畫前逗留了片刻（「別生氣，席歐，但你覺不覺得他看起來很像某人？像——」她拉了拉我後方的頭髮，「——某個該修修頭髮的男孩？」）——還有哈爾斯兩大幅描繪官員宴飲尋樂的畫作。她說這兩幅畫非常非常有名，對林布蘭有非常重大的影響。（「梵谷也很喜愛哈爾斯，他曾在某個地方提到過哈爾斯，說他有超過二十九種的黑色調！還是二十七種？」）我跟著她，有種時光錯落的暈眩感。看見母親這麼專注我很高興，她似乎未曾察覺時間的飛逝。看來我們的半小時就快用完了，但我還想再多磨蹭片刻，分散她的注意力，幼稚地期盼時間會悄然遠去，如此一來，我們就不用去學校赴約。

「現在，換林布蘭了。」母親說，「大家都說這幅畫呈現了知識的理性和啟蒙，是科學探索的曙光等等，但在我看來，這些禮節和拘謹都好令人毛骨悚然，一群人圍在解剖桌前，好像那是雞尾酒派對的餐檯。不過——」她伸手指向畫作，「——看見後方那兩個一臉茫然的男人嗎？他們沒有看向屍體——而是我們；你和我，就像能看見我們站在他們面前一樣——兩個來自未來的人類，臉上寫滿震驚，好像在說：『你們在這裡做什麼？』非常的自然主義。但是——」她的指尖在空中循著屍體比畫，「——如果你仔細看，就會發現那具屍體畫得一點也不自然，散發著詭異的光芒，有看到嗎？簡直像在解剖外星人的屍體一樣。有沒有看到那光源是如何照亮低頭俯視屍體的男人面孔？好像它自己會發光一樣？他用這種放射光芒的畫法，是想吸引我們的注意力——讓我們一眼就能看到它。還有這裡——」她指向那隻被扒了皮的手臂，「——有沒有看到他把它畫得有多巨大，和身體其他部位不成比例，藉此吸引我們的目光？他甚至反轉了手掌的方向，所以拇指朝向外側，而非內側，有沒有看到？關於這點，他不是不小心畫錯。手臂上的皮膚剝開了——我們一眼就能立刻察覺有什麼地方非常不對勁——但那枚反向的拇指呢，他讓它看起來更加奇怪。即便我們無法明確指出究竟是哪裡出了錯，但那感覺還是悄悄地鑽進了我們的潛意識中，一定有什麼地方不對勁，一定有哪裡錯了。非常聰明的把戲。」我們站在一群亞洲遊客後方，人頭多到我幾乎看不到畫。不過我也不是太在乎，因為這時候，我看見了一個女孩。

她也看到了我。我們之前在其他展區就對上過幾次視線。我甚至說不出她有哪點吸引人，她年紀比我小，樣貌又有點奇怪——完全不像我會暗戀的那型女生；也就是會在走廊上對我投以不屑的眼神、約會對象是肌肉猛男的冰山美人。這女孩有一頭鮮豔的紅髮，動作敏捷，五官銳利淘氣而且奇特；眼珠的顏色很怪，像是蜂蜜般的金棕色。儘管她身形異常單薄，骨瘦如柴，幾乎可以用其貌不揚來形容，卻有些什麼讓我胃部一陣翻攪。她手上拎著一只看起來破破爛爛的笛盒，不斷前後甩動——城市長大的小孩？正準備要去上音樂課？可能不是，我心想，一面尾隨母親走進下個展廳，一面在她身後徘徊。她的打扮有點過於平凡，像是郊區的裝扮，大概是遊客。但她的舉止比我認識的多數女生都還要自信，而且與我擦身而過時，她瞥來的目光狡黠而沉著，快把我搞瘋了。

我跟在母親身後，心不在焉地聽她說話。她陡然在一幅畫前止步，我差點一頭撞上。

「喔，對不起——！」她看也沒看向我便說，稍稍退開，騰出空間，臉上容光煥發，彷彿有人打開了她面孔裡的電燈開關。

「這就是我說的那幅畫，」她說，「是不是很驚人？」

我朝母親的方向偏過頭，裝出專注聆聽的模樣，目光卻兜回女孩身上。她身旁伴隨著一名樣貌滑稽的白髮老翁，從銳利的五官看來大概和她有血緣關係，祖父吧，或許。他穿著一件千鳥格紋外套，窄長的綁帶皮鞋擦得如玻璃般晶亮。兩隻眼睛的距離很近，鷹勾鼻，步伐跛蹇——實際上，他整個人斜向一邊，一肩高一肩低。假若他的駝背再嚴重一點，或許會讓人誤認成鐘樓怪人。但他渾身仍散發一種優雅的氣質，而且顯然地，他十分疼愛那女孩，從他興味盎然、慈祥和藹地蹣跚陪在她身旁就看得出來。他非常留意自己的腳步，頭也總偏向她的方向。

「它可以說是我第一幅愛上的作品。」母親說，「你絕對不會相信，但我是在小時候從圖書館借出的書裡看到它的。我以前會坐在床邊的地板上，一看就看上好幾個小時，完全沉醉其中——

這個小傢伙實在是太美了！我的意思是，這其實很不可思議，光是長時間欣賞複製品，就可以深刻認識一幅畫，即便那不是一件太好的複製品。我先是愛上這隻鳥，就像你愛上一隻寵物或什麼之類的，之後才愛上畫家的技法。」她笑了起來，「實際上，那本書裡也有〈杜爾博士的解剖學課〉，但它把我嚇個半死。我以前如果不小心翻到那一頁，還會狠狠把書闔上。」

女孩和老人來到我們身旁。我忸怩作態地傾身向前，觀賞畫作。這幅畫很小，是所有展品中最小的一幅，也是最簡單的一幅：一隻黃色的小雀鳥，身後襯著一片蒼白的素色背景，纖細的腳踝上鎖著鐵鍊，棲息在一座座檯上。

「他是林布蘭的學生，維梅爾的老師。」母親說，「而這幅小巧的作品可說是他們兩人間的失落環節——從那清晰而澄澈的天光，你可以看見維梅爾是從哪兒襲得他的光影技巧。當然了，我小時候對這些一無所知，也絲毫不放在心上；我是指那些歷史上的意義，但它就在那裡。」

我稍稍退開，想看清楚一點。畫裡就是個一目了然、簡單明瞭的小動物，沒什麼特別衝擊情感的元素。但牠那端正、嚴實的自我封閉姿態——那聰穎伶俐、提防警醒的神情——中有些什麼，讓我不由想起母親童年時的照片：一隻目光沉著的黑頭雀。

「這是荷蘭歷史上的一場著名悲劇。」母親說，「那小鎮有絕大部分都被摧毀了。」

「什麼悲劇？」

「發生在台夫特的慘劇，就是它害法布里契爾斯喪了命。你剛才有聽見後頭那老師跟小朋友解說這件事嗎？」

我有。那裡有三幅可怕的風景畫，是一名叫做艾格伯特．范德．坡爾的畫家所繪。他從三個不同的角度描繪同一片黑煙繚繞的廢墟：燒燬的房屋、葉片殘破的風車、烏鴉在煙霧瀰漫的空中盤旋。一名看起來像是工作人員的女士正大聲向一群中學生解說一六〇〇年代在台夫特發生過火藥工廠爆炸意外，而那名畫家因家園的毀滅走火入魔，將那畫面一遍又一遍描繪於畫布上。

「艾格伯特是法布里契爾斯的鄰居，爆炸發生後可以說是瘋了，起碼我是這麼認為。但法布里契爾斯不幸喪生，畫室也付之一炬，作品幾乎無一倖免，除了這一幅。」她似乎等著我開口回應，見我緘默不語，便又說：「他是那時代最偉大的畫家之一，而那時代又是繪畫的黃金年代之一。他當時非常非常有名，但也因此更教人悲傷。因為在他所有作品中，大概只有五、六幅畫倖存。其他統統付之一炬——他畢生所有的作品。」

女孩和她祖父安安靜靜地晃到我們身旁，聽我母親解說，讓人有些尷尬。我別開目光，然後又——無法抗拒地——轉頭回望。他們站得非常近，近到我伸手就可以碰到他們。她甩了甩又扯了扯老人的衣袖，拉拉他手臂，在他耳畔低語。

「總之呢，如果你問我，」母親說，「我會說這是整場展覽中最精彩的一幅畫。法布里契爾斯憑一己之力，發掘了某些在他之前沒有任何一個畫家知道的事物——就連林布蘭也一樣——並清楚呈現在畫布上。」

極其輕柔地——輕柔到幾乎細不可聞——我聽見那女孩悄聲說：「牠一輩子都得那樣綁著？」

我也在想同一件事；牠腳上的枷鎖，那鐵鍊太可怕了。她祖父喃喃回應了些什麼，但我母親往後退開（似乎完全沒察覺他們的存在，即便兩人就站在我們身旁）說：「多神祕的一幅畫啊，又多麼地簡單。它是如此溫柔——邀請你上前細看，感覺得到嗎？先是那些死去的雉雞，然後是這隻小巧的動物。」

我允許自己又偷偷朝女孩的方向瞥了一眼。她用單腳站立，臀部撇向一邊。然後——冷不防地——轉頭迎視我雙眼。我心跳漏了一拍，茫茫然別開視線。

她叫什麼名字？為什麼沒去上學？我試圖辨認她笛盒上的潦草姓名，但即便我大起膽子，盡可能不著痕跡地靠近，還是看不懂那龍飛鳳舞的麥克筆寫些什麼。那字跡看起來比較像是用畫的，而不是寫的，就像地鐵車廂上的塗鴉。姓很短，只有四、五個字母，名字開頭像是R？還是

P？」

「沒錯，人總難免一死。」母親說，「但想到那些藝術品是怎麼失去的就覺得很沒必要，實在讓人痛心。只因為純粹的疏忽；還有火災、戰爭。帕德嫩神廟被當成了軍火庫。我想所有能夠從歷史中保存下來的東西都是一項奇蹟。」

祖父已經走了開去，到前方幾幅畫前，但她仍逗留在後方幾步，那個女孩，目光不時瞥向我與母親。她的肌膚好美，白如凝脂，手臂彷彿用大理石刻鑿而成。看樣子一定是運動員，不過膚色過於蒼白，不可能是網球員；或許是芭蕾舞者或體操選手，甚至是跳水選手，在幽暗的室內游泳池練習到夜幕低垂；回音陣陣，光線折映，深色的磁磚。她弓起背，縱身一躍，踮起的腳尖觸碰泳池底部，水花聲靜默，黑色泳衣閃閃發亮，水沫自她嬌小結實的身軀滴淌。

我為何總是對人如此執迷？像這樣狂熱、熾烈地注視陌生人是正常的嗎？我不認為。我無法想像街上隨便一個路人會對我產生如此大的興趣。但這也是我會和湯姆一起闖進那些房子的主因：我總會為了陌生人深深著迷，想知道他們吃些什麼、用什麼樣的餐盤、看什麼電影、聽什麼音樂；想知道他們在床底下、在抽屜暗格、在床頭櫃、在外套口袋裡藏有什麼祕密。如果在街上看到什麼有趣的人物，我就會好幾天不停地想著他們，想像他們的生活，幻想他們在地鐵或市區巴士上會發生什麼樣的故事。許多年過去了，我仍不曾忘記那對穿著天主教學校制服的黑髮學童——是對兄妹——我在中央車站看到的，他們緊揪著爸爸的西裝外套衣袖，想把他拖出那間破舊的酒吧；或者是卡萊爾飯店前那名外表孱弱、貌似吉普賽人的輪椅少女。她氣若游絲地用義大利文跟腿上那隻毛毛狗說話，一名戴著墨鏡的銳利男子（父親？保鑣？）站在輪椅後方，顯然在用電話指揮生意。許多年來，我在腦中反覆思量這些陌生人，猜想他們是什麼樣的人，過著什麼樣的生活。我知道我回家後也會這麼想著這名女孩和她的祖父。老人身家雄厚，從他身上裝扮就看得出來。為什麼只有他們兩人？他們來自何方？或許是紐約某個古老複雜的大家族——音樂世家、學術世家，或者西城某個藝術大家，就像你會在哥倫比亞大學或林肯中心的日場表演中看到的那些上流人物。也或許——從他樸實無華、溫文儒雅的長者氣質看來——或許他根本不是她祖父；或許他是個音樂老師，而她是他在某個小鎮中發掘到的長笛門生，帶她來卡內基音樂廳演奏——

「席歐？」母親忽然說，「你有聽到我說什麼嗎？」

她的聲音讓我拉回思緒。我們已經來到展覽的最後一間展廳，再過去就是禮品店——明信片、收銀台、亮晶晶的藝術書籍——而我母親，很不幸地，並沒有忘了時間。

「我們該去看看雨停了沒。」她說，「還有點時間——」（她看了看手錶，瞄向我身後的出口標誌。）「——但如果我想替瑪蒂爾挑禮物的話，最好是現在就下樓看看。」

我發現那女生趁母親說話時悄悄打量她——視線好奇地飄向母親光滑的黑色馬尾與她腰間繫著腰帶的白色緞面風衣——在那短短片刻，像她窺探母親般，以陌生人的眼光注視母親，令我不由興奮不已。她有沒有看見母親的鼻梁頂端有個小小隆起？她小時候從樹上跌下來，結果摔斷了鼻子；或者是母親淺藍色虹膜周圍有圈黑環，讓她散發些許狂野氣質，猶如一名目光沉著的狩獵者獨自盤桓原野之上。

「這樣吧——」母親回過頭，「——如果你不介意，我想趁離開前再回去看一眼〈杜爾博士的解剖學課〉。我剛才沒機會好好細看，又怕展覽結束前抽不出時間回來。」她邁開腳步，鞋子發出匆忙的嘎吱聲——然後向我看來，彷彿在說：你要一起來嗎？

我大為意外，一時間不知該如何回應。「呃，」我旋即恢復鎮定，說，「那我和妳在禮品店碰頭。」

「好。」她說，「替我買幾張卡片，好嗎？我馬上回來。」

我還來不及開口，她便已匆匆離去。我的心臟撲通狂跳，不敢相信自己的好運，只能楞楞看著她的白色緞面風衣迅速走出視線。這就是了，我和那女孩交談的機會。但我要說些什麼？我瘋狂思索；我能說些什麼？我雙手插進口袋，呼吸了一、兩口氣，讓自己冷靜下來，然後——感到興奮的情緒在肚子裡沸騰膨脹——轉身面向她。

但我一陣愕然，她不見了；不是真的消失不見，我還看得見她的紅髮（貌似）不情不願地朝房間另一頭走去。她祖父挽住她的手——極為熱切地在她耳畔低語——拉著她去對面牆上欣賞另外一幅畫。

我要殺了他。我緊張地瞄向空蕩蕩的門廊，將雙手埋進口袋更深處，然後——雙頰滾燙地——醒目地穿過展區。時間分秒流逝，母親隨時會回來。雖然我知道自己沒膽真的走上前說些什麼，但起碼可以最後好好地看她一眼。不久前，我才和母親一起熬夜看了《大國民》。我非常震撼，沒想到一個人可以在街頭與某個彷彿具有什麼特殊魔力的陌生人擦身而過，然後終其一生念念不忘。或許，有一天，我也會像電影裡的老人一樣，靠在椅背上，眼神恍惚，說著：「你知道，那是六十年前的事了，我從此再也沒見過那紅髮女孩。但你知道嗎？我這輩子裡沒有一個月不曾想起她。」

剩不到一半距離時，發生了件怪事。博物館的一名警衛倉皇跑過禮品店的開放式出入口，臂彎裡捧著某種東西。

那女孩也看到了。她金棕色的瞳孔和我四目交會，神情吃驚而迷惘。

突然間，又有一名警衛衝出禮品店，雙臂高舉，大聲吶喊著什麼。

眾人紛紛抬頭看去。我聽見身後有人用異樣呆滯的聲音喊了聲：「喔！」下一秒，一陣猛烈的爆炸聲響起，震耳欲聾，搖撼整間展廳。

那名老人——臉上一片空白——搖搖晃晃地往旁傾倒。他伸長手臂——張開指節分明的手指——那是我記憶中的最後一幅畫面。幾乎就在同時間，一道漆黑的光芒閃現，我被包圍在漫天飛舞狂嘯的碎屑之中，一股猛烈的熱浪狠狠撞上我，將我橫掃至房間另一頭。有那麼一段時間內，這是我知覺中的最後一段記憶。

5.

我不曉得自己昏迷了多久。醒轉後，我覺得自己像趴臥在一個沙坑，或是某座漆黑的遊樂場——某個陌生的地方，荒涼的社區。一群身材矮小、動作粗暴的男孩圍在我身旁，使勁地踹著我的肋骨和後腦袋。我脖子扭到一旁，肺裡不剩半點氧氣。但這還不是最糟的：我滿嘴都是沙，只能呼吸到沙。

我可聽見那些男孩們喃喃嘟噥：*起來，你這混蛋。*

看看他，看看他。

他什麼也不知道。

我翻身，雙手抱頭——然後，搖搖晃晃，感到一陣輕飄飄、超現實的天旋地轉——看見身旁空無一人。

一時間，我躺在那兒，驚魂未定，動彈不得。遠處傳來滯悶的警鈴聲。雖然奇怪，我卻有種感覺，彷彿自己躺在某個荒涼陰森的建築空地裡，四周是一座圍牆高築的院子。

我被人狠狠揍了一頓，現在全身上下沒有一處不痛，肋骨疼得要命，腦袋像被人用鉛管重重敲過。我前後挪動下巴，把手伸進口袋，想看有沒有錢坐地鐵回家。就在這時候，我猛然想起我完全不知道自己置身何處。我僵直地躺在原地，覺得事情越來越不對勁。光線不對，空氣也是：惡臭，而且刺鼻；某種化學煙霧燒灼著我的喉嚨。我嘴裡的口香糖黏滿砂礫，而當我——頭痛欲裂地——翻身吐出時，卻發現自己眨著眼，望穿一層又一層煙霧，楞楞注視某種光怪陸離的景象，怪到我足足看了好幾分鐘。

身旁是一座崎嶇不平的白色洞穴，天花板上垂落著各種破破爛爛的東西。地面塌陷，到處隆起著一堆堆宛若月球岩石的灰色物質。碎玻璃、碎石和狼籍的垃圾吹散一地，磚頭、熔渣和紙片一樣的東西都覆蓋著一層層如初霜般的薄薄灰燼。頭頂高處，兩盞燈光如濃霧中的歪斜車燈，穿透煙塵，像鬥雞眼般一盞朝上，一盞扭向側邊，拉出歪曲的影子。

我兩邊耳朵都嗡鳴大作，身體也是，一種非常、非常不舒服的感覺：骨頭、大腦、心臟，全都像撞鐘一樣嗡嗡震動。隱隱約約，遠方某處傳來警鈴冰冷而持續的機械尖鳴，我難以分辨那聲音究竟是來自我體內抑或體外。那孤獨感是如此強烈，一人獨處於死寂的冬日。沒有一件事對勁。

一陣石瀑簌簌落下，我用手撐在某個不是太筆直的平面上，站了起來。頭顱傳來一陣劇痛，我不由縮了一縮。這個傾斜的空間有種深沉的、本質上的悖離感。有一側，煙硝和塵粒如簾幕般凝滯空中。另一側，大量碎屑從原該是屋頂或天花板的地方亂紛紛地傾瀉而下。

我的下巴好痛，臉和膝蓋都割傷了，嘴巴像砂紙一樣粗糙。我眨眨眼，打量四周的狼籍，只見一隻網球鞋、一堆堆染著深色的汙漬、看起來像隨時會崩解的東西，還有一根扭曲變形的鋁製枴杖。我站在那兒，搖搖晃晃，無法呼吸，頭暈目眩，茫然不知所措。就在這時，我忽然覺得自己聽見電話鈴響。

一時間，我不確定自己是不是聽錯了。我豎耳聆聽，它又尖聲響起：微弱，緩慢，還有那麼些詭譎。我笨手笨腳地在廢墟中翻找——髒兮兮的小孩手提包和背包倒得七橫八豎，摸到滾燙的物品或玻璃碎片就猛然縮手。行動越來越困難，因為腳下的石礫開始塌陷，而且我的眼角餘光不時瞥見了無生氣的柔軟隆起物。

即便我說服自己根本沒有聽到什麼電話鈴聲，耳鳴卻捉弄著我，不讓我放棄尋找。我全神貫注在機械般的搜索動作上，毫不思索、如機器人般專注。我在眾多筆、手提包、皮夾、毀壞的眼鏡、飯店鑰匙卡、粉底、香水和處方藥（安卓莉亞．羅特曼，精神安定劑，二十五公絲）間挖出了一個手電筒鑰匙圈和一支派不上用場的手機（電量還有一半，但沒有訊號）。我在某位女士的包包裡找到了一個折疊式尼龍購物袋，將它們扔了進去。

我大口喘息，泥灰嗆在喉頭，頭痛到我幾乎什麼也看不清。我好想坐下，但卻沒有地方可坐。然後，我看見一瓶水。但視線又立刻變得模糊，我只能在狼籍中四處尋找，直到再度看見它。大約在十五呎外，半埋在一堆垃圾裡，只露出標籤一角，一種熟悉的冷藍色調。

彷彿在雪地上行走般，我開始拖著沉重遲緩的步伐在破瓦碎礫間蹣跚穿梭。殘骸在我腳下碎裂，發出宛若冰河般的刺耳爆裂聲。但走沒多遠，我的眼角餘光就看見地上有東西在動，在這片死寂之中尤為醒目，白色的影子在白色的背景上扭動。

我駐足原地，隨後又上前幾步。是個男人，他平躺於地面，從頭到腳蒙著一層白色粉末。在這座覆滿灰燼的廢墟之中，他掩飾得過於完美，過了一會兒形體才開始清晰顯現。他像是白粉上的白粉，掙扎著要坐起，宛若一具想要脫離座檯的雕像。我上前後，發現他是個老人，體型孱弱，有種畸形的駝背感。他的頭髮——僅剩的頭髮——根根直豎，一邊臉頰刻蝕著猙獰的燒傷；還有他的頭，在其中一邊耳朵上方呈現著一片黏稠黝黑的駭人景象。

我走到他身旁，就在這時——他迅雷不及掩耳地——陡然伸長覆滿白灰的手臂，抓住我的手。我在驚慌之中駭然後退，但他只是抓得更緊，不停猛烈咳嗽，聲音之中帶有一種病態的濕濡感。

哪裡——？他似乎在說。哪裡——？他努力想抬頭向我看來，但腦袋卻沉甸甸地垂落頸間，下巴抵著胸膛，只能像禿鷹般抬眼窺探。但在他那張毀壞的面孔上，那雙眼卻透露著才智與絕望。

——喔，天啊；我說，俯身想要幫忙。等等，等等——我停止動作，不知所措。他的下半身像一堆髒衣服般扭曲橫躺地上。

他用雙臂撐起自己，那景象看起來很是英勇。一面掀動唇齒，一面仍掙扎著想要起身。他身上散發著燒焦毛髮與羊毛的惡臭味，但下半身似乎和上半身分離了。他一面咳嗽，一面倒回殘骸上。

我左右張望，努力想弄清楚自己置身何處，卻不斷被頭上的傷口打亂思緒。我完全不曉得現在的時間，甚至是晝是夜都無從分辨。這地方的雄偉和荒涼都令我無所適從——有種高挑、冷僻，彷彿閣樓般的感覺，一層又一層深淺濃淡的煙霧翻騰繚繞，原該是天花板（或天空）的地方如帳篷般鼓脹糾結。雖然我不曉得自己身在何方，或為何置身於此，但這片廢墟還是隱隱有種熟悉感，在緊急照明燈的照映下散發一種電影般的氛圍。我曾在網路上看過一段影片，一棟飯店在沙漠間引爆，蜂巢般的客房在倒塌瞬間凍結於熊熊火光之中。

然後我想起了那瓶水，於是倒退著走，目光四下搜尋，直到心臟猛然一跳，看見那灰濛濛的一抹藍暈。

——聽著；我一面走，一面說；我只是要——

老人用一種又是希望又是絕望的眼神注視我，彷彿一條餓到沒力氣走路的狗。

——不——等等。我馬上回來。

彷彿醉酒般，我拖著踉蹌的腳步，蹣跚穿過廢墟——左支右絀，手腳並用，艱難地跨過各種障礙，包圍在磚頭、水泥、鞋子、手提包和一堆我不想細看的燒焦殘骸中。

水瓶還有四分之三滿，觸手滾燙，但一嚥下，我的喉嚨就像活了起來。我一口氣喝了超過一半的水——水裡透著塑膠味，如洗碗水般溫暖——隨即回過神，強迫自己蓋上瓶蓋，將水瓶收進包包，帶回去給那名老人。

我跪在他身旁，感到石塊扎進膝蓋。他在發抖，呼吸粗重紊亂，視線沒有看向我，而是在上方游移，焦躁緊盯著某個我看不見的東西。

當我在包包中翻找水瓶時，他忽然伸手摸向我的臉。他小心翼翼地用瘦骨嶙峋的枯扁手指撥開我眼前髮絲，挑出我眉毛上的一塊玻璃碎片，然後拍拍我的頭。

「沒事了，沒事了。」他的聲音好微弱，好嘶啞，好親切，透著一種彷彿肺病般的可怕抽氣聲。我們就這麼凝視對方，那時光奇異而漫長，我一直無法忘懷；實際上，我們猶如兩頭在暮光中相遇的野獸，他眼中似乎燃起某種清晰、熱切的火花，讓我得以看見真實的他——而他，我相信也看見了最真實的我。在那瞬間，我們交織為一體，嗡鳴共振，彷彿兩具共享同一線路的引擎。

然後，他又倒了回去，疲軟乏力，了無生氣。一時間，我還以為他死了。——「來。」我說，笨拙地扶起他肩膀，「很好。」我盡可能地托起他的頭，餵他水喝。他只喝進了一些，大部分都沿著下巴流落。

他又倒了回去，筋疲力盡。

「琵琶。」他啞著嗓子說。

我低頭望向他灼紅的面孔，那雙眼中有些什麼好熟悉，挑動我心弦，那種鏽紅而清澈的熟悉感。我見過他，在那瞬間，也見到了那女孩，就如秋葉般清晰：鏽紅色的雙眉，金褐色的眼瞳。她的面孔彷彿倒映在他臉上。她在哪兒？

他想說話，乾裂的嘴脣掀動。他想知道琵琶在哪裡。

他氣喘吁吁，大口喘息。「別動。」我不安地說，「試著躺著別動。」

「她該搭地鐵過去，那樣快多了；除非他們要開車載她去。」

「別擔心。」我說，又靠前幾分。我不擔心，很快就會有人來救我們，我很肯定。「我會等他們來。」

「你真好。」他的手（好冰，乾的像粉末）緊緊抓住我的手。「我上次見你還是個小男孩。跟我們最後一次見面相比，你長大了好多。」

「但我是席歐。」我輕微困惑了一陣後回答。

「你當然是啦。」他的目光就和他的手一樣，穩定而親切。「而且你做了最好的選擇，我很肯定。莫札特比格魯克好多了，你不認為嗎？」

我無言以對。

「你們兩個一起會比較輕鬆。他們甄選時對你們小孩好嚴厲——」又是一陣劇咳，嘴脣染上鮮血的光澤，濃稠紅豔。「完全不給第二次機會。」

「你聽我說——」這樣不對，不能讓他誤會我是另一個人。

「喔，但你的演奏是多麼動人啊，親愛的，你們兩人都是。那G大調始終在我心頭縈繞不去。輕輕地、輕輕地，如蜻蜓點水般——」

他哼了幾聲飄渺的旋律。是歌。那是一首歌。

「……我一定和你說過我上鋼琴課的故事，在那個美國老太太家？有隻綠色蜥蜴住在那兒的棕櫚樹上，綠的好像糖果似的。我喜歡尋找牠的蹤影……在窗台上一閃而逝……花園裡散發童話般的光芒……du pays saint[7]……走路要二十分鐘，感覺卻足足有好幾哩……」

他的聲音消散片刻，我可以感到他的神智正離我遠去，宛若溪中的落葉順流而逝，但不多久又沖刷回來，他再度回神。

「還有你！你今年幾歲？」

「十三。」

「念法國學校？」

「不是，我的學校在西城。」

「那也很好，我想。那些法文課啊！對小孩來說有太多生字要背了。Nom et pronom，『種』和『門』，這只是分類昆蟲的一種方式。」

「對不起，你說什麼？」

「他們在格魯埤那兒總是說法文。你還記得格魯埤嗎？就是有條紋陽傘和開心果冰的那家咖啡館？」

條紋陽傘。我頭痛欲裂，實在難以思考。我的視線游移到他頭上那道長長的裂口，血凝固了，一片黑黝，宛如斧頭砍斫的傷口。我越來越清楚意識到，在這片殘骸之中，隆起著一具具屍體般的可怕形體。這些朦朧不清的漆黑物體無聲無息包圍我們四周，放眼所及一片魆黑，還有那些布娃娃般的屍體。但你彷彿能懸浮於這片黑暗之上，飄然遠去，昏昏欲睡，如白色餘波在冰冷黑暗的海面上翻騰，終至消逝。

忽然間，有什麼事非常不對勁。他醒了，搖著我，不安地拍打雙手。他想做些什麼，喘吁吁地吸了口氣，試圖把自己撐起來。

「怎麼了？」我問，甩了甩頭，提高警覺。他上氣不接下氣，煩躁不安地拉扯我的手臂。我膽戰心驚地坐了起來，環顧四周，以為會看見什麼新的危險逼近，像是鬆脫的電線、火災，或天花板即將坍塌。

他抓住我的手，緊緊捏著。「不是那裡。」他努力擠出四個字。

「你說什麼？」

「別把它留在那兒。不行。」他視線落在我身後，努力想要指出某樣東西。「把它帶離那裡。」拜託你躺下來——

「不行！一定不能讓他們看見。」他激動不已，抓住我的手臂，試圖把自己拉起來。「地毯已經被偷了，他們會把它帶去海關的倉庫——」

我看見了。他指向一塊覆滿粉塵的方形板子，在崩塌的梁柱和殘骸間幾乎隱沒不見，外觀看

7 法文，聖地之意。

起來比我家裡的筆記型電腦還要小。

「那塊板子？」我問，瞇眼細瞧。板子上黏著一塊塊凝固的蠟滴，以及形狀不規則的標籤碎片。「你想要它？」

「求求你。」他緊閉雙眼，焦躁不安，咳嗽咳到幾乎無法開口。

我伸出手，拎著邊角，撿起板子。以這麼小的東西來說，它倒是意外的重。一條長長的毀壞框條懸垂於板子一角。

我用袖子抹拭灰撲撲的表面。在白色的粉塵底下，一隻小小的黃雀依稀可見。實際上，那本書裡也有〈杜爾博士的解剖學課〉，但它把我嚇個半死。

是喔；我昏沉沉地回答，轉過身，把畫捧在手上，想拿給母親看，然後才想起她並不在那兒。又或者——她在，也不在。部分的她在，只是我看不見，而看不見的才是真正重要的，這一點我過去從來不曾理解。但當我嘗試把這句話說出口時，卻只能發出含混不清的聲音。一股寒意上竄，我察覺自己錯了。兩者必須合而為一，你不能只擁有其中一半。

我用手臂抹了抹額頭，拚命想將眼裡的碎石粒眨出來。我彷彿要舉起自己無法負荷的重量般，使盡吃奶力氣，想將思緒轉移到當務之急的問題上。母親呢？方才這裡本來有三個人，而其中一人——我相當肯定——是她，現在卻只剩兩人。

在我身後，老人又開始咳嗽顫抖，焦急不已，拚命想要開口。我回頭，想將畫遞給他。「給你。」我說；然後又轉向母親——面對她原本該在的位置——說：「我馬上回來。」

但他要的不是畫。他煩躁地將畫推回給我，絮絮叨叨地說了些什麼。他頭顱右側覆滿黏稠的鮮血，我幾乎看不見他耳朵。

「對不起？」我問，思緒仍停留在母親上——她在哪兒？「你說什麼？」

「收下。」

「你聽我說，我馬上回來。我得——」我說不出口，就是沒辦法說出口。但母親要我回家，現在，馬上；我該回家和她會合，這點她說得非常清楚。

「把它帶走！」他硬把畫塞給我，「快！」他試著坐起來，雙眼炯亮而瘋狂。我被他激動的態度嚇到了。「他們拿走了所有的燈泡，把街上半數的房子都給砸了——」

一滴血珠滑落他下巴。

「求求你。」我說，兩手不知所措，不敢碰他。「請你躺回——」

他搖搖頭，張口欲言，但心有餘而力不足，筋疲力盡地倒了回去，發出一聲濕潤的痛苦呻吟。他伸手抹了抹嘴，我看見他手背上出現鮮紅的血痕。

「救援就快到了。」但就連我自己都無法肯定，卻又不知道還能說些什麼。

他直勾勾地凝視我面孔，想在我臉上找出一點理解的跡象，發現我一臉空白後他又掙扎坐起。

「火災。」他說，聲音像漱口般湧著水沫，「馬迪那的公館。一切都沒了。」

他又咳了起來，紅色的血沫湧出鼻腔。周遭的一切沒有半分真實感，層層石堆與崩塌巨岩環繞身旁，我恍恍惚惚有種辜負他期望的感覺，好像我的笨拙和愚昧搞砸了什麼重要的童話冒險任務。雖然瓦礫間不見絲毫火苗，我還是爬了回去，將畫收進尼龍購物袋中，只是想安撫他，以免他看了就激動。

「別擔心。」我說，「我會——」

他已經冷靜下來，一手按住我手腕，眼神沉著而明亮。我感到一陣莫名的寒意。我該做的都做了。一切都會否極泰來的。

當我沉浸在這安慰的想法中時，他也鼓勵似地捏了捏我的手，好像我把腦中的念頭說出來了一樣。我們會離開這裡的；他說。

「我知道。」

「親愛的，用報紙把它包起來，藏在行李箱最底層；連同其他的古玩珍稀。」

看見他冷靜下來，我不由如釋重負，加上我頭痛欲裂，筋疲力盡，所有關於母親的記憶都消散成如蛾一般的閃爍幻影。我在他身旁坐下，閉上雙眼，覺得異樣舒服與安全，思緒飄渺，猶如身陷夢境。他悄聲說了些什麼：一些外國的名字、金額和數字，其中夾雜了些法文，但大多是英文。有個男人要來看家具、阿杜因為亂丟石頭惹禍上身。但這一切不知為何又顯得如此合情合理，我像看著相本中的照片般，看見了那座棕櫚樹花園、鋼琴，還有樹上的綠色蜥蜴。

親愛的，你自己回家沒問題嗎？我記得聽見他這麼問。

「當然。」我躺在他身旁的地板，頭靠在他顫巍巍的年邁胸骨旁，所以能夠聽見他呼吸中的每一聲吃力與喘息。「我每天都自己搭地鐵。」

「你剛說你現在住哪？」他的手放在我頭上，極其溫柔的，就像把手擱在喜歡的狗兒頭上那樣。

「東五十七街。」

「喔，對！靠近金犢餐廳？」

「嗯，還隔幾條街。」在我們以前還有錢的時候，母親很喜歡去金犢餐廳。我在那裡吃了我人生中的第一個蝸牛，從她的酒杯裡品嚐了我的第一口白蘭地。

「面對公園，你說？」

「不是，是靠河那邊。」

「那也夠近了，親愛的。那些蛋白酥和魚子醬啊。我一眼就愛上了這城市！但它終究不一樣，不是嗎？我好想念那裡的一切，你不會嗎？那陽台，還有那……」

「花園。」我轉頭看向他。那些香水，與旋律。在那迷濛的困惑之中，我開始覺得他就像個親近的好友，或是被我遺忘的家人，母親那邊某個失散已久的親戚……

「喔，你的母親是多麼美麗啊！我永遠忘不了她第一次來演奏的模樣。她是我見過最漂亮的一個小女孩。」

他怎麼知道我正想著她？我才想開口問，卻發現他睡著了，閉起雙眼，但呼吸急促且粗嘎，彷彿想逃離什麼。

我的意識也正逐漸朦朧——耳鳴大聲迴響，一種空洞的嗡鳴聲。嘴裡嚐到金屬味，好像置身牙醫診所一樣——若非他突然用力搖撼我，讓我驚慌甦醒，我很有可能就這麼飄回那虛無飄渺的無意識狀態，並且留在那兒，流連忘返。只見他唸唸有詞，拉扯著自己食指。他將手上的戒指摘了下來，是只鑲著切割寶石的沉重金戒，試圖把它塞給我。

「不，我不想要。」我說，掙扎閃避。「你為什麼要把戒指給我？」

但他硬將戒指塞進我掌心，呼吸中冒著猙獰的血沫。「霍伯特與布萊克威爾。」他說，聽起來好像快被自己體內的水分給淹死。「那個綠色門鈴。」

「綠色門鈴。」我遲疑地重複一遍。

他前後甩動頭顱，昏沉暈眩，雙唇顫抖，眼神空洞渙散。看見他的目光掠過我面孔，卻完全視而不見，我不由打了個冷顫。

「叫霍比離開那家店。」他啞著嗓子說。

我不可置信地看著猩紅的鮮血從他嘴角汩汩湧出。他用力扯開領帶：「我幫你。」我說，伸手想要幫忙，卻被他揮開。

「他得關了收銀機，離開那裡！」他急躁地說，「他父親派人來教訓他——」

他眼珠往上一吊，眼皮顫抖了幾下，然後疲軟癱倒，平躺在地，彷彿體內不剩一絲空氣。三十秒過去了，然後是四十秒，猶如一團舊衣。但就在此時，他發出嚎叫般的抽氣聲——刺耳到我不由瑟縮——胸口隆起，咳出大團鮮血，噴了我一身。他使出僅剩的力氣，用手肘撐起自己——

而在那三十多秒間，他就像條狗般氣喘吁吁，胸口瘋狂起伏，上上下下，上上下下，視線牢牢緊盯在某個我看不見的東西上，由始至終都抓著我的手，彷彿只要抓得夠緊，他就會安然無事。

「你還好嗎？」我問——焦急不已，眼淚就要奪眶而出——「你聽得見我說話嗎？」

他奮力掙扎——宛如一條離水之魚——我扶起他的頭，或該說試著扶起他的頭。我完全亂了方寸，不知所措，深怕會傷到他。他死命抓住我的手，彷彿身子懸盪於大樓之外，轉眼就要墜落。他的呼吸斷斷續續、每次喘息都夾雜著泉湧聲，彷彿費盡千辛萬苦抬起沉重的石塊，又一次次墜回地面。他的視線一度筆直迎向我，嘴裡湧滿鮮血，似乎想說些什麼，但那些話語最後卻化為流下下頷的血沫。

然後——我如釋重負——他終於冷靜了些，也安靜了些，緊抓著我不放的手指也逐漸放鬆、融化，有種順著旋渦打轉、沉沒的感覺，幾乎就像他仰天漂浮水面上，逐漸離我遠去。——感覺好點了嗎？我問，然後——

我小心翼翼地滴了些水進他嘴裡——他的嘴脣動了動，我看見它們在動；然後我跪著，如故事裡的童僕般，用他口袋裡的渦紋方巾拭去他臉上部分的血漬，看著他逐漸陷入靜止——殘酷地、一點一滴地——我駭然不已，牢牢凝視他毀壞的臉孔。

你還好嗎？我出聲呼喊。

他其中一邊如紙般的眼皮半睜半閉，不斷顫抖，藍色的靜脈陣陣抽搐。

「如果聽得見我聲音，就捏捏我的手。」

但我手中的那隻手卻疲軟不動。我坐在那兒，看著他，不知所措。該走了，我早該走了——母親交代得很清楚——但我卻找不到任何可以離開這裡的出路；而且老實說，無論怎麼想，我都很難想像自己置身其他任何地方——很難想像除了這裡之外還有另一個世界。那感覺就像我從來不曾有過另一種人生。

「你聽得見我聲音嗎？」我最後一次問，俯身湊近他面前，將我的耳朵附在他血淋淋的唇邊。我什麼也聽不見。

6.

我不想打擾他，以免他只是在休息，所以盡可能保持安靜，站了起來，全身上下沒有一個地方不痛。一時間，我只是站在那兒，低頭俯視他，雙手在制服外套上抹拭——我身上到處都是他的血，雙手也又濕又滑——然後看向那如月球表面般的碎石瓦礫，努力想弄清楚自己置身何處，尋找最好的方法離開。

就當我——費盡千辛萬苦——終於走到廢墟中央，或該說看起來像是廢墟中央的地方後，看見一扇被擋在懸垂殘骸之後的門扉，於是又轉身朝另一個方向前進。那裡的橫梁倒塌，落下一堆幾乎和我同高的碎磚，頂端黑煙繚繞，空間大到足以一輛車通過。我開始吃力地手腳並用爬上去——有時直接翻越，有時繞過一堆又一堆的水泥塊——但沒爬多遠，就領悟自己必須轉向，因為我看見火舌隱隱循著房間另一頭原本屬於禮品店的牆面蔓延而下，在昏暗中噴灑火花，有些甚至來自原該屬於地板高度的下方深處。

我不喜歡另一扇門的景象（地墊上血跡斑斑，石礫間突出著一只男士鞋頭），但起碼擋在門前的東西大多不是太牢固。我跌跌撞撞地折返，閃避自天花板垂落的電線，電線尾端還噴濺著火花，將包包背在肩上，深呼吸了口氣，一頭衝進廢墟。

我立刻被煙塵與強烈的化學氣味嗆得無法呼吸。我一面咳嗽，一面祈禱這裡沒有其他鬆脫但仍然通電的電線，伸出手臂在黑暗中摸索，各種鬆脫的殘屑開始窸窸窣窣地掉進我眼裡：石礫、灰泥屑，還有一些老天才曉得是什麼東西的碎片。

有些建材很輕，有些很重。我越往前走，視線就越是漆黑，空氣也逐漸炎熱。腳下的路徑不時窄縮，或是出乎意外地堵死。我耳中充滿瘋狂的嘈雜聲，卻不確定聲音來自何方。我努力穿過各式各樣的殘骸，有時用走的，有時用爬的。殘骸間散落著屍體，與其說是看到，不如說是感覺到它們在我的重量壓迫下傳來一種令人不安的柔軟凹陷感。不過更糟的是那氣味：燒焦的布料、燒焦的頭髮與肌肉，以及刺鼻的血腥、銅、錫和鹽味。

我的雙手被割傷了好幾道口子，膝蓋也是。我低下頭來，左閃右繞，一面走一面摸索，臀部抵著某種長形車床或梁木之類的東西側身前進，直到發現自己困在某種堅硬的東西內，感覺像是牆。我費了好大力氣——那地方很窄——轉動身體，好把手伸進購物袋裡尋找手電筒。

我想拿那個手電筒鑰匙圈——它落在底部，壓在那幅畫下頭——手指卻握住了手機。我打開電源——卻差點摔落手機。因為在螢幕的光源下，我看見一隻男人的手突出於兩塊水泥之間。即便我嚇得魂飛魄散，但還記得自己萬分慶幸那只是一隻手；儘管那又黑又腫的粗肥手指模樣深深烙印在我腦中，至今無法忘懷。有時候，走在路上，我仍會被乞丐陡然伸出的手——腫脹且指甲邊緣卡滿黑垢的手——嚇得踉蹌後退。

雖然我還有手電筒——但仍然想要那個手機。它發出微弱光芒，照亮我所在的洞窟。但就當我定下神，準備彎腰撿拾時，螢幕卻陡然暗了下來。黑暗中，一股酸綠的殘煙漂浮在我面前。我雙膝跪地，在黑暗中爬行，雙手在石塊與碎玻璃間來回摸索，決心要找到它。

我以為我知道它掉在哪兒，或起碼知道大概的位置，所以堅持找了許久——或許不該找那麼久。但就在我舉手投降，試圖起身時，卻發現自己爬進了一塊低地，無法站直，因為頭頂上大約三吋處擋著某種堅固的東西。我無法轉身，也無法回頭，所以決定繼續往前爬，希望前方會變得開闊。但不多久就發現自己心情陷入絕望與潰敗，只能緩緩痛苦前進，腦袋幾乎呈九十度歪向一側。

大約四歲時，我有次不小心卡在我們第七大道上的舊公寓的活動折疊床裡。聽起來很好笑，但其實一點也不。要不是亞拉美達——我們那時的管家——及時聽見我窒悶的哭聲，趕緊把我拉出來，我想我可能會活活悶死。試圖在不通風的空間裡前進跟那時的感覺有點像，只是更糟：到處都是碎玻璃和滾燙的金屬、布料燒焦的臭味，偶爾還會感到某種我想都不願去想的柔軟東西抵著自己。殘骸沉甸甸地自上方滾落，我的喉嚨裡卡滿粉塵。就在我劇烈咳嗽、察覺恐慌開始蔓延時，我發現自己又看得見了，只是朦朧不清，只有身旁碎磚頭的粗糙紋理。光芒——你能想像到的最微弱光芒——自左方隱隱流瀉而入，某個距離地面大約六吋的地方。

我將頭彎得更低，發現自己看著後方展區的昏暗磨石子地板。一堆東倒西歪、看起來像是救援配備的道具（繩索、斧頭、鐵撬、寫著紐約消防局的氧氣筒）亂七八糟躺在地板上。

「哈囉？」我呼喊——不等有人回應，我便趴下來，盡快扭動身軀，穿過洞口。

洞很窄，如果我再大個幾歲，或胖上幾磅，就很有可能擠不過去。半途中，我的包包不曉得鉤到什麼東西，本來還以為自己必須像蜥蜴斷尾求生一樣放棄它，無論裡頭有沒有畫。不過我嘗試拉扯最後一次，它終於鬆脫了，一堆灰泥碎屑跟著簌簌落下。我頭頂上是某種類似梁木的東西，看起來像是用來支撐沉重建材的結構，而我就在它底下蠕動爬行。我心驚膽戰、只覺得天旋地轉，深怕它會塌下來，把我截成兩半，直到看見有人已用千斤頂穩穩撐住它。

離開洞窟後，我爬了起來，如釋重負，只覺得自己嚇得魂飛魄散，眼淚就要奪眶而出。「哈囉？」我再次呼喊，思索這裡為什麼有這麼多器材，卻不見半個消防員身影。展場裡一片昏暗，但幾乎毫無損傷，股股輕煙繚繞而上，越高處越是濃密。不過只要看到被撞得東倒西歪、變得面朝天花板的電燈和監視器，就知道曾有某種猛烈的力量撞擊這房間。我過於沉浸在重回開闊空間的喜悅裡，過了半晌才察覺這裡的不尋常。房裡到處都是人，卻只有我站著。除了我之外，其他人都倒在地上。

地板上至少躺了十幾個人——但並非所有人都完整無缺，看起來像被從高處擲落過。其中三、四具屍體上身蓋著消防員的外套，腳露在外頭，其他就這麼毫無遮掩地倒臥在地，環繞在爆炸留下的殘漬之間。那些噴濺的痕跡與爆裂的衝擊散發一種暴力感，彷彿有人打了個大大的血噴嚏，有種靜止之中的瘋狂動態感。我特別記得有個中年婦女血跡斑斑的襯衫上印著法貝樂彩蛋的圖案；老實說，看起來很像是從博物館禮品店買來的襯衫。她的雙眼——暈染著黑色眼妝——空蕩蕩地瞪著天花板，小麥般的膚色顯然是人工曬出來的，因為即便少了上半部的頭顱，她的肌膚仍散發著健康的杏桃色光澤。

幽暗的油畫，黯淡無光的金框。我踏著細碎的腳步，走到展廳中央，搖搖晃晃，有那麼點失去平衡。我可以聽見自己粗嘎的呼吸聲，吸、吐；吸、吐。那聲音中有種奇怪的空洞感，如惡夢般虛幻。我不想看，卻非看不可。一名身材矮小的亞洲男子可憐兮兮地裹在棕褐色的防風夾克中，蜷倒在一大灘血泊裡。一名警衛（他五官嚴重燒毀，全身上下最好辨認的就是那套制服）的其中一隻手臂扭至背後，原該有一條腿的地方潑灑著一大灘猙獰的血跡。

但最主要的而且最重要的是：這些倒臥在地的人都不是她。我強迫自己一個一個察看，任何人都不能放過——就算無法強迫自己看向面孔，我也認得出母親的雙腳、服裝，還有那雙黑白雙色的樂福鞋——在確認完畢許久後，我逼自己站在他們之間，緊緊封閉自己，猶如一隻緊閉雙眼的病鴿。

後方的展廳裡還有更多具屍體。總共三具：一名身穿阿蓋爾背心的肥胖男子、一名被炸得支離破碎的老太太，還有個蒼白的嬌稚女孩，除了太陽穴上的紅色擦傷外，身上幾乎毫無損傷。但之後什麼也沒有了。我穿過好幾個展廳，散落的裝備隨處可見。但儘管地板上血跡斑斑，卻再也不見一具屍體。而當我走進母親曾經去過、又準備折返，彷彿距離有千里遠的展廳——也就是掛著〈杜爾博士的解剖學課〉那幅畫的展廳時——我緊閉雙眼，用力祈禱——卻只看見同樣的擔架和裝備。而當我走進那異樣刺耳的死寂中時，廳內僅有的兩名旁觀者，就是當初那兩名在牆上注視著我與母親的困惑荷蘭人，他們彷彿在說：你在這裡做什麼？

有什麼東西斷裂了。我甚至記不得事情是如何發生，但人就忽然來到一個不同的地方，舉足奔過一間又一間除了煙霧外什麼也沒有的廳房。那些煙霧令原有的宏偉變得虛無飄渺，好不真實。先前，這些展廳是那麼一目了然，動線雖然曲折，卻有條不紊，所有支線都通向禮品店。但此刻迅速奔跑其中，而且是反向奔跑，我才發現路線原來一點都不直接，一次又一次轉進空無一物的牆面或沒有出口的房間。門和出入口不在我預期中的位置，獨立式的柱腳陡然憑空出現。我猛然轉彎，勢子有點太急，差點一頭撞上哈爾斯的一群守衛：高大粗暴、雙頰通紅的男人們啤酒喝得醉醺醺，彷彿參加化裝舞會的紐約警察。他們在牆上冷冷俯視我，目光銳利而幽默。我回過神，往後退開，再度拔腿狂奔。

即便是晴天，我有時也會來博物館轉轉逛逛（漫無目的地在大洋洲工藝品區的圖騰和獨木舟間徘徊遊蕩），有時甚至得問警衛出口在哪兒。畫展區特別容易迷路，因為實在是太常重新變動。而當我奔跑在空無一人的廳廊裡，包圍在幽魂似的昏暗燈光中時，心裡不由越來越害怕。我以為我知道大廳主梯的方向，但一離開特別展示區後，周遭景物卻變得如此陌生。而且在頭昏腦脹地跑了一陣、再也數不清到底拐了幾次彎後，我發現自己徹底迷路了。我不曉得自己什麼時候穿過了義大利的藝術傑作（釘在十字架上的耶穌與震驚的聖徒、毒蛇以及嚴陣以待的天使），來到十八世紀的英格蘭。我以前鮮少來這裡，對這一區一無所知。優雅綿長的視野在我前方展開，迷宮般的廳廊透著一股陰宅般的不祥之感：戴假髮的領主與根茲巴羅筆下的清冷佳人都高高在上地傲然俯視我的不幸。這些豪華氣派的作品令人火冒三丈，因為它們並不通往樓梯間或任何主廊，只通往其他雄偉莊嚴、和這裡如出一轍的展覽廳。淚水在我眼眶打轉，就在這時，我忽然在展廳的牆壁一側看見一扇毫不起眼的門。

你得多看兩眼才能發現它，這一扇門。它被漆成和展廳牆壁一樣的顏色，在一般的情況下，這種門應該會是上鎖的。而它會吸引我目光只有一個原因，就是它沒完全闔上——它的左側沒有平貼著牆壁，可能是因為沒有關好，也可能是因為停電，所以門鎖失靈，我不曉得。但要打開它仍然不是件簡單的事——門很重，是鋼板材質，我得使盡吃奶力氣才拉得動它。忽然間——伴隨一陣空氣流洩聲——門冷不防地被拉開，我差點摔倒在地。

我硬擠了過去，發現自己站在一條漆黑的辦公區長廊。這裡的天花板低矮許多，緊急照明燈也比主要展廳微弱許多，我的眼睛過了一會兒才適應這黑暗。

長廊似乎延伸有數哩之遠。我心驚膽戰地往前走，探頭察看門扉虛掩的辦公室。卡麥隆．蓋斯勒，登錄員；藤田美彌子，助理登錄員。抽屜敞開，椅子也被推離桌邊。在其中一間辦公室門口，我看見一隻女士高跟鞋側倒在地。

那股倉皇逃棄的氣氛詭異到難以言喻。遠遠地，我依稀可以聽見警車的警笛，甚至還有對講機和警犬的聲音。但因為我的耳朵仍因爆炸而嗡嗚大作，所以也很有可能是我的幻覺。我越來越是不安，沒有任何消防員、警察、警衛——實際上，我半個人影都沒見到。

僅限員工進入的區域光線沒那麼昏暗，手電筒鑰匙圈派不上用場，但也沒有亮到能讓我看清四周景物。我來到某種檔案室或儲藏區，這裡的辦公室一路從地板到天花板滿滿都是檔案櫃，金屬架上塞滿塑膠郵箱和紙箱。狹窄的走廊令我緊張不已，彷彿被困在陷阱之中，而且腳步聲的回音大到我忍不住停了一、兩次，轉頭去看後方是不是有人在追趕我。

「哈囉？」我試探地呼喊，一面走，一面探頭察看門沒關好的辦公室。有些裝潢現代空曠，有些骯髒擁擠，亂七八糟地塞滿一疊又一疊的書本和紙張。

佛羅倫斯．克勞納，樂器部。莫里斯．奧勒比—羅素，伊斯蘭教藝術。維多利亞．葛貝提，紡織品。我經過一間巖窟般的黑房，裡頭有張長方形的工作檯，檯上放著好幾塊不相稱的布料，像拼圖一樣排在桌上。辦公室後方是一大桿移動式衣架，上頭掛著許多塑膠西裝套，就像在班鐸精品百貨或古德曼百貨員工電梯旁會看到的那種架子。

到了走廊的T形交會處，我左右張望，不知該朝哪個方向前進。我聞到地板蠟油、松節油和化學藥劑的氣味，還有刺鼻的煙味。四面八方只見各種辦公室與工作室無盡延伸，一座隔絕獨立的幾何網絡，呆板僵化，毫無特色。

在我左方，天花板上的電燈閃爍不定，嗡嗡作響，如靜電般忽明忽滅。在那顫抖的光芒中，我看見走廊盡頭有台飲水機。

我快跑上前——急到差點失足滑跤——把嘴貼在水龍頭上狼吞虎嚥，我一口氣灌進太多冷水，太陽穴湧上一陣劇痛。我一面打嗝，一面洗去手上的血跡，往疼痛的雙眼潑了點水。細小的玻璃碎片——小到幾乎看不見——叮叮咚咚落在飲水機的鋼面，猶如一根根冰錐。

我靠在牆上，頭頂上的日光燈——嗡嗡震顫，忽明忽滅——讓我好想吐。我費了好大力氣逼自己起身，繼續前進，在明滅不定的閃爍光芒下蹣跚走著。這方向顯然看起來比較像是作業區：木棧板、一輛平板推車，有種要把貨箱送到哪兒存放的感覺。我又經過另一個交叉路口，籠罩在陰影中的平滑甬道沒入黑暗之中。當我準備繼續邁步前行時，忽然看到盡頭處閃耀著紅光，寫著「出口」二字。

我腳一滑，摔倒在地，趕緊重新起身，一面打嗝，一面跑過彷彿永無止境的長廊。走廊盡頭有扇門，門上有根金屬桿，就像我在學校裡看過的那種安全門。

我推門而出，發出巨大聲響，飛快衝下一座黝黑的樓梯，跑了十二階，在樓梯間一個轉彎，又跑過十二階，直達底部，指尖在金屬欄杆上飛掠，腳步聲與回音瘋狂到像是有其他六個人和我一起飛奔。樓梯底部是一條灰色的制式走廊，走廊上有另一扇金屬門。我衝上前，雙手在門桿上用力一推——感到雨水狠狠打在臉上，聽見震耳欲聾的警笛聲。

我想我應該有放聲大叫，能夠重回藍天之下實在太讓人高興了，不過在周遭的混亂喧鬧中不可能有人聽見我的聲音。我就像是試圖在雷電交加的暴風雨中，站在拉瓜地亞機場停機坪上的噴射機引擎旁大聲尖叫一樣。彷彿紐約五個行政區加上紐澤西的每一輛消防車、警車、救護車和緊急救援車此刻都齊聚在第五大道，尖聲嘶吼，一種興奮瘋狂的喧囂，彷彿新年、聖誕節和國慶日的煙火同時迸放。

那個出口將我帶到貨物裝卸區與停車場之間的一扇廢棄側門，走出門外就是中央公園。公園小徑冷冷清清地矗立於灰綠色的遠方，樹頂白雪皚皚，在風中灑落白淨的雪花。公園之後，在雨水沖刷的街道上，第五大道完全封鎖了。在傾盆大雨中，從我站立之處只能看見一片明亮刺眼的混亂：起重機和各種沉重的裝備、警察奮力阻擋人群；紅、黃、藍三色燈光如水銀般流轉變幻，陣陣閃爍。

我舉起手臂擋在臉前遮雨，邁步跑過空蕩蕩的公園。雨水打進眼裡，潺潺流下額頭，將馬路上的燈火融為在遠方陣陣脈動的一片朦朧霧景。

紐約警局、消防局，以及停靠路邊、但雨刷仍不停擺動的公務車，包括有警犬隊、救助中隊，以及紐約市化災隊。黑色的雨衣在風中獵獵翻飛，一條黃色的警方封鎖線圍住礦工大門的公園出口。我毫不猶豫地舉起封條，從下方鑽了出去，跑進人群之中。

在這片混亂中，沒有任何人注意到我。一時間，我只是茫然地在街上跑來跑去，任由雨水打落臉龐。不管我往哪兒看，都只能看見自己驚恐的身影一閃而逝。周遭的人群一面咒罵，一面像無頭蒼蠅般在我身旁橫衝直撞：警察、消防員、戴著硬式頭盔的男人；老人捧著骨折的手肘，一名流著鼻血的女士被忙亂焦躁的警察趕向七十九街。

我從沒在同一個地方看見這麼多消防車過：十八號救援小隊、四十四號消防小隊、紐約第七雲梯小隊、第一救助小隊、四號雲梯車；中城的驕傲。我奮力穿過靜止的車海與警消人員的黑色雨衣，看見一輛全民義救的救護車，車後寫著希伯來文，透過敞開的車門可以看見一間亮著燈的急救車廂。救護人員正彎腰察看一名女人，試著將意圖坐起的她推回擔架上。一隻皺巴巴、塗著紅色指甲油的手在空氣中扒抓。

我用拳頭敲打車門：「你們得回去。」我大喊，「還有人在裡頭——」

「還有另一顆炸彈。」救護人員看也沒看向我，高聲回答，「我們必須撤退。」

我還沒會意，就有名巨人警察雷霆般席捲而至：樣貌愚蠢，活像一頭鬥牛犬，雙臂肌肉如舉重選手般高高隆起。他粗暴地抓住我上臂，又推又擠地把我拖到街道另一側。

「你他媽的在這裡做什麼？」他厲聲叱喝，蓋過我一面掙扎一面發出的抗議聲。

「警察先生——」一名滿臉是血的女人靠上前來，試圖吸引他的注意，「——警察先生，我想我的手斷了——」

「離那建築遠一點！」他對她大吼，甩開她手臂，隨即回頭看向我，「快走！」

「但是——」

他用力將我推開，力道大到我踉蹌退倒，差點摔跤。**「離那建築遠一點！」**他厲聲叱喝，高舉雙手，雨衣都掀了起來。**「現在就給我離開！」**他甚至沒看向我，那雙如熊一般的綠豆小眼牢牢緊盯我身後。街道另一頭似乎發生了什麼事，而他臉上的表情嚇壞了我。

我匆匆躲進救護人員之中，左支右閃地來到對街的人行道上，就在七十九街旁——雖然到處不見母親身影，但仍留意尋找她的蹤跡。路上停滿各式各樣的救護車與醫療車：貝斯以色列醫院急診部、尼諾克斯山丘醫院、紐約長老教會醫院、卡布里尼緊急醫療救護隊。一名渾身是血的西裝男士仰天躺在裝飾用的紫杉樹籬後方，就在第五大道一棟豪宅的小小籬笆庭院裡。黃色封鎖線在風中獵獵翻飛——但被雨水淋得渾身濕透的警察、消防員，與戴著硬式頭盔的男子彷彿視若無睹，逕自拉起封條，穿進穿出。

所有目光都集中在上城的方向，之後我才曉得原因：在八十四街上（距離太遠，所以我看不見），化災隊的隊員正用高壓水柱瘋狂沖澆一枚未引爆的炸彈，設法「破壞」它。我一心想找人問清事情的來龍去脈，所以拚命朝一輛消防車擠去。但警察在人群間跑進跑出，不停揮舞手臂，大聲拍手，用力把人潮往後推。

我抓住一名消防員的外套——一個嚼著口香糖、樣貌和善的年輕人。「裡頭還有人！」我大喊。

「對，對，我們知道。」消防員看也沒向我看上一眼就大聲回答，「他們下令要我們撤退，說再等五分鐘就讓我們回去。」

我感覺後背被人飛快推了一把。「讓開，讓開！」有人高吼。

一個粗嘎而且口音濃厚的聲音怒斥：「放開我！」

「現在！所有人立刻退開！」

我背上又被推了一把。消防員手拉著雲梯車欄杆，探身凝視博物館丹都爾神廟的方向；警察緊張地並肩而立，對打在身上的雨水毫無所覺。我跌跌撞撞地走過他們身旁，被人潮推擠前進，看見一雙雙呆滯的眼神，人們點著頭，雙腳無意識地隨著倒數的節奏踩踏。

等到聽見炸彈破壞的爆裂聲，以及第五大道上如足球場般震耳欲聾的嘶啞歡呼聲時，我已經被擠到麥迪遜大道上了。警察——交通警察——不停轉動手臂，將震驚的人潮往後推。「動作快，動作快。」他們擠在人群之間，大聲拍手，「所有人往東移動。所有人往東移動。」一名警察——臉上蓄著山羊鬍、耳朵上戴著單邊耳環，像職業摔角手般身形巨大魁梧——伸手推開一名身穿連帽休閒衫、試圖用手機拍照的送貨員。那人跌到我身上，差點把我撞倒。

「小心點！」送貨員氣沖沖地高聲叫罵。警察又推了他一把，這次力道大到他整個人往後摔進水溝之中。

「你是聾了嗎，老兄？」他大聲喝叱，「快點離開！」

「別碰我！」

「那我朝你腦袋開上一槍怎樣？」

第五大道與麥迪遜大道之間變得猶如一座瘋人院。直升機在頭頂上空噠噠盤旋，擴音器中傳出模糊不清的話語。七十九街雖然封鎖了，卻被警察、消防車、水泥路障和一群群渾身濕透、驚慌尖叫的路人塞得水泄不通。有人想要逃離第五大道，也有人想要擠回博物館前，還有更多人將手機高高舉在頭頂拍照。其他人動也不動呆立原地，驚駭到合不攏嘴，渾然不覺身旁蜂擁的人群，只是楞楞仰望第五大道上空的雨中黑煙，彷彿火星人就要大舉入侵。

警笛聲此起彼落，煙霧自地鐵的通風孔裊裊而上。一名裹著髒毯子的流浪漢來來回回地四處遊蕩，臉上寫滿熱切與迷惘。我滿懷希望地四處張望，在人群中尋找母親的面孔，相信自己會看到她。有那麼片刻，我試圖抵抗被警察推擠的人潮，往上游鑽去（踮起腳尖，引領翹望），直到我領悟自己絕不可能擠回去，便改在滂沱大雨和瘋狂的人群中搜尋她的面孔。回家等她好了；我心想。我們約定過，如果發生任何緊急事故就回家會合。她一定是領悟到想在這片混亂之中找到我只是白費力氣，但我還是感到一股隱隱約約、任性無理的失望——而且，當我走在返家途中時（頭痛欲裂，眼前所見一切都出現雙重影像），還是不停尋找她，搜尋身旁眾多無名無姓的出神面孔。她逃出來了，這是最重要的。她離爆炸最嚴重的地點好幾個展廳遠。我看過了，沒有一具屍體是她。但無論我們事前如何約定、無論這做法多麼合理，我還是難以相信，她會在沒有找到我的情況下，獨自離開博物館。

第二章　解剖課

小時候，大約四、五歲時吧，我心裡深處最大的恐懼就是哪天母親下班後再也沒有回家。加法和減法在這時對我最大的用處，就是幫忙推估她的行蹤，（她還要幾分鐘才能下班？她從辦公室走到地鐵要幾分鐘？）甚至在我學會數數前，就已經沉迷於學習看錶，焦急地研究用蠟筆在紙盤上畫出的神祕圓圈，一旦理解後，就能破解她來去的模式。她大多時候都會在她說的時間回家，所以只要她遲到十分鐘，我就會開始坐立難安；再遲，我就會像被遺棄在家太久的小狗，坐在公寓前門的地板上，豎直耳朵，聚精會神地聆聽電梯上樓的運轉聲。

小學時，我幾乎每天都會在第七頻道的新聞電台上聽到令我擔憂的消息。如果母親在等六號地鐵時被某個穿著又髒又破的外套的流浪漢推下月台怎麼辦？或者被歹徒拖進某個漆黑的門口，為了搶奪皮夾就捅她一刀？如果她把吹風機掉進浴缸怎麼辦？或被汽車或腳踏車撞倒？或者像我同學母親一樣，因為牙醫開錯藥所以喪命？

想到母親出事尤其令我恐懼，因為我爸實在太不可靠。不可靠，我想這是非常委婉的一種說法。即便心情好時，他也會醉酒醉到弄丟薪水，或沒關上家裡大門就這麼呼呼大睡。而當他心情不好時——大多時候都是如此——就會雙眼通紅，一臉陰沉，西裝皺到像是他穿著它在地上打滾，全身散發一種不自然的靜止感，彷彿粒子受到壓迫，即將爆炸。

雖然我不了解他心情為何如此惡劣，但顯然的，他會不開心都是我們的錯。他就是看我和母親不順眼。因為我們，他才必須忍受那份他無法忍受的工作，我們所做的每一件事都只會惹他生氣。他尤其不喜歡有我在身邊，不過這也不是常有的事。當我早晨準備上學時，他會浮腫著一雙眼，默默端著咖啡，讀著《華爾街日報》；睡袍沒繫，一頭捲髮翹的亂七八糟，有時手會抖到他端起杯子時，會把杯裡的咖啡灑出來。我只要走進廚房，他就會提高警覺地盯著我，鼻孔翕張，彷彿我用餐具或穀片碗製造太多噪音。

除了每天這個尷尬時刻外，我並不常見到他。他不和我們一起吃晚餐，或參加學校任何活動。在家時不會陪我玩，也不常和我說話；實際上，到我上床就寢前，他根本很少在家。有些日子裡——特別是發薪水那天，也就是每隔週的週五——一直要到了凌晨三、四點，他才會乒乒乓乓地回家，大力甩門，隨手扔下公事包，到處東碰西撞。有時候我會陡然驚醒，瞪著天花板上從天文館買回來的夜光星星，思索是不是有殺手闖進家裡。幸運的是，當他喝醉時，腳步會變得特別遲緩，絕不可能聽錯——那如同科學怪人般的腳步聲；現在想起來，那節奏審慎而笨重，每一步之間都隔得荒謬的久——而一旦我領悟在黑暗中製造聲響的是他，而非什麼連續殺人犯或精神異常的瘋子，就會重新陷入斷續不安的焦躁瞌睡。翌日，星期六，我和母親會趁在沙發上睡得滿身大汗、亂七八糟的父親醒轉前，悄悄離開公寓，否則我們一整天都得躡手躡腳，深怕他面無表情坐在電視機前，手裡拿著外賣的中國啤酒，目光呆滯地看著調成靜音的新聞或體育比賽時，我們會因為關門關得太大聲，或隨便任何一件小事吵到他。

因此，當某個星期六早晨，我和母親起床發現他前晚壓根沒回家時，心裡並不特別煩惱，一直要到了星期天才開始擔心；但即便如此，我們也只是微微擔心而已。大學的美式足球賽季剛開始，我們確定他一定是在幾場比賽上下了注，所以一聲不吭地跳上巴士，跑去大西洋城。直到隔天，父親的祕書蘿瑞塔打來，說他沒去上班，我們才開始察覺出了大事。母親擔心他在酒吧喝得酩酊大醉，離開時遭歹徒搶劫或殺害，因此打了電話報警。接下來的好幾天，我們一直緊張等待電話鈴響或敲門聲響。之後，在一週結束之際，我爸捎來一張簡短的字條（郵戳來自紐澤西的紐沃克），用激動潦草的筆跡告訴我們他要去一個祕密地點「展開新生活」。我還記得自己好好認真思索了「新生活」三個字，彷彿它真能揭露什麼蛛絲馬跡，讓我知道他的下落。在我苦苦騷擾、糾纏、哀求母親大約一週後，她終於答應讓我自己看那封信（「好吧，」她認命地說，打開抽屜，將信找了出來。「我不知道他會期望我怎麼解釋，所以還不如讓你自己看。」）。信是寫在機場附近一家逸林飯店的便箋紙上。我原本堅信信裡可能藏有什麼重要的線索，可以讓我得知他的下落，沒想到卻震驚到楞在當地，作聲不得。因為信的內容極其簡短（只有寥寥四、五句話），字跡匆忙、輕率、滿懷怨憤，就像他在衝去雜貨店前倉促寫下的。

從許多方面來看，父親的消失都是一樁好事，讓我們輕鬆不少。我當然不是太想念他，母親似乎也是。雖然後來因為付不起工資，必須遣散管家辛西亞，讓我們心裡都很難過。（辛西亞還哭了，說她願意免費留下來為我們工作。但母親替她在公寓裡找了另一份兼差，替一對有新生嬰兒的夫妻打掃家裡。她大概一星期會來邀請母親喝咖啡一次，衣服外仍套著她打掃時穿的工作服。）母親什麼也沒表示，就默默把父親一張年輕時曬出一身小麥肌膚、站在滑雪坡頂端的照片從牆上拿了下來，換上我和她在中央公園溜冰場的合照。夜裡，母親會拿著計算機熬夜處理我們的帳單。即便公寓的租金穩定，但少了父親的薪水，我們每個月仍舊過得十分拮据。因為無論他到哪裡展開什麼樣的新生活，顯然都不包括寄錢回來扶養自己的小孩。基本上，就算需要自己拿衣服去地下室洗、只能看早場而非普通場次的電影、吃放了一天的麵包和便宜的外帶中國菜（麵條和芙蓉蛋）、連坐個公車都要湊銅板，我們也對這樣的新生活毫無怨尤。但那天，當我拖著沉重的腳步從博物館走回家時——又濕又冷，頭痛到快要爆炸——我才陡然驚覺，自從父親離開後，世上就再沒有人會特別為我或母親擔憂。沒有人會坐在桌前，思索我們一整個早上都去了哪兒，為什麼我們兩人音訊全無。無論他此刻身在何方，展開什麼樣的新生活（熱帶地區、大草原、小巧的滑雪小鎮或美國大城都好），雙眼一定都牢牢緊盯電視，而且不難想像他的神情甚至有那麼點緊繃與緊張，就像有時看到與他自身完全無關的重大新聞時一樣——像是遙遠的地方發生龍捲風肆虐或橋梁坍塌的意外。但他會擔心到打回來問我們好不好嗎？大概不會——就像他也不會想到要聯絡以前的辦公室，了解出了什麼事一樣。不過他一定會想起中城的舊同事，思索那些斤斤計較的小氣鬼和握筆桿的笨蛋（他都是這麼稱呼他們）在公園大道一〇一號裡做什麼。祕書們會嚇得魂飛魄散，把辦公桌上的照片收好，換上便鞋回家嗎？或者十四樓會變成什麼祕密派對的基地，大夥叫了三明治，圍在會議室的電視前看新聞？

儘管返家的路途彷彿永無止境，但除了麥迪遜大道上那陰冷灰暗、被雨幕重重包圍的情景外，我記得的並不多——搖搖晃晃的雨傘，人行道上的人潮無聲地朝下城湧去，有種擁擠瑟縮的匿名感，就像一九三〇年代銀行倒閉、人群排隊等著領麵包的黑白照片。頭痛與雨水將世界壓縮成一個窄小擁擠的窒息圓圈，我只能看見人行道前方的無數背影；實際上，我頭痛到幾乎看不清自己前進的方向。有幾次我在沒留意紅綠燈，就這麼走上行人穿越道時，差點被車撞倒。似乎沒有任何人知道究竟發生了什麼事，不過我從停在路旁的計程車廣播中聽見大聲的「北韓」兩字，還有好幾個路人喃喃低語著「伊朗」和「蓋達組織」。一名綁著滿頭髮辮、骨瘦如柴的黑衣男子——整個人淋得像落湯雞似的——在惠特尼美術館前來回走動，高舉拳頭揮舞，漫無目標地大喊：「曼哈頓，繫好你的安全帶，賓拉登又要來教訓我們了！」

雖然我覺得自己搖搖欲墜，好想找地方坐下來，卻不知哪來的力氣繼續蹣跚前進，一跛一跛宛如壞了零件的玩具。警察一面打手勢，一面吹口哨，揮手示意。雨珠自鼻尖滑落，我一遍又一遍眨去眼中的雨水，腦中只有一個念頭：我得盡快回家與母親會合。她會在家裡等我，心急如焚，揪著頭髮，咒罵自己為什麼要拿走我的手機。所有人的手機都打不通，街上的公共電話亭外大排長龍。母親，我心裡想著，母親；努力想透過心電感應告訴她我還活著，想讓她知道我平安無事；但同時間，我記得我告訴自己不用跑，慢慢走就好，我可不想在半途中昏倒。她實在太幸運了，在事發前幾分鐘就離開那裡！她把我送進爆炸地點的核心，一定以為我死了。

想起那名救了我一命的女孩，我雙眼不由一熱。琵琶！對她這樣一個與眾不同的紅髮小女孩來說，這名字多麼奇怪又枯燥啊，但卻非常適合她。只要想起她注視我的目光，我就一陣天旋地轉——因為這個素昧平生的陌生人——我才沒有離開展廳，走進禮品店的黑色烈焰之中，「砰」，轉眼間灰飛煙滅。我有機會讓她知道是她救了我一命嗎？至於那名老人，消防員與救難人員在我離開後幾分鐘就衝進了博物館，我依舊懷抱希望，相信有人成功找到他、把他救出來——門用千斤頂頂住了，他們知道他在裡頭。我這輩子還有機會見到他們兩人嗎？

等我終於回到家後，只覺得全身上下冷到骨子裡，昏昏沉沉，跌跌撞撞。水珠自濕透的衣服淌落，在大廳地板留下一道蜿蜒的水痕。

經歷過街上的擁擠人潮後，公寓裡的荒涼令我怔忡難安。儘管管理室裡的攜帶型電視仍然開著，也能聽見對講機在某處傳來斷斷續續的雜音，卻到處不見阿金、卡洛斯、荷西或平常任何一個人的蹤影。

大廳更深處，空蕩蕩的電梯亮著燈等待乘客，宛如魔術表演中的道具。齒輪開始嘎嘎運轉，珍珠般的老舊藝術數字接續亮起，搖搖晃晃地將我送上七樓。我走進單調乏味的走廊，終於放下心裡的大石——鼠棕色的油漆，令人窒息的地毯清潔劑氣味，一切都是那麼令人安心。

鑰匙在鎖孔內喀喀轉動。「哈囉？」我呼喊，走進昏暗的公寓：百葉窗沒有拉開，室內鴉雀無聲。

冰箱在寂靜中發出嗡嗡嗚響。天啊；我心想，只覺一陣驚恐，她還沒回家？

「媽？」我再次呼喚，一顆心迅速下沉，快步走過玄關，茫然站在客廳中央。

她的鑰匙不在門口的掛釘上，桌上也沒有她包包的蹤影。濕透的鞋子在死寂中啪噠作響，我朝廚房走去——其實也算不上廚房，只是個小小的凹陷空間，面對通風井，擺著一座兩口瓦斯爐。她的咖啡杯仍在那兒，從跳蚤市場買回來的綠色杯子，杯緣上印著她的口紅印。

我站在那兒，楞楞看著尚未清洗的咖啡杯，杯底部約有一吋高的冷咖啡，思索自己該如何是好。我的耳朵仍嗡嗡作響，頭痛到幾乎無法思考，一波又一波的黑暗在我視野邊緣徘徊。我先前滿腦子只顧想著她會有多擔心，我得盡快回家，讓她知道我平安無事，從來沒想過她可能不在家。

我每走一步就瑟縮一下，穿過走廊，來到爸媽的主臥室。自從父親離開後，房裡基本上沒什麼改變，只是現在剩她一人，變得凌亂了些，也比較像女生的房間。床鋪沒有整理，亂糟糟的，床頭櫃上的答錄機靜悄悄地一片黑暗：沒有留言。

我佇立門口，痛到有些站不穩，努力想集中精神。這天的奔波令我感到一陣暈眩，彷彿坐了太久的車。

要事第一。首先，找到我的手機，察看留言。問題是我不曉得自己的手機在哪兒。知道我被休學後，她就把我的手機沒收了。昨天晚上，我趁她洗澡時撥打自己的號碼，想知道她把手機藏在哪兒，但顯然她把電源關了。

我還記得我把頭埋進她梳妝台的第一格抽屜裡，在一堆眼花繚亂的圍巾中東翻西找，有絲的、有絨的，還有印度刺繡的。

然後，我千辛萬苦地將她床尾的長椅拖到衣櫥前（不過它其實不是太重），爬了上去，察看最上方的格層。之後，我有些茫然地坐在地毯上，臉頰貼著長椅，耳邊迴響著刺耳的白色轟鳴。

不對。我記得自己猛然抬頭，非常確定廚房的爐子瓦斯外洩，而我就要瓦斯中毒，只是鼻子聞不到任何異味。

我很有可能走進了她臥房裡的小浴室，在藥櫃裡尋找阿斯匹靈，抑制頭痛，我不曉得。唯一肯定的是，我在不知不覺間回到了自己房間，但又毫無印象是怎麼回去的，只記得我一手扶在床邊牆上，穩住身體，感覺自己快吐了。之後一切變得混沌不清，整個人迷迷糊糊，直到聽見一聲類似開門的聲音，便天旋地轉地從客廳沙發坐了起來。

但聲音並非來自前門，只是走廊上的另一扇門。屋內一片漆黑，我可以聽見街上傳來傍晚的車流聲；尖峰時間的車流聲。昏暗中，我心跳彷彿停止片刻，靜靜地動也不動，聽著聲音逐漸清晰，桌燈與里拉琴狀的椅背線條也在窗邊薄暮的映照下浮現清楚的輪廓。「媽？」我呼喚，聲音中的驚恐清晰可聞。

我就這麼穿著濕答答而且沾滿砂石的衣服睡著了。沙發也被我弄濕，在我躺臥的地方留下一道濕黏的人形凹痕。冰冷的微風穿過母親早晨留下的半開窗隙，將百葉窗吹得啪啪作響。

時鐘顯示現在已是晚上六點四十七分。恐懼逐漸膨脹，我拖著僵硬的身軀在公寓遊走，將所有電燈打開——甚至是客廳天花板上的燈；那盞燈我們很少開，因為它實在太亮又太刺眼。

我站在母親臥房門邊，看見黑暗中閃爍著一點紅光。一股美妙的安心感席捲而至，我快步繞過床角，摸索答錄機上的按鈕，但幾秒後才察覺那根本不是母親的聲音，而是母親的同事，語調聽起來莫名雀躍：「嗨，奧黛莉，我是布露，只是打來問妳好不好。瘋狂的一天，對吧？聽著，要給帕雷哈看的打樣已經準備好了，我們得討論一下，不過截稿日延後了，所以不用擔心；起碼短時間內還不用擔心。希望妳撐得住，親愛的，有空回個電話給我。」

我在原地佇立良久，直到訊息嗶的一聲結束後仍楞楞看著答錄機，然後掀開窗簾一角，望向窗外的車潮。

尖峰時刻，人們紛紛自外地返家，街上隱隱傳來喇叭聲響。我還是頭痛欲裂，而且有種嚴重的宿醉感（當時還很不習慣，不過現在已不幸地成為家常便飯），彷彿忘了什麼重要的事沒做完。

我回到母親臥房，用發抖的雙手按下她的手機號碼，倉促到按錯鍵，還必須重打一次。但是她沒有接電話，是語音信箱。我留了言（媽，是我。我好擔心，妳在哪兒？），在她床邊坐下，把頭埋進手中。

樓下開始飄來烹飪的氣味，以及從隔壁公寓傳來的朦朧聲響；模糊不清的碰撞聲，有人將櫥櫃開了又關。天色已晚，人們下班返家，放下手中的公事包，迎接他們的貓、狗和小孩，打開電視新聞，準備出門吃晚餐。她在哪兒？我絞盡腦汁，努力設想所有可能絆住她的原因，卻一個也想不出來——不過誰知道呢，或許哪條街被封鎖了，所以她回不了家。但她不是應該會打電話回來嗎？

或許她弄丟了她的手機？我心想；或者被她弄壞了？還是把手機給了某個更需要的人？公寓裡的死寂令我坐立難安。水管中水流嗚囀，百葉窗間輕風不安騷動。我只是手足無措地坐在她床邊，覺得自己必須做些什麼，因此又打了一次她的手機，留了另一則訊息，而這次再也無法隱藏聲音中的顫抖。媽，剛才忘了說，我回家了。有空立刻打給我，好嗎？接著我又打去她辦公室，在答錄機中留言，以防萬一。

一種冰冷至極的寒意在我胸口中央蔓延。我走回客廳，在那兒佇立了一會兒，又走到廚房的布告板前，看她有沒有留什麼字條給我，儘管我心知肚明答案是什麼。回到客廳，我望向窗外的繁忙街道，她有可能不想吵醒我，就自己跑去藥局或熟食店了嗎？有部分的我好想上街找她，但在這尖峰時段裡，這麼做無異是大海撈針，太瘋狂了；除此之外，如果離開公寓，我怕自己會錯過她的電話。

門房交班的時間已過。我打去樓下時，心裡原本期望會是卡洛斯接電話（他是所有門房中最資深也最有威嚴的一個），如果是荷西就更好了。他是個來自多明尼加、樂天活潑的大塊頭，所有門房中我最喜歡的就是他。但電話響了許久，遲遲無人接聽，最後終於有個微弱、遲疑的外國口音說：「哈囉？」

「荷西在嗎？」

「不在。」那聲音回答，「不在，你晚點打。」

我頓時想起，是那個總是一臉驚恐、戴著安全護目鏡和橡膠手套替地板打蠟、處理垃圾和公寓其他零瑣雜工的亞洲人。所有門房（似乎都和我一樣不曉得他叫什麼名字）都喊他做「新來的」，並且對管理階層找了個英文和西班牙文都不會說的雜工進來很是不滿，滿腹牢騷。如果公寓裡出了什麼問題，他們一律怪到他頭上：新來的沒把地鏟平、新來的沒把郵件放在正確的位置、新來的怠忽職守，沒有把院子整理乾淨。

「你晚點再打。」新來的滿懷期望地說。

「不，等等！」我趕在他掛斷前開口，「我有事要找人商量。」

一陣茫然不解的沉默。

「拜託了，有沒有任何人在那兒？」我問，「是急事。」

「好吧。」那聲音小心翼翼地回答。他沒有斷然拒絕讓我心裡燃起一線希望。我可以聽見他在沉默中用力喘息。

「我是席歐．戴克。」我說，「七C的住戶？我常在樓下看到你。我母親還沒回家，我不曉得該怎麼辦才好。」

一陣漫長又困惑的靜默。「七。」他重複，好像整段話中他只聽懂這個字。

「我母親。」我又重複一遍，「卡洛斯呢？有沒有其他人在？」

「對不起，謝謝你。」他慌忙說，匆匆掛上電話。

我也把話筒放回去，心裡焦躁不安，動也不動地在客廳中央呆立了一會兒，然後上前打開電視。整座城市陷入混亂，所有往來外地的橋梁都封鎖了，難怪卡洛斯或荷西進不了城。但我沒看見任何可能會絆住母親的事，倒是看見一支聯絡電話，若有人失蹤可以打去詢問。我將號碼抄在報紙上，和自己約定，如果半小時後她還沒回家，我就打去問問看。

抄下電話後我心情平復了些。不知為何，我很肯定抄下號碼這個動作會像變魔術般，讓她走進公寓大門。但整整四十五分鐘過去，然後是一小時，她依舊沒有現身。我終於放棄，打了那支號碼（不停來回踱步，一面緊張地留意電視畫面，一面等待電話接通然後轉接，聽著線路另一頭傳來床墊和音響的廣告：免費提供最迅速的運送服務，無信用卡亦可）。終於，一個輕快的女聲接通電話，語氣正經八百。她記下母親的姓名、我的電話號碼，表示母親並不在「她的名單」上，但只要她的名字出現，她就會回電通知我。掛斷電話後，我才驚覺自己忘了問她，她所說的名單是什麼意思？而在一陣彷彿永無止境的驚懼不安後——憂心忡忡地在屋內遊蕩徘徊，一格格打開抽屜、拿起書本又放下，然後打開母親的電腦，看能從谷歌上查到什麼（什麼也沒有）——我又打去問了一遍。

「她不在死亡名單上。」第二名女子回答，語氣聽起來異樣輕鬆，「或是傷者名單。」

我精神一振。「這表示她平安無事囉？」

「這表示我們沒有她的消息。你之前有沒有留下電話號碼，方便我們之後回電？」

有，我回答，他們說之後會再聯絡我。

「免費運送與裝設。」電視廣告說著，「別忘了詢問我們半年免息的分期服務喔。」

「那麼祝你好運。」女人說，結束通話。

公寓裡的死寂好不自然，即便電視傳出響亮的交談聲也無法驅趕。二十一人死亡，「更多人」受傷。明知沒用，我還是試著用這數字安慰自己：二十一人也沒那麼糟，對吧？無論是在電影院，或甚至公車上，二十一人都不算多，比我學校裡的英文課還少了三個人。但很快地，疑慮與恐懼再度蔓延，而我唯一能做的，就是克制自己不要衝到街上，大喊她的名字。

儘管我非常想上街找她，但心裡很清楚自己應該按兵不動。我們該在家裡會合的；這是我們的約定，打從小學開始就立下的鐵則。那時我從學校帶了一份防災計畫書回家，裡頭畫著戴了防塵面罩的卡通螞蟻，為了某種不知名的緊急事件忙碌收集各種物品，防範準備。我填完書裡的字謎和語焉不詳的選擇題（「避難包裡最適合的衣物是什麼？A.泳衣。B.可洋蔥式穿脫的衣物。C.草裙。D.錫箔紙。」），並且——和母親一起——規劃了一套家庭防災計畫。我們的計畫很簡單：回家會合。如果有人無法趕回家，就打電話聯絡對方。但時間一分一秒過去，電話卻靜悄悄地一聲不響，而新聞上的死亡名單增加到了二十二人，然後是二十五人。我再次撥打市府的緊急聯絡號碼。

「是的。」接電話的女人用一種令人火大的冷靜語調說，「紀錄顯示你已經致電過了，我們已將她列入名單之中。」

「但是——說不定她被送到了醫院還是怎樣？」

「有可能，但我無法確認。再請教一次貴姓大名？你想不想和我們的諮詢師談談？」

「他們把傷患送去哪家醫院？」

「對不起，我真的無法——」

「貝斯以色列醫院？還是尼諾克斯山丘醫院？」

「這得看傷勢決定，有人是眼睛受傷，有人是燒傷等等之類的。現在全城各地都有傷患在接受手術——」

「那幾分鐘前才宣告死亡的民眾呢？」

「聽著，我明白，我很想幫忙，真的，但恐怕名單上沒有奧黛莉．戴克這個名字。」

我兩眼緊張不安地在客廳裡巡視。母親的書（芭芭拉．萍恩的《雙姝記》）面朝下地擱在沙發椅背上；椅子扶手上則掛著一件喀什米爾薄毛衣；那款毛衣她所有的顏色都有，這件是淺藍色的。

「或許你該來民兵總部一趟。他們為家屬準備了一些東西——有食物，還有大量的熱咖啡以及可以談話的對象。」

「但我想要問的是妳那裡有沒有任何無名死者或傷患？」

「聽著，我能理解你的心情，我真的很希望自己能幫上忙，但也真的無能為力。只要一有任何詳細資訊，我們一定會立刻聯絡你。」

「我一定要找到我媽！求求妳了！她有可能被送去哪家醫院了。妳能不能告訴我可以去哪裡找她？」

「你幾歲了？」女人狐疑地問。

我震驚沉默半晌，然後掛上電話。一時間，我只覺得天旋地轉，只能楞楞看著電話。一方面鬆了口氣，一方面又良心不安，好像自己不小心撞倒了什麼東西，把它弄壞了。我低頭看向雙手，發現它們抖個不停，才頓時像發現iPod沒電一樣，木然想起自己已經有陣子不曾進食。除了得腸胃型感冒那次外，我這輩子還不曾空腹這麼長時間過。因此我走到冰箱前，替自己找到一盒前晚吃剩的撈麵，端在流理台前狼吞虎嚥，脆弱又無助地暴露在頭頂的燈泡下。雖然還有芙蓉蛋和米飯，但我決定留給母親，以免她回家時肚子餓。已經快午夜了，再不久熟食店就要打烊。吃完後，我洗好自己的叉子和早上留下來的杯具，又把流理台擦拭乾淨，這樣她回家後就不用再整理收拾。看見我幫她把廚房清理乾淨，她一定會很高興；我這麼堅定地告訴自己。看見我替她救出那副畫，她一定也很開心（起碼我是這麼認為）；也或許她會生氣，但我能解釋。

根據電視上的報導，他們現在已經知道是誰該為這起爆炸負責：新聞以「右派激進分子」和「本土恐怖主義分子」稱呼他們。這些人與一家搬運公司合作，在博物館內身分不明的共犯協助下，將炸彈藏於禮品店內堆放明信片與書本的木製展示台內。部分歹徒業已身亡，部分拘留警局，其餘仍逍遙法外。新聞接著開始報導一些細節資訊，但我一時間難以消化。

此刻，我正和廚房裡一個棘手的抽屜奮戰，它在父親離家許久之前就已經卡住了。除了餅乾模具、幾支老舊的起司火鍋叉和我們從來沒用過的檸檬榨汁器外，裡頭什麼也沒有。母親已經嘗試超過一年，想請公寓裡的人幫忙修理（除了抽屜外，還有壞掉的門把、漏水的水龍頭以及其他半打討厭的小問題），但都不了了之。我找了把奶油刀，努力想撬開抽屜，小心不要再從斑駁的表面上撬落更多油漆。那場爆炸帶來的震撼仍在我骨頭深處迴盪，彷彿耳鳴之中的嗡嗡回音。但更糟的是，我鼻子裡仍聞得到血腥味，嘴裡也仍能嚐到鹽與錫的金屬味與鹹味。（那味道還會持續好幾天，但那時的我並不知道。）

我一面和抽屜奮戰，一面憂心，又一面思索自己是不是該打給誰；如果要打的話，又該打給誰好？母親是獨生女，而儘管嚴格來說，我還有一對祖父母尚在人世——父親住在馬里蘭州的父親和繼母——但我不知道該怎麼聯絡他們。我爸與他繼母桃樂西之間的關係最多也只能勉強稱作相敬如賓。她是一名東德移民，嫁給祖父之前以清掃辦公大樓維生。（我爸每次都刻意用醜化的方式模仿桃樂西，而且表演得活靈活現：一個像靠電池運轉的家庭主婦，雙唇緊抿，動作僵硬，說起話來口音就像《大不列顛之戰》裡的寇特・杰金斯。）不過雖然我爸不喜歡桃樂西，但他最痛恨的還是戴克爺爺：一個又高又胖，樣貌嚇人的紅臉黑髮男子（髮色是染的，我想），背心與細格襯衫是他的標準裝扮，堅信用皮帶鞭打小孩是最有效的教育方式。想到戴克爺爺，我腦中就會浮現「酷刑」兩個字——就像我爸常說的：「和那混蛋一起生活簡直就是一種酷刑。」或是「相信我，在我們家裡，晚餐時間簡直就是一種酷刑。」我這輩子只見過戴克爺爺和桃樂西兩次，氣氛都一樣劍拔弩張：母親坐在沙發上，傾身向前，外套仍穿在身上，包包擱在大腿，努力想要開啟話題，但所有的英勇嘗試最終都宣告失敗，沉沒至流沙底下。我印象最深的是那些僵硬勉強的笑容、濃濃的櫻桃菸草味，還有戴克爺爺用不太和善的語氣警告我，不准我用那雙黏答答的小手碰他的火車模型（一組阿爾卑斯村的模型，足足占據了他們家一整個房間，而且據他說要一萬美金）。

我把奶油刀插進卡住的抽屜內側，但因為撬得太用力，把刀子都折彎了——那是母親少數擁有的高級刀具，一把屬於外婆的銀製奶油刀。我咬住下脣，集中所有意志力，拚命想將它彎回去，但白天裡發生的駭人畫面不停朝我撲來。試著不去想它，就像試著不去想一頭紫色的牛一樣，你滿腦子裡只會有那頭紫牛。

出乎意外地，抽屜猛然彈開。我低頭望向混亂的內部：生鏽的電池、壞掉的磨起司器、打從我一年級後母親就再也沒用過的雪花形餅乾模型，還有范恩咖啡館、揚州樓和戴墨尼科牛排館又破又舊的外賣菜單。我沒把抽屜關上，就讓它大大敞開——這樣她走進廚房，立刻就會看到它——然後走到沙發旁，把自己裹在毯子裡，挺背坐直，清楚地盯著前門。

思緒不停翻騰。好長一段時間內，我只是坐在沙發上，不停發抖，紅著雙眼，全身籠罩在電視螢幕發出的光芒中，看著藍色影子不安明滅。其實沒什麼新消息了，新聞開始不斷重播博物館的夜景畫面（除了人行道上還掛著警方的黃色封鎖線、武裝警察排排守在建築物前，以及零星的殘煙斷斷續續自屋頂飄散至探照光柱強力掃射的夜空外，現在看起來已再正常不過）。

她在哪兒？為什麼還沒回家？她會有個好解釋的。她會將一切大事化小，小事化無，然後我此刻的擔心就會變成一樁無足輕重的傻事。

為了將她趕出腦海外，我集中思緒，全神貫注在一則重播的晚間新聞訪問上。一名身穿毛呢外套、打著領結、戴著眼鏡的博物館員——而且顯然正在發抖——表示當局禁止專業人士進入博物館照顧藝術品實在令人非常不齒。「沒錯，」他說，「我明白這是犯罪現場，但這些畫作對於空氣與溫度的改變極端敏感，非常有可能會被水、化學藥劑和煙霧所破壞。在我們說話的同時，它們就已經有可能開始遭到侵害。盡快讓保存人員與研究員進入重要區域評估損傷是目前的當務之急——」

電話冷不防地響起——而且異常大聲，就像鬧鐘把我從這輩子做過最可怕的一場惡夢中驚醒。我無法用言語形容那股潰堤的安心感，立刻撲上前去，想要拿起話筒，結果絆了一跤，差點摔個狗吃屎。我非常肯定是母親打來的，但來電顯示卻讓我當場僵在原地：NYDoCFS。紐約市立——那是什麼部門？在困惑了半秒後，我抓起電話，說：「喂？」

「你好，」一個輕聲細語，幾乎令人毛骨悚然的溫柔語調說：「請問閣下是？」

「席爾鐸．戴克。」我嚇了一跳，回答，「請問妳是？」

「你好，席爾鐸。我是瑪喬麗．貝絲．溫伯格，社會局兒童及家庭服務科的社工人員。」

「怎麼了？有我母親的消息了嗎？」

「您是奧黛莉．戴克的兒子，對嗎？」

「對，她是我媽！她在哪兒？她還好嗎？」

一陣冗長的沉默——可怕的沉默。

「怎麼回事？」我大喊，「她現在在哪兒？」

「很抱歉，但事態緊急，我必須和令尊通話，事情非常重要。」

「令尊在嗎？可以請他聽電話嗎？」

「他現在無法接電話。出了什麼事？」

「我媽呢？」我說，站了起來，「拜託妳！請妳告訴我她人在哪兒！到底出了什麼事？」

「你現在只有自己一個人在家嗎，席爾鐸？你身旁有任何大人嗎？」

「沒有，他們全出去喝咖啡了。」我說，瘋狂地掃視客廳：芭蕾舞鞋歪斜地倒在一張椅子底下，紫色風信子佇立在包著錫箔紙的盆栽之中。

「令尊也出去了？」

「不，他在睡覺。我媽在哪兒？她受傷了嗎？出了什麼事？」

「席爾鐸，恐怕你必須叫醒令尊。」

「不行！我不能叫他！」

「這事非常重要。」

「他現在不能聽電話！妳為什麼就是不肯說出了什麼事？」

「好吧，如果令尊不方便，我想我最好還是先把聯絡資訊留給你。」那個聲音，儘管聽起來溫柔又同情，卻讓我想起《2001太空漫遊》中的那台電腦赫爾。「也麻煩你請他盡快和我聯絡，事情真的非常重要。」

掛斷電話後，我動也不動坐了好久。根據爐子上的時鐘——從我坐的地方就看得到——現在是清晨兩點四十五分。我從來沒在這時候獨自一人清醒著。客廳——只要有母親在，總是那麼快活、寬敞又歡樂——此刻卻縮小成一個冰冷、蒼白、令人坐立難安的空間，猶如冬日裡的度假小屋：脆弱的布織品、粗糙的西波爾麻編地毯，還有從中國城買回來的紙燈罩與太小又太輕的椅子。所有家具看起來都如此單薄，彷彿踮著腳尖般地忐忑不安。我可以感到自己心臟撲通狂跳，聽見將我包圍其中的老舊大樓在沉睡中發出各種聲響。所有人都睡著了。即便從五十七街上傳來的遙遠喇叭聲與偶爾響起的貨車轟隆聲都顯得如此微弱與遲疑，彷彿來自另一個星球般淒清孤寂。

我知道，夜空很快就會轉為深藍色，四月天裡第一道溫柔而冰冷的曙光將悄悄鑽進房內。垃圾車將隆隆駛過街道，春日裡的鳥兒開始在公園歌唱，鬧鐘鈴聲在城裡的臥房響起。站在貨車車廂後方的男人會朝著人行道上的書報攤扔下大綑大綑的《時代雜誌》與《每日新聞》。城裡各地的父母會穿著內衣和睡袍，頂著一頭亂髮忙進忙出，準備煮咖啡，插上烤吐司機的插頭，叫小孩起床上學。

我該怎麼辦？部分的我動彈不得，絕望麻木，猶如實驗室中已完全不抱任何希望的老鼠，靜靜在迷宮裡躺下，等著餓死。

我努力想要集中思緒。有那麼片刻，彷彿只要我保持靜止，事情自會水落石出。由於我實在筋疲力盡，放眼望去，公寓裡的一切似乎都搖搖晃晃：桌燈四周光暈搖曳，壁紙上的條紋似乎簌簌顫動。

我拿起電話簿，又放了下來。想到要打給警方，我就嚇得心跳加快。而且警察能做什麼呢？我在電視上看過，知道一個人要失蹤超過二十四小時，警方才會受理辦案。就在我說服自己，管他什麼家庭防災計畫，就算現在三更半夜，我也該回上城找她時，一陣震耳欲聾的鈴響（是門鈴）忽然打破沉默，我的心情立刻從地獄爬回天堂。

我手忙腳亂、跌跌撞撞衝向門口，手指在門鎖上摸索。「媽？」我呼喊，打開最上頭的栓扣，拉開門把——然後一顆心直往下墜，從七樓跌到一樓。門毯上站著我這輩子從沒見過的兩個人：一名是身材豐滿、留著刺蝟般尖刺短髮的韓裔女士，另一名是穿西裝、打領帶的西班牙人，看起來就像芝麻街裡的路易斯。他們身上沒有半點威脅氣息；恰恰相反，看起來像是一對矮矮胖胖、和藹可親的中年人，衣著打扮彷彿學校裡的代課老師，而儘管兩人臉上都帶著和善的表情，但一見到他們，我就立刻明白，過去的生活將從此畫上句點。

第三章　公園大道

1.

社工帶我坐上他們小型房車的後座，載我去下城一家餐館，在他們辦公室附近。那地方華麗俗氣，斜框鏡與廉價的中國城水晶燈相映成輝。一在沙發座坐定（兩人面向我，坐在同一側），他們便立刻從公事包裡拿出寫字板和筆，一面啜飲咖啡，一面問我各種問題，還千方百計地想說服我吃些早餐果腹。餐館外，天色依舊漆黑，城市才正要甦醒。我不記得自己有哭或進食，但過了這麼多年後，我仍聞得到他們替我點的那份炒蛋；而只要想起那滿滿一盤熱氣蒸騰的炒蛋，我腸子仍會打結。

餐館內幾乎空無一人。昏昏欲睡的店員在櫃台後方打開一箱又一箱的貝果和馬芬；兩名膚色蒼白、畫著濃濃眼線的視覺系青少年窩在附近的沙發座上。我還記得自己用絕望急切的眼神看向他們——一名身穿中文夾克、滿頭是汗的男生，和一個頭髮上有粉紅色挑染的邋遢女生——以及一名濃妝豔抹、在這種天氣裡穿著熱死人的毛皮大衣的老太太獨自坐在吧台前，吃著一塊蘋果派。

那兩名社工——除了還沒直接伸手搖我肩膀、在我面前彈手指外，所有能吸引我抬起目光的方法都試過了——似乎能理解我有多不願意接受他們嘗試想要告訴我的訊息。他們輪流探身越過桌面，重複我不想聽的字句。母親死了。被飛舞的殘骸擊中頭部，當場死亡。他們很遺憾必須通知我這噩耗，這是他們工作中最糟的一部分，但他們真的非常需要我理解發生了什麼事。母親死了，遺體現在安置於紐約醫院。我明白嗎？

「明白。」經過漫長的沉默後，我終於理解他們等待我開口回話，於是這麼回答。他們再三輕率並堅持地使用「死了」這兩個字，但死亡這兩個字卻和他們理智的語調、聚酯纖維的套裝、廣播上傳來的西班牙流行音樂，以及櫃台後方的活潑招牌（新鮮水果冰沙，輕食新享受，試試我們的火雞漢堡！）如此扞格不入。

「薯條？」服務生端著一大盤薯條來到桌邊，用西班牙文問。

兩名社工都嚇了一跳。男的那位（我不知道他姓什麼，只曉得他叫安立奎）用西班牙文說了些什麼，指向後方的桌子，那群視覺系青少年正對著他指指點點。

我紅著一雙眼，呆若木雞地坐在那盤迅速變冷的炒蛋前，無法理解此刻攤在我眼前的現實。發生了這樣的事，父親的下落根本無關緊要，我實在搞不懂他們為什麼要那麼堅持追問他的消息。

「你最後一次看見他是什麼時候？」那名韓裔女士問；她說過好幾遍，要我直呼其名就好（我絞盡腦汁回想她叫什麼名字，但就是想不起來）。時至今日，我仍能看見她豐腴的雙手交疊桌面，還有她那惱人的指甲油顏色：一種像灰燼般介於薰衣草和藍色間的銀灰色。

「可以大概猜一下嗎？」那名叫做安立奎的男士忽然插口，「關於令尊的行蹤？」

「大概的時間就好。」韓裔女士說，「你覺得自己最後一次見到他是什麼時候？」

「呃，」我說——現在要我思索任何事都很困難——「去年秋天左右？」母親的死仍像一場誤會，彷彿只要我打起精神，和這些人合作，誤會就會澄清。

「十月？還是九月？」見我沒有回答，她便柔聲追問。

我的頭好痛，痛到只要稍有動作我就想慘叫出聲，但頭痛是我目前最不需要擔心的一個問題。「我不曉得。」我說，「開學之後吧。」

「所以應該是九月之後？」安立奎一面在寫字板上振筆疾書，一面抬眼詢問。他的樣貌凶悍——在一身西裝領帶的打扮下，他看起來很不自在，彷彿一名發福的運動教練——但他的聲音裡有種朝九晚五的安心感，讓人聯想到辦公室的檔案系統、工業地毯，想到曼哈頓裡的普通上班族。「從那之後就音訊全無，完全沒有聯絡？」

「有沒有任何哥兒們或好友可能知道他的聯絡方法？」韓裔女士問，如慈母般探身越過桌面。這問題嚇了我一跳。我完全不曉得有這樣的人。光是認為我父親有任何親近一點的好友（更不用說「哥兒們」）對他這人來說都是一項嚴重的誤解，嚴重到我無言以對。

一直要等到餐點吃完，餐盤也被收走，氣氛卻仍緊張沉默，沒有人打算起身離開時，我才陡然驚覺，所有關於父親、祖父母（他們住在馬里蘭，但我不記得是在哪個鎮，總之是家得寶後面的某個半郊區社區）以及那些不存在的阿姨叔叔的無關問題是為了什麼，答案顯而易見。我是個缺少監護人的未成年少年，立刻就要被帶離我家（或該說是「現有環境」；他們不停重複這字眼）。在成功聯繫上祖父母前，政府會先介入。

「但是你們會怎麼處置我？」我問了第二遍，身體抵著椅背，驚恐在我聲音中蔓延。在我關掉電視、和他們一起離開公寓時，一切都還感覺沒什麼了不得。我們去吃點東西；他們說。沒有任何人提到一句要把我帶走的事。

安立奎低頭看向他的寫字板。「這個嘛，席歐——」他一直把我的名字唸成「提歐」，他們兩個都一樣，但那唸法是錯的。「——你還未成年，需要立即的照顧。我們必須替你安排一個緊急安置處。」

「安置處？」這三個字讓我肚子一陣翻攪；那意味著法庭、上鎖的宿舍，還有圍著鐵絲網的籃球場。

「好吧，那就說是緊急照料。只要你爺爺奶奶——」

「等等。」我說——事情失控的速度，以及他說到爺爺奶奶四個字時錯誤蘊含的溫暖和親密感都把我攻得措手不及。

「我們只是需要做出一些臨時的安排，直到成功聯繫上他們。」那名韓裔女士說，上前靠得更近。除了薄荷味外，她口氣中還隱隱透著一股大蒜味。「我們知道你一定很不好受，但你什麼都不用擔心。我們只是想要保護你周全，直到聯繫上愛你、關心你的家人，好嗎？」

這一切太可怕了，一定不是真的。我瞪著沙發座對面的兩張陌生面孔，在人工燈光下顯得如此蠟黃灰白。光是認為戴克爺爺和桃樂西會關心我就太荒謬了。

「但是你們要怎麼處置我？」我問。

「最重要的一點是，」安立奎說，「我們會先暫時替你找個良好的寄養家庭，對方將和社福機構緊密合作，協力照顧你的生活起居。」

他們齊心協力，拚命想要安撫我——語調冷靜，態度同情又理智——但我只是越來越激動。

「夠了！」我說，陡然縮手；那名韓裔女士伸手越過桌面，想要握住我的手，表達關切。

「聽著，提歐，讓我解釋清楚，沒有人說要送你去拘留所或少年觀護機構——」

「那是要去哪兒？」

「暫時的安置處。意思是我們會把你送到一個安全的地方，找人代表政府充當你的監護人——」

「如果我不想去怎麼辦？」我說，音量大到店裡其他人都轉頭向我們看來。

「聽著，」安立奎說，倒回椅背上，招呼服務生過來替咖啡續杯，「現在有些市府認證通過的緊急照護家庭，專門照顧需要的青少年。他們都很棒。而這呢，只是選擇之一，因為有很多像你一樣的例子——」

「我不想去寄養家庭！」

「小鬼，你絕對不會想去的。」隔桌那名粉紅色頭髮的視覺系女孩用毫不掩飾的音量說。近來的《紐約郵報》上滿滿都是喬坦和齊尚的新聞，這對十一歲大的戴文斯雙胞胎被晨邊高地附近的寄養家庭收留，卻不幸遭養父強暴，還差點被活活餓死。

安立奎假裝沒聽到。「聽我說，我們是來幫忙的。」他又將雙手交疊桌上，「只要能保證你安全、滿足你所需，我們也會考慮其他方案。」

「你從來沒說過我不能回家！」

「唉，市府機構現在已經不堪負荷——謝謝。」他用西班牙文向上前替他添滿咖啡的服務生道謝。「不過有時候，如果我們能夠拿到暫時許可，特別是像你的情況，也可以另行安排。」

「他的意思是，」韓裔女士用指尖輕點塑膠桌面，吸引我的注意，「如果有人可以來陪你住一陣子，或者你可以去他那裡住一陣子，就不是一定得去寄養家庭。」

「一陣子？」我喃喃重複，這是整段話中我唯一聽進去的三個字。

「像是有沒有其他我們可以聯絡的對象，你可以安心自在和他住上一、兩天的人？像是老師？或是家裡認識的朋友？」

第一個閃過我腦中的名字是以前的一個好友：安迪．巴波，所以我就把他的號碼給了他們——那也是我第一個想到的號碼；不過那是因為除了我自己的電話外，它是我第一個記住的號碼。儘管安迪和我在小學時是很好的朋友（一起看電影、在對方家過夜、一起參加中央公園的地圖夏令營），我卻說不上來自己為什麼立刻就脫口而出他的名字，畢竟我們感情已不如以往。上了中學後我們兩人就漸行漸遠，我現在幾個月來也難得見上他一面。

「波浪的波。」安立奎一面說，一面把名字記下來，「他是誰？你的朋友？」

對，我回答，我從很小的時候就認識他了。巴波一家住在公園大道，打從小學三年級開始，安迪就是我最好的朋友。「他爸爸在華爾街有份很好的工作。」我說——隨即又自己住嘴，因為忽然想到安迪的爸爸曾在康乃狄克的精神療養院住過一段時間，理由是「操勞過度」。

「他媽媽呢？」

「她和我媽是好朋友。」（這句話有九成是真的，但有一成不是；儘管她們兩人相處融洽，但母親無論在財力或人脈上，都絕對無法與社交名媛巴波太太相提並論。）

「不，我是指她做什麼工作？」

「慈善工作。」我在一陣天旋地轉的沉默後回答，「像在民兵總部辦的那個古董展？」

「所以她是家庭主婦？」

我點頭，很高興她反應迅速，幫我接了這句話；雖然這句話嚴格來說並沒什麼不對，但所有認識巴波太太的人都不會這麼形容她。

安立奎龍飛鳳舞地簽好他的名字。「我們會再研究看看，但無法給你任何保證。」他說，手指一按，收起筆頭，將筆插回口袋。「不過如果你想的話，我們現在就可以送你過去，沒有問題。」

他起身離座，走出餐館。透過前窗，我可以看見他在人行道上來回踱步，一手按住耳朵，一手拿著手機通話。之後他又撥了一個號碼，但這次很快就掛斷電話。我們中途在公寓稍作停留——不到五分鐘，只讓我拿了書包和隨便收拾幾件衣服——隨即又回到車上。（「安全帶繫好了嗎？」）我把臉貼在冰涼的玻璃上，看著窗外一路綠燈，直到抵達公園大道那荒涼冷清的黎明峽谷。

安迪住在上城六十幾街附近，也就是中央公園一帶高級雄偉的豪宅之一，大廳簡直就像從狄克．鮑威爾的電影搬出來一樣，門房也絕大多數仍舊是愛爾蘭人。他們都已經在那兒工作許久，我也還記得在門口迎接我們的門房。他叫做肯尼斯，輪的是大夜班。他比其他多數門房都還要年輕，膚色慘白，鬍子刮得亂七八糟，常因為值夜班的關係精神不濟，反應有些遲鈍。雖然他待人親切——以前有時候會幫我和安迪修足球，還好心教我們要怎麼應付學校裡的惡霸——但整棟大樓都知道他有輕微的酗酒問題。當他退開一旁，招呼我們走進巍峨的大門，臉上流露「天啊，小鬼，我很遺憾」的表情時——我在接下來幾個月內將不停看見這表情——我能在他身上聞到啤酒的酸味與昏昏欲睡的氣息。

「他們已經在樓上等著了。」他對社工說，「請。」

2.

開門的是巴波先生：先是拉開一小道縫隙，然後完全打開。「早，早。」他說，向後退開。巴波先生的神色有些異樣，透著一股蒼白銀亮的感覺，好像他在康乃狄克那間「休閒農場」（他都是這麼稱呼那間療養院）的治療把他變成了個發光體。他的眼睛是種古怪又飄忽不定的灰色，頭髮全白了，讓他看起來比實際年齡蒼老許多，直到你發現他的面孔其實年輕又紅潤——甚至可說像男孩般稚嫩。他紅通通的雙頰和老派的長鼻，加上那頭壯年白髮，讓他看起來像是一名家境較不富裕的親切父親，或是大陸議會上的少數議員，被人瞬間傳送到二十一世紀來。他身上像是穿著前一天上班的衣服：一件皺巴巴的襯衫和一條看起來要價不菲的西裝長褲，大概是他剛從臥房地板一把抄起的。

「快請進。」他輕快地說，用拳頭揉了揉眼睛。「哈囉，親愛的。」他對我說——即便我現在整個人渾渾噩噩，聽見他嘴裡吐出親愛的三個字我還是大吃一驚。

他赤腳走在前方，帶領我們穿過大理石玄關。玄關之後便是裝飾得富麗堂皇的客廳（到處都是光亮的印花棉布與中式瓶罐），這裡給人的感覺比較不像清晨，而像午夜：絲質的燈罩底下透著微弱的光芒，幽暗巨大的海戰油畫與闒闠的窗簾將陽光阻擋在外。那兒——在鋼琴與一盆足足有貨箱那麼大的花藝旁——站著一身長袍及地的巴波太太，手裡端著咖啡壺，將咖啡斟進銀質托盤上的杯子。

當她轉身招呼我們時，我可以感到身旁兩名社工用目光四處打量這間公寓，還有她。巴波夫人來自一個古老的荷蘭世家，她的性格是如此清冷，髮色如此金黃，語調如此淡漠，有時我不禁會覺得她似乎少了些血色。她就是沉著的化身，從來沒有一件事能驚擾她，令她煩躁。儘管稱不上美麗，但她的從容與冷靜卻有種神奇的魅力——那股沉靜的氣息強大到只要她走進一個地方，身旁的粒子就會重新排列組合；彷彿時裝設計圖上的模特兒有了生命，走出畫紙。只要她所經之處，眾人必轉頭張望，但她卻只是恍若未覺地飄然而過，彷彿不曾察覺自己引起的騷動。她雙眼分得太開，耳朵生得又小又高，幾乎平貼在頭顱上；腰肢的位置低且纖細，宛如一頭優雅的黃鼠狼。（安迪也繼承了這些特徵，可惜比例失衡，沒有她那種如雪貂般的狡黠優雅。）

過去，她的拘謹（或者冰冷，端看你怎麼想）有時會讓我坐立難安，但那天早晨，我只感激她的沉著自持：「嗨，你可以先和安迪共用一個房間。」她開門見山地說，「不過他現在恐怕還沒起床，如果你想躺一會兒，可以去普萊特的房間，沒有問題。」普萊特是安迪的哥哥，現在在外地念書。「你應該還記得在哪兒吧？」

我說我記得。

「你肚子餓不餓？」

「不餓。」

「好吧，那有什麼我們可以幫忙的嗎？」

我可以感到所有人的目光都集中在我身上，但頭痛占據了我所有思緒。透過巴波夫人頭頂上方的凸面圓鏡，我可以看見整個客廳被縮小成一個畸形古怪的迷你複製品：中國壺罐、咖啡托盤、尷尬的社工，種種一切。

最後是巴波先生打破這沉默的魔咒。「來吧，我們先好好安頓你。」他說，拍拍我肩膀，堅定地領我走出客廳。「不——這裡，往這走——繼續往後，繼續往後，就在這兒。」

好幾年前，我曾走進過普萊特的房間一次，也是我生平唯一的一次——他是袋棍球的冠軍選手，而且有點心理變態——結果被他威脅說要把我和安迪活活打死。還住家裡時，他總是把自己關在房裡，大門深鎖（安迪說他是在抽大麻）。而現在，由於他搬去格羅頓念書，所有海報都拆下來了，看起來十分乾淨，而且空蕩。房裡有重訓器材、一疊舊國家地理雜誌，以及一只空水族箱。巴波先生把抽屜一個個拉開又關上，喃喃叨唸了片刻。「讓我們看看這裡有些什麼。床單，好，還有……更多床單。我想我從沒踏進這間房間過，希望你多多包涵——哈，是泳褲！但今天早上用不到，對吧？」他繼續在第三格抽屜翻找，最後終於找出一套連標籤都還沒拆掉的新睡衣；醜的要命，鐵藍色的法蘭絨上印著麋鹿圖案，難怪從來沒穿過。

「好了，」他說，一手梳過頭髮，目光焦慮地瞟向房門。「我就讓你好好休息吧。天吶，發生這種事實在太可怕了。你心裡一定很不好受，現在最該做的呢，就是好好睡上安穩的一覺。你累嗎？」他問，仔細端詳我。

我累嗎？我清醒的不得了。但有部分的我卻好麻木，幾乎已經是陷入昏迷狀態。

「還是你想要有人作伴？要不要我在客廳替你生個火？想要什麼儘管說。」

聽見這句話，我只感到一股尖銳的絕望狠狠襲來——無論我此刻心情有多難受，他都無能為力；而從他臉上的神情看來，我知道他也知道。

「如果你有任何需要，我們就在隔壁房間——我等等就要上班，但總會有人在那兒……」他蒼白的目光飛快掃視房中，最後又回到我臉上，「這麼做或許不妥，但在這種情形下，我看不出替你倒杯我父親所說的『小酒』有什麼不好；這是說如果你想喝的話，但你當然不想了。」看見我臉上的迷惘，他又匆匆補上一句。「太亂來了，不要緊，當我沒說。」

他又上前幾步，在那尷尬的瞬間，我還以為他會摸摸我或擁抱我，但他只是交握雙手，彼此摩挲：「總之呢，我們很歡迎你來，希望你能盡可能地把這裡當自己家。如果有任何需要都直說無妨，知道嗎？」

他才走出去，門外就立刻響起一陣低語，然後是敲門。「有人想見你。」巴波太太說完便轉身退開。

安迪拖著腳緩緩走了進來，眨眨眼，戴好他的眼鏡。顯然地，是他們把他叫醒，硬把他拖下床來。彈簧床發出刺耳的嘎吱聲，他在我身邊坐下，和我一起坐在普萊特的床沿，視線沒有看向我，而是對面的牆壁。

他清了清喉嚨，將眼鏡推回鼻梁上，然後是好長的一段沉默。暖氣乒乒乓乓，迫切地吐出熱氣。巴波夫婦像聽見什麼火災警鈴似的，急急離開房間。

「哇。」過了一會兒後，他用他那異樣平板的聲音說，「真慘。」

「是啊。」我說。我們就這麼靜靜坐著，肩並著肩，凝視普萊特房裡的墨綠色牆壁以及原本貼著海報的空白方塊。還有什麼好說的嗎？

3.

即便時至今日，回憶那段時光依舊令我感到滿心的窒息與絕望。一切都糟糕透頂。所有人不停對我噓寒問暖，塞給我各種飲料、不必要的毛衣，還有我吃不下的食物：香蕉、杯子蛋糕、三明治和冰淇淋。有人攀談，我就回答是或不是，但大多時間都是低頭瞪著地毯，以免別人看到我在哭。

雖然以紐約的標準來說，巴波家的公寓十分寬敞，但由於位處低層，所以即便面向公園大道，也幾乎完全沒有陽光可言。儘管夜暮從不曾真正降臨他們家，白晝亦然，但在光可鑑人的橡木映襯下，屋內的燈火仍散發一種如私人俱樂部般歡欣與安全的氣氛。普萊特的朋友稱他家做「陰宅」；還有我父親，我來安迪家過夜時他來接過我一、兩次，都說這裡是「坎貝爾殯儀館」[1]。但我在這雄偉、富裕、戰前時期的昏暗之中找到一種安慰，如果你不想說話，或不想被人直盯著看，很容易隱身其中，消失不見。

不少人來探望我——其中當然少不了我的社工，以及市府安排的免費心理醫生。除了他們之外，還有母親的同事（其中有些人——像是瑪蒂爾——我非常會模仿她，好逗母親笑），以及許多紐約大學和過去模特兒時期認識的朋友。其中有個小有名氣、有時會和我們一起過感恩節、名叫傑德的演員（「在我眼裡，你母親就是全宇宙的皇后。」），還有個一身橘色外套，神情略顯驚恐、名叫琪凱的女人，告訴我她和母親——在東村窮到幾乎身無分文時——是如何用不到二十元的經費為十二個人辦了一場大獲好評的派對（道具包括有從咖啡吧偷來的糖包和奶精，以及偷偷從鄰居窗台花盆上摘來的藥草）。安妮特——一名消防隊員的遺孀，約莫七十來歲，是母親過去在下東城的鄰居——帶著一盒餅乾來看我。餅乾是從她和母親舊家附近的一家義大利麵包店買來的，就是她以前來薩頓公寓看我們時總會帶的松果奶油餅乾。還有辛西亞，我們以前的管家。她一看到我就淚如雨下，還向我要母親的照片，想放在皮夾收藏。

如果他們待太久，巴波太太就會出面打斷，說我現在容易疲累；除了這點之外——我懷疑——也因為她無法接受辛西亞和琪凱這種人霸占她客廳太久。大約過了四十五分鐘後，她就會上前靜靜佇立門口；若他們看不懂暗示，她便會開口感謝他們來訪——態度溫和有禮，但又能讓

---

1 Frank E. Campbell，曼哈頓上東城一家著名的殯儀館，許多名人的葬禮都在此舉行。

對方理解自己已叨擾許久，該是時候起身離開了。（她的聲音和安迪如出一轍，空洞冷清，虛無飄渺；即便人就站在你身邊，聽起來還是像從外太空傳來的訊息。）

在我周遭，這家人的生活運轉如常。每一天，門鈴總會響起許多次：管家、保母、宴席承辦人、家教、鋼琴老師、社交名媛，以及與巴波太太慈善事業有往來的盛裝生意人。安迪的弟弟妹妹：陶弟及凱西和同學一起跑過昏暗的走廊。午後常有拎著購物袋、滿身香水味的女士來喝茶或咖啡；夜裡，一身晚宴打扮的情侶夫婦聚集在客廳的名酒或氣泡水旁，鮮花每週都會從麥迪遜大道上一家高級花店送來，最新幾期的《建築文摘》和《紐約客》雜誌排成扇形，鋪放在咖啡桌上。

假若巴波夫婦覺得在幾乎毫無預警的情況下又忽然多出一個小孩需要照顧是非常大的一個困擾，他們也很好心地沒有表現出來。安迪的母親戴著她低調的珠寶首飾與意興闌珊的微笑——她就是那種假使情況需要，可以致電請求市長協助的女士——似乎不知用了什麼方法，繞過紐約市政府層層的官僚限制，即便沉浸在迷惘和悲傷中，我還是感受得到她似乎私下安排了些什麼，讓我無須煩心生活，並擋下社福機器醜惡粗暴的那面——以及媒體的騷擾；到了現在，我對這點相當肯定。電話從響個沒完的家用電話直接轉到她的手機，她會壓低音量輕聲交談，交代門房各種指示。在被安立奎三番兩次、鍥而不捨地拷問父親下落後——我常被逼問到差點哭出來；他不如乾脆問我巴基斯坦的核彈基地在哪兒算了——有一天，她讓我先行離開，然後用一種冷靜自持的平板語調結束這一切。（「我的意思是，顯然地，這男孩不曉得他父親在哪兒，他母親也不知道……沒錯，我明白你想找到他，但這名男士顯然不想被找到，也處心積慮地不讓自己被找到……他不付扶養費，留下眾多債務，卻沒有留下任何隻字片語，就這麼逃出城外。所以老實說，我承認自己不是很明白你這麼想要聯繫這名模範父親與優秀公民究竟是為了什麼……沒錯，沒錯，你說得都對，但如果這名男士的債權人和你們機構都追查不到他的下落，我實在不曉得繼續騷擾這孩子有什麼用？我們可以同意就讓這件事到此為止嗎？」）

自從我搬進來後，巴波家就開始實行了某種戒嚴令，對他們造成諸多不便。比方說，女傭打掃時再也不能聽一〇一〇國際新聞廣播電台（「不，不行。」當其中一名清潔女傭想要打開廣播時，廚師艾塔警覺地瞥了我一眼，趕緊阻止她）；早上時，《紐約時報》也會立刻送至巴波先生面前，不留在外頭讓其他人閱讀。顯然地，這並非他們平常的習慣——「又有人把報紙拿走了。」安迪的妹妹凱西哭哭啼啼地抱怨，然後被母親掃了一眼後陷入愧疚的沉默——而我也很快領悟，報紙會開始消失至巴波先生的書房，是因為裡頭有東西最好不要讓我看見。

值得慶幸的是，過去曾和我一起度過種種逆境的安迪能夠理解我現在最不想做的事就是說話。我剛到的前幾天，他們讓他請假和我一起待在家。在他那老套過時、擺著一張上下鋪的格紋房間裡——小學時，我有好多週六夜晚都是在這裡度過——我們就坐在棋盤前，安迪幫忙分飾兩角，因為我整個人頭昏腦脹、渾渾噩噩，幾乎記不得玩法。「好吧，」他說，將眼鏡推上鼻梁，「嗯，你確定你要這樣走？」

「怎樣走？」

「對，我懂。」安迪說，他那虛弱、煩人的聲音這些年來一而再、再而三地讓惡霸把他推到學校外的人行道上。「你的城堡現在有危險，沒錯，完全正確，但我會建議你再好好看看你的皇后——不，不，你的皇后。D5的位置。」

他得喊我的名字才能讓我回過神。一遍又一遍，我不停回想與母親一起跑上博物館台階的那一刻；她的條紋雨傘；雨點灑落，打濕我們面頰。我曉得木已成舟，再也無可挽回，但同時間，我卻又覺得好像一定有什麼方法，讓我能夠重回那條雨濕的街道，扭轉這一切。

「前幾天，」安迪說，「有個人，我非常確定是那個叫做馬爾康什麼什麼的傢伙，或某個據說眾人景仰的作家——總之呢，他先前在《科學時報》上做了個大專題，指出西洋棋的可能棋局比全世界的沙粒加起來還要多。一個替大報社執筆的科學作家居然會覺得自己有必要這樣洋洋灑灑、大肆張揚一個顯而易見的事實，實在是有夠可笑。」

「對啊。」我說，努力想從自己的思緒中抽身而出。

「誰不曉得地球上的沙粒——無論有多少——都是有限的啊？居然會有人想要針對這種無關緊要的小事發表評論就已經夠荒謬了，你知道，好像這是什麼重大新發現！說的一副好像這是什麼神祕艱深的事實一樣。」

安迪和我會在小學結為好朋友多多少少是因為被人欺負的關係：由於測驗成績優異，我們都往上跳了一年級。現在回想，大概所有人都會同意這對我們來說是個錯誤，只是理由不盡相同。那一年——身處於一群全比我們年長、身材比我們高大、會絆倒我們、推擠我們、將置物櫃的門重重甩在我們手上、撕掉我們作業、在我們的牛奶裡頭吐口水、喊我們噁心鬼、臭玻璃和死白癡（悲傷的是，這對我來說是再自然不過的發展，因為我就姓戴克[2]）的男生堆中跌跌撞撞，倉皇度日——那整整一年（安迪用他那虛弱無力又鬱鬱寡歡的聲音說那是我們的「巴比倫囚虜期」），我們猶如一對放大鏡底下的脆弱螻蟻，並肩奮戰：被人踹小腿、出其不意地挨揍、流放，縮在我們能找到最偏僻的角落一起吃中餐，以免被蕃茄醬包和雞塊攻擊。在那將近兩年的時間中，他是我唯一的朋友，我也是他唯一的朋友。回憶這段過往令我沮喪又尷尬：我們的博派戰爭、樂高太空船，還有從經典劇集《星際爭霸戰》中借用的祕密身分（我是寇克，他是史巴克），都是為了想把那些痛苦折磨變成一種遊戲。艦長，這些外星人似乎用幻象困住了我們，讓我們以為自己置身於你們地球上的人類學校。

在我脖子被綁上「天才」的標籤，然後扔進一群年紀比我大，而且情緒緊繃、爭強好勝的男生堆中前，我在學校從來不曾特別受人欺負或羞辱。但是可憐的安迪——即便在他跳級前——一直都是被人霸凌的對象：身材瘦小、易受驚嚇、患有乳糖不耐症，膚色蒼白到近乎透明，老是在閒聊中脫口而出「毒害」、「冥府」這類字眼。儘管他天資聰穎，舉止卻相當笨拙。他毫無抑揚頓挫的平板聲線、因長年鼻塞所以老是用嘴巴呼吸的習慣，都隱隱給人一種愚蠢，而非才智過人的印象。和其他個性活潑好動、伶牙俐齒、擅長運動的手足相比——他們都如蜜蜂般忙碌穿梭於朋友、球隊以及對學業有益的課後活動間——他看起來就像是一個不小心閒晃到袋棍球場的書呆路人。

我後來多少算是拋開了五年級的災難生活，但安迪沒有。他週五和週六晚上都待在家裡，從未有人邀請他參加任何派對，或找他一起去公園玩。就我所知，我仍然是他唯一的朋友。而儘管因為有母親張羅，他所有適當、得體的衣服一件也不少，也打扮的像是受歡迎的小孩——有時候甚至會戴隱形眼鏡——卻依舊無法騙過任何人的眼睛。從他以前那些悲慘歲月就認識他的惡劣混蛋照樣對他動手動腳，喊他「3PO」，只因為他很久以前曾不小心穿了星際大戰的衣服去學校。

安迪從來不是滔滔不絕的個性，即便小時候也一樣，只有偶爾壓力大時才會忍不住多言（我們的友誼大部分是建立在無言交換漫畫書上）。多年來在學校被人騷擾、霸凌的生活讓他變得更加寡言與封閉——比較不那麼常脫口而出洛夫克拉夫特式的字眼、但更常埋首於高等數學和科學間。我向來對數學沒什麼興趣——是那種被人稱為「文思敏捷」的小孩——但當我在學業上的表現開始退步，無論哪科都一樣，而且對於用功讀書、爭取好成績一事興趣缺缺的同時，安迪每一科都進了進階先修班，而且成績名列前茅。（要不是他父母不放心把這個在學校被人嚴重霸凌，有次下課時間甚至被同學用塑膠袋套住頭部，差點窒息的兒子送去外地讀書，他百分之百會跟普萊特一樣被送去格羅頓中學——這個可能性在小學三年級時曾把他嚇得魂飛魄散。除此之外，巴波夫婦還有其他的考量。我會知道巴波先生去過「休閒農場」，就是因為安迪曾用他那平鋪直述

---

2 主角的姓「戴克」Decker與白癡dickhead發音相近。

的語氣告訴我的；據他所說，他父母擔心他可能會遺傳到類似的問題。）

在他請假在家陪我的那段期間，安迪曾為了要念書一事向我道歉。「很不幸這是必須的。」他說，吸了吸鼻子後又用袖子抹一抹。他的功課繁重到一種我無法理解的境界（「這叫『地獄先修班』。」），而且落後一天都不行。當他努力與那些沒完沒了的功課奮戰時（化學、微積分、美國歷史、英文、天文、日文），我就坐在地上，靠著他衣櫃一側，默默數著：她三天前還活著、四天，然後是一個禮拜。我在心裡一遍又一遍複習她死前我們曾一起吃過的餐點：我們最後一次去希臘餐館、最後一次去揚州樓、她替我做的最後一頓晚餐（奶油培根義大利麵）、義大利麵之前的最後一道晚餐（叫做印度咖哩雞，她以前在堪薩斯和外婆學的）。有時候，為了讓自己看起來有事在忙，我會翻閱他房裡老舊的《鋼之鍊金術師》或H·G·威爾斯的繪本，但其實我連圖畫都看不進去。大多時候，我只是楞楞看著窗台上拍動翅膀的鴿子，而安迪就寫著他那沒完沒了的平假名練習簿，一面寫，膝蓋一面在書桌底下抖動。

安迪的房間——原本是一大間臥房，後來被巴波夫婦隔成兩半——正對著公園大道。尖峰時間的喇叭聲在行人穿越道上大聲鳴響，對街的窗戶亮起金黃色的光芒，在交通開始舒緩的同時，一切也歸復平靜。夜色漸深（街燈散發幽幽燐光，城市的紫色午夜從不曾真正消融於黑幕之中），我輾轉反側，上鋪上方的低矮天花板重重壓迫著我，有時我醒來，會以為自己是躺在床底下，而非床上。

我怎麼會如此思念母親？我想她想到好想死：那是一種生理上的執著渴望，就像在水底下渴望氧氣那樣。我清醒地躺在床上，試著回想所有美好回憶——將她凍結在我腦海之中，以免自己忘了她——但我想起的，卻不是那些生日派對或歡樂時光；反覆出現腦中的，都是像她死去幾天前，在出門途中忽然喊住我，替我挑去制服外套線頭的那類畫面。不知為何，這是我對她最清晰的記憶：她糾結的眉頭、向我伸出手的姿態，種種一切。好幾次——當我不安漂浮於半夢半醒間時——我會陡然在床上坐起，在腦中清楚聽見她的聲音，一些她很有可能說過但我已記不得的話，像是「扔個蘋果給我可以嗎？」，或是「不曉得這扣子應該是在前面還後面？」，或是「這張沙發實在是爛到令人髮指。」

街燈在漆黑的地板上拉出一條條光影。我絕望地想起自己那空蕩蕩的臥房，它就矗立在短短幾條街外：那屬於我的狹小窄床與老舊的紅色被單、天文館買回來的夜光星星、一張詹姆斯．威爾執導的《科學怪人》的繪圖海報。鳥兒重回公園，黃水仙綻放，每年這個時節，只要天氣好轉，我們有時會刻意早起，一起漫步穿過公園，而非搭公車去西城。如果我能回到過去，改變這一切、阻止這一切就好了。為什麼我不堅持要去吃早餐、不去博物館呢？為什麼畢曼先生不是約我們星期二或星期四去學校會談呢？

在母親死後的第二天或第三天晚上——總之是巴波太太帶我去醫院檢查我的頭痛之後——巴波夫婦在家裡聚辦了一場盛大的派對。由於事出突然，他們已來不及取消。賓客們交頭接耳，竊竊私語。我渾渾噩噩，難以理解眼前的騷動。「我想，」巴波太太回到安迪房間，說，「你和席歐留在這裡或許會自在些。」雖然她語調輕快，但那句話顯然不是建議，而是命令。「宴會很無聊，我真的不認為你們會覺得好玩。我會請艾塔從廚房替你們送些吃的來。」

安迪和我並肩坐在下鋪，吃著紙盤上的雞尾酒蝦和洋薊麵包——或該說，他吃，我的紙盤只是原封不動地放在膝蓋上。他放了部電影ＤＶＤ，是動作片，螢幕上出現爆炸的機器人，還有金屬和火焰從天而降。客廳裡傳來玻璃杯的碰撞聲和燭蠟與香水的氣味，三不五時還間雜有歡樂的笑語聲。鋼琴師大展身手，快板的〈一切都結束了，藍色寶貝〉[3]彷彿自另一個宇宙飄進房裡。一切恍然若失，我自地圖上墜跌。那置身於錯誤公寓、錯誤家庭的迷失感搾乾了我每一分力氣。

3 It's All Over Now, Baby Blue，巴布．狄倫一九六五年收錄於《無數歸還》專輯裡之歌曲。

我昏昏沉沉、頭暈目眩，醺然欲醉，差點就要哭出來，彷彿一個被人嚴刑逼供、好幾天不能睡覺的囚犯。一遍又一遍，我只是不停想著：我一定得回家；然後一遍又一遍地：但我回不去了。

4.

四天後，也可能是五天後，安迪將課本塞進他那撐大的書包，回到學校。那一整天，還有隔天，我就坐在他房裡，把電視轉到透納經典電影台，母親每天下班回家必開的頻道。螢幕上播放改編自格雷安．葛林小說的電影：《恐怖內閣》、《人為因素》、《殞落的偶像》、《合約殺手》。第二天晚上，當我等待《黑獄亡魂》開播時，巴波太太（一身范倫鐵諾，正要去傅立克美術館參加活動）來到安迪的房間，宣布我隔天就得回學校上學。「換作是任何人心裡都不會好過。」她說，「但自己一個人待在這裡對你沒有好處。」

我無言以對。獨自窩在房裡看電影，是母親死後唯一一件讓我能勉強感到正常的事。

「現在是你重拾生活步調的最好時機。明天就回學校。我知道你不這麼認為，席歐。」見我沒有回答，她又說，「但只有保持忙碌才能幫助你減輕悲傷。」

我兩眼堅決地盯著電視。打從母親過世前一天我就沒去學校了，而且不知為何，只要我不上學，她的死就彷彿不是真的。但只要我回去，它就會變成公開的事實。更糟的是：光是想到要恢復正常生活——無論是哪種形式的正常生活——我都覺得是對她的一種背叛，一種錯誤。每當念及此事，我依舊大為震撼，彷彿臉上給狠狠摑了一巴掌：她不在了，再也不會回來。每一件新經歷——我從今往後的一舉一動——只會讓我們越離越遠。她再不屬於我的生活，我與她之間的距離只會增，不會減。此後的每一天，她只會離我更遙遠。

「席歐。」

我嚇了一跳，抬起頭來，向她看去。

「一步一步來。這是你唯一的方法。」

翌日，電影台要連番播放三部二次大戰的間諜電影（《開羅》、《祕敵》和《翡翠行動》）。我真的很想留在家裡看；但相反地，當巴波先生探頭進來叫我們時（「士兵們，該起床給他們好看了！」），我硬逼自己下床，和安迪一起走去公車站。那是個下雨天，天氣冷到巴波太太堅持我一定要再多套一件普萊特令人尷尬的粗呢舊外套。安迪的妹妹凱西穿著她粉紅色的雨衣在我們前頭手舞足蹈，蹦蹦跳跳躍過水窪，假裝不認識我們。

我曉得情況會很糟，也確實很糟；一踏進明亮的大廳，聞到那熟悉的舊校舍氣味我就知道了。那是一種混合柑橘味的清潔劑，以及某種類似舊襪子的味道。走廊上貼著手寫的傳單：包括有網球課和烹飪課的報名表、《單身公寓》的徵選會、埃利斯島的校外教學，以及公告春季演奏會門票尚未售罄的通知。好難相信世界毀滅了，這些荒謬的活動卻不曾止歇。

奇怪的是，我最後一次來這裡時，她仍生存於世。我不斷想起這件事，而且每一次都像第一次：我最後一次打開置物櫃、最後一次觸碰這本愚蠢的《生物學精解》、最後一次看到琳蒂．梅瑟用那根塑膠棒塗唇蜜。我好難相信自己無法跟循這些時光，回到那個她尚未死去的世界。

「節哀順變。」無論是我認識的，或這輩子從來沒和我說過話的人都對我這麼說；其他人──原本在走廊上有說有笑的人──則會在我經過時突然陷入沉默，向我投以凝重或困惑的眼神。還有人完全把我當做空氣，就像活潑好動的狗兒無視生病或受傷的同伴，看也不向我看上一眼；或逕自在走廊上蹦蹦跳跳、嬉笑打鬧，彷彿我根本不存在。

特別是湯姆．蓋伯，他千方百計地躲著我，好像我是被他棄如敝屣的女朋友一樣。午餐時間到處不見他的蹤影，西班牙文課時（他在上課鐘響許久後才悠悠哉哉地晃進教室，錯過大家一臉肅穆地圍在我桌邊、向我致哀安慰的尷尬畫面）他也不像平時那樣坐在我隔壁，而是坐在最前頭，懶洋洋地癱在椅子上，雙腿伸出走道。雨點敲打玻璃，伴隨我們翻譯一連串莫名其妙、會令達利倍感光榮的句子：句中提到有龍蝦、海灘傘，以及長睫毛的瑪麗索搭乘青綠色的計程車去學校。

下課後，要離開教室前，我刻意趁他收拾課本時上前打招呼。

「喔，嗨，最近好嗎？」他說——保持距離，靠在椅子上，眉毛刻意挑得老高，「我都聽說了。」

「是喔。」這就是我們的相處模式；酷到其他人無法理解，只有我們了解自己的幽默。

「太倒楣了。真的很衰。」

「謝了。」

「嘿——你應該裝病的。我告訴你！我媽也是大發雷霆，快氣死了！好吧，嗯。」他說，在緊接而至的震驚沉默中聳了聳肩，視線上下左右飄移不定，臉上流露一種「誰？我嗎？」的表情，彷彿他丟了一顆夾藏石頭的雪球。

「總之呢，」他用一種若無其事的口氣繼續說，「你這身衣服是怎麼回事？」

「什麼？」

「這啊——」他嘲諷似地微微後退，打量那粗呢格紋外套，「——絕對會在普萊特．巴波模仿大賽中搶下第一名寶座。」

聽到這句話，我不由自主地笑了起來——太驚人了，在經過連日的驚恐和麻木後，我像得了妥瑞症般，突然開始抽搐。

「說得好，蓋伯。」我模仿普萊特那尖酸刻薄、慢條斯理的語調說。我們很會模仿，兩個人都是，時常整段交談都用別人的聲音來說：愚蠢的新聞播報員、嘮叨的女生、滿嘴哄騙的白癡老師。「明天我就打扮成你的樣子來上學。」

但湯姆沒有回應或接續這話題。他沒興趣了。「呃——不好吧。」他說，聳了聳肩，不自然地冷冷一笑。「回頭見。」

「喔好，回頭見。」我心情煩躁——他是有什麼問題？但這也是我們黑色喜劇進行式的一部分，只有我們才能體會這樣互相糟蹋、羞辱有什麼樂趣。而且我確信他在英文課結束後會來找我，或在回家途中追上前，用代數作業簿打我的頭。但是他沒有。隔天早上，在第一節課開始之前，我向他打招呼，但他甚至看也沒看我一眼，擦身而過時臉上面無表情，我不由硬生生止步。琳蒂・梅瑟和曼蒂・奎芙在置物櫃前轉過頭，交換眼色，略顯震驚地輕聲笑了起來：喔，我的天啊！在我身旁，我的實驗課拍檔山姆・溫加頓搖了搖頭，說「真是個混蛋。」他的音量大到走廊上所有人都轉頭側目，「你知道嗎，蓋伯，你還真是個不折不扣的大混蛋。」

但我不在乎——或該說，至少我並不覺得受傷或難過；相反地，我氣炸了。我和湯姆之間的友誼向來有種野蠻、瘋狂的感覺，失控、亢奮，還有那麼點危險；而儘管過去那些狂熱的高壓能量依舊存在，卻逆向流竄，朝著反方向嗡嗡振鳴，因此我現在滿腦子想的，不是和他一起在自習室裡打鬧搗蛋，而是把他的頭壓進小便斗裡，硬生生將他手臂扯下來，或者把他的臉狠狠往人行道砸去，打得他頭破血流，強迫他把路邊的狗屎和垃圾塞進嘴裡。我越想越火大，氣到有時忍不住開始在浴室裡來回踱步，喃喃自語。如果蓋伯沒有向畢曼先生出賣我（「我知道，席歐，那些香菸不是你的。」）……如果蓋伯沒有害我被休學……如果媽那天沒有請假……如果我們沒有在錯誤的時間來到博物館……甚至連畢曼先生都為此道歉了，之類的。因為，沒錯，我的成績是有問題（還有其他一堆畢曼先生不曉得的事），但那條導火線、害我被叫進辦公室的起因、在中庭抽菸的種種——這一切是誰的錯？蓋伯的。我並不期望他會道歉；事實上，我壓根不打算提起這件事，永遠不會。只是——他現在反過頭來把我當空氣？不受歡迎的討厭鬼？連跟我說句話都不肯？沒錯，我是比蓋伯瘦小，但也沒小到哪裡去。而現在，只要他在課堂上逞口舌之快——他就是管不住自己嘴巴——或看到他和新哥兒們比利．韋格納和賽德．藍道夫在走廊上奔跑（像我們從前橫衝直撞那樣，情緒總是高亢，那種渴望危險與瘋狂的衝動）——我腦中唯一有的念頭，就是把他打得屁滾尿流，讓女生在旁邊指指點點嘲笑他，看著他哭哭啼啼地閃躲我。喔，湯姆！好可憐喔！你是在哭嗎？（我卯起勁來地找架打，故意不小心把廁所門甩在他臉上；或者把他推向飲料桶，害他把噁心的起司薯條摔到地上。但他沒有跳到我身上——像我期望的那樣——只是冷冷笑了笑，一聲不吭地離開。）

當然了，不是所有人都躲著我。許多人在我櫃子裡放了紙條和禮物（包括伊莎貝拉．庫辛和瑪蒂娜．李奇布勞，我這年級最受歡迎的兩個女生），連我五年級的仇人溫恩．坦波都上前給我了個熊抱，嚇了我一大跳。但大部分人都對我小心翼翼，禮貌中夾雜著些許驚恐。我沒有到處哭哭啼啼，甚至顯露任何不安，但只要我午餐時間一坐下來，同桌的交談還是會戛然而止。

另一方面，大人們則是關心過頭，讓我很不自在。他們建議我寫日記、多和朋友聊聊、做本「回憶剪貼簿」（在我看來，這個建議爛透了；無論我表現得多正常，其他同學在我身邊就是如坐針氈；而我現在最不需要的，就是和別人分享我的感覺，或在美術教室做什麼癒療藝術，引人側目）。我覺得自己好像花了許多時間站在空蕩蕩的教室或辦公室裡（眼睛瞪著地板，木然點頭），關切的師長不是要我下課後留下來，就是把我拉到一旁談話。我的英文老師紐斯皮爾先生坐在辦公桌一側，滔滔不絕、慷慨激昂地向我描述他母親是如何慘死在無能的外科醫生手中，說完後拍拍我的背，還塞給我一本空白的筆記本。學校的輔導老師史旺森太太則教了我一些呼吸練習，建議我多去戶外走走，朝樹木丟冰塊，藉此宣洩心中的悲傷；甚至連布洛斯基先生（數學老師，跟其他多數老師相比，明顯少了許多熱情和活力）都在走廊上把我拉到一旁——把臉湊到我面前，壓低音量，悄聲告訴我他弟弟在車禍中喪生後他心裡有多愧疚。（「愧疚」兩個字時常出現在他的談話中。難道老師們跟我一樣，都相信母親的死是我造成的嗎？顯然是的。）布洛斯基先生因為沒有阻止參加派對的弟弟酒駕回家，所以心裡非常不安，內疚到曾有短暫一段時間考慮過要不要自殺。或許我也想過自殺，但自殺並不是答案。

我彬彬有禮地接受所有輔導，臉上掛著呆滯的笑容，心裡充滿強烈的不真實感。許多大人似乎都將這種麻木的反應解讀成正面跡象；我印象最深刻的是畢曼先生（一個講話過分字正腔圓、頭戴愚蠢軟呢扁帽的英國人。儘管他對我關懷備至，我還是非常不理智地怨恨他，因為是他間接害死母親），他大力讚揚我的成熟，還說我看起來「適應得非常良好」。或許我真的適應良好，我不曉得；可以確定的是，我沒有哭天搶地、一拳打破窗戶，或做出任何想像中和我同樣處境的人會有的行為。但有時候，悲傷的浪潮就是會毫無預警地席捲而至，讓我喘不過氣；而當浪潮退去後，我會發現自己眺望著一座瀰漫濃濃鹹味的殘骸，在光芒的照耀下是如此清晰，如此悲傷，如此空茫，讓我很難回憶這個世界除了死亡外，還有其他模樣。

5.

老實說，祖父母現在是我最不在意的一件事，反正社福機構一時三刻間也無法根據我提供的貧乏資訊聯繫上他們。但巴波太太敲了敲安迪的房門，說：「席歐，我們可以談談嗎？」

她的態度讓人一眼即知不會是什麼好消息；雖然以我的情況來說，我很難想像事情還能糟到哪兒去。我們一起坐在客廳——就在花店剛剛送來足足有三呎高的柳枝與開花的蘋果枝旁——她翹起腿，開口說道：「我接到社會局的電話，他們聯絡到你祖父母了。但不幸的是，你奶奶似乎生病了。」

我一時之間沒聽懂她在說什麼：「妳是指桃樂西？」

「如果你是這麼稱呼她的話，沒錯。」

「喔，她不是我親生祖母。」

「原來如此。」巴波太太說，好像她並非真心明白，也沒打算明白。「總而言之，她似乎病了——是背部的毛病，我想——現在正由你祖父照顧。所以，你明白的，我相信他們心裡也一定很不好受，但他們說要你現在立刻過去並不實際；至少和他們同住並不實際。」見我沒有答話，她又補了一句，「他們說要出錢讓你住在他們家附近的假日酒店，只是暫時的權宜之計，但我覺得這似乎有些不妥，你不認為嗎？」

我的耳朵傳來惱人的嗡鳴。坐在那兒，籠罩在她平穩、冷靜的冰灰色目光下，不知為何，我忽然覺得無地自容。只要想到要和戴克爺爺和桃樂西同住我就心驚膽戰，因此幾乎是完全把他們阻擋於腦海外，但聽到他們不想要我卻又完全是另外一回事。

她臉上閃過一絲同情。「別難過，這不是你的問題。」她說，「而且你不用擔心，我們已經安排好了，接下來幾週你就繼續住在這裡，起碼住到你畢業。所有人都同意這樣最好。對了，」她說，又靠前幾分，「那戒指好美，是傳家寶嗎？」

「呃，對。」我說。為了種種難以解釋的原因，不曉得，我也說不上來，但總之我幾乎走到哪兒都會帶著這枚老人給我的戒指。大部分時間收在外套口袋，我會伸手進去把玩它，但有時也會拿出來套在中指上；即便戒圍太大，會微微滑動。

「很有意思。是令堂或令尊那邊的傳家寶？」

「我母親那邊的。」我微微一楞後回答；我不喜歡這段談話的走向。

「可以讓我看看嗎？」

我脫下戒指，放到她手裡。她舉到檯燈之下，細細打量：「真美。」她說，「是紅玉髓，還有這個雕飾；是希羅式的花紋？還是家徽？」

「呃，是家徽，我想。」

她定睛端詳那頭伸爪的神獸。「看起來像獅鷲，也可能是長翅的獅子。」她將戒指轉向一側，放在燈光下，看向內緣。「那這行刻字呢？」

我迷惘的表情令她蹙起眉頭。「別告訴我你從沒注意過。等等。」她起身，走到附有許多複雜抽屜和隔層的書桌前，帶著一把放大鏡回來。

「這比老花眼鏡好用。」她說，透過放大鏡察看，「但這銅版十分老舊，還是很難看清楚。」她將放大鏡湊上前，然後又拿遠些，「布萊克威爾。有讓你想起什麼嗎？」

「啊——」事實上，還真的有；那是某種超越文字的記憶，但還來不及成形便消散無蹤。

「我還看到一些希臘字母。非常有意思。」她將戒指還給我，「這戒指年代久遠，」她說，「從寶石上的綠鏽和磨損的方式就看得出來——有沒有看到？美國人在亨利．詹姆斯的時代曾風行過歐洲這種經典的凹紋雕飾，並將它們做成戒指，做為偉大旅程的紀念。」

「如果他們不想要我，那我要去哪兒？」

在那瞬間，巴波太太似乎嚇了一跳，但立刻恢復神色，說：「這你就不用擔心了，反正就先留在這兒，多待一陣子，直到這學年結束，這對你來說應該是最好的安排，你不認為嗎？現在呢——」她點了點頭，「——小心保管那枚戒指，別弄丟了。我看得出來它太鬆了，你最好還是找個安全的地方收著，別那樣戴著到處跑。」

6.

但我還是戴著它；或該說——我沒理會她的建議，找個安全的地方收好，而是繼續放在口袋，隨身攜帶。當我把它放在掌心掂量時，可以感到它非常重；若我闔上手指，黃金會因掌心的溫度而溫暖起來，但那枚雕刻寶石卻依舊冰涼。它那沉重又古老的特質，以及嚴肅與活潑交雜的風格，都帶給我一種異樣的安慰。假若我全神貫注，將所有思緒集中在它上頭，它就會產生一股奇異的力量，令茫然漂浮於虛空的我找到踏實的落腳處，遺世獨立。但儘管如此，我卻極度不願思索這枚戒指是從何而來。

我也不想思考我的未來——儘管我一點也不期待搬去馬里蘭郊區，在祖父母的冰冷憐憫下展開新生活，但也不由認真擔心起往後的日子。大家似乎都對我必須暫住旅館一事震驚萬分，好像戴克爺爺和桃樂西是要我搬去他們的後院小屋一樣，但我不覺得有那麼糟。我一直想住飯店，就算假日酒店不是我想像中的那種飯店，我也一定能夠適應：客房服務的漢堡、付費電視，夏天裡還有游泳池；能有多糟呢？

每一個人（包括社工、心理醫生戴維和巴波太太）都一遍一遍、不停耳提面命地告訴我，我不可能自己一個人住在馬里蘭郊區的假日酒店；無論如何，事情絕對不會走到那一步——但卻不曾察覺，這些原該是要安慰我的話，只是讓我的焦慮增加好幾百倍。「記住，」市府安排的心理醫生戴維說，「無論如何，你都會受到良好的照顧。」他看上去三十歲左右，常常一身深色系打扮，戴著時髦眼鏡，怎麼看都像是剛從哪間教堂地下室的讀詩會走出來一樣。「因為有許多人關心你、照顧你，大家都只想給你最好的。」

我已經開始越來越不相信陌生人所說的「對我最好」，因為社工在提起寄養家庭前也是這麼說的。「但是——我不認為我祖父母的安排有什麼不合理。」我說。

「哪部分不合理？」

「假日酒店。說不定那裡反倒適合我。」

「你的意思是住爺爺奶奶家不適合嗎？」戴維說，眼睛眨也沒眨。

「不是！」我最痛恨他這點——老是曲解我的意思。

「好吧，或許我們可以換個說法。」他交疊雙手，沉吟片刻，「你為什麼寧願住飯店，也不想你比較想住飯店。」

他歪過頭：「是沒有，但你再三提起假日酒店，會讓人覺得那是個可行的選項；我聽得出來

「我沒這麼說。」

和祖父母一起住？」

「起碼比去寄養家庭好太多。」

「沒錯——」他傾身向前，「——但聽我說，你只有十三歲，而且才剛失去主要照顧者，獨立生活對現在的你來說真的不是一個好選項。我想說的是，你爺爺奶奶必須先處理健康問題非常令人遺憾，但是相信我，只要你奶奶康復，我們一定可以想出更好的方法。」

我沉默不語，顯然他從沒見過戴克爺爺和桃樂西。雖然我自己也不常見到他們，但最讓我記憶深刻的，就是我們之間半點血緣關係也沒有的感覺。他們看著我時，臉上總會流露晦暗難解的表情，彷彿我只是個從購物中心遊蕩而來的路人小鬼，我實在無法想像和他們同住一個屋簷下。而且我拚命絞盡腦汁，試圖回想自己最後一次去他們家的情景——印象很模糊，畢竟我當時只有七、八歲大。我記得家裡有幅裱了框的刺繡諺語，牆上還掛著個塑膠玩意兒，是桃樂西拿來乾燥食物用的。然後——在戴克爺爺厲聲斥責，不准我用那雙戴著手套的黏答答小手碰他的火車模型後——爸跑去屋外抽菸（那時是冬天），之後再也沒有進屋。「我的天啊。」上車後母親立刻咕噥（要讓我多認識爸爸那邊的親戚是她的主意），從此之後我們再也沒去拜訪過他們。

在提議我搬去假日酒店的幾天後，巴波家收到一張給我的卡片。（題外話：期望鮑伯和桃樂西——他們就是這麼署名的——會拿起電話打給我，或親自開車來看我有什麼不對嗎？但他們什麼也沒做——我並不期望他們臉上會爬滿同情的淚水，匆匆趕來我身邊，但如果他們能展現絲毫情感——即便只是最尋常的情感——讓我驚喜一下也好，我都會很高興。）

事實上，卡片是桃樂西寄的（「鮑伯」兩字顯然是她的筆跡，就像寫完後才想到要補上去，

於是硬在自己的署名旁多塞一個名字）。有趣的是，信封看起來像是用蒸氣蒸開過又重新黏回去——是誰開的？巴波太太？還是社工人員？——雖然卡片上寫的絕對是桃樂西那呆板僵硬、高低不齊的歐洲字跡，我們每年都會在一年一張的聖誕卡上看到，不會多也不會少；看起來——正如父親說過的——就像是會出現在古留餐廳寫著今日鮮魚的黑板上的字跡。卡片正面印著一朵低垂的鬱金香，而且——在下方——印著一句話：永無止境。

根據我貧乏的記憶，桃樂西是屬於那種惜字如金的人，這張卡片也不例外。在一段情真意切的開場白後——非常遺憾我痛失親人、在這悲傷時刻想起了我——她說要寄一張前往馬里蘭州伍德布萊爾的巴士票給我，同時含糊不清地暗示那讓她和戴克爺爺很難「妥善滿足我需求」的健康狀況。

「需求？」安迪說，「說的好像你向他們要不連號的一千萬現鈔一樣。」

我沉默不語。奇怪的是，真正讓我心煩的其實是卡片上的圖案。它就是那種你會在藥妝店架上看到的卡片，再普通不過；然而，一朵枯萎的花——無論多有藝術氣息——怎麼看都不像是一張適合送給剛喪母的人的卡片。

「我還以為她重病不起。為什麼是她寫的卡片？」

「鬼才知道。」我也想過同樣的問題；我的親生祖父隻字未留，甚至連親筆簽名也沒有，確實引人疑竇。

「說不定，」安迪陰沉沉地說，「你爺爺得了阿茲海默症，她為了奪取家產，把他軟禁在家。你也知道的，這種事很常發生在老夫少妻上。」

「我不認為他有那麼有錢。」

「或許吧。」安迪說，刻意清了清喉嚨，「但你永遠不能排除一個人對權力的渴望。『大自然就是一頭沾滿血腥的野獸』。說不定她不想你去瓜分遺產。」

「室友們，」安迪的爸爸忽然從《金融時報》中抬起頭，插口道，「我不認為這是段富有建設性的對話。」

「好吧，不過老實說，我不懂為什麼席歐不能和我們一起住。」安迪說，這也是我心中的疑問。「我喜歡有他作伴，而且我房間多的是空間。」

「我們當然都很希望他留下來。」巴波先生說，但口氣卻不如我期望中的真誠或有說服力。「但他的家人會怎麼想呢？就我所知，綁架還是違法的。」

「欸，爹地，現在又不是那種情況。」安迪用他那惱人又飄渺的聲音說。

巴波先生突然起身，手裡拿著他的蘇打水；因為吃藥的關係他不能喝酒，「席歐，我都忘了。你會駕駛帆船嗎？」

我愣了一會兒才會過意來。「不會。」

「喔，太可惜了。安迪去年去緬因參加帆船夏令營，玩得開心極了，對不對？」

安迪一聲不吭。他告訴過我，而且說過許多次，說那是他這輩子最恐怖的兩個星期。

「你會看航海旗嗎？」巴波先生問我。

「對不起，你說什麼？」我問。

「我書房裡有張很棒的圖表，我非常樂意帶你去看。別擺出那張臉，安迪，這對任何一個男孩來說都是很實用的技巧。」

「當然，當然，如果他平常必須向經過的拖船打信號的話。」

「你這口尖牙利嘴實在很讓人傷腦筋。」巴波先生說，不過他看起來比較像是煩心，而非著惱。「再說了，」他轉頭看向我，說，「如果你知道航海旗有多常出現在遊行和電影——好吧，或許還有舞台，我不知道——應該會很意外。」

安迪扮了個鬼臉：「舞台。」他嘲諷地說。

巴波先生轉頭看向他：「沒錯，舞台。你覺得這兩個字很好笑嗎？」

「比較像是做作。」

「是嗎，我看不出有什麼做作的，這顯然是你曾祖母會用的詞語。」（巴波先生的祖父因為娶了個小牌的電影女明星歐嘉．奧斯古而被社交圈除名。）

「我就是這個意思。」

「那你要我怎麼說？」

「事實上，爹地，我真的很想知道，你最後一次在任何戲劇作品中看見航海旗是什麼時候？」

「《南太平洋》。」巴波先生立刻回答。

「除了《南太平洋》之外。」

「我已經證明了我的論點。」

「我不相信你和母親真的看過《南太平洋》。」

「看在上帝的分上，安迪。」

「好吧，就算你真的看過，一個例子也不足以作為證明。」

「我不想再繼續這荒謬的話題。來吧，席歐。」

7.

從這刻起，我就格外努力，想要當個好房客：早上起床會自己摺好棉被、整理床鋪；隨時隨地把「請」和「謝謝」掛在嘴邊，所有母親會期望我有的表現我都乖乖照做。不幸的是，巴波家不是那種可以藉由幫忙照顧小孩或洗碗來表達感激之情的家庭。加上來幫忙照顧植物的女士——這是份令人沮喪的工作，因為公寓裡的光線實在不足，植物最後大多枯萎而死——以及巴波太太的助理，她主要的工作似乎就是整理衣櫥和瓷器——他們家大約有八名左右的佣人。（當我問巴波太太洗碗機在哪兒時，她臉上表情好像是聽見我問她哪裡有氫氧化鈉和油脂可以做肥皂一樣。）

雖然我幫不上忙，但光是要努力融入他們那高貴優雅又錯綜複雜的家庭，壓力就已經奇大無比。我只想讓自己隱身在背景中——就像珊瑚礁中的小魚，無聲無息地消失在那些華麗繁複的中式藝術品間——但每天卻似乎仍會招惹上百次不必要的關注：像是問他們某個小東西在哪兒——如毛巾、OK繃或削鉛筆機；或因為沒有公寓鑰匙，所以每次進出都必須按門鈴——就連我每天早上好意自己整理床鋪也一樣（還是讓依蓮嘉或雅絲潘倫薩整理就好，巴波太太說，她們已經習慣了，而且邊角摺得比較整齊）。我在開門時撞斷了古董外套架上的頂端飾品，還不小心觸發保全警鈴兩次，有天晚上甚至在找廁所時不小心闖進巴波夫婦的臥房。

幸運的是，安迪的父母鮮少在家，因此我的存在似乎對他們沒有造成太大不便。除非巴波太太需要接待客人，不然她大約會在中午十一點離家——直到晚餐前幾個鐘頭回來露個臉，喝杯萊姆琴酒、「泡澡享受一下」，她是這麼說的——然後又再次出門，直到我們上床時間才歸返。巴波先生就更少看見了，除了週末或他下班後，拿著用餐巾紙包住的蘇打水杯坐在椅子上，等待巴波太太整裝赴宴。

到目前為止，我面臨到的最大問題是安迪的弟弟和妹妹。雖然，老天保佑，普萊特被送去了格羅頓欺負其他小孩，但凱西和今年只有七歲的么弟陶弟顯然非常討厭我的存在，父母對他們的關心本來就已經不多了，現在又被我剝奪侵占。他們兩個時常發脾氣、小嘴噘得老高，凱西還動不動就翻白眼，露出不懷好意的竊笑；以及，最令人（意即：我）不解又生氣的是——而且這問題從來沒有真正解決過——她到處向朋友、管家，或任何一個願意聽她說話的人抱怨說我會進她房間，亂動她收藏在書桌架上的存錢筒。至於陶弟，幾星期過去，我沒有半點離開的跡象，他也越來越是焦躁。早餐時，他會堂而皇之地瞪著我，不時拋出一些會讓他母親伸手在桌下偷捏他的問題，像是我以前住哪兒？我還要在這裡待多久？我有爸爸嗎？他現在在哪兒？

「好問題。」我說，惹得凱西發出驚恐的笑聲；她在學校很受歡迎，而且——以九歲的小女孩來說——那頭白金色的髮絲襯得她更是嬌俏動人，在安迪身上卻是如此平庸無奇。

8.

某天，搬家公司來了，準備打包母親的遺物，送到倉庫存放。我本來想趁他們來之前回公寓一趟，拿些我想要或需要的東西。我還記得那幅畫；雖然想到就心神不寧，但也只是隱約意識到它的存在，與它實際的重要性完全不成比例，好像它只是一份還沒做完的學校功課。我本來有一度要把它歸還博物館了，只是還沒想到要怎麼不著痕跡地還回去，而不引發軒然大波。

我已經錯失一次物歸原主的機會——也就是巴波太太遣走要來找我談話的調查員時。我是從凱琳——負責來家裡照顧小孩的威爾斯女孩——那兒聽說他們是調查員，甚至可能是警察。當那兩名陌生人現身門口，說要找我時，她恰巧從日托中心接了陶弟回家。「你知道的，就一身西裝。」她說，高高挑起眉毛。她身材豐腴，說話很快，臉頰紅到無論何時何地看起來都像站在火焰旁。「一看就知道是調查員的模樣。」

我嚇到連問她「那模樣」是哪模樣都不敢；而等我小心翼翼地進屋，想從巴波太太那兒了解情況時，她卻不巧在忙。「對不起，」她說，眼光幾乎看也沒看向我，「但我們可以晚點再談這件事嗎？」賓客再半個小時就要到了，其中包括一位名聞遐邇的建築師與紐約市立芭蕾舞團的知名舞者，而她正為了項鍊上鬆脫的鉤子煩躁不安，空調出了問題更是雪上加霜。

「我有麻煩嗎？」

我還來不及反應，話就這麼脫口而出。巴波太太僵在原地：「席歐，別傻了。」她說，「他們人很好，非常禮貌，只是我現在沒時間和他們談話。他們也沒先打個電話，就這麼登門拜訪。總而言之，我告訴他們現在不是時候，我想他們自己也看得出來。」她指向那些匆忙來回的外燴人員以及梯子上拿著手電筒檢查空調風扇內部的維修人員。「你就自己忙去吧。安迪呢？」

「他一個小時後才會回家。地科老師帶他們去參觀天文館。」

「好吧，廚房裡有吃的。迷你餡餅可能不夠，但手指三明治隨你愛吃多少就吃多少。蛋糕切好後也歡迎你嚐嚐。」

她是那樣的泰然自若，絲毫不以為意，所以我後來也忘了那兩名訪客，直到三天後他們現身學校。那時我正在上幾何學，只見一老一少穿著簡便，彬彬有禮地敲了敲敞開的教室門。「我們想找席爾鐸．戴克？」那名年紀較輕，看起來像義大利人的男子對布洛斯基老師說；年長男子則和善地探頭看向教室。

「我們只是想和你談談，可以嗎？」年長男子說。我們一齊朝母親過世那天原要和畢曼先生會面的那間可怕會議室走去。「別怕。」他是個膚色非常黝黑的黑人，留著灰色的山羊鬍——樣貌強悍，但看起來又很和善，很像會出現在電視影集中的那種性格警察。「我們只是想了解一下那天的情況，還原真相，希望你能幫忙。」

我原本很害怕，但一聽見他說「別怕」，我就不怕了——直到他打開會議室的門。我那頭戴軟呢扁帽的天敵畢曼先生就坐在那兒，同樣的背心和懷錶，一如往常地浮誇。除了他之外，還有我的社工安立奎、輔導老師史旺森太太（就是她告訴我朝樹丟冰塊或許有助於宣洩情緒）；照例穿著Levi's黑色牛仔褲和高領上衣的心理醫生戴維——以及最重要的：巴波太太。她腳蹬高跟鞋，身上那套珍珠灰套裝看起來比房內所有人一個月薪水加起來都還要貴。

我的驚恐一定是清清楚楚寫在臉上。如果我當時不是那麼無知，或許就不會那麼驚慌：由於我未成年，因此若有任何正式訊問，都必須要有父母或監護人在場——這也就是為什麼所有勉強能夠稱為我代表人的人物都被召集在此的原因。但當時的我一看見這些面孔和桌子中央的錄音機，就認定了這些官方代表齊聚一堂是要宣判我的前途，而我也只能任憑他們處置。

我拖著僵硬的身軀入座，忍耐著接受他們的暖身題（我有沒有任何嗜好？有沒有從事任何運動？），直到所有人都看出這初步的閒聊並沒有讓我放鬆太多。

下課鈴響，走廊傳來置物櫃的碰撞聲和喃喃的交談聲。「你死定了，塔爾海姆。」有個男生開心大喊。

那個義大利人——他說他叫雷——將一張椅子拉到我面前，兩人膝蓋碰膝蓋。他年紀很輕，但結實魁梧，看起來像名好心的禮車司機；而那雙下垂的眼睛透露著一種濕濡、水汪汪又昏昏欲睡的神情，彷彿醺然酒醉。

「我們只是想知道你記得什麼。」他說，「好好回想一下那天早上大概的情景。因為即便只是一樁小事，都有可能幫助你想起有用的線索。」

他坐得很近，近到我可以聞到他身上體香劑的味道。「像是什麼？」

「像是你那天早餐吃了什麼。這是個好的開始，不是嗎？」

「呃——」我看著他手腕上的金色刻字手鍊，沒有預期他會問這個問題；老實說，那天早上我們什麼也沒吃，因為我在學校惹了麻煩，母親氣壞了，但我不好意思說出口。

「你不記得了？」

「鬆餅。」我情急之下脫口而出。

「喔，是嗎？」雷目光灼灼地看著我，「令堂做的？」

「對。」

「她在裡頭加了什麼？藍莓、巧克力豆？」

我點了點頭。

「兩個都加？」

我可以感到所有人的視線都集中在我身上。這時，畢曼先生開口了——神情倨傲，彷彿站在他公民與道德課的講台前——「不記得的話也不必捏造答案。」

那名黑人——拿著記事本，站在角落——拋給他一個銳利的警告眼神。

「實際上，他的記憶似乎有點受損。」史旺森太太沉聲插口，把玩她掛在頸前的眼鏡。她是個會穿輕飄飄的白裙，還梳著一根長長灰色辮子的老太太，被送去給她輔導的學生都叫她「史奶奶」。她在輔導我的時候，除了那個丟冰塊的建議外，還教了我一種三段式呼吸法，幫助我釋放情緒，並要我畫一個能夠代表我受傷心靈的曼陀羅。「他撞到頭了；對不對，席歐？」

「真的嗎？」雷問，率直地抬頭看向我。

「真的。」

「你有去看醫生嗎？」

「過了一段時間後才去。」史旺森太太回答。

巴波太太交叉雙踝：「是我帶他去紐約長老教會醫院的急診室。」她冷冷地說，「他到我家後就說自己頭很痛，大概一、兩天後我們就帶他去給醫生檢查。似乎所有人都忘了問他有沒有受傷。」

安立奎——那名社工人員——本想開口，但看了一眼年長的黑人警察後（我終於想起他的名字：莫里斯），又閉上嘴巴。

「聽著，席歐，」那名叫做雷的警察拍了拍我膝蓋，說，「我知道你想幫忙。你是想幫忙的，對嗎？」

我點了點頭。

「很好。但如果我們問了什麼你不知道的事，直說不知道就好。」

「我們只是想丟出許多問題，看能不能喚醒你的記憶。」莫里斯說，「可以嗎？」
「你需要喝點東西嗎？」雷仔細端詳我，問，「水？還是蘇打？」
我搖了搖頭——校內不能喝汽水——畢曼先生也這麼開口：「抱歉，校內禁飲汽水。」
雷做了個「饒了我吧」的表情，我不確定畢曼先生有沒有看到。「抱歉，小鬼，我盡力了。」他說，回頭看向我，「如果你等等想喝，我會跑去校外的熟食店替你買回來，你覺得怎樣？現在呢，言歸正傳，」他交疊雙手，「在第一起爆炸發生前，你認為你和令堂在博物館待了大約多久時間？」
「大概一小時吧，我猜。」
「你猜還是你確定？」
「我猜。」
「你覺得是超過一小時？還是不到一小時？」
「應該沒有超過一小時。」我在沉默許久後回答。
「描述一下你對那起事件的記憶。」
「我沒看到事發經過。」我說，「一切本來都好好的，但突然間出現好大一聲閃光，砰的一聲——」
「好大一聲閃光？」
「我不是那個意思。我是說爆炸聲很響亮。」
「你說聽見砰的一聲。」那名叫做莫里斯的男子走上前來，說，「你可以再仔細描述一下那聲音嗎？」
「我不曉得，就……很大聲。」看見他們期待我多加描述的眼神，又補上一句。
沉默接踵而至，寂靜之中我聽見輕微的噠噠聲響；是巴波太太，她低著頭，偷偷察看黑莓機上的訊息。

莫里斯清了清喉嚨：「那氣味呢？」

「什麼？」

「你在爆炸前有沒有留意到什麼不尋常的氣味？」

「應該沒有。」

「什麼也沒有？你確定？」

盤問繼續——他們不斷重複同樣的問題，稍稍轉換說法，想藉此混淆我，並不時加入新問題——我全神戒備，絕望地等待他們問起那幅畫。我會直言坦承畫是我拿走的，並承擔後果，無論後果究竟為何（大概會很慘，畢竟我已經快成為州政府保護管束的對象）。好幾次，我都差點要在驚恐中脫口而出。但他們問得越多（我是在哪裡撞到頭？我下樓時有沒有看見誰，或和誰說過話？），我就越清楚他們根本不曉得我發生了什麼事——像是炸彈爆炸時我在哪間展廳，甚至是我從哪裡離開博物館。

他們拿出一張平面圖，每個隔間上標的不是名稱，而是編號：19A 展廳或者 19B 展廳，那些數字與字母如迷宮般星羅排列，一路標到二十七號。「第一起爆炸發生時你是在這裡嗎？」雷指向平面圖，問，「還是這裡？」

「我不知道。」

「慢慢想。」

「我不知道。」我又重複一遍，口氣有點急躁。那張平面圖看得我暈頭轉向，給人一種電腦生成的感覺，像是電動遊戲的畫面，或是我在歷史頻道上看過的希特勒的碉堡重建圖，一點也不符合實際，一點也不像我記憶中的空間。

他指向另一個地方：「這一區呢？」他問，「這是展區的柱基，上頭有掛畫。我知道這些方格看起來都一樣，但或許你可以以這裡為根據，回想你當初的位置？」

我絕望地看著平面圖，沒有回答。（它會看起來這麼陌生，有部分是因為他們給我看的區域是母親遺體所在那區——爆炸時我離那裡很遠——不過這些事我也是後來才知道。）

「你離開時有沒有看見任何人？」莫里斯鼓勵似地問，再次重複我已經告訴他們的事。

我搖了搖頭。

「你什麼也不記得？」

「嗯，我記得——看見被蓋住的屍體，還有散落在地上的裝備。」

「爆炸區域沒有任何人進出？」

「我沒看見任何人影。」我執拗地重複；這問題已經回答過了。

「所以你沒有看見任何消防員或救難人員？」

「對。」

「那麼，我想我們可以推定你醒來時他們已接獲命令，撤離博物館。所以大約是第一起爆炸後的四十分鐘至一個半小時之間。這假設還算合理嗎？」

我無力地聳了聳肩。

「這是『是』或『不是』的意思？」

我瞪著地板：「我不知道。」

「你不知道什麼？」

「我不知道。」我又重複一遍；接踵而至的沉默漫長而煎熬，我還以為自己會崩潰痛哭。

「你有聽見第二聲爆炸嗎？」

「請恕我打個岔，」畢曼先生說，「但真有這必要嗎？」

我的訊問者——雷——轉頭看向他：「不好意思，你說什麼？」

「我不了解這樣盤問他有什麼意義。」

莫里斯小心翼翼地用持平的口吻說：「我們正在調查一起犯罪案件。查明真相是我們的職責所在。」

「沒錯，但我相信你們一定有其他偵查方法。博物館裡不是有各種監視器嗎？」

「當然。」雷回答，口氣有些尖銳，「只可惜監視器在塵硝與煙霧間起不了作用，還有些受到爆炸波及，鏡頭轉向了天花板。好，」他說，嘆了口氣，倒回椅背上，「既然提到了煙。你是聞到還是看到的？」

我點了點頭。

「哪一個？看到還是聞到？」

「都有。」

「你認為它是從哪個方向飄來的？」

我原本又要回答我不知道，但畢曼先生還不罷休。「很抱歉，但我實在不明白，如果監視器在緊急事件中發生不了作用，那裝設它們的意義何在。」他對會議室裡的所有人說，「根據今日的科技，以及館內所有收藏品——」

雷轉過頭，彷彿就要大發雷霆，但站在角落的莫里斯舉起手，出聲打斷。

「這男孩是我們的重要人證。館內的監視系統在設計上並無法承受這樣的事故。現在，很抱歉，但若閣下無法保持沉默，我們只能請你離開。」

「我是以這名孩童的監護者身分出席，我有權利提問。」

「除非你的問題與該孩童的福祉有直接相關。」

「這可怪了，我就是認為有。」

聽到這句話，坐在我面前的雷轉過身：「先生，如果你繼續妨礙我們訊問，」他說，「就必須離開這房間。」

「我無意妨礙你們訊問。」畢曼先生在接踵而至的緊繃沉默中說，「絕無此意，我可以保證。繼續吧，請。」他說，手煩躁一揮。「我不會再阻止你們了。」

永無止境的盤問繼續。煙是從哪個方向來的？那道閃光是什麼顏色？爆炸前有誰進出那區域？事發前後我有沒有察覺到什麼不尋常的狀況，多小的事都行？我看著他們出示的照片——度假者的無辜面孔，沒有一個我認識。我看著亞洲遊客與老年人的護照照片，看著母親們與長有青春痘的青少年在攝影棚的藍色布幕前微笑——那些面孔全都再尋常不過，毫無特色，卻莫名透著一種悲劇的氣氛。之後我們再度回到平面圖；我能不能再試試看，再一次就好，試著在地圖上指出我的位置？這裡？還是這裡？這裡呢？

「我不記得了。」我不斷重複這五個字：部分是因為我真的不知道，部分是因為我心裡又急又怕，希望這場審問趕快結束，同時也因為會議室裡瀰漫著一股焦躁不安，以及明顯不耐煩的氣氛；其他大人似乎都已經默默達成共識，同意我什麼也不知道，不該再這樣苦苦逼問。

接著，我還來不及會意，審問就結束了。「席歐，」雷起身，一隻胖呼呼的手按在我肩頭，說，「我要謝謝你，小老弟，謝謝你盡力幫助我們。」

「沒什麼。」我說；事情結束得太過突然，我只覺得天旋地轉。

「我很清楚這對你來說有多困難。沒有人會想再次回想這種事。但這就像——」他用雙手比出相框的樣子，「——我們在拼圖，想要還原事發經過，而你可能握有一些其他人沒有的圖片。你同意談話真的幫了我們許多忙。」

「如果你想起任何事，」莫里斯說，傾身上前，遞給我一張名片（被巴波太太迅速攔截，收進她的包包），「就打給我們，好嗎？妳會提醒他的，對吧，夫人？」他對巴波太太說，「若他想起任何事，妳會提醒他聯絡我們。名片上有警局的號碼，但是——」他從口袋拿出一支筆，

「——如果妳不介意，名片可以請先還我一下嗎？」

巴波太太一語不發地打開包包，將名片交還給他。

「好。」他按了按原子筆，在名片背面草草寫下號碼，「這是我的手機號碼。你隨時可以留言給警局，但若那支號碼找不到我，就打到我手機，可以嗎？」

當所有人都朝著門口前進時，史旺森太太獨自飄然上前，用她那種溫暖的方式一手摟住我。「嘿，」她親密地說，好像她是我世上最要好的朋友，「你近來好嗎？」

我別開目光，擠出個「還好吧，應該」的表情。

她輕撫我手臂，好像我是她最疼愛的一隻小貓。「那就好。我知道你心裡一定很不好受，要不要去我辦公室談談？」

我在惶然中看見心理醫生戴維徘徊後方，在他之後是安立奎，雙手按在臀部，臉上掛著期待的淡淡笑容。

「謝謝妳，」我說；我的絕望一定清楚透露在聲音中，「但我想回去上課。」

她捏捏我手臂，然後——我注意到了——朝戴維與安立奎瞥了一眼。「當然沒問題，」她說，「你這堂是什麼課？我陪你去。」

9.

等到訊問結束時，已經是英文課了——今天的最後一堂課。我們正上到惠特曼的詩：

木星就要升起，耐心點，另一夜再來觀看，昴宿星終將升起，
永恆不滅，所有金銀燦爛的繁星將再次閃耀。

一張張空洞的面孔。時近傍晚，教室裡的空氣又熱又悶，昏昏欲睡；窗戶敞開著，車流聲自西端大道飄了進來。學生們一手托腮，一手在筆記本的空白處塗鴉。

我望向窗外，看著對面屋頂上的骯髒水塔。那場嚴刑逼供（我是這麼認為的）搞得我心煩意亂，喚醒了那面趁我毫無防備時重重壓倒我的危牆；那面雜亂脫序的感知之牆：令人窒息又灼熱的化學藥劑味和煙味、四濺的火花與電線、緊急照明燈的慘白寒光，刺眼到我什麼也看不見。它總是毫無預警地發生，無論是在學校或街上——每當它來襲，我就會凍結原地，回到世界崩塌瓦解、女孩雙眼緊緊凝視我的那個奇異又扭曲的瞬間。有時我會猛然回神，不確定別人方才跟我說了什麼，只見生物課的實驗拍檔瞪著我，或聽見被我擋在韓國超市冷飲櫃前的陌生人說：「小鬼，閃一邊去，我沒時間跟你耗。」

親愛的小孩僅是為了木星哀悼？
認為你獨自埋葬於繁星之間？

我沒有在他們出示的照片中看見那女孩——或是那個老人。我默默將左手伸進外套口袋，摸索那枚戒指。前幾天，我在單字表上看見一個詞——血親：與對方之間具有血緣關係。老人的面孔是如此瘡痍，我甚至已記不起他原本的模樣；但我依舊清楚記得，他的鮮血在我手上是多麼溫暖濕滑——特別是就某種意義而言，他的血從不曾消失，我仍聞得到、嚐得到，而這讓我理解了為什麼人們會說「歃血為盟」、血緣又是怎麼讓人團結一心。上學期的英文課曾教到《馬克白》，但我直到現在才開始理解，為什麼馬克白夫人永遠無法洗清手上的血腥，為什麼在她洗去之後，那些鮮血依然存在。

顯然地，由於我有時會在睡夢中拳打腳踢、哭喊出聲而把安迪吵醒，所以巴波太太便開始給我一種叫做阿米替林的綠色小藥丸，說它可以避免我晚上做惡夢。這實在太尷尬了，尤其是我其實也不是真做了什麼可怕的惡夢，只是些令人憂心忡忡的斷續片段：母親加班加到沒有車可以回家——有時是困在上州某個不毛之地，院子裡停著報廢的汽車，被鐵鍊鍊住的狗兒吠叫不停。我在員工電梯與廢棄的建築裡不安地尋找她；夜裡在陌生的公車站牌等她；在呼嘯而過的火車窗上瞥見長得像她的女子；或者她打來巴波家找我，我卻來不及接起電話——這些失望與失之交臂令我翻來覆去，劇喘驚醒。躺在晨光中，只覺暈眩煩嘔、大汗淋漓。其中最糟的並非是我想要找到她，而是醒來後想起她已不在世上。

有了綠色藥丸後，就連這些夢境都開始消褪為沉悶的暗影。（我當時沒想到，現在才驚覺巴波太太在心理醫生戴維開給我的黃色膠囊與橘色橄欖球型小藥丸外，又未經醫生處方私自給我其他藥物其實非常不妥。）睡意來襲時，我整個人就像摔進坑裡，早上常常很難醒來。

「祕訣在於紅茶。」有天早上，巴波先生看我早餐時間仍舊昏昏欲睡便這麼說，並從他熱騰騰的茶壺之中替我斟了一杯茶。「這是頂級的阿薩姆紅茶，和家母煮的一樣濃郁。它可以把你體內的藥物沖得一乾二淨。茱蒂．嘉蘭在開唱之前都一定要喝。祖母曾告訴過我，席德．魯夫特[4]以前會打給中國餐館，向他們要一大壺茶，把她體內的安眠藥沖得乾乾淨淨；那是他們在倫敦時候的事，我想，就在帕拉斯劇院；只有濃茶才有用。有時候她很難叫醒，你知道的，只是要她下

4 茱蒂．嘉蘭的第三任丈夫，同為演藝界知名人士。

床梳妝打扮——」

「他不能就這樣喝，那跟電池酸液沒兩樣。」巴波太太說，先在杯子裡加進了兩塊方糖和濃稠的奶精後才交給我。「席歐，我也不想一直嘮叨，但你一定得吃些東西。」

「好。」我昏昏欲睡地回答，但還是完全沒有要吃藍莓馬芬的意思。這段日子以來，不管什麼東西吃起來都好像紙板；我已經好幾個星期沒有飢餓的感覺。

「還是你要不要來點肉桂吐司？燕麥片？」

「妳不讓我們喝咖啡實在太莫名其妙了。」安迪說；他已經習慣每天瞞著父母，在上下學途中買上一大杯星巴克。「妳在這點上非常跟不上時代。」

「大概吧。」巴波太太冷冷回答。

「就算半杯也好。期望我在沒有咖啡因幫忙提神的情況下去上早上八點四十五分的化學先修課實在太不人道。」

「小鬼在哭哭了。」巴波先生說，目光不曾離開他的報紙。

「你這態度毫無幫助。其他人明明都可以喝咖啡。」

「我呢，恰巧知道事實並非如此。」巴波太太說，「貝西・英格索說——」

「或許英格索太太確實是不讓莎賓喝咖啡；但想讓莎賓・英格索進任何一堂進階先修課，光靠咖啡遠遠不夠。」

「你沒必要這樣講話，安迪，而且這說法十分刻薄。」

「是嗎，我只是實話實說。」安迪冷冷地說，「莎賓蠢的像豬。她只要照顧好自己健康就好，反正她也沒其他長處。」

「親愛的，才智並非一切。如果艾塔替你做顆水波蛋，你會吃嗎？」巴波太太轉頭看向我，問，「還是你想吃煎蛋？炒蛋？看你想吃哪種都行。」

「我喜歡炒蛋！」陶弟插口，「我可以一次吃四個！」

「你不行，小傢伙。」巴波先生說。

「我可以！我可以吃六個！我可以吃掉一整盒！」

「我又不是在跟妳討德太德林[5]，」安迪說，「雖然如果我想，在學校也有辦法弄到手。」

「席歐？」巴波太太問；我發現廚師艾塔站在門口。「你想吃什麼樣的蛋？」

「從來沒有人問過我們早餐想吃什麼。」凱西說；儘管她說得十分大聲，但所有人都充耳不聞。

11.

某個星期天早晨，我自一個沉甸甸的複雜夢境甦醒，除了耳鳴以及某件事悄悄自我意識流瀉而出，墜入無邊深淵所造成的痛苦外，什麼也未曾留下。但不知怎地——在那些不斷墜跌、分崩離析、斷簡殘篇又無可追憶的片段中——有個句子脫穎而出，有如電視螢幕下方的新聞跑馬燈，在黑暗中悄悄流逝：霍伯特與布萊克威爾。綠色門鈴。

我躺在床上，瞪著天花板，不想吵醒其他人。那兩句話清楚鮮明，就像有人印在紙上交給我一般。然而——最棒的是——遺落的記憶展開眼前，跟隨它們浮上表面，就像中國城裡賣的那種紙球，扔進水裡就會開展成花。

我漂浮在某種帶有強烈意義的紛雜思緒中，疑慮重重襲來：這是真實的記憶嗎？他真對我說過這些話嗎？或者只是我在作夢？母親死前不久，我有時起床時會堅信學校裡有個莫特老師（但

5 Dexedrine，一種類安非他命的藥物，學名為右旋苯丙胺，可刺激中樞神經。

其實她並不存在），因為我不聽話，就打算在我食物裡偷摻碎玻璃——在我的夢境之中，這一切都非常符合邏輯——所以我會憂心忡忡地躺上兩、三分鐘，之後才清醒過來。

「安迪？」我說，探出上身，望向下鋪，但床上已空無一人。

我睜大雙眼，瞪著天花板躺了好一會兒，然後爬下床鋪，從制服外套口袋中拿出那枚戒指，放到光線下察看那句銘刻，隨後迅速收起，更衣著裝。安迪和其他人都已經在吃早餐了——週日的早餐是巴波家重要的家聚時光，我可以聽見他們全都在餐廳。巴波先生就像他有時會喃喃自語那樣，正模糊不清地說些什麼，似乎有些滔滔不絕。我在走廊上駐足片刻，然後朝另一頭的起居室走去，從電話下方的櫃子裡拿出包著刺繡書衣的電話簿。

霍伯特與布萊克威爾。找到了——顯然是家店，但沒有寫是哪種店。我覺得有點暈眩，看見這名字白紙黑字地印在眼前，讓我有種說不上來的戰慄感，彷彿無形的拼圖歸位了。是東村的地址，在西十街上。猶豫一陣後，我忐忑不安地撥了電話。

我一面聆聽電話鈴聲，一面把玩起居室桌上的黃銅旅行鐘，輕咬下唇，看著電話桌上的各式裱框水鳥圖片：白頂玄燕鷗、加州鸕鷀、魚鷹、秧雞。我還不曉得要怎麼解釋自己的身分，或打探我想知道的事。

「席歐？」

我作賊心虛地跳了起來。巴波太太——穿著淺灰色的喀什米爾毛衣——手裡端著咖啡，走了進來。

「你在這裡做什麼？」

電話另一頭仍無人接聽。「沒什麼。」我回答。

「好吧，快來吧，你的早餐要冷了。艾塔做了法式吐司。」

「謝謝。」我說，「我馬上去。」這時候，話筒傳來電話公司的機械語音，要我稍後再撥。

我魂不守舍地走進餐廳，加入巴波一家——因為心裡本來預期至少會轉到答錄機，所以有些失望——不料卻大吃一驚，看見普萊特．巴波（塊頭比我最後一次看到時還要高大、臉色還要通紅）坐在我常坐的椅子上。

「啊，」巴波先生說——但立刻住口，用餐巾遮在嘴前，跳了起來——「來了，來了。早安，你還記得普萊特吧？普萊特，這是席爾鐸．戴克——安迪的朋友，記得嗎？」他一面說，一面起身離座，又搬了張椅子過來，笨拙地替我塞進桌角。

我坐在角落外圍——比其他人矮了大約三、四吋，屁股下方的窄細竹椅和其他椅子毫不相稱——普萊特漠然地瞥了我一眼，隨即轉開。他從學校回來是為了參加一場派對，現在看起來滿臉宿醉。

巴波先生重新就座，又開始他最喜歡的話題：駕船出航。「我剛才說到，追根究柢，都是因為你自信不足的關係。安迪，你只要上了船就手足無措，」他說，「但完全沒有那必要，你只是缺少獨自駕船出海的經驗。」

「不，」安迪又用他那虛無飄渺的聲音說，「問題在於我壓根就討厭出海。」

「胡說八道。」巴波先生說，對我眨了眨眼，好像我聽到什麼笑話一樣，但它不是。「我可不吃你這套！看看牆上的照片，兩年前春天在薩尼貝爾島拍的！照片中的男孩可是一點也沒對大海、藍天和繁星感到厭倦呢！」

安迪坐在椅子上，怔忡地看著楓糖漿罐上的雪景圖，聆聽父親用他那令人暈頭轉向的激動語氣，滔滔不絕地訴說駕船是如何能夠訓練男孩的紀律和機敏，並培養出老水手般的剛毅性格。安迪告訴過我，他往年還沒那麼討厭出海，因為他可以留在船艙底下看書，或和弟弟妹妹玩牌。但現在他年紀已經夠大，可以在船上幫忙——這代表在那漫長而痛苦的好幾天內，他必須在陽光盲眼炫目的甲板上和普萊特那個惡霸哥哥一起埋頭苦幹：在橫桿下東閃西躲，完全分不清東南西北，並在父親高聲喝令、開心享受又鹹又苦的水花時，盡力不要被繩索絆倒或撞出船外。

「老天，還記得薩尼貝爾島的陽光嗎？」安迪的父親靠回椅背，吊眼凝視天花板，「是不是美不勝收？那些金黃燦爛的橘紅色夕陽？那熊熊烈火與餘光？幾乎就像原子彈爆炸一樣？純淨的火焰在天空上洶湧翻騰、傾洩而下？還記得海特瑞斯角那飽滿、懾人的月亮嗎？藍色的霧靄氤氳繚繞——還是我想到的是麥克斯菲爾德．派瑞許，莎曼珊？」

「什麼？」

「麥克斯菲爾德．派瑞許？我喜歡的那個畫家？就是把天空畫得十分雄偉的那個，妳知道——」他張開手臂，「——磅礴的雲層？對不起，席歐，我不是故意打中你鼻子的。」

「康斯塔伯也畫雲。」

「不，不，我不是說他。這個畫家更厲害。總之——我們那晚出海看到的夜空實在太驚人了；神奇至極，如詩如畫。」

「哪晚？」

「別告訴我你已經忘了！那絕對是那趟旅行最難忘的回憶。」

普萊特——無精打采地坐在椅子上——尖酸刻薄地說：「安迪最難忘的回憶是我們去小吃店吃午餐的時候。」

「媽也不喜歡出海。」安迪說，聲音細如蚊鳴。

「沒有這麼熱愛，沒錯。」巴波太太說，伸手又拿起一顆草莓。「席歐，我真的希望你可以吃點東西，一小口也好。你不能再這樣捱餓了，看看你，一天比一天還要消瘦。」

雖然巴波先生以前也曾興致一來，就把我拉去書房，教我辨識航海旗，但我對航海同樣興趣缺缺。「因為家父給過我最好的一份禮物是什麼？」巴波先生口沫橫飛地說，「就是大海；對大海的熱愛——對大海的感情。爸將大海送給了我。而這對你來說會是一大損失，安迪——安迪，看著我，我在和你說話——這將會是你的一大損失，假若你決心要背棄那賜予我自由、——」

「我試過了；但我天生就痛恨大海。」

「痛恨？」巴波先生駭然不已，目瞪口呆地反問，「痛恨什麼？痛恨繁星和海風？天空和太陽？痛恨自由？」

「任何和航海有關的事，沒錯。」

「好吧——」巴波先生環顧餐桌旁的眾多面孔，包括我，尋求支持，「——他現在只想當個討厭鬼。」又轉頭對安迪說，「你愛怎麼抗拒大海就怎麼抗拒大海，但那是你與生俱來的權利；你身上留有那血液，一路可以回溯到古希臘的腓尼基人——」

但就當巴波先生繼續滔滔不絕地講起麥哲倫、天文航海，還有《水手比利・巴德》[6]時（「我仍記得威爾斯人塔夫沉沒時，面頰有如含苞花朵般粉嫩」），我發現自己的思緒又飄回「霍伯特與布萊克威爾」這名字上，思索霍伯特和布萊克威爾究竟是誰，又是做什麼的？這兩個名字聽起來像是一對過氣的老律師，甚至是魔術師，在燭火掩映的黑夜中徐徐前行的一雙生意夥伴。

起碼那個號碼還能通，這是個好兆頭；我家的號碼已經停用了。我一逮到機會，就禮貌地溜下餐桌，留下我原封不動的餐盤，回到起居室的電話旁。依蓮嘉在裡頭忙東忙西，吸地板、替我身旁的古董小物撢灰塵，而在對面房間打電腦的凱西則是吃了秤鉈鐵了心地看都不向我看上一眼。

「你要打給誰？」安迪問——他像所有巴波家的人一樣，一聲不響地來到我身後；我連腳步聲都沒有聽見。

我可以什麼也不說，但我知道自己能夠信任他，他不會洩露出去。安迪從不跟任何人多嘴，

---

6 梅爾維爾一九二四年所出版之中篇小說。

更遑論他父母。

「這兩個人，」我悄聲說——稍稍退開一些，以免門外的人看見，「我知道這聽起來很奇怪，但你知道我那枚戒指嗎？」

我向他解釋老人的事，並努力思索要怎麼解釋那個女孩，解釋我在她身上感到的共鳴，還有我多麼想再見她一面。但是安迪——一如往常地——已經躍前一步，跳脫人情世故，估算起實際的運作。他望向打開在茶几上的電話簿，問：「他們在曼哈頓嗎？」

「西十街。」

安迪打了個噴嚏，擤擤鼻子；春季的過敏症把他給折磨慘了。「如果電話打不通，」他說，摺起手帕，收回口袋，「你何不乾脆直接去找他們？」

「真的假的？」我說。不先電話詢問就直接登門拜訪好像怪怪的，怕被人當作變態。「你這麼認為？」

「是我就會這麼做。」

「我不知道。」我說，「說不定他們根本不記得我。」

「看到本人他們會比較容易想起來。」安迪說得頭頭是道，「否則你也可能是個用電話騙人的怪胎。放心，」他說，望向身後，「如果你不希望別人知道，我一個字也不會說出去。」

「怪胎？」我問，「我是要騙他們什麼？」

「嗯，我的意思是，有很多怪人打來這裡找你。」安迪淡然回答。

我沉默不語，不知道該作何想法。

「反正他們也不接電話，你還能怎麼辦？今天不去就要等到下週末；再說了，難道你想在這裡講那通電話嗎——」他的視線投向走廊另一頭，陶弟正穿著某種有彈簧的鞋子跳上跳下，巴波太太則在拷問普萊特關於莫莉・華特比克家派對的事。

他說得有理。「好吧。」我說。

安迪將眼鏡推上鼻梁。「要的話我可以陪你一起去。」

「不用了，沒關係。」我說。我知道安迪下午要參加課外活動，體驗日本文化——去虎屋茶館參加讀書會——爭取加分；之後還要去林肯中心看新的宮崎駿電影。安迪不需要加分，但課外活動是他僅有的社交生活。

「好吧。」他說，在口袋裡東翻西找，掏出他的手機，「你把這帶在身上，以防萬一。等等——」他在螢幕上按了幾下，「——我把密碼先取消了，你可以直接用。」

「我用不到手機。」我說，看著那支時髦的小手機，他在鎖定螢幕上放了虛擬人物亞希的圖片（全裸，身上只有一雙色情的過膝靴）。

「說不定用得著，誰曉得。沒關係，」看我依舊遲疑不決，他便說，「你就拿著吧。」

12.

於是，大約十一點半左右，我在第五大道上搭乘公車，朝東村前去。我將霍伯特與布萊克威爾的地址抄在巴波太太放在電話旁的姓名便條紙上，塞進口袋。

在華盛頓廣場下車後，我找了四十五分鐘左右，卻還是找不到那個地址。東村的格局亂七八糟（到處都是三角形的街區和歪七扭八的死巷），是個很容易迷路的地方。我停下來問了三次路：第一次跟一家擺滿水煙和同志色情雜誌的新店，第二次是一家歌劇放得震耳欲聾的擁擠麵包店，最後一次是跟書店外一個身穿白色汗衫與罩衫，拿著海綿和水桶清洗櫥窗的女孩。

最後，我終於找到西十街——那裡荒涼冷清——一面走，一面數著門牌號碼。我來到較為破敗的一帶，屬於住宅區。一群鴿子在我前方的潮濕人行道上昂首闊步，三個小小的身影並肩而行，猶如好管閒事的路人。好多門牌都寫得不清不楚，正當我思索自己是不是走過頭，準備要掉頭折返時，忽然看見「霍伯特與布萊克威爾」幾個老派的拱型大字整整齊齊出現在一家櫥窗上。透過灰濛濛的窗戶，我可以看見店內展示著幾隻鬥牛㹴和貓咪瓷像、布滿灰塵的水晶、失去光澤的銀器、古董座椅和繡紋老舊發黃的小沙發；一只精緻的彩瓷鳥籠、大理石桌上擺著迷你的大理石方尖塔，以及一對用雪花石膏做的鸚鵡。母親就喜歡這種店——擁擠狹小，有些荒廢破敗，地板上散落著一疊疊舊書。但大門緊閉，店還沒開。

這裡大部分的店都要等到十二點或一點才會開始營業。為了打發時間，我走到格林威治大道上的象堡餐廳，我和母親來下城時偶爾會去那裡吃飯。但我一走進餐廳，就發現自己犯了天大的錯誤。那兩個不成對的大象瓷像，甚至是綁著馬尾、笑容滿面上前招呼我的黑衣女服務生都令我無法承受；看見我和母親最後一次來這裡吃午餐時坐的角落邊桌，我只能喃喃道歉，走出店外。

我站在人行道上，心臟撲通狂跳。鴿子在灰霾的天空中低飛，格林威治大道上幾乎荒涼冷清：一對男同志睡眼惺忪，看起來像是吵了整晚的架；還有個頭髮凌亂、穿著鬆垮垮高領毛衣的女子牽著一條臘腸狗朝第六大道而去。獨自一人置身東村的感覺有點微妙，因為這不是一個你可以在週末早晨看到太多小孩的地方。這裡感覺是屬於成人的，世故，還有那麼點沉迷於酒精。所有人看起來都像頂著宿醉，或剛從床上滾下來。

因為大部分的店都還沒開始營業，也因為我覺得有點迷路，而且無事可做，所以又朝霍伯特與布萊克威爾的方向折返。從上城來到這裡，我只覺得東村的一切看起來都好小、好舊，建築物上爬滿常春藤和藤蔓，街旁種著一盆又一盆的藥草和蕃茄。就連酒吧都掛著鄉下酒館那種手繪招牌，上頭畫著各種馬、貓、雞、鵝、豬。但那種親密感、那種小巧的氣息同時也讓我覺得自己被排擠在外。我發現自己低著頭，匆匆經過那些誘人的小巧門面，歡樂的週日早晨在我身旁悄悄展開。那氣氛過於清晰，我想忽略也難。

霍伯特和布萊克威爾的大門依舊緊閉。我有種感覺，這家店已經關閉了一陣子。它太冰冷、太黑暗，不像街上其他地方，透露著活力或生氣。

我望向窗內，正思索接下來該怎麼做時，突然看到裡頭有東西動了動，一個巨大的形體在店內深處無聲徘徊。我僵立原地，呆若木雞。它微微動了一下，猶如鬼魅，隨即看也沒看便迅速穿過門口，消失於黑暗之中。

它就這麼不見了。我手舉在眼前，窺探擁擠昏暗的店內深處，然後敲了敲玻璃。

霍伯特與布萊克威爾。綠色門鈴。

門鈴？我沒看見任何門鈴，入口只有一座鐵門。我走到隔壁——十二號，一棟樸實的公寓——然後又繞回八號的褐石建築。那裡有道從地下室通往一樓的台階，但這次我看到了一個先前沒注意到的東西：一個窄小的門鈴，卡在八號和十號之間，半擋在一排老式的錫製垃圾桶之後。那短短的四、五階台階通往地下室一扇平凡無奇的門口，大約在人行道的三呎之下。上頭沒有任何標誌、任何招牌——吸引我目光的是那道倏忽而逝的綠影：一塊綠色的絕緣膠帶，就黏在牆上的按鈕下方。

我走下台階，按了幾次門鈴。刺耳的鈴聲讓我不禁心生畏縮（想拔腿就跑）。我深呼吸了幾口氣，鼓起勇氣，接著——事情過於突然，我嚇得往後跳開——門打開了，我發現自己楞楞看著一名意料之外的高大男子。

他起碼有六呎四吋或五吋高，神情憔悴，下顎方正，身形魁梧。父親以前很喜歡去中城一家酒吧喝酒，而眼前這名男子令我不由想起店裡掛著的愛爾蘭詩人和拳擊手的古董照片。他的頭髮大半都灰了，需要修剪，膚色病態蒼白，眼圈黑到好像斷了鼻子一樣。他衣服外頭罩著一件布滿佩斯利渦紋、鑲有綢緞衣領的長袍，幾乎長及腳踝的衣襬在他身旁壯觀飛舞，猶如一九三〇年代的電影男主角會有的打扮：儘管衣袍陳舊，卻依然氣勢懾人。

我驚訝到一句話也說不出來。他沒有流露絲毫不耐，恰恰相反，只是頂著一雙黑眼圈，茫然地看著我，等我開口。

「不好意思——」我嚥了口唾沫，只覺得口乾舌燥。「我無意打擾——」沉默緊接而至，他微微眨了眨眼，彷彿他完全能夠理解，絕不會認為我是來打擾的。

我在口袋中摸索，掏出那枚戒指，放在掌心之中遞給他。男人蒼白的大臉陡然垮落。他看向戒指，然後又看向我。

「你怎麼會有這枚戒指？」他問。

「他給我的。」我回答，「他要我把它送來這裡。」

他只是站在原地，看著我，用力地看著我。一時之間，我以為他會說他聽不懂我在說什麼。但他卻一語不發地退開，把門又打開些。

「我是霍比，」見我遲疑不決，他便說，「進來吧。」

第四章　嗎啡棒棒糖

1.

狂野的金黃色光芒自蒙塵的窗外斜斜穿透，燦然生輝：金色的邱比特像、金色的衣櫃與立燈，以及那——摻和在老舊木料香氣中的——松節油、油畫顏料與亮光漆的嗆鼻味。我跟著他走在一條灑滿木屑的小小過道上，穿過工作室，經過各種釘板、工具、解體的椅子與四腳朝天的爪足桌。他體型壯碩，動作卻優雅流暢，母親會說他是個「漂浮者」，散發著一種瀟灑輕盈的氣質。我雙眼緊盯著他穿著拖鞋的後腳跟，尾隨他爬上狹窄的樓梯，走進一間昏暗的房間，裡頭鋪著厚厚的地毯，一只黑甕擱在座檯上，流蘇窗簾嚴嚴拉起，將陽光阻擋在外。

在這靜默之中，我的心跳冷卻了下來。枯萎的花朵在巨大的中國花瓶裡凋零腐爛，一種封閉的沉重感壓迫著房內的空間。空氣幾乎腐敗到無法呼吸；巴波太太帶我回薩頓公寓收拾必需品時，我也曾感受過這同樣的窒息感。這份死寂我並不陌生，房客死去後，一棟屋子就會如此封閉自己。

我當下就後悔自己跑了這一趟。但那名男人——霍比——似乎感受到我的疑慮，因為他忽然默默轉身；儘管他年紀不輕，卻依然給人一種娃娃臉的印象：瞳孔如孩童般湛藍，清澈，詫異。

「怎麼了？」他問；隨後又說，「你還好嗎？」

他的擔心讓我尷尬不已。我困窘地站在這死氣沉沉、塞滿古董的黑暗之中，啞口無言。

他似乎也不知道該說些什麼，張了嘴，又旋即闔上，搖搖頭，彷彿要甩開紛雜的思緒。他看上去約莫五、六十歲，鬍子刮得亂七八糟，有著一張害羞和善、濃眉大眼、高鼻闊嘴的面孔，不英俊，但也不平凡——鮮少有人的身材能比他還要高大。不過他看起來不太健康，皮膚彷彿又濕又黏，顯得病懨懨的；加上他的黑眼圈與蒼白的神色都令我想起有次去蒙特婁校外教學時，在教堂壁畫上看到的耶穌會烈士：那些被人綁在休倫營地的火刑柱上、身材壯碩、神情精悍、膚色慘白的歐洲人。

「對不起，我正忙著……」他環顧四周，隱隱帶著一種渙散的急迫感；母親把東西放錯地方時也會流露這樣的神情。他的聲音粗軋，卻很有教養，就像我的歷史老師奧謝先生，他自小在波士頓一個貧困的社區長大，最後卻進了哈佛。

「如果你現在不方便的話，我可以晚點再來。」

聽見這句話，他轉頭向我看來，臉上略顯擔憂。「不，不，」他說——他的袖扣沒扣，袖口骯髒鬆垮地垂在手腕邊——「讓我定一定神就好，對不起——喏，」他心不在焉地說，將一綹散落的灰髮撥開臉前，「來吧。」

他領著我來到一張看起來硬邦邦、有著外捲式扶手與雕刻椅背的狹窄沙發前。但沙發上散落著枕頭和毛毯，我們兩人似乎同時發現我很難在這些凌亂的床具間找到空位坐下。

「啊，真抱歉。」他喃喃道，快步後退，差點撞上我，「如你所見，我在這兒搭了小小的營地，雖然不是太舒適，但因為近來發生的事讓我聽力有點問題，所以只能湊合著……」

他轉身（所以之後的話我都聽不見了），繞過一本面朝下擱在地板上的書，以及內緣積著一圈褐漬的茶杯，把我領至另一張裝飾華麗、有著皺紋摺邊與複雜鈕釦凹釘的單人軟椅前——我後來才知道這叫做土耳其椅，而他是全紐約少數幾個還知道要怎麼製作、修復它們的人。

長著翅膀的銅藝品，各種銀製的小玩意兒，以及銀色花瓶中的蒙塵灰色鴕鳥羽毛。我忐忑不安地在椅子邊緣坐下，環顧四周，心裡其實比較想要站著，好方便離開。

他傾身向前，雙手夾在膝間，但不發一語，只是看著我，耐心等待。

「我叫做席歐，」在沉默許久之後我匆忙開口，臉熱到彷彿就要爆炸。「全名是席爾鐸・戴克，但大家都叫我席歐。我住在上城。」我不確定地補上一句。

「嗯，我叫做詹姆斯・霍伯特，但大家都叫我霍比。」他的眼神蕭索、令人不由卸下心防。「我住在下城。」

我困惑地別開目光，不確定他是不是在取笑我。

「對不起，」他閉眼片刻，隨後又重新睜開，「別放在心上。韋提——」他看向掌心上的戒指，「——以前是我的生意夥伴。」

以前？那只月相鐘——齒輪喀噠轉動，鎖鍊沉沉垂掛，尼莫船長的巧妙發明——在寂靜中大聲走動，每十五分鐘就報一次時。

「喔，」我說，「我只是，我以為——」

「不，抱歉的是我；你不知道嗎？」他補上一句，仔細端詳我。

我別開目光。我不知道自己原來是如此希望能再見到這名老人。無論我先前看見什麼——我知道什麼——心裡都仍隱隱懷抱一個幼稚的期望，希望他能奇蹟似地活下來，就像電視中慘遭謀殺的被害人，在廣告後發現他原來沒死，靜靜躺在醫院療養。

「你怎麼會有這枚戒指？」

「你說什麼？」我嚇了一跳。我發現了，那時鐘的時間不對，時針指著早上十點，或者晚上十點，總之離正確時刻天差地遠。

「你說是他給你的？」

我不安扭動。「對，我——」他死去的消息實在太令人震驚，好像我又辜負了他一次，整件事又從另一個截然不同的角度輪迴重現。

「他那時還有意識嗎？有跟你說話嗎？」

「有。」我開口，旋即陷入沉默。我的心情沉至谷底。此刻，置身於老人的世界，被他的物品環繞其中，所有關於他的記憶再度強烈湧現：房裡那如夢似幻的水底氛圍，鏽紅色的紅絲絨，以及那豐饒靜謐的氣氛。

「我很高興他不是孤單一人。」霍比說，「他不會喜歡那樣的。」他將戒指握在手中，把拳頭舉至唇邊，雙眼向我看來。

「老天，你還只是個小孩，對不對？」他說。

我不安地微微一笑，不確定該怎麼回答才對。

「對不起，」他說，語氣變得正經些；我知道他是想安慰我。「只是——我曉得情況很糟。我看見了，他的遺體——」他似乎在尋找合適的字眼，「——在聯繫親友前，他們會盡可能地將遺體清理乾淨，告訴你要有心理準備；這你當然清楚，但是——唉，碰到這種事，心裡再怎麼準備都沒用。幾年前，店裡曾收到過一組馬修．布萊迪的照片——南北戰爭時期的照片，畫面駭人到幾乎賣不出去。」

我沉默不語。我不習慣加入大人的談話，被追問時，通常也只會回答「是」和「不是」，但此刻的我同樣呆若木雞，啞口無言。母親有個叫做馬克的醫生朋友，是他去指認母親遺體的，大家都對我三緘其口，沒有多說什麼。

「我記得以前讀過一個故事，主角是一個士兵，地點是在夏羅？」雖然他是在和我說話，神情卻有那麼些恍惚，「還是蓋茨堡？總之有個士兵被嚇到發瘋，開始把小鳥和松鼠埋在戰場裡。兩軍交火時有許多小東西可以殺；各種小動物。因此出現許多小小的墳墓。」

「夏羅在兩天內死了兩萬四千人。」我脫口而出。

他嚇了一跳，向我看來。

「蓋茨堡死了五萬人。因為新武器的出現，米林彈和連發步槍，所以死亡人數才會那麼高。美國早在一次大戰爆發前就經歷過壕溝戰，但大部分的人都不知道這點。」

我看得出來他不曉得要怎麼回應。

「你對南北戰爭很有興趣？」在一陣謹慎的沉默後他這麼問我。

「呃——對，」我粗魯地回答，「算是吧。」我對北方軍的歷史所知甚詳，因為先前曾寫過一篇報告，但由於內容裡塞了太多技術名詞和史料，最後被老師逼著重寫一次。我也知道布萊迪那組安堤耶坦的死者照片，我在網路上看過，雙眼緊閉的男孩口鼻上覆蓋著黑色血漬。「我們學校曾花了六個禮拜在講林肯的事。」

「布萊迪在這附近有個攝影棚。你去過嗎？」

「沒有。」有個桎梏已久的想法本來就要浮現，某個重要而無可言喻的念頭，被那些神情空白的士兵所喚醒，但此刻又煙消雲散，除了那影像：死去的男孩四肢扭曲，無言瞪視天空。

緊接而至的沉默煎熬難耐，我們似乎都不知道該怎麼繼續。終於，霍比翹起雙腿，開口道：「我想說的是——對不起，我不該這樣逼問你。」他結結巴巴地道。

我不安扭動身軀。來到下城前，我滿腦子裡只有自己的好奇心，完全沒想到對方也可能期望從我這裡獲得答案。

「我能理解要你談論這件事一定很困難。只是——我從沒想過——」

我的鞋子。真有意思，我從沒好好看過我的鞋子。磨損的鞋頭與鞋帶。我們星期六去布魯明戴爾的特賣會替你買雙新鞋。但這約定從來沒有實現。

「我不想給你壓力，但是——他意識是清醒的嗎？」

「對，算是吧。我的意思是——」他那緊張而焦慮的面孔讓我隱隱有種衝動，想要說出各種他不需要知道的真相，但告訴他是不對的；那些即便在我清醒時也會闖進思緒的飛濺內臟、那些不停猙獰出現的反覆片段。

朦朧昏暗的肖像畫，壁爐上的獵犬瓷像，金黃色的鐘擺垂盪，滴答，滴答。

「我醒來之後，」我揉了揉眼睛，「聽見他呼喚的聲音。」這就像想要解釋一場夢境；你解釋不了。「就趕到他身旁，陪著他——情況沒有那麼糟；或該說沒有你想的那麼糟。」我又補了一句，因為那樣聽起來才不像是謊言。

「他跟你說話了？」

我用力吞了口口水，點了點頭。漆黑的桃花心木；斑點密布的雙手。

「他意識是清醒的嗎？」

我又點了點頭。嘴裡可怕的味道。那不是你能一言以蔽之的事。它不合常理，而且缺乏前因後果，那些煙硝，那些警鈴；他是如何握著我的手，彷彿天地間只剩下我們兩人；那些顛三倒四的語句，那些我從未聽過的城鎮和人名；斷裂的電線火花四濺。

他依舊牢牢看著我。我只覺得口乾舌燥，還有點反胃。時間沒有流逝，像它原該有的那樣，反而停滯不前。我等著他繼續發問，問什麼都好，但他只是沉默。

最後，他終於搖了搖頭，彷彿要驅散腦中的念頭。「這一切——」他似乎和我一樣茫然失措，那襲長袍與灰髮讓他看起來就像兒童劇中的國王，只是少了皇冠。

「對不起。」他說，又搖了搖頭，「這一切是那麼突然。」

「不好意思，你說什麼？」

「你懂嗎，這一切——」他傾身向前，焦慮又迅速地眨了眨眼，「——這一切和我先前聽說的截然不同，你懂我意思嗎；他們告訴我他當場死亡，而且非常、非常強調這一點。」

「但是——」我瞠目結舌，心裡大為震驚。他覺得我在騙他嗎？

「不，不，」他連忙開口，舉起一隻手安慰我，「只是——我相信他們對所有人都是這麼說的：『當場死亡』？」見我仍楞楞瞪著他，他便悶悶地說，「『毫無痛苦』？『不知道是什麼奪走他性命』？」

然後——在那瞬間——我明白了，那言外之意冰冷地鑽進我體內。我母親也是「當場死亡」，死得「毫無痛苦」。社工一而再、再而三地強調這點，以至於我從沒想過他們為何能說得如此確鑿。

「但是我必須說，我很難想像他是在那種情況下離世。」霍比開口，打破突如其來的沉默，「火光一現，然後就昏迷倒地。我有時候會有種感覺，好像事情並不如他們說的那樣，你懂我意思嗎？」

「不好意思，你說什麼？」我抬起頭來；那首次湧現的可怕可能性讓我一時間天旋地轉、無所適從。

「在門口道別，」霍比說；有部分的他只是喃喃自語，「他會想要那樣的。臨別的回望，有關死亡的俳句——就這麼隻字未留地斷然離去並非他所願。『櫻花林中一茶館，在那死亡的路上。』」

我聽得滿頭霧水。在這幽暗的房間之中，一道陽光穿透窗簾縫隙，拉出長長的光柱，照亮托盤上的雕刻玻璃瓶，璀璨生光；繽紛的光彩跳躍變幻，投射出跳躍的光芒，在牆上高低起伏，恍若顯微鏡下的草履蟲。儘管房裡有股強烈的燃木味，壁爐內卻不見絲毫火光，看上去一片黝黑，柵欄上也覆滿灰燼，彷彿已停用一段時間。

「那個女孩。」我怯生生地開口。

他的視線再次轉回我身上。

「博物館裡還有個女孩。」

一時之間，他似乎不明所以，然後靠回椅背，迅速眨眼，彷彿被人潑了一臉水。

「怎麼了？」我問——嚇了一跳，「她在哪兒？她還好嗎？」

「不——」他捏了捏鼻梁，「——她不好。」

「但她還活著？」我難以置信。

他挑了挑眉，我知道這是「對」的意思。「她很幸運。」他說；但他的語調以及態度都傳達相反的意思。

「她在這裡嗎？」

「嗯——」

「她在哪兒？我可以見她嗎？」

他嘆了口氣，似乎有些著惱。「她需要靜心療養，不能見任何訪客。」他一面說，一面翻找身上的口袋，「她神智不是很清醒——很難預料她會有什麼反應。」

「但她會好起來的，對嗎？」

「希望如此。但她的意識還沒完全恢復；醫生一直堅持用這種含混不清的說法描述她的情況。」他從浴袍的口袋中掏出一包菸，顫巍巍地點燃菸頭，然後手一翻，將菸丟在我們之間的日式彩繪桌上。

「怎麼了？」看見我兩眼盯著那包皺巴巴的香菸，他便這麼詢問，同時揮手驅散臉前的煙霧。是包法國菸，就像老電影裡的角色會抽的那種。「別告訴我你也想來一根。」

「不用了，謝謝。」我不安沉默了片刻後才回答。我相信他是在開玩笑，但不是百分之百確定。

現在，換他透過那繚繞的煙霧對我急遽地眨了眨眼，臉上透著些許擔憂，彷彿陡然領悟了什麼重要的事實。

「是你，對不對？」他忽然天外飛來一筆。

「什麼？」

「你就是那男孩，對不對？母親死在博物館裡的那個男孩？」

我震驚到腦筋一片空白，一時間啞口無言。

「你說什麼？」我想說的是你怎麼知道，但卻連話都說不清楚。

他不安地揉了揉眼，又驟然倒回椅背，彷彿不小心打翻桌上飲料般手足無措。「對不起，我不──我不是有意的──我不是那個意思。天吶，我──」他茫然地揮了揮手，彷彿想表示我累壞了，不知道自己在想什麼。

我別開目光，不是太有禮貌地──有股惱人的不安情緒陡然湧現，攻得我猝不及防。母親死後我幾乎不曾哭過，更遑論在他人面前──我甚至在她的喪禮上都沒有掉淚；而身旁那些根本跟她不相熟的面孔（還包括一、兩個讓她生活苦不堪言的傢伙，比方說：瑪蒂爾）卻個個哭得一把鼻涕一把淚。

見我心煩意亂，他本想開口說些什麼，但最後還是打消念頭。

「你吃過了嗎？」他忽然說。

我訝異到說不出話來；吃東西是我現在最不在乎的一件事。

「嗯，我想還沒。」他一面說，一面起身，大腳踩得地板嘎吱作響，「讓我看看能替你準備些什麼。」

「我不餓。」我說，口氣粗魯到我自己都覺得很慚愧。自從母親死後，大家似乎都拚了命地想把食物塞進我喉嚨。

「當然，當然。」他用沒拿菸的那隻手搧去煙霧，「但還是跟我來吧，就當幫我個忙；你不是素食主義者吧？」

「當然不是！」我回答，有種被冒犯的感覺，「你為什麼會這麼想？」

他笑了起來——笑聲短促尖銳。「別那麼激動！她有很多朋友都是素食主義者，她也是。」

「喔。」我小小聲回答。他低頭看向我，臉上透著一抹開朗而從容的興味。

「好吧，告訴你一聲，我也不是。」他說，「再奇怪的食物我都吃，所以應該不難解決。」

他打開門，我跟著他穿過一條擁擠的走廊，牆上掛滿朦朧的鏡子和舊照片。儘管他快步走在前方，我卻只想停下來細看：家族聚會、潔白的廊柱、迴廊與棕櫚樹；網球場；鋪在草地上的波斯地毯。身穿白色睡衣的男僕們神情肅穆地排成一列。我看見布萊克威爾先生——鷹鉤鼻、風度翩翩，一身潔淨筆挺的白衣，年輕時便已身形佝僂。他斜靠在海邊一面擋土牆上，周遭棕櫚環繞；在他身旁——站在牆上，一手扶在他肩膀，比他高出一個頭來——是約莫幼稚園年紀、笑容燦爛的琵琶。即便年紀尚幼，還是一眼就能看出兩人有多麼相似：她的膚色、她的眼眸、她歪頭的角度，以及那頭同樣的紅髮。

「那是她，對不對？」我問——但話才出口，我就領悟到那小女孩不可能是她。從褪去的色彩及兩人過時的裝扮看來，那張照片的年紀應該比我還要大。

霍比轉身折返，看向照片：「不。」他靜靜地說，兩手負在身後，「那是茱莉葉，琵琶的母親。」

「她在哪兒？」

「你說茱莉葉嗎——？過世了。癌症。六年前的五月。」然後，彷彿察覺自己的語氣太過唐突，他又接著說：「韋堤是茱莉葉的哥哥；或該說半個哥哥。同父異母——兩人相差了三十歲。但他把她當親生女兒一樣拉拔長大。」

我湊上前，想看仔細些。她靠在他身上，臉頰親暱地貼著他外套衣袖。

霍比清了清喉嚨：「他們父親六十多歲時生了她。」他靜靜地說，「他那時年事已高，對小孩再無半點興趣；尤其是他本來就不愛小孩。」

走廊對面有扇門虛掩著；他推開門板，佇立原地，望向房內的黑暗。我踮起腳尖，在他身後引領翹望，但他立刻退開，將門關上。

「是她嗎？」儘管房裡暗到什麼也瞧不清，但我仍瞥見一雙閃閃發亮、充滿敵意的動物眼睛，彷彿房內深處的兩盞陰森綠光。

「現在不行。」他的聲音細若蚊鳴，我幾乎聽不見。

「她房裡有什麼？」我低聲問──在門口徘徊不去，不願離開。「貓嗎？」

「狗。護士不准牠進去，但她想要牠作伴；而且老實說，我也拿牠沒辦法──牠會一直抓門，嗚嗚哀叫──來吧，往這裡走。」

他緩緩前行，踩得地板嘎吱作響，身影如老人微微前傾。他打開門，走進擁擠的廚房。天花板上有扇天窗，牆邊還有個曲線優美的老爐子，如蕃茄般的紅色，有著一九五〇年代太空船般的纖長線條。地板上堆著各式各樣的書──食譜、字典、舊小說、百科全書。架上塞滿形形色色的古董瓷器，花樣包羅萬象。窗戶附近，就在緊急逃生口旁，擺著一只舉掌賜福的褪色聖人木像；銀製茶具組旁的餐具櫃上則擺著一對對排隊上諾亞方舟的彩繪動物。但水槽裡疊滿了碗盤，流理台和窗台上矗立著許多藥罐、髒杯子、散亂的未拆郵件，花店買回來的盆栽變得枯萎乾槁。

他讓我坐在餐桌邊，推開愛迪生聯合電力公司的帳單和過期的《古董》雜誌。「茶。」他說，彷彿想起什麼該買的東西。

當他忙著在爐前燒水時，我盯著桌巾上的圓形咖啡漬，不安地把椅子往後一推，環顧四周。

「呃──」我說。

「什麼事？」

「我等下可以去看看她嗎？」

「看看吧。」他背對我回答，在藍色的瓷碗中攪拌麵糊：啪噠、啪噠、啪噠。「如果她醒來的話就可以。她承受很大的痛苦，吃藥讓她昏昏欲睡。」

「她怎麼了？」

「她呀——」他的語調開朗卻壓抑，我一聽即知；因為別人問起母親時，我回答的語氣也相去無幾。「她頭上有道很嚴重的裂口，頭骨破裂；老實說，她昏迷了一段時間，而且左腿多處骨折，差點必須截肢。『就像襪子裡的彈珠』——」他說，苦笑了一聲，「醫生看到X光片後這麼說。十二處骨折，總共動了五次手術。」他半轉過身，說，「上個星期才取出骨釘。她求醫院讓她回家休養，他們答應了，只要我們能找個兼職看護。」

「她可以下床走動了嗎？」

「老天，當然不行。」他說，拿起香菸，大大吸了一口，一手拿鍋鏟，一手抽菸，模樣就像拖船船長或老電影裡那種伐木場的廚子。「她連坐個半小時都很勉強。」

「但她會好起來的。」

「希望如此。」他說，口氣卻似乎不抱太大希望。「你知道的，」他說，回頭看向我，「如果你當時也在，能平安脫險真是一大奇蹟。」

「大概吧。」每次聽到別人說我「平安脫險」——而且我常常聽到——我都不曉得該怎麼答話。

霍比咳了幾聲，捻熄香菸。「好吧，」從他臉上的表情，我看得出他也知道自己讓我不知所措，並因此感到歉然。「我猜他們也去找過你了？那些警探？」

我凝視桌巾，回答：「對。」我想我還是少說為妙。

「我不知道你怎麼想，但我覺得他們挺不錯的——知道很多事。那個愛爾蘭人——他見多了這種事，跟我聊起在英國和巴黎機場發現的手提箱炸彈，還有坦吉爾那座路邊咖啡館，你知道的，死了十幾個人，但在炸彈旁的那個人卻毫髮無傷。他說他們看過一些很奇異的現象，你知道的，尤其是在老舊的建築中。密閉的空間、崎嶇不平的表面，或具有反射性的物質——非常難以預測。就像聲學研究一樣，他說；爆炸的氣浪猶如聲波——會反彈，也會轉向，有時候甚至連好幾哩外的櫥窗也會被波及。或者——」他用手腕推開散落眼前的髮絲。「——有時候，以眼前的例子來說，還會發生一種他稱做屏蔽效應的現象。在非常靠近引爆點附近的東西反而能夠保持完整——就像炸毀的愛爾蘭共和軍村莊中完好無缺的茶杯之類的。大部分的死者是被噴濺的玻璃和殘骸所傷，你知道的，而且常常是在相當遠的距離之外。在那種高速之下，就連石子或碎玻璃也具有子彈的殺傷力。」

我的大拇指在桌巾上循著花朵圖案遊走。「我——」

「對不起。或許這不是個適當的話題。」

「不，沒關係。」我趕緊說。聽見有人如此直言不諱我其實大大鬆了一口氣，而且還讓我知道不少事；大部分的人都會極力避免這話題。「不是那樣的。只是——」

「只是什麼？」

「我只是在想，她是怎麼被救出來的？」

「完全是運氣。她被埋在許多瓦礫底下——如果不是救難犬發現，消防員也不會找到她。他們挖開一半的瓦礫，抬起梁木——這點也很驚人，她居然還有意識，過程中一直不斷和他們對話，只是現在已完全不記得了。最奇蹟的是，他們在撤離命令下來前就把她救了出去——你昏迷了多久？」

「我不記得了。」

「好吧，你很幸運。如果他們就這麼離開，把她留在那裡，困在瓦礫之下動彈不得……我知道有些人就是如此——啊，水滾了。」他說，茶壺嘶嘶作響。

他將食物放在我面前，看起來毫不起眼——吐司上鋪著一坨又蓬又軟的黃色物體，不過聞起來好香。我小心翼翼地嚐了一口，是融化的起司，配上碎蕃茄、辣椒還有其他我認不出來的食材，好吃極了。

「這是什麼？」我問，又小心翼翼地吃了第二口。

他似乎有些難為情：「它沒有個正式的名字。」

「好好吃。」我說。心裡有些驚訝，沒想到自己原來這麼餓。冬天的週日夜晚，母親有時也會做跟這很像的起司吐司當晚餐。

「你喜歡起司嗎？我該先問你的。」

我點了點頭，嘴裡塞滿食物，無法回答。儘管巴波太太總是拚命塞給我各種冰淇淋和甜食，但自從母親死後，我就覺得自己好像從沒好好吃過一頓正餐——起碼不是我們以前會吃的那種正餐；她一面炒菜、炒蛋或加熱盒裝的起司通心粉，一面聽我坐在廚房的梯子上，分享當天的種種。

我吃著吐司，他在我對面坐下，蒼白的大手托著下巴。「你有什麼拿手的專長嗎？」他忽然天外飛來一筆，「運動？」

「不好意思，你說什麼？」

「你有什麼興趣嗎？打電動，還是什麼之類的？」

「喔——我喜歡打電動，像是《征服時代》？《極道叛亂》？」

他似乎有些不知所措。「學校呢？你最喜歡哪一科？」

「歷史吧，我猜；還有英文。」見他不置一詞，我又說，「但接下來六個禮拜的英文課會非常無聊——因為我們不看文學作品了，要重新回到文法書，畫圖分析句法。」

「什麼樣的文學作品？英國的還是美國的？」

「美國；現在是，或該說之前是。今年的歷史課也是在上美國歷史，只是最近的內容真的很無聊，才剛上完經濟大蕭條；不過等到二次世界大戰就又精彩了。」

我已經好一陣子沒跟人聊得這麼開心。他問了我許多各式各樣的有趣問題，譬如我讀過什麼文學作品？中學和小學有什麼不同？我覺得哪科最難？（西班牙文。）我最喜歡哪段歷史時期？（這我就說不上來了，除了尤金・德布斯[1]和勞工史之外什麼都好；我們光是這話題就討論了好久。）還有我長大後想做什麼？（毫無頭緒。）——無非就是些普通的話題。但能跟一個不只關心我的不幸、不只想要刺探消息，或只會照本關懷受創孩童的大人聊天還是令我精神一振。

我們聊了許多作家——從T・H・懷特、托爾金到愛倫坡；我的另一個最愛。「我爸說愛倫坡是二流作家，」我說，「是美國文學界中的文斯・普萊斯[2]。但我覺得這麼說並不公平。」

「是不公平。」霍比正色回答，替自己倒了杯茶，「即便你不喜歡愛倫坡——但他畢竟還是發明了偵探小說，還有科幻小說。基本上，有絕大部分的二十世紀都可以說是他創造的。我的意思是——老實說，我現在已經不像小時候那麼崇拜他，但就算不喜歡，也不能隨便貶低他。」

「我爸就是這樣。他以前老愛用愚蠢的聲音朗誦〈安娜貝爾・李〉，都快把我搞瘋了；他知道我很喜歡那首詩。」

「所以你爸也是作家。」

---

1 Eugene Debs，出生於一八五五年，卒於一九二六年，美國工會領袖，並為國際工人聯合會與世界產業工人聯盟創建人之一。

2 Vince Price，出生於一九一一年，卒於一九九三年，美國知名演員，因他特有的聲線以及後期的恐怖電影作品而聲名大噪。

「不是。」我不曉得他哪來這荒謬的想法，「他是演員；或該說以前當過演員。」在我出生前，他曾客串過幾齣電視影集，但從來沒演過主角，不是主角身邊的花心公子哥，就是慘遭殺害的貪腐生意拍檔。

「我會知道他是誰嗎？」

「應該不會。他後來就去上班了；或該說他以前曾在公司上班。」

「那他現在在做什麼？」他問。他把戒指套在小指頭上，不時用另一手的拇指和食指轉動，彷彿要確定它仍在原位。

「誰知道？他扔下我們跑了。」

出乎意外地，他居然笑了。「走得好？」

「我想想——」我聳了聳肩，「——我也不知道。他有時候也不是那麼糟，我們會一起看體育台或警察節目，他會告訴我血的特效是怎麼做的之類的。但那就像——我不曉得，有時候，他會醉醺醺地來學校接我，」我從沒和心理醫生戴維或史旺森太太或任何人說過這件事。「我不敢告訴我媽，但其他媽媽告訴她了。然後——」這事說來話長，而且又很尷尬，我只想長話短說，「——他在酒吧和人打了起來，把手打斷了；他很喜歡那家酒吧，天天去，只是那時我們都不知道他是去那；他都說他在加班。而且他有一群我們完全不認識的朋友，去外地度假時，像是去維京群島之類的時候會寄明信片給他，而且是寄到我們家來，所以我們才發現這件事。我母親勸過他去戒酒協會，但是他不肯。門房有時候會跑來我們公寓門外，製造各種聲音，讓他聽見——讓他知道他們就在外頭，你知道的，以免情況失控。」

「失控？」

「大聲咆哮之類的；大多時候是他，不過——」我不安察覺自己說了太多，「——總之吵鬧的大多是他。有時候——我不知道，像是母親去上班、他必須留下來陪我的時候？他老是板著一張臉，心情差到極點，還規定我不准在他看新聞或球賽時和他說話。我的意思是——」我悶悶不樂地住了嘴，只覺得自己自找麻煩，「總之，那是很久以前的事了。」

他靠在椅背上，兩眼注視著我；一名身材高大、沉默寡言、謹慎小心的男子，但一雙藍眼之中卻流露著稚子般的擔憂。

「現在呢？」他問，「你喜歡現在同住的那家人嗎？」

「呃——」我頓了會兒，嘴裡塞滿食物，不知該如何向他解釋巴波一家，「他們人很好，我想。」

「那就好。我的意思是，雖然我以前曾替他們家修過些東西，但稱不上認識莎曼珊．巴波；她很有藝術眼光。」

聽到這句話，我不由停止咀嚼：「你認識巴波家的人？」

「不是巴波先生，是巴波太太。雖然他母親收藏豐富——但我想由於家族糾紛的關係，最後都傳給了他兄弟。韋堤知道更多；我不是在說他長舌。」他匆匆補上一句，「他謹言慎行，口風很緊，但人們總忍不住對他吐露祕密。他就是那種人，你懂我意思嗎，總是能讓陌生人敞開心房——客戶，或是幾乎可說是不認識的人；他就是那種能讓人全心信賴、託付悲傷的對象。

「不過沒錯，」他交疊雙手，「紐約城裡沒有一個藝術品經銷商和古董交易商不認識莎曼珊．巴波。她婚前舊姓范德普蘭；不是太大的買家，不過韋堤有時會在拍賣會上看到她，而且她也確實收藏了些好東西。」

「你怎麼知道我現在住在巴波家？」

他迅速眨了眨眼。「報紙上有寫。」他說，「你沒看到嗎？」

「報紙？」

「《紐約時報》。你沒看報紙？」

「報紙裡有寫到我的事？」

「不，不，」他飛快地說，「不是針對你；是在博物館失去親人的孩童。大部分都是遊客。他們還提到個小女孩……其實是嬰兒……某個南美外交官的小孩——」

「他們是怎麼寫我的？」

他苦笑了一下：「喔，就可憐的孤兒……善心的名流人士挺身而出……等等之類的；你能想像。」

我瞪著面前的盤子，只覺得無地自容。孤兒？善心？

「那篇報導寫得很好。我還讀到你保護了她兒子，以免他被霸凌？」他垂下那顆巨大的灰色頭顱，想迎視我雙眼，「在學校裡頭？那個跳級資優生？」

我搖了搖頭：「對不起，你說什麼？」

「莎曼珊的兒子？你在學校保護他不受其他年紀較大的男同學欺負？替他挨揍之類的？」

我又搖了搖頭——完全聽不懂他在說什麼。

他笑了起來：「真是謙虛！這有什麼好難為情的。」

「但是——事情不是那樣啊，」我困惑地說，「我們兩個都一樣天天被人欺負、挨揍。沒一天例外。」

「報導也是這樣寫，所以你能挺身而出就更了不起了。據說是只碎瓶子？」見我沒有反應，他又說，「有人想用碎瓶子攻擊莎曼珊．巴波的兒子，而你——」

「喔，那件事啊。」我尷尬地說，「那沒什麼大不了的。」

「但你自己被割傷了，在你試圖阻止對方的時候。」

「不是那樣啦！我們兩個都是卡諾瓦攻擊的目標！剛好人行道上有塊碎玻璃。」

他又笑了——一種屬於高大男子的笑聲，渾厚、粗啞，與他謹言慎行、溫文儒雅的語調大相逕庭。「好吧，無論實情如何，」他說，「你都顯然住在一個有趣的家庭裡。」他起身，走到碗櫥前，拿出一瓶威士忌，在一個不是太乾淨的玻璃杯裡倒了兩指高的金黃液體。

「莎曼珊．巴波看起來不像是太溫暖熱情的人——起碼她沒給我這種印象。」他說，「不過她透過基金會和慈善募款做了許多好事，不是嗎？」

我沉默不語，看著他將酒瓶放回碗櫥。櫥櫃上方，透過天窗，我可以看見天色朦朧灰霾；輕柔的細雨打在玻璃之上。

「你們的店還會繼續營業嗎？」我問。

「唉——」他嘆了口氣，「經營的部分——像是客戶和銷售的工作——向來都是由韋堤負責。我呢——我只是個工匠，不是商人；是收舊貨的、打雜的，幾乎從來沒上去過——我總窩在樓下，負責打磨、拋光。但現在他不在了——唉，事發突然，一時間還很難接受。一直有人打電話來問，無論是他已經賣出去，或者仍在運送途中但我根本不曉得他有買的物品；我不曉得他把文件放在哪兒，也不知道東西是誰要的……我有滿肚子的問題要問他；我願意放棄所有一切，只為再和他說上五分鐘的話；特別是——唉，特別是有關琵琶的事；她的醫療情況還有——唉。」

「嗯。」我說，知道自己的語氣聽起來有多差勁。現在的氣氛就快變得像母親喪禮一樣尷尬，漫長的沉默，不合宜的微笑，話語完全失去作用。

「他是個好人，沒有太多人像他一樣，溫文儒雅，風趣迷人。大家總為了他背上的殘疾惋惜，但我從沒遇過像他一樣，天生就這麼樂觀豁達的人。想當然耳，顧客都很愛他……開朗外向、喜好人群，總是……『如果世界不來找我，』他曾這麼說過，『我就走向世界。』——」

冷不防地，安迪的 iPhone 響了起來；是簡訊。

霍比——剛舉起酒杯——嚇了一大跳，問「那是什麼聲音？」

「等我一下。」我說，把手伸進口袋。簡訊是菲爾．萊夫考夫傳來的，是安迪日文課的同學：嗨，席歐，我是安迪，你還好嗎？我匆匆按下電源鍵，把手機塞回口袋。

「不好意思，」我說，「你剛說什麼？」

「我忘了。」他兩眼茫然注視前方好一陣子，然後搖了搖頭，「我從沒想過自己還能再見到它。」他說，低頭看向戒指，「這的確很符合他的個性，要你把戒指帶來這裡——交到我手中。我——好吧，我什麼也沒說，但原本確信一定是被太平間的人偷了——」

那討厭又刺耳的手機鈴聲再次響起。「搞什麼。對不起！」我說，匆匆掏出手機。安迪的簡訊寫著：

只是想確認一下你還活著！！！！

「對不起。」我說——一面長按住電源鍵，以防萬一——「這次是真的關了。」

但他只是面露微笑，凝視杯中之物。雨水淅瀝瀝地敲打天窗，在牆上拉出濕濡的水影。我困窘到一時無言，只能靜待他重拾話題——但他沒有，我們只是靜靜坐在原位，我喝著冷掉的茶（正山小種茶，透著一股煙燻味，非常特別），感受我這詭譎的人生與此刻所在。

我推開餐盤。「謝謝你，」我禮貌地說，視線在房內遊走，「這好吃極了。」——我是為了母親這麼說的（這已成了我的習慣），以免她在看。

「真有禮貌！」他說——雖然是在取笑我，但並無惡意，是那種友善的調侃。「你喜歡嗎？」

「喜歡什麼？」

「我的諾亞方舟。」他朝架子努了努下巴，「我看到你的視線飄向那兒，我想。」那些老舊的動物木雕（有老虎、大象、牛、斑馬，一路到小老鼠）耐心地排排站好，等待登船。

我目眩神迷地看了一會兒，然後問：「那些木雕是她的嗎？」因為那些動物擺放的位置和姿態實在太可愛（兩隻大貓無視彼此，公孔雀背對伴侶，自顧欣賞著自己在烤吐司機上的倒影），我可以想像她花了好幾個鐘頭的時間在這櫥櫃前，認真地想把每隻動物擺得恰到好處。

「不是——」他雙手交疊桌上，「——它們是我三十年前買回來的第一批古董；在一個美國民俗工藝品拍賣會上買的。我對民俗藝術沒有太大喜好，從來沒有——而且這批木雕品質不算頂尖，和我其他藏品也都不相稱。但世事就是這麼奇妙，我們最珍愛的，不都總是那些最不適切，或最派不上用場的東西嗎？」

我推開椅子，再也無法按捺雙腳。「我現在可以去看她了嗎？」我問。

「如果她醒來的話——」他緊抿雙唇，「——好吧，應該沒關係。但記住，只能一下下。」他起身，我再度被他那高大的駝背身影所震懾，「但我得警告你——她意識不是很清醒。喔，還有——」他在門口轉身，「——可以的話，最好不要提起韋堤。」

「她還不知道嗎？」

「不——」他輕快地說，「——她知道的，只是有時聽到他名字她整個人又會被攪亂，開始追問事情是什麼時候發生的、為什麼沒人告訴她。」

2.

他打開門時窗簾並沒有拉開，我的眼睛花了點時間才適應房裡的黑暗。空氣裡聞起來有芳香劑和香水的味道，還隱隱浮動著一抹病體與藥物的氣味。床頭上掛著一幅《綠野仙蹤》的裱框電影海報，一只香氛蠟燭在紅色玻璃中搖曳明滅，周圍散落著一些小飾品、念珠、樂譜、紙花、陳舊的情人卡——以及看起來足足有上百張的慰問卡掛在緞帶上；一把銀色氣球陰森森地漂浮於天花板底下，金屬色的絲線如水母觸手般垂盪。

「有人來看妳了，小琵。」霍比用開朗的語調大聲呼喚。

我看見被子動了動，一隻手肘撐了起來。「嗯？」一個昏昏欲睡的聲音回答。

「親愛的，房裡好暗，要不要我替妳拉開窗簾？」

「不，拜託不要，陽光刺得我眼睛好痛。」

她比我記憶中還要嬌小，而且面孔——在昏暗中一片朦朧——蒼白異常。她的頭髮全剃光了，只留下額前一綹。我帶著隱隱的恐懼上前幾步，看見她太陽穴上閃過一抹金屬光芒——可能是髮夾或髮簪，我想；然後才發現那原來是醫療用的釘針，在耳朵上方猙獰蜿蜒。

「你們在走廊上時我就聽見了。」她小小聲說，音調嘶啞，先看看我，然後是霍比。

「聽見什麼，小乖？」霍比說。

「聽見你們說話；小星也聽見了。」

我原本沒發現她的狗，現在看見了——一隻灰色的㹴犬蜷在她身旁，藏身在枕頭與填充娃娃之間。小狗抬起頭，從臉上花白的毛色和混濁的雙眼看得出牠年紀已經非常大。

「我還以為妳睡著了呢，小乖。」霍比說，伸手搔撓狗兒的下巴。

「你老是這麼說，但我一直都是醒著的。嗨。」她說，抬頭看向我。

「嗨。」

「你是誰？」

「我叫席歐。」

「你喜歡什麼樣的音樂？」

「我不知道。」我回答；隨即又補上一句，以免顯得自己很愚蠢，「貝多芬吧。」

「太好了。你看起來就像是會喜歡貝多芬的人。」

「是嗎？」我說，只覺得天旋地轉。

「我是稱讚的意思。我現在不能聽音樂，因為我的頭。實在太可怕了。不——」她忽然對霍比說；床邊有張椅子，而他正在收拾椅子上的書本、紗布和面紙，好讓我有地方可坐。「讓他坐這兒。你可以坐這裡。」她對我說，在床上微微挪向一旁，騰出位置給我。

我向霍比望去，確認這樣真的沒關係後，便小心翼翼地虛坐在床沿，小心不要打擾到那條狗；牠已經抬起頭來，正殺氣騰騰地瞪著我。

「別擔心，牠不會咬人；好吧，有時候會咬。」她睡眼惺忪地看著我。「我認識你。」

「妳還記得我？」

「我們是朋友嗎？」

「對。」我想也不想就回答，然後才回頭看向霍比，為這脫口而出的謊言感到尷尬不已。

「對不起，我忘了你叫什麼名字，但我記得你的臉。」她摸了摸小狗的頭——又說，「我剛出院回家時也不認得我房間。我還記得我的床、我所有的東西，只是覺得這房間好陌生。」

此刻，我的眼睛已經適應黑暗，看見角落裡擺著張輪椅，床頭櫃上散落著藥瓶。

「你喜歡貝多芬哪首曲子？」

「呃——」我楞楞看著她擱在被子上的臂膀，內側的肌膚柔軟細緻，手肘內側貼著一塊ＯＫ繃。

她撐起身子，在床上坐了起來——視線越過我身後，看向霍比；他的身影在明亮的門口猶如一道幽影。「我不該聊太久，對嗎？」她問。

「對，小乖。」

「我沒有覺得很累，但是不曉得，我也不確定。你白天會累嗎？」她問我。

「有時候。」母親死後，我常常會在課堂上打瞌睡，或放學回家後在安迪房裡昏睡不醒。「我以前不會這樣。」

「我也是；但現在無時無刻都好想睡覺，不曉得為什麼？這樣好無聊。」

我回頭望向明亮的門口，發現霍比先離開了。雖然這麼做很不像我，但不知為何，我一直心癢難耐，好想握住她的手。而既然現在只剩我們兩人，我便付諸行動了。

「妳不介意吧？」我問，感覺一切都慢了下來，好似在深海中泅泳。握別人手的感覺好奇怪——尤其是女生的手——但又好像再正常不過。我以前從沒有過類似的舉動。

「一點也不；我覺得這樣很好。」她頓了會兒——沉默中我可以聽見小狗的鼾聲——又說：「你不介意我闔眼一會兒吧？」

「不介意。」我說；拇指循著骨骼的線條，輕輕撫過她指節。

「我知道這樣很沒禮貌，但我實在得瞇會兒。」

我低頭望向她籠罩在陰影中的雙眼與乾裂的嘴唇，蒼白的臉上青一塊、紫一塊，耳朵上爬著一道猙獰的金屬記號。她令我內心激盪，又不該激盪，而這怪異的組合令我頭暈目眩，茫然困惑。

我愧疚不安，轉頭看去，發現霍比佇立門口。我躡手躡腳回到走廊上，悄悄關上房門，慶幸房外是如此昏暗。

我們兩人相偕走回客廳。「你覺得她看起來怎麼樣？」他聲音細如蚊鳴，我幾乎聽不見。我能怎麼回答？「還可以吧，我想。」

「她神智不太清醒。」他頓了會兒，神情抑鬱，雙手插在浴袍口袋深處。「我的意思是——有時清醒，有時混亂。她很多熟人都認不出來，和他們說話時非常客套，但有時又對陌生人非常坦率、健談，而且態度親暱；明明是以前沒見過的人，卻把他們當老朋友一樣。據說這種情況很常見。」

「她為什麼不能聽音樂？」

他挑起一邊眉毛：「喔，她可以，有時候會聽。但有些時候，特別是夜裡，音樂常會讓她焦躁不安——她會覺得自己得練習、替學校做準備，開始心煩意亂，很難安撫。她以後要恢復業餘水準不是問題，起碼他們是這麼說的——」

門鈴陡然響起，我和他都嚇了一跳。

「啊，」霍比說——苦惱地瞥向一只典雅非凡的古董腕表，「看護來了。」

我和他四目相望；我們兩人還沒談完，還有好多事要說。

門鈴再次響起。走廊另一頭傳來狗兒的吠叫聲。「她來早了。」霍比說——匆匆穿過客廳，神色有些焦急。

「我以後還可以再來看她嗎？」

他停下腳步，似乎很訝異我會這麼問。「當然可以啊。」他說，「請你務必賞光——」

門鈴聲再次催促。

「什麼時候來都可以。」霍比說，「我們永遠歡迎你。」

3.

「所以呢，情況究竟怎樣？」安迪趁著我們更衣著裝，準備出門吃晚餐時問。「很尷尬嗎？」

普萊特已經去趕火車回學校了，巴波太太和某個慈善組織的董事會有約，所以巴波先生要帶我們幾個剩下的小孩去遊艇俱樂部吃飯（只有巴波太太有事時我們才會去那吃晚餐）。

「他認識你媽；那個人。」

安迪一面打領帶，一面扮了個鬼臉；紐約城裡沒有人不認識他母親。

「是有點尷尬。」我說，「但我很高興我去了。吶，還你。」我說，手伸進外套口袋，「謝謝你的手機。」

安迪看了一下簡訊，隨即關掉螢幕，把手機收進口袋，但卻沒有抽出手，在那停頓了片刻，然後抬起頭，卻沒有看向我。

「我知道你很不好過。」他突然地說，「很遺憾你的生活變得這麼亂七八糟。」

他的語調——和電話答錄機上的機械語音一樣單調平板——讓我楞了一會兒，然後才明白他的意思。

「她人很好。」他說，依舊迴避我的視線，「我的意思是——」

「是啊，沒錯。」我喃喃道，不是很想繼續這話題。

「我想說的是，我很想她。」安迪說，終於迎視我雙眼，神情似乎有些慌亂。「這是我第一次碰到認識的人過世；好吧，我外公過世了，但以前從沒碰過我喜歡的人過世。」

我沉默不語。母親一直都很疼愛安迪，耐心勸誘他走出家裡的科學實驗室，取笑他《帝國戰場》的分數，把他逗得樂不可支，滿臉通紅。母親年輕、活潑、風趣，又溫柔親切，和他母親恰恰相反，是那種會和我們一起去公園玩飛盤、討論殭屍電影、星期六早上讓我們躺在她床上吃玉米片看卡通的母親。有時候我會不太高興，看到他在她身旁就變得一副傻呼呼又喜孜孜的模樣，快步跟在她身後，嘮嘮叨叨不停說著他電動又打到哪一關；每次她俯身在冰箱前拿東西，他的視線就黏著她屁股不放。

「她超酷的，」安迪用他那飄渺的聲音說，「你還記得她帶我們坐巴士去紐澤西參加恐怖電影節那次嗎？還有那個叫瑞普的怪人，一直跟著我們，拚命想遊說她去當他吸血鬼電影的女主角？」

我知道他是好意，但我還是無法談論任何有關母親或過去的回憶，所以只能默默撇開頭。

「我覺得他根本不愛看恐怖電影，」安迪繼續用那有氣無力又惱人的聲音說，「只是某種戀物癖，滿腦子都是地牢、被綁在實驗桌上的女孩那類玩意兒，跟變態色情片沒兩樣。你還記得他拚命求她試戴吸血鬼假牙嗎？」

「記得。然後她就去找警衛了。」

「那傢伙還穿皮褲，身上一堆穿環。我的意思是，誰知道呢，或許他真的在拍吸血鬼電影，但也絕對是個超級大變態；你有發現嗎，他那鬼鬼祟祟的笑容，還有他一直想偷看她內衣？」

我對他比了個中指。「好了啦，走吧。」我說，「我餓了。」

「真假？」母親死後我掉了大概九、十磅──多到史旺森太太開始（尷尬地）在她辦公室裡用那台為了患有飲食失調症女孩所準備的磅秤替我量體重。

「怎麼，你不餓？」

「餓啊，但我還以為你在減肥，以免穿不下畢業舞會的禮服。」

「去你的。」我打開門，開玩笑地說──不料一頭撞上巴波先生；他站在門外，不確定是在偷聽還是正準備要敲門。

我尷尬不已，不由結巴了起來──巴波家嚴格禁止髒話──但巴波先生似乎不是太在意。

「好了，席歐，」他望向我身後，面無表情地說，「我很高興你心情好轉了些。快來吧，我們去吃飯了。」

4.

接下來的一星期，所有人，甚至是陶弟，都發現我食慾變好了。「你終於決定停止絕食抗議了嗎？」他有天早上好奇地問。

「陶弟，吃你的早餐。」

「不是這樣說嗎？我以為不吃東西就叫絕食抗議。」

「不是，監獄裡的囚犯不吃東西才叫絕食抗議。」凱西冷冷地說。

「寶貝。」巴波先生警告地說。

「是喔，但他昨天吃了三個格子鬆餅。」陶弟又說，視線熱切地在他淡漠的父母之間徘徊，想引起他們注意。「我只吃兩個。今天早上他又吃了一碗玉米穀片和六條培根，可是我想吃五條你就說太多了。我為什麼不能吃五條培根？」

5.

「喔，哈囉，你好，歡迎。」心理醫生戴維一面招呼我，一面關上辦公室房門，在我對面坐下：地上鋪著編織地毯，書架上擺滿老舊的教科書（《藥物與社會》、《兒童心理學：另類療法》）；以及只要按下按鈕，就會自動嗡嗡拉開的米色窗簾。

我尷尬地微微一笑，視線在房內左顧右盼：盆栽裡的棕櫚樹、佛陀的銅像；什麼東西都好，就是不想看向他。

「好吧。」微弱的車流聲自下方的第一大道傳來，讓我們之間的沉默顯得好巨大，宛如銀河。「今天還好嗎？」

「嗯——」我很怕來戴維這裡諮商，牙科手術跟這一週兩次的苦刑比起來根本不算什麼。無法說服自己喜歡他，我心裡也很過意不去，因為他是那麼努力，總是問我喜歡什麼樣的電影、讀什麼樣的書，還會帶唱片給我，從《職業玩家》雜誌上剪下以為我會有興趣的文章——有時甚至會帶我去EJ快餐店吃漢堡——但只要他開始問問題，我就會凍結原地，彷彿被人推上舞台，卻不曉得自己的台詞是什麼。

「你今天看起來有些心神不寧。」

「呃……」我沒錯過戴維書架上有好幾本書的書名都包含了「性」這個字：《青少年性慾》、

《性與認知》、《性偏差之心理與行為模式》，還有——我最喜歡的一本：《走出陰影：了解性成癮》。「我沒事；應該。」

「應該？」

「不，我很好。一切都好。」

「是嗎？」戴維靠在椅背上，腳上的Converse布鞋晃呀晃，「那就好。」隨後又問：「那你何不說說近來過得怎樣呢？」

「喔——」我抓了抓眉毛，別開目光，「——西班牙文還是很難——我又要補考一次，大概星期一吧。不過史達林格勒的報告拿了甲上，所以歷史成績應該能從乙下變成乙。」

他沉默許久，只是看著我。我開始坐立難安，努力想找其他話題。就在這時，他開口了：「還有嗎？」

「呃——」我看向我的兩隻大拇指。

「你的焦慮症有好點了嗎？」

「沒那麼糟了。」我說。我對戴維一無所知，而這點令我如坐針氈。他是那種會戴著婚戒，但看起來又不像真的婚戒的人——也或許那根本就不是婚戒，他只是對自己的凱爾特血統超級自豪。如果要我猜，我會說他才新婚不久，小孩剛出生——他身上散發著一種年輕爸爸會有的呆滯疲憊感，像是他得在三更半夜起來換尿布——但誰知道呢？

「那你的藥呢？副作用還很嚴重嗎？」

「呃——」我搔了搔鼻子，「——比較好了，我猜。」我最近連藥都沒吃；它們讓我覺得好累、頭好痛，所以我開始會把藥吐進浴室的洗手槽中。

戴維沉默半晌。「那麼——我是否可說，整體而言，你的情況有比以前改善？」

「對。」我沉默了會兒後回答，看著他身後的牆壁。那面牆看起來就像一只傾斜的算盤，上頭有陶珠有繩結，而楞楞盯著它看似乎占據了我近來許多時間。

戴維微微一笑：「你說得好像這是什麼丟臉事一樣；但心情好轉並不代表你忘了母親，或是你對她的愛有任何減少。」

我討厭他這麼說；這念頭從沒出現在我腦中過。我轉開目光，望向窗外，凝視對街那乏善可陳的白色磚房。

「你知道自己心情為什麼會好轉嗎？」

「不知道。」我粗魯回答。我的心情根本不能用好轉來形容，沒有任何言語能形容，感覺比較像是生活中所有一切都變得微不足道，不值一提——學校走廊上的笑聲、實驗室飼養箱裡匆忙竄爬的壁虎——都讓我上一秒開心雀躍，下一秒卻幾欲落淚。傍晚夜裡，有時一陣夾帶砂礫的濕潤晚風自公園大道颳進窗內，尖峰時間的車流開始舒緩，人潮逐漸稀落，以寧靜迎接黑夜的到來；雨點淅瀝瀝地灑落，樹上綠葉繁茂，濃濃的春意即將為豔夏所取代；街上傳來蒼涼的喇叭聲，路面濕濡，潮濕的氣味中彷彿帶有電流，有種人潮湧動，靜電紛擾的熙攘感，寂寞的祕書和拎著外賣的肥胖男子，到處都是生物庸庸碌碌、掙扎求生的醜陋悲傷。數週以來，我被凍結、囚禁；而今，只要洗澡時，我就會把水量調到最大，在水幕間無聲嘶吼。一切都是如此赤裸，痛苦，困惑，錯誤；但那同時也像我被人從冰湖裡拖了出來，曝曬於陽光與狂風之下。

「你神遊去哪兒？」戴維問，努力想要對上我視線。

「對不起，你說什麼？」

「你剛在想些什麼？」

「沒什麼。」

「是嗎？要放空思緒，什麼也不想其實很難。」

我聳了聳肩。除了安迪外，我沒告訴任何人我搭公車去下城找琵琶的事，而這小小的祕密為生活增添了一層色彩，彷彿夢醒後的朦朧餘暉：薄棉紙做成的罌粟花、明滅不定的蠟燭散發微弱的火光；她又熱又黏的小手包覆在我手中。儘管這是許久以來最令我內心悸動、感覺最為真實的一件事，我卻不想談論、破壞它，特別是和他。

我們又無言靜坐許久，然後戴維傾身向前，擔憂地說：「你知道的，席歐，當我問你不說話時在想什麼，並不是要拷問你或讓你難堪之類的。」

「當然，我知道你不是！」我不安地說，手指摳著沙發扶手上的布墊。

「你想聊什麼我就陪你聊什麼；或者——」他挪了挪身子，木椅嘎吱作響，「——我們也可以什麼都不聊！我只是在想你是不是有什麼心事。」

「喔。」又是一陣彷彿永無止境的沉默，我努力壓抑想要偷瞄手錶的衝動。「我只是——」還有多久才能結束？四十分鐘？

「因為我從其他人那兒聽說你近來進步顯著，上課比較專心了。」見我沒有回答，他又說，「比較會和別人往來交談、恢復正常的食慾。」沉默之中，只聞救護車的警笛聲隱隱從街上飄了上來。「所以我在想你能不能告訴我是什麼改變了。」

我聳聳肩，抓抓臉頰。你能怎麼解釋？光是想要嘗試都覺得好愚蠢。即便記憶開始因那份不真實感而變得飄渺朦朧、閃閃發亮，就像夢醒後你越是想要回憶夢境的細節，畫面就變得越是模糊。重要的是那感覺，那甜蜜濃郁的洶湧暗潮強烈到無論是在課堂上、校車裡，或躺在床上，如果我試圖想要想像某些令人安心或愉快的畫面、某些讓我的胸口不會因焦慮而緊縮的環境或場景，我只要任自己沉入那如鮮血般溫暖的潮水之中，就能漂向一座幸福美好的祕密樂園。肉桂色的牆壁、窗玻璃上的雨滴、浩瀚無邊的寂靜，以及那份深邃感與距離感，好似十九世紀繪畫中的光澤背景。地毯磨損到露出了線頭，日式彩扇與古董情人卡在燭光映照下閃耀明滅，小丑、鴿子與花環點綴的愛心；琵琶在黑暗中的蒼白面孔。

6.

「問你喔，」幾天後的放學途中，我一面和安迪走出星巴克，一面開口問，「你今天下午可以替我擋一擋嗎？」

「當然可以。」安迪說，貪婪地喝了一大口咖啡，「多久？」

「不確定。」這得看我在十四街上換地鐵會花多少時間，到下城可能要四十五分鐘，在週間搭公車甚至要更久。「大概三個小時吧？」

他扮了個鬼臉；如果巴波太太在家，一定會追問我的行蹤。「我要怎麼跟她說？」

「說我放學後得留校之類的。」

「她會以為你惹麻煩了。」

「有什麼關係？」

「是沒關係；但我不希望她打去學校查探你的情況。」

「那就說我去看電影了。」

「那她會問我為什麼沒有一起去；幹嘛不說你去圖書館了。」

「好沒說服力。」

「好吧，那我們乾脆說你和你的假釋官有急事需要見面；或者你跑去四季酒店的酒吧喝古典雞尾酒。」

他在模仿他父親，而且學得維妙維肖，我忍不住笑了。「Fabelhaft。（德文：好極了。）」我學巴波先生的語調回答，「很好笑。」

他聳聳肩：「圖書館本館今晚開到七點。」他用那平板單調又有氣無力的聲音說，「但我不用知道你去了哪間分館；你忘了告訴我。」

7.

門比我預期中還要快打開；我本來正低頭看著馬路，想著其他事情。這一次，他把鬍子刮乾淨了，身上透著一股肥皂味，灰色長髮整整齊齊地往後梳攏，塞在耳後，裝扮有如我在博物館看見的布萊克威爾先生，正經又體面。

他挑了挑眉，顯然也很意外看到我。「嗨！」

「我來錯時間了嗎？」我問，留意到他襯衫的雪白袖口上繡著小小的豔紅花紋，花巧的字母小到幾乎看不見。

「不，不，一點也不。我正盼著你來呢。」他繫著一條印有淡黃色圖案的紅色領帶，腳上穿著黑色牛津鞋，一身剪裁高雅的深藍色西裝。「請進！快請進。」

「你要出門嗎？」我問，怯生生地打量他。那套西裝讓他脫胎換骨，少了些哀傷與魂不守舍，多了些精明與幹練——不像我第一次見到的霍比，邋遢疲憊，彷彿一頭高貴優雅，卻受到不良待遇的北極熊。

「喔——沒錯，但不是現在。老實說，現在情況有點混亂，不過沒關係。」

什麼意思？我跟著他走進屋內——穿過亂糟糟的工作室、各式各樣的桌腳和還沒裝上彈簧的椅子——然後上樓經過昏暗的客廳，來到廚房。那隻叫做小星的小㹴犬正煩躁不安地走來走去，嗚嗚哀叫，腳趾在石板地上踩得噠噠作響。看到我們上前，牠便後退幾步，凶巴巴地瞪著我們。

「牠怎麼會在這兒？」我問，跪下來想摸牠的頭，但見牠躲開就把手縮了回來。

「嗯？」霍比應了聲，似乎心事重重。

「我是說小星；牠不是都黏著她嗎？」

「喔，是因為她姑姑；她不給牠進房。」他就著水槽替茶壺裝水——我看見了——茶壺在他手裡簌簌顫抖。

「姑姑？」

「對。」他說，將茶壺放到火爐上，俯身搔了搔狗兒下巴。「可憐的小玩意兒，你不曉得發生了什麼事，對嗎？瑪格瑞特非常反對狗兒進病房，就這點來說她當然是對的。然後你就來了。」他說，回頭向我看來，臉上表情異樣輕快，「又在緊要關頭出現。自從上次之後琵琶就一直說起你。」

「真的嗎？」我問，心裡很高興。

「『那男生呢？』、『有個男生來看我。』昨天她才說你還會來，然後——」他說，嘴角飛揚，笑聲年輕而溫暖，「你就來了。」他起身，膝蓋發出嘎吱的抗議，用手腕背面抹了抹布滿疙瘩的白眉。「你不趕時間的話，等等就可以進去看她。」

「她還好嗎？」

「好許多了。」他輕快地說，但目光沒有向我看來，「發生了很多事。她姑姑要帶她去德州。」

「德州？」我震驚不已，傻在原地，一會兒後才回神開口。

「對。」

「什麼時候？」

「後天。」

「不！」

他五官糾結——我看見痛苦在他臉上一閃而逝。「恐怕正是如此，我這幾天都在幫她收拾行李。」他語調輕快，卻與那無意洩露的抑鬱之情極不相稱。「好多人來看她，都是學校裡的同學——老實說，我們好一陣子沒這麼清靜了，這週可忙著。」

「她什麼時候回來？」

「這個嘛——恐怕要等上一陣子了；瑪格瑞特的意思是要帶她回德州生活。」

「永遠都不回來了？」

「喔，不！當然還會回來。」他說，語調卻一點也不當然。「她又不是要離開地球。」看見我臉上神情，他又補了一句，「我會去德州看她，她當然也會回來紐約看看。」

「但是——」我現在的感覺就像被塌落的天花板砸中，「我還以為她住在這裡，由你照顧。」

「嗯，她的確是，只是以後不會了。但我相信德州比較適合她。」他又說，但不是太有說服力，「這對所有人來說都是巨大的改變，但我相信就長遠而言，這是最好的安排。」

我看得出來霍比自己一個字也不相信。「但她究竟為什麼不能留在這裡？」

他嘆了口氣：「瑪格瑞特是韋堤同父異母的妹妹。」他說，「另一個同父異母的妹妹；琵琶的親人，起碼在血緣上是如此，而我不是。她認為琵琶搬去德州比較好，既然她已經康復到可以移動了，就不要繼續拖下去。」

「我才不會想搬去德州。」我說，心裡仍極為震驚，「熱死人了。」

「我也不認為那裡的醫生比得上這裡。」霍比說，撢去手上的灰塵，「但瑪格瑞特不這麼認為。」

他坐了下來，雙眼注視我：「你的眼鏡，」他說，「我喜歡你的眼鏡。」

「謝謝。」我不想聊這副新眼鏡；我根本不想戴眼鏡，但有了它們我確實看得比較清楚。知道我沒通過學校的視力檢查，巴波太太便去E·B·梅洛維茲替我挑了副鏡框：一副圓形的玳瑁眼鏡，有點過於成熟，看上去就要價不菲，而且大人們總是有點太過急於出口稱讚，向我保證這副眼鏡戴起來很好看。

「最近還好嗎？」霍比問，「你絕對想像不到你的到來引起多大騷動。坦白說，我本來還考慮要不要親自去上城找你，最後沒有成行只有一個原因，就是我不想離開琵琶，畢竟她很快就要離開。這一切實在來得太快；我是說瑪格瑞特。她很像他們父親，老布萊克威爾先生——即知即行，想到什麼就做什麼，一刻也不耽擱。」

「牠也要去德州嗎？我是說小星？」

「喔，不——牠會留在這裡。牠打從十二週大的時候就住在這裡了。」

「牠不會不高興嗎？」

「希望不會。好吧——老實說——牠肯定會很想她。雖然小星和我相處融洽，但韋堤死後牠精神就一蹶不振。牠其實是韋堤的狗，最近才開始這麼黏琵琶。韋堤養過幾隻這種小㹴犬，但不是每一隻都喜歡小孩——小星的媽媽潔西就是個可怕的災難。」

「但琵琶為什麼非得搬去德州不可？」

「唉，」他揉了揉眼，說，「其實這是唯一可行的辦法。嚴格來說，瑪格瑞特是她關係最近的親人，儘管韋堤在世時，他們兄妹倆鮮少往來——起碼近年來很少。」

「為什麼？」

「這個嘛——」我看得出來他不想解釋，「事情很複雜。瑪格瑞特對琵琶的母親非常反感，懂我意思嗎？」

話才出口，一名高䠷、尖鼻、神情幹練的女人就走進廚房，看起來像是年紀沒那麼大的祖母，有張高貴冷酷的瘦削面孔，鏽紅色的頭髮正逐漸轉灰。她身上的套裝與鞋子都讓我不由想起巴波太太，只是巴波太太永遠不可能穿這種顏色：檸檬綠。

她先看向我，又看向霍比。「怎麼回事？」她冷冷地問。

霍比吐了口氣，並沒有刻意壓抑音量，看起來很著惱。「不用妳管，瑪格瑞特。韋堤死時是這男孩陪在他身邊。」

她吊著眼，透過半月型的眼鏡打量我——忽然笑了起來，笑聲尖銳又不自然。「你好，」她說——眨眼間就換了個人，忽然變得和藹又親切，伸出那雙掛滿鑽石飾品的瘦削紅手。「我是瑪格瑞特．布萊克威爾．皮爾斯，韋堤的妹妹；半個妹妹。」見我蹙起眉頭，她立刻改口，朝我身後的霍比瞥了一眼。「韋堤和我同父異母；家母是蘇西．德拉菲爾德。」

她說的好像我應該認識這名字一樣。我望向霍比，想知道他的反應。見我視線飄去，她先是銳利地瞟了他一眼，然後才將注意力轉回我身上——並立刻換上迷人燦爛的笑容。

「看看你這個小伙子，多可愛啊。」她對我說，又長又尖的鼻頭有些通紅。「很高興見到你，詹姆斯和琵琶都不停叨唸你來看她的事——這實在太讓人驚喜了，我們都激動不已。還有——」她握住我的手，「我由衷感謝你將祖父的戒指物歸原主。這對我來說意義非常重大。」

戒指是她的？我再次困惑地望向霍比。

「對先父亦然。」她的友善之中彷彿有種演練過的刻意感（正如巴波太太會說的：「八面玲瓏」），儘管內心抗拒，但她與布萊克威爾先生和琵琶之間那如出一轍的紅棕髮色卻仍舊吸引著我。「你知道這戒指以前也曾遺失過，對吧？」

水燒開了。「妳要來杯茶嗎，瑪格瑞特？」霍比問。

「好的，麻煩你了。」她輕快回答，「還要檸檬和蜂蜜；還有一點點蘇格蘭威士忌。」隨後又用較為和善的語氣對我說，「很抱歉，但恐怕我們大人有些事需要處理，等等要和律師碰面；琵琶的看護一到我們就得出門了。」

霍比清了清喉嚨：「我看不出來他為何不——」

「我可以進去看看她嗎？」我插口，沒耐心等他說完。

「當然可以。」霍比趁瑪格瑞特姑姑開口前飛快回答——並嫻熟地轉身，閃避她著惱的神色。「你還記得地方吧？往那兒走就是。」

8.

她對我說的第一句話是：「你可以幫我把燈關掉嗎？謝謝。」她坐在床上，耳裡塞著iPod的耳機，似乎被天花板上的燈泡照得睜不開眼，頭暈目眩。

我關了燈。房間變空了，牆邊堆著紙箱。綿細的春雨打在窗上；屋外，在那昏暗的院子裡，盛開的梨子樹上花蕾白茫，襯著潮濕的磚牆更顯蒼白。

「哈囉。」她說，交疊被上的雙手微微握緊了些。

「嗨。」我說，希望自己聽起來沒那麼尷尬。

「我就知道是你！我聽見你在廚房說話的聲音。」

「是嗎？妳怎麼知道是我？」

「因為我是音樂家！我聽覺很敏銳的。」

此刻，我眼睛也適應了房裡的昏暗，看見她氣色似乎比上次好許多。頭髮長出來了些，釘針也已拆除，只是崎嶇不平的傷疤依舊可見。

「妳覺得怎樣？」我問。

她微微一笑：「好睏。」我可以聽見她聲音中的睡意，既甜美又唐突。「要不要一起聽？」

「聽什麼？」

她偏過頭，拿出一邊的耳機，向我遞來：「這個。」

我在床邊坐下，將耳機塞進耳裡；旋律輕柔優雅，空靈飄渺，扣人心弦，彷彿天堂傳來的樂曲。

我們對望了一眼。「這是誰的曲子？」我問。

「嗯——」她看向iPod，「——帕勒斯特利納[3]。」

「喔。」但我其實根本不在乎是誰的音樂。我會聽它的原因很簡單，因為這朦朧的雨日微光，因為窗邊的白樹，因為屋外隆隆的雷鳴，因為她。

籠罩於我們之間的沉默美好又奇異，由那耳機電線與隱隱迴盪的清冷樂聲聯繫著。「如果你不想說話的話就不用說。」她說，眼皮好似鉛塊般沉重，聲音昏昏欲睡，彷彿訴說著什麼祕密。「大家似乎總有說不完的話，但我只想靜靜待著。」

「妳在哭嗎？」我問，又更仔細端詳了她一會兒。

「沒有。好吧——有一點。」

我們倆就這麼坐在床上，沉默無語，卻絲毫不覺尷尬或奇怪。

「我要走了。」她一會兒後說，「你知道嗎？」

「我知道。他告訴我了。」

「好討厭，我不想走。」她聞起來像鹽，還有藥，以及其他些什麼，像是母親在雅致超市買的甘菊茶，有如青草般芬芳。

「她人看起來不錯。」我小心翼翼地說，「應該吧。」

「應該吧。」她悶悶不樂地重複我的話，指尖循著棉被邊緣遊走。「她說那兒有游泳池，還有馬。」

---

3 Giovanni Pierluigi da Palestrina，義大利文藝復興後期之作曲家，也是十六世紀羅馬樂派的代表音樂人物，有「教會音樂之父」之美譽。

「聽起來很好玩。」

她茫然地眨了眨眼：「大概吧。」

「妳會騎馬嗎？」

「不會。」

「我也不會；但我媽會。她很喜歡馬，每次經過中央公園南側都會停下來和馬車前的馬說話，就像——」我不知道該怎麼形容，「——就像是牠們開口呼喚她一樣；就像牠們努力想轉頭看她，即便臉上戴著眼罩。」

「你媽媽也過世了嗎？」她怯生生地問。

「對。」

「我媽也過世了，已經——」她頓了會兒，思索片刻，「我記不得幾年了。總之是某年春假之後，所以我放完春假後又請了一星期的假。我們本來要去校外教學，參觀植物園，但我不能去。我好想她。」

「她是怎麼過世的？」

「生病。你媽媽也生病了嗎？」

「不，是意外。」然後——由於不想繼續這話題，我便說，「總之，她很喜歡馬，非常愛，我是說我母親。她小時候有匹馬，說牠有時候如果覺得寂寞，就會自己跑來家門前，把頭抵在窗戶上，察看屋裡的動靜。」

「牠叫什麼名字？」

「水彩盤。」我很喜歡聽母親說堪薩斯的那些馬廄：屋椽上的貓頭鷹和蝙蝠，還有馬兒嘶嘶的噴氣聲。她小時候所有養過的馬兒和狗兒的名字我都知道。

「水彩盤！牠身上有很多顏色嗎？」

「是有點雜斑，我看過牠的照片。有時候——夏天裡——牠會趁她午睡時跑來看她在做什麼。她可以聽見牠的呼吸聲，妳知道，就藏在窗簾之後。」

「好可愛喔！我也喜歡馬，只是——」

「只是什麼？」

「我還是想留在這裡！」在那瞬間，她淚水似乎就要奪眶而出，「我不曉得我為什麼非得搬去德州不可？」

「妳應該跟他們說清楚，說妳想留下來。」我們的手是什麼時候碰在一起的？她的手為什麼這麼熱？

「我說過了！但大家都覺得我搬去那裡比較好。」

「為什麼？」

「我不知道。」她煩躁不安地說，「比較安靜，他們說；但我不喜歡安靜，我喜歡有很多聲音。」

「他們也打算把我送走。」

她用手肘撐起上身。「不！」她說，一臉驚慌，「什麼時候？」

「不曉得。再沒多久吧，我想。我得搬去祖父母那。」

「喔。」她說，倒回枕頭上，語氣中流露著渴望，「我爺爺奶奶都不在了。」

我與她十指交纏，說：「我祖父母人不是太好。」

「很遺憾聽到你這麼說。」

「不要緊。」我說，盡量保持平和的語氣，儘管心跳已經劇烈到我可以在指尖上感到脈搏撲通狂跳。在我的掌心之中，她的手有如天鵝絨般光滑柔軟，又如高燒般滾燙炙人，只有那麼一點黏膩。

「你沒有其他親人嗎？」在窗邊的微光映照下，她雙眸幽暗有如黑墨。

「沒有。好吧——」我爸算嗎？「——嗯，沒有。」

房內陷入漫長的沉默，耳機依舊連結著我們：一邊在她耳裡，一邊在我耳裡。海螺嗚嗚，天使的吟唱與珍珠。時間彷彿忽然間變得好慢，好慢；我彷彿忘了該怎麼正常呼吸，一次又一次發現自己屏住氣息，然後又太大聲地重重吐出。

「妳剛說這是誰的曲子？」我問，只是沒話找話說。

她昏沉沉地一笑，伸手拿向床頭櫃上的棒棒糖；棒棒糖擱在一張錫箔包裝紙上，尖尖的，看起來不太好吃。

「帕勒斯特利納。」她說，棒棒糖仍塞在嘴裡，「大型彌撒曲，之類的；它們聽起來都很像。」

「妳喜歡她嗎？」我問，「我是說妳姑姑？」

她凝視我好一陣子，然後將棒棒糖小心翼翼地放回包裝紙上，說：「她人似乎不錯，只是我跟她不熟，所以感覺有點奇怪。」

「妳為什麼非走不可？」

「因為錢的關係。霍比也無能為力——他不是我親生叔叔，是假叔叔；她這麼說。」

「我真希望他是妳親生叔叔。」我說，「我希望妳能留下。」

她忽然坐起，抱住我，吻我。我腦中的血液瞬時退去，良久良久，感覺就像自懸崖墜落。

「我——」我驚慌失措，只覺得天旋地轉，想也沒想就伸手抹去那個吻——但這吻並不濕濡或噁心，我可以感到它在我手背上留下一道痕跡，閃閃發亮。

「我不想要妳走。」

「我也不想走。」

「妳記得之前見過我嗎？」

「什麼時候？」

「在這之前。」

「不記得了。」

「我記得妳。」我說。我的手不知何時撫上了她面頰，於是笨手笨腳地收回，強迫它留在我身邊，緊捏成拳，幾乎是把它壓在屁股下。「那時我也在場。」就在這時候，我察覺霍比出現在門邊。

「哈囉，親愛的。」儘管他聲音中的溫暖大部分是因為她，但我能感到少部分是因為我。「我就說他會回來吧。」

「對啊！」她說，撐起上身，「他來了。」

「所以囉，妳下次會乖乖聽我說話了嗎？」

「我本來就很聽話；我只是不相信你。」

薄薄的窗簾下擺輕拂窗沿，我能隱隱聽見街上傳來的車流聲。此刻，坐在她床沿，感覺就像夢境與白晝之間那欲醒還睡的迷濛時刻，景物混雜、交融，彷彿一切即將改變，一同愉快地下滑、墜跌：雨日的微光，琵琶坐在床上，霍比佇立門邊；還有她的吻（我現在相信那特殊的味道應該是嗎啡棒棒糖）仍黏黏地停留在我雙唇。但就連我也不確定，是否因為嗎啡，我才覺得如此天旋地轉，喜孜孜地包圍在快樂與美好之中。我仍有些神魂顛倒地與她道別（我們都沒說會寫信；她傷勢嚴重，應該沒辦法費神動筆），然後來到走廊上，看護也在，瑪格瑞特姑姑的說話聲響亮又困惑，霍比一手安慰地按在我肩膀，那股壓力強而有力，令人安心，宛如一只船錨，讓我知道一切安好。自從母親死後，我就不曾感受過這樣的觸碰——在混亂之中如此友善而平穩——而我，就像一條渴望關愛的流浪狗，感到內心的忠誠強烈移轉，如血般深刻。那是一種突如其來，令人無地自容、淚眼盈眶的信念，深信這地方很好、這人很安全、我可以相信他，在這裡，沒有人會傷害我。

「啊，」瑪格瑞特姑姑驚呼，「你在哭嗎？妳有看見嗎？」她對那名年輕護士說（她面帶微笑，點了點頭，顯然已完全為她所收服，一心想要取悅她）。「太可愛了！你會想念她的，對嗎？」她笑得如此開懷又自信，如此自以為是。「你可以來德州看她，你一定要來。我最歡迎朋友來作客了。我的父母……他們的都鐸式莊園是德州最大的宅邸之一……」

她繼續滔滔不絕，如鸚鵡般親切和善，但我的忠誠並不屬於她。琵琶的吻——又苦、又甜、又奇特——跟著我一路回到上城；當我搖搖晃晃、昏昏欲睡地坐公車回家，融化在那悲傷與美好之中時，有種如繁星般璀璨的痛楚將我高高托至起風的城市上方，宛若風箏，思緒包圍於雲霄之中，心徜徉於天際之間。

9.

我不願思索她的離去；我無法忍受那念頭。在她離開那天，我一睜開眼，就覺得滿心悲傷。我凝視公園大道上方的天空——墨似般的藍，陰沉駭人，一如各各他山畫作中的翻騰天色——想像她也在飛機上看著這片同樣的黑暗天空——當我和安迪走向公車站牌時，街上所有迎面而來的低垂目光與嚴肅心情似乎都反映並放大了我因為離去而感到的悲傷。

「好吧，德州是很無聊。」安迪一面打噴嚏一面說，因為花粉症的關係，他雙眼通紅，不停流眼淚，看起來更像實驗室老鼠了。

「你去過？」

「是啊——去過達拉斯。哈利舅舅和泰絲舅媽在那兒住過一陣子。除了看電影外，根本沒事可做，而且沒有一個地方是走路能到的，非得有人開車載你不可。而且那裡有響尾蛇，還有死刑——在九成九的情況下我都認為死刑是野蠻原始而且不道德的；但說不定那裡對她比較好。」

「為什麼？」

「主要是因為氣候。」安迪說，用手帕擤了擤鼻涕；他每天早上都會從衣櫥抽屜中抽出一條熨燙過的棉質手帕，隨身攜帶。「溫暖的氣候比較適合養病，所以我外公才搬去棕櫚灘。」

我沉默不語。我知道安迪對朋友忠心耿耿；我信任他，也重視他的意見，但有時他的話不免讓我覺得自己好像在跟模仿人類回應的電腦程式說話。

「如果她住達拉斯，就一定要去參觀自然科學博物館，但她可能會覺得那裡又小又老舊；我在那裡看的IMAX劇場甚至不是3D的，而且去天文館還要另外收費，如果考慮到它跟海頓天象館比起來有多爛，你就會覺得更荒謬了。」

「喔。」有時候我不禁會想，究竟需要什麼才能把安迪從那座只有數學的高塔釋放出來：海嘯？狂派入侵？哥吉拉肆虐第五大道？他簡直就像座沒有大氣層的星球。

10.

還有比這更寂寞的感受嗎？回到巴波家，一個不屬於我的家庭，感受其中的喧鬧與充實，只讓我覺得比平時還要寂寞——特別是眼看學年即將結束，我（和安迪）卻依舊不知道我會不會跟他們家一起去緬因州的避暑別墅。巴波太太確實高貴優雅，圓滑世故，即便屋子裡堆滿大大小小的紙箱與行李箱，她也能巧妙閃避這話題。巴波先生和兩個小朋友似乎都很雀躍，但安迪毫不掩飾心中的嫌惡與恐懼。「陽光、玩樂。」他不屑地說，將眼鏡推上鼻梁（他的眼鏡跟我的很像，只是鏡片厚很多），「起碼你祖父母住在陸地，有熱水，還有網路。」

「我是不會為你感到難過的。」

「好，如果你真能和我們一起去，我就看你多喜歡出海。那簡直跟電影《綁架》的情節沒兩樣；就是他們把他賣上船當奴隸那段。」

「那他得搬去一個鳥不生蛋的地方，和他從沒見過又陰沉詭異的親戚同住那段呢？」

「對，我也正巧想到。」安迪正色道，在椅子上轉身看向我，「但起碼他們沒打算密謀殺掉你——你又沒什麼遺產好搶。」

「對啊，絕對沒有。」

「知道我是怎麼想的嗎？」

「不知道，你怎麼想的？」

「我建議你，」安迪說，用鉛筆頭上的橡皮擦撓了撓鼻子，「等轉進馬里蘭的新學校後，你就卯足全力，認真念書。你已經有一項優勢——跳級一年，代表你十七歲就能畢業。如果有辦法自己申請學校，你四年，甚至三年就可以帶著獎學金離開那裡，所有大學任你挑選。」

「我的成績沒那麼好。」

「是沒有。」安迪正色道，「但那只是因為你不用功。而且我想我們可以假定，你的新學校，無論是哪一所，要求都不會像現在嚴格。」

「最好不要。」

「我的意思是——公立學校比較寬鬆。」安迪說，「而且是馬里蘭；我沒有看不起馬里蘭的意思；畢竟約翰霍普金斯的應用物理實驗室和太空望遠鏡科學研究所全國首屈一指，更不用說還有格林貝爾特的戈達太空飛行中心，他們絕對是非常認真投入太空總署的工作。你國中的成績怎樣？」

「不記得了。」

「好吧，你不想說也沒關係。重點是，到了十七歲，你就能以優異的成績畢業——或許十六歲，如果你卯起來拚——之後你想去哪裡上大學，就去哪裡上大學。」

「三年很久耶。」

「對我們來說是很久；但以長遠的時局來看——一點也不。我的意思是，」安迪井井有條地分析，「想想那些可憐的笨蛋，像莎賓．英格索或那個白痴詹姆斯．維利爾斯；還有那個隆史崔特，簡直就是他媽的阿甘。」

「他們才不可憐。我在《經濟學人》的封面上看過維利爾斯的爸爸。」

「沒錯，但他們就蠢的像豆腐渣一樣，你想想——莎賓連走路都會跌倒，如果不是家裡有錢，她就得自力更生，去當——我不曉得——妓女之類的吧。至於隆史崔特——他大概會窩在角落，活活餓死，就像主人忘了餵食的倉鼠。」

「你越說我心情越差。」

「我只是要告訴你——你很聰明，大人都喜歡你。」

「哪有？」我狐疑地問。

「當然有。」安迪用他那要死不活的惱人聲音說，「你記得大家的名字，說話時會和別人眼神接觸，該握手的時候就適時伸出手。在學校，他們都把你照顧的妥妥貼貼。」

「是沒錯，但——」我不想說那是因為母親死了。

「別傻了。你都能為所欲為，全身而退了，這麼聰明應該自己想得到。」

「那你怎麼還沒想到要怎麼逃避出海？」

「喔，我想好了。」安迪冷冷回答，回頭面對他的日文練習簿，「最糟最糟，只要熬過四年地獄般的暑假；或者三年，如果爹地讓我十六歲就提早進大學；再好一點就兩年，只要我撐過可怕的大一，暑假到森林學校修課，學習有機栽種。之後，我這輩子就再也不用踏上任何一艘船。」

11.

「唉，在電話上很難聊天。」霍比說，「我沒想到這點。她在那兒一點也不好。」

「怎麼個不好？」我問。一個星期都還沒過完，雖然我本來沒打算回去看霍比，但不知怎地，人還是來到下城，坐在他廚房的餐桌邊，吃著第二碗乍看之下以為是黑黝黝的泥土，但原來是美味至極的無花果拌薑，上面擠了些鮮奶油和些許略帶苦味的橘子皮。

霍比揉了揉眼睛。我到的時候他正在地下室修椅子。「這實在讓人非常洩氣。」他說，一頭灰髮紮在腦後，眼鏡掛在脖子上。他已脫去黑色的工作罩衫，掛回鉤子上。現在穿著沾滿礦油精和蜂蠟的老舊燈芯絨褲和一件袖子捲到手肘的薄棉衫。「瑪格瑞特說她星期天晚上和我掛了電話後整整哭了三個鐘頭。」

「那她為什麼不乾脆回紐約？」

「老實說，我也希望自己知道該怎麼辦才好。」霍比說，神色堅毅、鬱鬱寡歡，指節突出的蒼白大手平放桌上，寬闊的肩膀既給人一種溫順馱馬的印象，也像辛苦工作一天後，在酒吧休息放鬆的工人。「我本來想飛去看她，但瑪格瑞特要我別去。說如果我在，她就無法安定下來。」

「我覺得你還是該去。」

霍比挑了挑眉：「瑪格瑞特請了個治療師——據說很有名，專門用馬來治療受傷的孩童。沒錯，琵琶是很喜歡動物，但即便她生龍活虎的時候，也不會想一天到晚都在屋外騎馬。她從小到大幾乎都是在音樂課和練習廳中度過。儘管瑪格瑞特對她教堂裡的音樂節目也是充滿熱忱，但業餘的兒童合唱團實在很難讓琵琶看在眼裡。」

我將玻璃碗推開一旁——碗裡食物被我吃得清潔溜溜。「為什麼琵琶之前沒見過她？」我怯生生地問，見他閉口不語，又補問一句：「因為錢的關係嗎？」

「也不是。不過——對，你說得沒錯，總是和錢脫不了干係。你知道的，」他說，探身向前，把一雙手勢豐富的大手擱在桌上，「韋堤的父親共有三名子女：韋堤、瑪格瑞特和琵琶的母親茱莉葉；而三人都是不同妻子所生。」

「喔。」

「韋堤是長子；我是指——你會以為長子最重要，對嗎？但他大約六歲時得了脊椎結核病，那時他父母遠在亞斯文——保母不曉得這病有多嚴重，太晚送醫——就我所知，他是個非常聰明的小男孩，而且品貌兼優，但布萊克威爾老先生無法容忍體弱多病的人，便把他送來美國和親戚同住，從此幾乎沒再想過他。」

「太過分了。」我說，心裡大為震驚，這對他太不公平了。

「是啊——不過當然了，如果你問瑪格瑞特，她會給你另一套截然不同的答案——但他就是這麼鐵石心腸，韋堤的父親。總而言之，等布萊克威爾一家被開羅驅離出境後——驅離或許不是最適合的字眼。總之，等納賽爾上位後，所有外國人都必須離開埃及——韋堤的父親在那兒做的是石油生意，幸運的是，他在其他地方還有錢跟地產，否則外國人是不能攜帶任何金錢或貴重物品離開埃及的。

「總而言之，」他又拿出一根菸，「我有點離題了。重點是韋堤也和整整小了他十二歲的瑪格瑞特極不相熟。瑪格瑞特的母親是德州人，一名富家千金，自己也財力雄厚。那是布萊克威爾老先生最後也最長的一段婚姻——要是讓瑪格瑞特來說，肯定會形容成一段偉大的世紀之戀。休士頓的名流夫婦——不時宴酒作樂、包機出遊，還到非洲游獵——韋堤的父親熱愛非洲，縱使必須離開開羅，也無法就此與它道別。」

「總而言之——」火柴亮起，他吐了團煙，咳起嗽來，「瑪格瑞特是他們父親的千金寶貝，掌上明珠。但即便如此，即便有婚姻的約束，他仍無法和衣帽間的女侍、女服務生或朋友的女兒保持距離——然後，等他邁入耳順之年後，他和美髮師產下一女，而那女兒就是琵琶的母親。」

我沉默無語。二年級的時候，學校裡起了場大騷動（《紐約郵報》的八卦版每天都有詳實的記載）。我有個同學叫做艾莉，而她父親和不是艾莉母親的女人有了小孩；許多母親都各自選了邊站，下午在校門口等接孩子放學時不再彼此交談。

「瑪格瑞特那時在瓦薩爾學院念書，」霍比斷斷續續地說著；儘管他把我當大人看待（我喜歡這樣），但似乎對這話題不太自在。「我想她應該有幾年沒和父親說話。布萊克威爾老先生本想收買美髮師，但終究還是無法戰勝吝嗇的本性；起碼他對自己的繼承人很吝嗇。所以你應該不難理解，瑪格瑞特——除了在法庭之上，瑪格瑞特和琵琶的母親茱莉葉幾乎不曾見過面；而那時茱莉葉還是襁褓中的嬰兒。除此之外，韋堤的父親也開始對美髮師心生厭惡，遺囑中寫得清清楚楚，除了法律規定、金額少的可憐的扶養費外，無論是她或茱莉葉都分不到一毛錢。但是韋堤——」霍比捻熄香菸，「——經過深思熟慮後，布萊克威爾老先生算是在遺囑中還了韋堤個公道。這場法庭鬧劇持續了好幾年，而在這段期間，看著小女嬰不被承認，飽受忽略，韋堤心裡越來越無法容忍。茱莉葉的母親不想要她，女方沒有一個親戚想要她，更遑論布萊克威爾老先生。至於瑪格瑞特和她母親，坦白說，看到她流落街頭她們只會額手稱慶。而那名美髮師呢，出門工作時就把茱莉葉自己留在家裡……情況怎麼看都對小女嬰不利。

「韋堤沒有義務插手，但他這人感情豐富，沒有家室，又喜歡小孩。所以，當茱莉葉——那時還叫『朱莉安』——六歲時，他邀請她來這兒過節——」

「這裡？這棟公寓？」

「對，就是這裡。等到夏天結束，要送她回去時，她開始哭哭啼啼，說不想回去。她母親也不接電話，他便索性把機票取消，四處打電話詢問註冊入學的事。他從沒正式收養她——他不想多生事端——不過大家都以為她是他小孩，所以沒有多加追問。那時他大約三十五歲，年紀足已當她父親；而無論從哪方面來看，他也確實與父親無異。」

「不過這一切都無關緊要了。」他抬起頭來，換了個語調，又說，「你說過想參觀我的工作室，要去嗎？」

「要。」我說，「太棒了。」我到的時候，他正在樓下修理一張倒放的椅子。見我到來，他便直背站起，伸了個懶腰，說他正巧需要休息。但我一點也不想上樓，他的工作室好琳瑯滿目，好神奇，簡直就像一座寶窟。裡頭的實際空間比外頭看起來還要大，陽光自高窗灑落，各式各樣的細緻雕花、金絲銀線，還有我不知道名稱的神祕工具，以及清漆與蜂蠟有趣又嗆鼻的氣味。就連他在修理的那張椅子——前方是一對山羊腳，還有分趾蹄——看起來也不像家具，反而比較像中了魔咒的生物，彷彿隨時可能一躍而起，跳下他的工作檯，沿著街道揚長而去。

霍比拿起工作罩衫，套回身上。儘管他氣質優雅，舉止沉靜，體格卻像搬家或貨運工人般壯碩。

「來吧，」他說，領我下樓，「我們去內場。」

「什麼？」

他笑了起來：「arrier-botique；顧客看到的是我們布置好的舞台——展示給大眾觀賞的門面——但樓下才是進行真正重要工作的地方。」

「喔。」我說，垂首望向樓梯底部的迷宮；有蜂蜜般的金色木料，糖漿似的深棕色木頭，還有在微弱燈光下閃耀生輝的金銀黃銅。就像廚房裡的諾亞方舟，這裡的每件家具都與同類並排而立：椅子和椅子、沙發和沙發、時鐘和時鐘；書桌、櫥櫃和高腳櫃在對面立正也似地排排並列。工作室中央，餐桌排成迷宮般的狹徑，不得不側身而行。後方，失去光澤的古鏡一個挨著一個，掛滿一整面牆，散發猶如古老舞廳與燭光沙龍的璀璨銀光。

霍比回頭向我看來，我的開心全寫在臉上。「你喜歡老東西？」

我點點頭——是真的，我喜歡老東西，只是以前從來不曾察覺過。

「那你住巴波家一定大開了眼界。他們有些安妮皇后和齊本德爾時期的古董應該不輸博物館藏品。」

「對。」我遲疑地說，「但你這裡不一樣；比較好。」我補上一句，以免他沒意會。

「哪裡比較好？」

「怎麼說呢——」我緊緊閉上眼，試著平靜思緒，「——這裡很棒，有好多各式各樣、琳瑯滿目的椅子……可以看見各種不同的性格，你懂我意思嗎？像是，那張就有點——」我不知道該怎麼形容，「——好吧，傻呼呼的，幾乎可以這麼說；但是是好的那種傻——舒服的那種傻。那張看起來就比較緊張，因為椅腳又細又長——」

「你很有欣賞家具的眼光。」

「是嗎——」讚美總是令我手足無措；每次有人稱讚我，除了裝作沒聽見外，我都不知該作何反應，「——把它們排在一起，你就可以看出它們是怎麼做成的。但在巴波家——」我猶豫著，不知該如何描述，「——我不曉得，看起來就像是自然歷史博物館裡的動物標本。」

每當他揚起嘴角，臉上所有的鬱悶和憂慮便一掃而空，你可以感受到他打從心底散發的善良與寬厚。

「不，我是認真的。」我說，決心要解釋清楚，「她將桌子自己孤伶伶地擺在那兒，上頭再放盞檯燈，其他所有家具擺設的方式也都在在散發著『禁止觸碰』的氣息——就像他們布置在犛牛或什麼動物周圍的立體模型，藉以展示牠們的棲息地。那樣是很好，但我的意思是——」我指向那些靠牆放的椅背，「你看，那個是豎琴，那個像湯匙，還有那個——」我用手模仿掃地的動作。

「盾形椅背。不過我可以告訴你，那面椅背最美麗的地方在於中縱板上的穗紋；你可能沒有看見。」我還來不及問中縱板是什麼，他就繼續說了下去，「不過能夠天天觀賞她的家具就是一種學習——你可以在不同的光線下觀察品味，想摸的時後就摸摸它們。」他朝眼鏡鏡片呵了口氣，拎起圍裙一角擦拭乾淨，「你趕著回上城嗎？」

「沒有。」我說，雖然時間有些晚了。

「那就來吧。」他說，「給我幫個手。我正巧需要人幫我修修這張小椅子。」

「那張山羊腳椅？」

「對，就是那張山羊腳椅。架鉤上還有一件圍裙——我知道，太大了，但我才剛替椅子上了亞麻仁油，不想你弄髒衣服。」

12.

心理醫生戴維不只一次說過希望我能培養個興趣——我討厭這個建議，因為他提的興趣（壁球、桌球、保齡球）感覺都差勁至極。如果他認為打上幾場桌球就能幫忙平撫我喪母的傷痛，就是完全瘋了。然而——正如紐斯皮爾老師給我的空白日記本、史旺森太太建議我放學後去上美術課、社工安立奎說要帶我去第六大道的球場看籃球比賽，甚至是巴波先生偶爾想吸引我進入海圖和航海旗世界的嘗試都清楚顯示了——許多大人都有同樣的念頭。

「那你有空的時候都喜歡做些什麼？」史旺森太太也曾這麼問過我。她那間淺灰色的辦公室聞起來有花草茶和蒿屬植物的味道，桌上疊著高高的《十七歲》雜誌和《青少年》雜誌，某種亞洲鐘樂隱隱漂浮於背景，氣氛陰森。

「不知道；我喜歡看書、看電影、玩《征服時代II》和《征服時代白金限量版》；我不曉得。」她只是無言看著我，我只好重複一遍。

「好吧，席歐，這些興趣也很好。」她憂心忡忡地說，「但如果我們能替你找個團體活動就更好了，某些需要和別人齊心協力、可以和其他人一起從事的活動；你有沒有考慮過運動？」

「沒有。」

「我有在練習一種叫做合氣道的武術，不曉得你有沒有聽過。那是一種借力打力的自衛防身術。」

我轉開視線，看向掛在她頭頂後方的陳舊瓜達露佩聖母像。

「攝影呢？」她戴著綠松石戒指的雙手交疊桌上，「如果你對藝術課沒興趣的話；但我必須說，宣考夫老師給我看了些你去年的作品——那幾張屋頂畫，你知道，就是從畫室窗戶看出去的風景和水塔？你的觀察力非常敏銳——我對那景色有印象，你捕捉到了一些很有趣的線條與活力——我想她用的字是『動態』——筆觸相當敏捷、俐落，那些交錯的平面和防火梯的角度。我的重點是，無論做什麼都好——我只是希望我們可以找到個方式，讓你更有聯繫。」

「和什麼聯繫？」我說。話一出口，我才發現自己的語氣有多糟。

她一臉不知所措。「和其他人啊！還有——」她指向窗外，「——還有你生活周遭的環境！聽我說，」她用她最溫柔、最催眠、最撫慰的聲音說，「我知道你和令堂非常親；我和她說過話，也看過你們兩人相處的情景。我曉得你有多麼想念她。」

不，妳不曉得；我心想，粗魯地瞪著她。

她臉上流露難以解讀的表情。「席歐，」她說，靠在她掛著披肩的椅背上，「如果你知道日常生活中的繁瑣小事是如何能拯救我們於絕望，一定會非常吃驚。但你只能仰賴自己，你必須自己留意那些敞開的機會之門。」

我知道她是好意，但離開她辦公室時依舊垂首不語，憤怒的淚水刺痛我眼眶。那個老女人，她又懂些什麼？史旺森太太子孫滿堂——從她牆上的照片看來，約有十個子女，三十幾個孫兒。不只在中央公園西側有間大公寓，在康乃狄克州也有房子，根本不了解現實崩解，生活在轉眼間灰飛煙滅是什麼感受。要她舒舒服服坐在那張嬉皮扶手椅、東拉西扯地談論課外活動和機會之門自然不費吹灰之力。

不過，出乎意外地，老天確實為我開了一扇門，而且是在個最意想不到的地方：霍比的工作室。「幫忙」修理椅子（基本上就是我站在一旁，看著霍比把椅子拆開，指出哪裡被蟲蛀壞了、哪裡經過草率的修理，還有墊襯底下藏著什麼可怕祕密）很快就變成一星期兩到三天的午後奇異歡樂時光：替罐子貼標籤、攪拌兔皮膠、整理一箱又一箱的抽屜零件（「這可是個精細活兒」），或者有時只是看著他在車床上轉動椅腳。儘管樓上的店面依舊漆黑，金屬大門依舊緊閉，但在地下室的內場，立鐘滴答作響，桃花心木熠熠生輝，陽光在餐桌上映出一圈又一圈的金色水窪，一切運轉如常。

除了曼哈頓的拍賣行外，他還有其他的私人顧客，有時會替蘇富比、佳士得、泰柏和杜爾修復家具。放學後，在立鐘催眠也似的滴答聲中，他教我辨識各種木料的氣孔與色澤，那繽紛的色彩，虎槭木的漪紋與光澤，胡桃木如泡沫般的紋理，它們掂在我手中的重量，甚至是各有特色的香氣——「有時候，如果你不確定是哪種木頭，最簡單的方法就是用鼻子聞。」——桃花心木辛辣、橡木聞起來有股灰塵味、黑櫻木特殊的嗆鼻味，還有紅木那透著花香的樹脂味。鋸子、皿錐、銼刀、修模銼、彎刀、勺刀、支架、斜鋸架；我知道了什麼是膠合板和金箔，什麼是榫眼和榫舌、怎麼分辨真黑檀與假黑檀，還有新港、康乃狄克與費城各地椅腦的差別；知道了其中一個外型笨重、表面低矮的齊本德爾斗櫃為什麼比不上另一個同樣年分、有著溝紋柱腳和他喜歡稱為「高貴比例」的抽屜設計的托架腳斗櫃。

樓下的工作室——微弱的燈光，滿地的木屑——給人一種馬廄的感覺，彷彿有雄偉的猛獸耐心佇立於昏暗之中。霍比讓我明白，好的家具就像有生命一樣，他會用「他」或「她」來指稱它們，並讓我看見偉大家具的結實強健，以及那些幾乎如動物般的特質，是如何讓他們從其他死板、笨重、溫順的同儕間脫穎而出；他還會彷彿撫摸寵物般，深情撫摸餐櫥與矮腳櫃漆黑閃耀的表面。他是個好老師，用不了多少時間，他便藉由一步步帶領我檢視、比較，教會我如何分辨複製品：磨損處過於平整（古董的磨損痕跡一定都是不對稱的），或是邊角是用機器裁切而非手工裁接（即便燈光微弱，敏銳的指尖也能摸出機器裁切的邊緣）；但更重要的是依據木料平坦、枯槁、缺乏光澤的特質來判別，真正的古董會擁有好幾世紀以來觸摸、使用及轉手累積而生的魔力。想像這些高貴古老的高腳櫃與寫字桌的境遇——比人類更長壽、更優雅——就能讓我心緒沉寂平靜，一如深海中的石頭。因此離開時，我總會滿懷震驚的心情，眨眨眼走進喧鬧的第六大道，恍恍惚惚不解自己置身何處。

比起工作室（或是「醫院」；霍比都這麼稱呼），我更喜歡霍比的陪伴：他那疲憊的笑容、無精打采卻又溫文儒雅的高大身影；他捲起的衣袖、他輕鬆玩笑的態度、他像所有工匠般常用手腕內側揉額的習慣；他的善良、他的耐心，與他的風趣，還有他的沉著冷靜與明理。儘管我們的交談總是有一搭沒一搭的輕鬆隨興，卻從來不曾簡單。即便只是輕輕巧巧的一句「你好嗎？」都有著微妙的弦外之音，但又是那麼地不著痕跡；而無須多言，他也總能輕而易舉地解讀我千篇一律的答案。（「很好。」）儘管他鮮少詢問或刺探，我卻覺得他比任何職責是「了解我內心世界」的大人——安立奎老愛這麼說——還要了解我。

不過——最重要的是——我喜歡他，是因為他能把我當同輩一樣侃侃而談，有時就算他想和我聊隔壁鄰居換了膝關節，或是他在上城看過的早期音樂演奏會，我也可以聽得很高興。如果我告訴他學校發生了什麼有趣的事，他也一定全神貫注，認真聆聽，不像史旺森太太（我只要一開玩笑她就會凍結原地，一臉震驚）或戴維（雖然會輕聲淺笑，但神情尷尬，而且總是慢半拍）。

他喜歡笑，而我喜歡聽他講述自己的故事：他童年時期那些吵吵鬧鬧的晚婚叔叔以及好管閒事的修女；加拿大邊界的三流寄宿學校，喝得醉醺醺的老師；他爸老是不願把上州那棟大房子的暖氣調高，窗戶內側都給凍得結了冰；在灰霾的十二月午後閱讀塔西佗[4]或者是莫特利的《荷蘭共和國之崛起》（「我愛歷史，一直都愛，可惜沒堅持！我小時候最遠大的志向就是進入聖母院擔任歷史教授；不過我現在的工作也和歷史相關，只是換了個方式，我猜。」）他說起他小時候曾在沃爾沃斯救回一隻獨眼金絲雀，每天早上都會唱歌叫他起床；還有讓他整整臥床六個月的風濕病、社區裡小巧玲瓏、特殊奇異、天花板上繪有壁畫的古老圖書館（「唉，可惜已經拆了。」），他每次逃家都躲去那兒；還有他放學後會去拜訪的一位寂寞富家老嫗，迪佩斯特夫人，她曾當選過阿爾巴尼小姐，也是當地的歷史學家。她一見到霍比就拉著他的手說個沒完，請他吃裝在錫盒裡、從英國飄洋過海而來的英式傳統水果蛋糕，而且非常樂意站上好幾個小時，向霍比一一講解她櫥櫃裡的瓷器。她擁有許多珍稀古董，而就是其中的一張桃花心木沙發——傳言原屬於赫克曼將軍[5]——讓他開始對家具產生興趣。（「雖然我不是很能想像赫克曼將軍躺在那張風格頹廢、古老陳舊的希臘式沙發上。」）他妹妹出生三天便不幸夭折，而他母親不久後也相繼亡歿，留下霍比成為家中獨子；還有那名年輕的耶穌會神父，美式足球教練——當霍比的父親快用皮帶把霍比「抽成碎片」時，一名驚恐的愛爾蘭女傭趕緊打電話給他。他火速趕到家裡，捲起衣袖，把霍比的父親狠狠打倒在地。（「奇岡神父！我得風濕熱時，帶著聖餐來家裡探望我的人就是他。我是他的祭壇助手——他曉得我的故事，是我的靠山。近來有好多牧師都會對男童動手動腳，但他對我非常好——我常想，不知道他後來怎麼了。我試過要聯繫他，可惜沒有成功。我父親打給大主

4 Cornelius Tacitus，古羅馬帝國之執政官、雄辯家與元老院元老，同時也是著名的歷史學家。

5 Nicholas Herkime，美國獨立戰爭時期的一位將軍。

教，然後一切就處理得乾乾淨淨了；他們把他送去了烏拉圭。」）這一切都和巴波家好不同——儘管那兒氣氛和善——但我不是迷失在來來往往的人群之間，就是對那些客套的詢問坐立難安。知道自己與他只有一班公車之遙——第五大道上就有直行車——心裡就舒坦些；而每當夜闌人靜，我又戰慄驚醒，再次為那場爆炸所襲擊時，有時我能靠著回想他的房子平靜思緒，哄自己入睡。在那裡，你有時會不知不覺間就這麼悄然進入一八五〇年代，一個充滿時鐘滴答聲、地板會嘎吱作響、廚房裡有銅壺，還有一籃籃蕪菁與洋蔥的世界，穿堂風自敞開的門扉吹進，燭火全往左方偏去；客廳裡的高窗窗簾如禮服般搖曳翻飛，古老的器物在安靜涼爽的房間內靜靜沉睡。

但我卻越來越難解釋自己的缺席（特別是晚餐時間的缺席），安迪編造藉口的能力也宣告枯竭。「要不要我找天和你一起回上城，和她談談？」有天下午，當我們正在廚房裡吃他從農夫市場買回來的櫻桃派時他忽然說，「我很樂意去拜訪她，還是你想邀請她過來？」

「也是可以。」我思索片刻後回答。

「她說不定會對那只齊本德爾的雙層櫃有興趣——你知道，就費城那個捲頂式斗櫃；那是非賣品——只能欣賞。或者，如果你想，我們可以邀她去法蛙餐廳吃中餐——」他笑了起來，「——要不附近那家她可能會覺得很有趣的小酒館也行。」

「讓我想一想。」我說，提早搭公車回家，一路沉思。除了我長期以來對巴波太太的欺瞞外——老是在圖書館待到很晚，還有那份不存在的歷史報告——想到要向霍比承認我對巴波太太說布萊克威爾先生的戒指是我的傳家寶，我就覺得羞愧難當。但只要巴波太太和霍比見面，我的謊言一定遲早會浮上檯面，這點似乎無可避免。

「你去哪兒了？」巴波太太忽然問，語調有些銳利；她已換好衣服，準備出門赴宴，但還沒穿上鞋子，手裡拿著她的萊姆琴酒自公寓後方現身。

她的態度中有些什麼，讓我覺得自己彷彿一腳踩進陷阱。「其實，」我說，「我是去下城看母親的一個朋友了。」

安迪轉過頭，呆呆地看著我。

「是嗎？」巴波太太狐疑地問，斜眼睨向安迪，「安迪才說你又跑去圖書館做報告了。」

「今晚沒去。」我說，語氣自然到我自己都大為意外。

「好吧，我必須承認聽你這麼說我大大鬆了一口氣。」巴波太太冷冷地說，「因為本館星期一沒開。」

「我沒說他去本館。」

「妳說不定認識他。」我說，急著要把砲口從安迪身上轉開，「或至少聽說過他。」

「誰？」巴波太太問，目光又回到我身上。

「我去拜訪的那個朋友。他叫做詹姆斯．霍伯特，在下城有間家具店——好吧，店不是他在經營的，他只負責修復的工作。」

她皺起眉頭：「霍伯特？」

「他替城裡很多人都修過家具，有時候還會幫蘇富比修。」

「你應該不介意我撥個電話給他吧？」

「不介意。」我防備地回答，「他說我們該找個中午吃頓飯；或者妳有空去他店裡看看也可以。」

「喔。」巴波太太訝然楞了一會兒才回答；現在換她措手不及了；如果巴波太太真去過十四街這麼南邊的地方，無論是為了什麼原因，我都無從知曉。「好吧，再說吧。」

「不是要妳去買東西，看看就好。他有些東西很不錯。」

她眨了眨眼，說：「當然。」她似乎有些異樣慌亂——眼神呆滯渙散。「太好了，我相信我們一定會相談甚歡。我見過他嗎？」

「應該沒有。」

「好吧，總之呢，對不起，安迪，我欠你個道歉；你也是，席歐。」

我？我無言以對。安迪——默默啃著他的大拇指——在她轉身離開時聳了聳一邊肩膀。

「怎麼了？」我低聲問。

「她心情不好，不過和你無關。普萊特回來了。」他補上一句。

他一說，我就聽見隱約的音樂聲自公寓後方流洩而出；一種衝撞意識邊緣的低沉重擊聲。

「為什麼？」我問，「怎麼了？」

「學校那兒出了點事。」

「不好的事？」

「天曉得。」他木然回答。

「他捅簍子了？」

「應該是，但沒人願意說。」

「到底發生什麼事？」

安迪扮了個「誰知道」的鬼臉。「我們放學後就發現他回家了——聽見他房裡有音樂聲。凱西很高興，跑去跟他打招呼，結果被他大吼大叫，還甩門趕了出來。」

我皺了皺臉。凱西很崇拜普萊特。

「然後母親回來了，在他房裡待了一陣子，接著打了通電話，我想爹地現在應該正在回家路上，大概。他們今晚本來要和提克納家的人吃飯，但應該取消了。」

「那晚餐呢？」我沉默片刻後問。平常上學日的晚上我們會在電視前一面做功課，一面吃晚餐——但既然現在普萊特在家，巴波先生也快回來了，原本的計畫取消，看來全家人一起在餐廳共進晚餐的可能性很高。

安迪用他那裝腔作勢、活像老女人般的動作調正眼鏡。儘管我髮色深、他髮色淺，但我非常清楚，巴波太太刻意替我們選了一模一樣的眼鏡，是想讓我和安迪看起來就像一對書呆雙胞胎——特別是我在學校偷聽到有女生叫我們「蠢蛋二人組」（或者是「笨蛋二人組」——不管怎樣，總之不是什麼讚美）。

「我們去奇緣餐廳買漢堡吧。」他說，「爹地回來的時候我們還是不要在家比較好。」

「我也要去。」凱西冷不防地冒出來，衝進房裡，滿臉通紅、氣喘吁吁地停在我們面前。

安迪和我交換了個眼色。凱西平常可是連被看到和我們一起等公車都不想。

「拜託。」她哭著說，視線在我們之間來回徘徊，「陶弟在練足球。我有錢，我不想自己和他們待在一起，拜託。」

「好啦，就讓她一起去啦。」我對安迪說，凱西對我投以感激的眼神。

安迪將兩手插進口袋。「好吧。」他面無表情地對妹妹說。他們好像一對白老鼠；我心裡不由這麼想著——只是凱西像棉花糖、童話公主般的小老鼠，安迪卻是那種運氣不好、病懨懨、懶洋洋，給人擺在寵物店裡當蟒蛇食物賣的那種老鼠。

「那就趕快去拿妳的東西。快。」見她還傻在原地，他便催促道，「我可不會等妳。還有不要忘了自己帶錢，因為我是不會幫妳付錢的。」

13.

接下來幾天我都沒去找霍比，儘管家裡緊繃的氣氛讓我非常想去，但為了表達對安迪的忠誠，我只能強自按捺。安迪說得沒錯，我們不可能知道普萊特究竟捅了什麼簍子，因為巴波夫婦完全表現得一副若無其事的模樣（但你察覺得出肯定出了什麼事），普萊特自己也三緘其口，只有吃飯時間會緗著臉坐在餐桌邊，頭髮蓋在臉前。

「相信我，」安迪說，「現在有你在，情況還算好的了。起碼他們會交談，努力表現出正常的樣子。」

「你覺得他到底幹了什麼事？」

「老實說，我還真不知道，也不想知道。」

「最好是。」

「好吧，我是想知道，」安迪鬆口，「但真的毫無頭緒。」

「會不會是作弊？偷東西？在教堂吃口香糖？」

安迪聳了聳肩：「他上次出事是因為用袋棍球棒打別人的臉，但那次跟這次可沒得比。」他忽然又天外飛來一筆地說，「母親最愛的是普萊特。」

「你這麼覺得？」我顧左右而言他地說，雖然我非常清楚事實確是如此。

「爹地最愛的是凱西，而母親最愛的是普萊特。」

「她也很愛陶弟。」我說。話說出口後才察覺有什麼不對。

安迪扮了個鬼臉：「如果我不是長得那麼像母親，」他說，「也會懷疑自己是不是在出生時被人掉過包。」

14.

不知為何，在這段氣氛緊緗的插曲中（可能是因為普萊特的神祕風波讓我想起了自己的麻煩），我驀然思及自己或許該向霍比坦承那幅畫的事，要不——最低限度——也該設法用什麼隱晦的方式提及，觀察他的反應。最困難的一點在於該如何啟齒。畫還在家裡，原封不動地藏在我從博物館帶出來的袋子裡。在某個讓人一想起來就冷汗直流的午後，我回到舊公寓，準備收拾一些學校要用的東西，看見它仍靠在前廳的沙發上，腳步連慢都不敢慢，便這麼默默走過它面前，彷彿在人行道上閃避貪婪的流浪漢，刻意繞道而行。整段期間內，我都可以感到身後的巴波太太交叉雙臂，佇立門口，用那雙蒼白冷靜的眼神打量我們的公寓，打量母親的所有物。

情況太複雜了。只要想起這件事，我的胃就一陣翻騰，所以我第一個直覺反應總是用力關上鎖蓋，硬把思緒轉到其他事上。不幸的是，我已緘默太久，要再說些什麼，彷彿都已太遲。然而，和霍比相處越久——以及他那些殘破的赫伯懷特與齊本德爾家具、他如此悉心照料的古董——我就越覺得自己不該再保持沉默。如果那幅畫被人發現了怎麼辦？我會怎麼樣？就我所知，房東可能會進入公寓——他有鑰匙——不過即便進去了，他也不一定會發現。但我知道自己只是在逃避，把決定的責任丟給命運。

我不是不想把畫還回去。如果只靠祈禱就能讓它神奇地物歸原主，我一定會立刻毫不猶豫地這麼做。但我就是想不到任何方法，讓我能夠在不危害自己或那幅畫的情況下把它完璧歸趙。自從博物館發生爆炸事件後，城裡到處貼滿告示，說明現在若發現任何無人看管的包裹，無論原因為何，都將一概銷毀，而這公告顯然打碎了我絕大多數可以匿名交還物品的好方法。只要是任何可疑的行李或包裹，不由分說，都將一律銷毀。

在我所有認識的成人之中，只有兩個可以考慮坦承的人選：一個是霍比，一個是巴波太太。就目前看來，霍比似乎比較有同情心，而且沒那麼可怕，要向他解釋我當初是怎麼把畫帶離博物館的也比較簡單，就說是個誤會，說我只是聽從韋堤的指示，說我腦震盪，說我沒考慮清楚自己在做什麼，說我無意讓它流落在外那麼久。然而，要在我無家可歸的渾沌狀態下挺身而出，承認一件許多人都會認為是天理難容的錯事感覺好瘋狂。但偏偏這麼湊巧——就在我覺悟自己真的不能再繼續坐以待斃時——就在紐約時報的商業版上看到那幅油畫的小小黑白照。

大概是因為普萊特的醜事，整間公寓籠罩在不安的氣氛中，導致報紙現在偶爾會不明所以地離開巴波先生的書房，自動解體，然後重新出現一、兩頁。這幾頁潦草折起的報紙散落在客廳咖啡桌上包著餐巾紙的氣泡水杯附近（巴波先生的標誌）。那是篇冗長又無聊的報導，在接近結尾的部分提到了些保險業的消息——在經濟蕭條時期舉辦大型藝術展覽會將面臨什麼樣的財務困境，特別是替出借藝術品投保的困難。不過吸引我注意的是照片下方的標題：**卡爾・法布里契爾斯於一六五四年所繪之藝術傑作《金翅雀》慘遭摧毀。**

我想也不想，立刻在巴波先生的椅子坐下，開始掃視那密密麻麻的報導，看還有沒有其他地方提到我那幅畫（對，我已經開始認為它是我的了；這念頭不知何時鑽進了我腦中，彷彿我一直都是它的原主。）

國際法的問題開始在這等文化恐怖主義中浮現，令金融界與藝術界不寒而慄。「即便僅僅只是失去一件作品的損失都是無法量化的，」來自倫敦的保險風險分析師莫瑞・崔契爾表示，「除了十二件遺失並假定已遭摧毀的藝術品外，尚有二十七件藝術品嚴重受損，儘管其中有部分或有修復的可能。」或許在許多人眼中這只是徒勞無功的舉動，但失竊藝術品資料庫……

報導接續至下一頁，但這時巴波太太走了進來，我不得不放下報紙。

「席歐，」她說，「我有個提議。」

「什麼提議？」我警戒地問。

「你今年想不想跟我們一起去緬因？」

有那麼瞬間，我高興到無法思索，腦筋一片空白。「想！」我說，「哇，太棒了！」

就連她都忍不住揚起嘴角，雖然只有稍稍幾分。「好，」她說，「錢斯一定會很高興船上能多個幫手。看來我們今年要提早北上了——好吧，錢斯和你們會提前去，我要留在城裡處理一些事，但一、兩週後就去和你們會合。」

我開心到一句話也說不出來。

「這下我們就可以知道你喜不喜歡出海了，說不定你會比安迪喜歡。希望。」

「你以為去那邊過暑假會很好玩。」當我跑回臥房（跑，不是用走的），告訴他這好消息時，安迪這麼悶悶不樂地回答，「但你錯了，你會恨死那裡。」不過我看得出來他有多高興，而那晚——在上床之前——我們兩人一起坐在下鋪床沿，討論要帶什麼書和電動過去，還有暈船有什麼症狀——這樣一來，如果我想偷懶，才知道要用什麼藉口逃離甲板上的苦役。

15.

這兩個消息——而且兩個都是好消息——令我如釋重負，四肢發軟，頭暈目眩。如果我的畫已被摧毀——如果官方這麼認定——那我就有大把時間可以決定怎麼處置它。奇蹟不只如此，巴波太太的邀請似乎不僅限於暑假，更跨越地平線，如大西洋般橫亙在我和戴克爺爺之間。這個好消息是如此令人暈眩，我只能為這從天而降的緩刑沉浸在狂喜之中。我知道自己應該把畫交給霍比或巴波太太，請求他們原諒，把一切全盤托出，懇求他們幫忙——在我心中某個幽暗而清醒的角落，我很清楚，自己如果不這麼做一定會後悔——但緬因和出海已占據我全部思緒，再也容納不下其他事物；而且我也開始認為，或許再把那幅畫多留一會兒比較明智，就當作是未來三年的保險，讓我不用搬去和戴克爺爺和桃樂西同住。這可說是我那天真到令人咋舌的性格的一大里程碑，居然認為必要的話，自己有可能賣掉它。因此我繼續保持沉默，與巴波先生一起看地圖、讀海圖，任由巴波太太帶我去布克兄弟採買帆船鞋和一些海上穿的薄棉衫，以防夜裡轉涼，自始至終不曾提起那幅畫。

16.

「我的問題在於接受太多教育了，」霍比說，「起碼家父是這麼認為。」我和他一起在工作室裡，幫忙篩選不計其數的舊櫻桃木料——有些色澤較為紅潤，有些偏棕，都是從舊家具拆下來的——想找個和他正在修理的立鐘座檯一模一樣的顏色。「家父有間貨運公司。」（這件事我已經知道了；那家公司有名到就連我都如雷貫耳），「暑假和聖誕節期間他會要我幫忙裝貨——還說我得練習學開貨車。只要我一走出去，裝卸區就會立刻安靜下來，靜到連根針掉在地上都聽得見。公司的少東，你懂的。那不是他們的錯，因為我爸是個混蛋老闆。總之打從我十四歲開始他便這麼要求我，每天放學和週末都要幫忙——下雨也一樣。有時也會在辦公室幫忙——那是個悲慘昏暗的地方，冬天裡冷的要死，夏天又熱的像火爐，你得扯開喉嚨才能蓋過抽風扇的運轉聲。起初我只有暑假和聖誕節要幫忙，但到了大學二年級後，他忽然宣布不會再幫我付學費。」

我找到一塊顏色相近，應該合用的木頭，遞了出去。「你成績不好嗎？」

「不——我成績還可以。」他說，拿起木頭，放到燈下端詳了一會，然後和其他可能的候選者放在一起。「重點在於他沒上大學，但事業也做得很成功，不是嗎？我是不是覺得自己比他優秀？不過更重要的是——這麼說吧，他是那種不欺壓旁人心裡就不舒坦的個性，你應該很清楚那種人。我想他一定是想到還有什麼比把我操控於股掌、讓我免費替他工作更好的方法呢？起初——」他又仔細打量了另一片飾板片刻，然後放到「可能」的那一堆木料中，「——他要我休學一年——或者四年、五年，需要多久就多久——自己努力賺取剩下的學費，但我從來半毛錢也沒看到過。我住在家裡，他把薪水全存進一個特別的戶頭，你曉得，說是為了我好。很狠，沒錯，但也公平，我想。但是——在我替他全職工作了三年後——他忽然翻臉不認帳。」他笑了起來，「——好吧，我還不明白嗎？我不過是還了前兩年的學費。他一毛錢都還沒替我存過。」

「太過分了！」我震驚到啞口無言，半晌後才說。真不曉得碰到這麼不公平的事他怎麼還笑得出來。

「沒法啊——」他翻了個白眼，「——我那時涉世未深，不過也已經體悟，我再不離開，就只能老死在這裡。但是——我沒有錢、沒有地方住——又能去哪兒？我絞盡腦汁，然後，就這麼湊巧，某天，當父親正對我大發雷霆時，韋堤走進了辦公室。他喜歡在手下面前給我難堪——像黑手黨老大般厲聲恫嚇，說我欠他多少多少錢，要從我的『薪水』中扣；還子虛烏有地指控我違反公司規定，不肯給我支票；等等之類的事。

「韋堤——那不是我第一次見到他，他之前就來過公司，安排家具運送的事宜——雖然他總說因為自己背疾的關係，必須加倍努力給人留下好印象，好讓大家忘記他的缺陷，但我第一眼就喜歡他；大多數的人都是——就連家父也不例外，而我得說，他可不是個擅長與人為善的人。總之，在見識過他脾氣後，韋堤隔日立刻聯絡家父，說他買下了一屋子的家具，想請我過去幫忙打包。我塊頭大，年輕力壯，工作又認真，正是他想要的人。總之——」霍比起身，伸了個懶腰，「——韋堤是個好客戶；而我父親呢，也不知道什麼緣故，反正是答應了。」

「他要我幫忙打包的房子正是迪佩斯特舊宅，恰巧我和迪佩斯特老夫人也挺熟的，小時候老喜歡溜去那兒找她——她是個有趣的老太太，總是戴著頂亮黃色的假髮，博學多聞，屋裡到處都是報紙，對當地歷史瞭如指掌，說起故事來妙語如珠，栩栩如生——總之，那房子可厲害著，滿滿的蒂凡尼玻璃和一些上好的十九世紀家具。有很多家具的來源我都比迪佩斯特夫人的女兒了解，她對麥金利總統坐過哪張椅子半點興趣都沒有。」

「打包完畢那天——約莫傍晚六點左右，我全身上下沾滿灰塵——韋堤開了瓶酒，我們就坐在成堆的紙箱間喝了起來，周遭只剩赤裸裸的地板與空屋特有的回音。我筋疲力盡——他直接付我工資，現金，不給我父親插手的機會——然後當我向他道謝，問他還有沒有類似的工作可以介紹時，他說了：『聽著，我剛在紐約開了間店，如果你想換工作，它就是你的了。』於是我們就這麼碰杯約定。我回家，收拾了行李，裡頭主要帶的都是書，然後向管家道別，攔了一輛願意載我一程的貨車，隔天就到了紐約。從此對家鄉再沒絲毫留戀。」

工作室裡陷入寂靜。我們繼續挑著木板：如紙片般輕薄的碎塊喀噠碰撞，彷彿某種古老的中國牌戲。那聲音裡有種異樣的輕盈感，讓人好似迷失在某種更廣闊的靜謐之中。

「嘿。」我找到一塊合適的木料，拿了起來，得意洋洋地交給他；那色澤幾乎一模一樣，比他先前擱置一旁的都還要接近。

他從我手中接過木片，放到檯燈下仔細端詳：「勉強行。」

「這片有什麼不對？」

「這個嘛，你看——」他將木板放到立鐘的座檯旁，「——像這類的家具，你要比對的其實是木頭的紋理；訣竅正在於此，色調的不同處理起來比較簡單。像這片——」他拿起另一片木頭，一看就知道差了幾個色號，「——只要用些許蜂蠟調整一下顏色——或許能成。用點重鉻酸鉀，讓它的棕色變深一點——有時候如果真的找不到相配的紋理，特別是其中幾種胡桃木，我會用阿摩尼亞來加深新木料的色澤，不過我只有在真的無計可施時才會這麼做。如果找得到，還是用和你修復對象同年分的木料才是上上之策。」

「你是從哪兒學會這些技巧的？」我羞怯沉默片刻後問。

他笑了起來：「像你現在這樣啊！站在一旁邊看邊學，能幫的就幫。」

「是韋堤教你的？」

「喔，不是。他曉得理論——知道要怎麼修復；要幹這行你就必須知道。他的眼光很牢靠，如果我需要意見，常常會去找他。但在我來之前，如果碰到需要修復的物品，他往往是直接放棄。這工作十分耗時——你必須具備一定的心理素質——他的性格不適合，身體也不夠強韌，還是對採購工作有興趣的多——你知道，就是參加拍賣會之類的——或在店裡和客人聊天。每天到了大概傍晚五點，我就會上去喝杯茶。『逃離痛苦的地牢』；這兒以前又潮濕又發霉，氣味確實很差。我來替韋提工作的時候——」他笑了起來，「——他有個叫做亞伯納．莫斯班克的老工匠，雙腿不良於行，十指患有關節炎。但我會站在他身後，觀察他工作。他就像手術醫生，我不能發問，而且一點聲音也不能出！但世界上沒有他修不來的家具——其他人不知道該怎麼處理，或懶得去學該怎麼處理的工作，他統統會——這行是一代不如一代，眼看就要沒落囉。」

「你爸從沒把你該有的薪水給你？」

他笑了起來，暖暖的笑容。「一毛也沒給過！而且從此之後再也沒和我說過一句話。他脾氣糟，個性又頑固——在解雇一名元老級員工時心臟病發，當場死亡。大概是全世界最冷清的葬禮之一，霏霏細雨中只有三把黑傘，教人不想起小氣財神都難。」

「你也再沒回去念大學？」

「對。後來就沒這念頭了，我找到自己喜歡的興趣，所以——」他兩手扶在腰後，伸展了下筋骨；他的外套又破又舊，寬鬆垂垮，還有點髒，讓他看起來就像個要去馬廄的善良馬夫——「這故事的教訓呢，就是沒有人知道命運會帶你走向何方？」

「什麼意思？」

他笑了起來：「你的航海假期啊。」他說，走到一座塞滿顏料罐的架子前，一瓶瓶的顏料彷彿藥店裡的藥罐：褐土色、噁心的綠色，還有碳粉和骨灰粉。「說不定會成為你人生的轉捩點；大海是有這力量，能夠對人造成如此深遠影響的。」

「安迪會暈船，還得自備嘔吐袋上船。」

「好吧——」伸手拿向一罐燈黑色的顏料，「——我得承認，我對海從來沒有過那種感覺。小時候——當我看《古舟子咏》和多雷的那些畫——好吧，我得說，大海令我害怕，不過我從來沒像你們那樣出海探險過。誰知道呢——」他皺起眉頭，倒了些許輕柔的黑色粉末到調色盤中，「——我也從沒想過迪佩斯特夫人的舊家具有天會成為我人生的轉捩點。或許你會深深愛上寄居蟹，從此栽進海洋生物學；或者想造船、當個海洋畫家，或是寫本有關盧西塔尼亞號的權威著作。」

「或許吧。」我說，雙手負在背後，不敢說出心裡真正的期望；光是用想的我就幾乎忍不住要簌簌發抖。因為呢，凱西和陶弟對我的態度已經好轉許多；非常多，就像有人把他們拉到角落，說了些什麼一樣。我也看過巴波先生和太太交換眼色，這些細微的線索都不由讓我心生期望——不，不只是期望。事實上，是安迪讓我開始有這想法的。「他們認為有你在對我比較好。」前幾天在上學途中他曾這麼對我說，「說你可以把我從殼中拉出來，學習接觸人群。我想到了緬因後他們應該就會正式宣布。」

「宣布？」

「少來了。他們已經對你有感情了——特別是母親；不過爹地也是。我想他們應該打算收養你。」

17.

我搭公車回上城，在位置上舒舒服服地東搖西晃，有些昏昏欲睡，看著濕淋淋的週六街頭在窗外呼嘯而過。我一進門——仍因淋雨而渾身發冷——就看見凱西跑進玄關，兩眼大大地瞪著我，一副目眩神迷的模樣，好像我是一隻誤闖公寓的鴕鳥。楞了幾秒後，她又衝回客廳，腳上的涼鞋在拼花地板上啪噠作響，高喊：「媽咪，他回家了！」

巴波太太現身：「哈囉，席歐，」她說，儘管神色沉著，舉止間卻有些異樣，但我說不上來是什麼。「來吧，我有個驚喜要給你。」

我尾隨她走進巴波先生的書房，在陰沉的午後更顯昏暗。房內有幅裱框的航海圖，雨水滑落灰濛濛的窗戶，猶如電影裡困在暴風雨中的船艙。書房另一頭，有個身影自皮椅站起。「嗨，小老弟，」他說，「好久不見。」

我凍結門口。那聲音絕對錯不了：是我父親。

他走進窗邊的微弱光線下。是他沒錯，但和我最後一次見到他時變了許多：變胖了，變黑了，臉腫腫的，穿著一身新西裝，換了個新髮型，看起來彷彿下城的酒保。我驚惶地回頭看向巴波太太，她給了我個燦爛卻無助的笑容，彷彿在說：我知道，但我能怎麼辦？

我還沒從震驚中恢復過來，只能啞口無言地楞在原地。就在這時，又有另一個人影起身，擠到前頭，站在我父親之前。「嗨，我是杉卓拉。」一個沙啞的聲音說。

我發現自己面前站著一名陌生女子，膚色黝黑，體態十分精瘦，死板板的灰色瞳孔，結實的古銅色肌膚，一口向內凹陷的牙齒，間隙分明。雖然她年紀比母親大，或起碼看起來比較大，打扮卻比較年輕：紅色的厚底涼鞋、低腰牛仔褲、寬皮帶、琳瑯滿目的金色首飾。她的頭髮是稻草般的焦糖色，非常直，尾端參差不齊。嘴裡嚼著口香糖，散發濃濃的黃箭口香糖味。

「是『杉木』的杉。」她說，聲音隱隱有些低沉嘶啞。她的雙眼清澈無色，黑色的睫毛膏高聳挺立，眼神強而有力，自信滿滿，堅定不搖。「不是玉字旁的珊。還有，拜託，千萬不要叫我珊蒂。別人常那樣叫我，我每次聽到都很抓狂。」

她每說一句話，我只有更加震驚。我無法理解她是誰，她那低沉的聲音，結實的手臂，大拇趾上的中文刺青，又長又方的指甲前端塗成白色，耳環形狀像海星一樣。

「嗯，我們兩個鐘頭前才剛到拉瓜地亞機場。」我爸清了清喉嚨，說；好像這就解釋了一切。我爸就是為了她離開我們？我在驚愕中又回頭看向巴波太太——但她已不見人影。

「席歐，我現在住在拉斯維加斯。」我父親說，視線停在我頭頂上方的牆壁某處。他仍保有他演員時期那種自持而堅定的語調，但儘管威嚴不減，卻顯然沒比我自在到哪兒去。「或許我事前該先打通電話，不過我想直接來接你比較省事。」

「接我？」我沉默許久後，終於吐出這兩個字。

「告訴他呀，賴瑞，」杉卓拉說，隨即轉向我，「你該為你爸驕傲的。他在戒酒，已經幾天沒碰了？五十一天？而且完全是靠他自己喔——連什麼戒酒協會也沒參加——就窩在沙發上，靠著一籃復活節糖果和一瓶煩寧[6]把酒戒了。」

因為我實在太過尷尬，無法直視她或父親，只好又回頭望向門口——卻見凱西站在走廊上，睜著一雙又圓又大的眼睛偷聽我們說話。

「因為，沒辦法，我就是無法忍受。」杉卓拉說，好像我爸會酗酒都是母親縱容、促使的。「沒辦法——我媽是那種會吐在自己的加拿大會所威士忌裡，然後又不管三七二十一喝下去的酒鬼。有一晚，我就和他說：賴瑞，我不會要你『再也不要喝酒』，而且坦白說，我覺得連戒酒協會都救不了你——」

父親清了清喉嚨，用一種他通常只保留給陌生人的和藹面孔轉向我。或許他真的戒酒了，但臉上仍帶有那浮腫、紅光滿面又略顯驚訝的表情，好像他過去八個月來都是靠萊姆酒和夏威夷歡樂餐果腹。

「呃，兒子啊，」他說，「我們剛下飛機，來這裡是想——當然是想立刻見到你……」

我等著。

「……我們需要公寓的鑰匙。」

這一切發生的太快。「鑰匙？」我問。

「我們去過公寓了，」杉卓拉開門見山地說，「但是進不去。」

「問題在於，席歐，」我爸說，語調清晰友善，一手正經八百地梳過頭髮，「我得進薩頓那兒看看情況。我想裡頭肯定亂成一團，總得有人進去收拾照顧。」

如果不是妳把家裡搞這麼亂……我聽見父親對母親這麼大吼——大約在他消失的兩星期前，外婆留下的鑽石翡翠耳環從母親床頭櫃上的首飾盤不見了，兩人吵了起來，我從沒見他們吵這麼凶過。父親（滿臉通紅，捏尖嗓子譏誚她）說一切都是她的錯，八成是辛西亞還是誰摸走了。誰叫她要把珠寶隨便亂放，看她會不會因此學到教訓，知道以後要保管好自己的東西。但是母親——氣到面無血色——用鎮定的口氣冷冷告訴他，她是在星期五晚上摘下耳環，而之後辛西亞就沒有來打掃過。

妳他媽的到底想說什麼？我父親咆哮。

靜默。

所以妳認為是我偷的囉，是不是？指控自己的丈夫偷走妳的珠寶？妳瘋了嗎？這是什麼他媽的病態想法？妳需要幫助，知道嗎？妳真的需要專業協助——

但消失的不只是那副耳環。等他自己也消失後，我們才發現其他東西——包括現金和一些外公留下來的古董錢幣也不翼而飛。母親換了門鎖，並告訴辛西亞和門房如果他在她上班時間出現，不要讓他進去。但當然現在一切都不同了，沒有事情可以阻止他進入那間公寓，搜刮她的物品，想拿它們怎麼辦就怎麼辦。但當我站在那兒，愣愣地看著他，絞盡腦汁思索要怎麼回應時，

---

6 Valium，一種鎮靜安眠藥。

許多事情閃過我腦中，其中最主要的就是那幅畫。好幾個星期以來，我每天都告訴自己要回公寓，想個辦法處理它，但卻一天天蹉跎，直到現在，他來了。

我爸臉上仍保持那個微笑，動也不動。「可以嗎，小老弟？你願意幫我們這個忙嗎？」或許他真的滴酒不沾了，但過去每到傍晚時分就想喝上一杯的衝動仍未消失，如砂紙般刮撓著他。

「我沒有鑰匙。」我說。

「不要緊。」我爸迅速轉身，「我們可以找個鎖匠。杉卓拉，把電話給我。」

我思緒飛轉。我不想他們在沒有我陪同的情況下自己進去。「荷西或阿金說不定會替我們開門。」我說，「如果我和你們一起去的話。」

「那好吧。」我爸說，「走吧。」從他的語氣聽來，我懷疑他知道我在說謊（鑰匙好好地藏在安迪的房間）；我也知道他不喜歡找門房這個主意；公寓裡的工作人員見過太多次他酒醉失態的模樣，大多不把他看在眼裡，但我盡可能地擺出漠然神色，迎視他雙眼，直到他聳了聳肩，背轉過身。

18.

「¡HOLA, JOSE!（哈囉，荷西！）」

「¡Bomba!（小鬼！）」荷西看見我現身人行道，開心地驚呼後退；他是所有門房中最年輕也最活潑的一個，老是輪班還沒結束，就盤算著要開溜去公園踢足球。「席歐！¿Qué lo que, manito?（你好嗎，小傢伙？）」

他單純的笑容讓我瞬間又回到過往。景物依舊：綠色的遮陽篷、土黃色的幃幔，人行道的凹陷處也一如以往地積著棕色泥苔。站在華美的大門前——閃耀金屬鎳的光澤，雕刻有抽象的放射光芒，就像一九三〇年代電影中那種頭戴軟呢帽的菜鳥會焦急推開的大門——我記得走進這扇門，看見母親一面翻看手上的郵件，一面等待電梯。她剛下班，腳上踩著高跟鞋，手上拎著公事包，拿著我送給她的生日花束。哎呀，真沒想到，我的祕密仰慕者又送禮物來了。

荷西的視線越過我，看見父親和杉卓拉徘徊後方。「您好，戴克先生。」他用較為正經的口氣說，探出身子和父親握手：禮貌，但冷淡。「很高興見到您。」

父親臉上掛著他那招牌微笑，張嘴正要回答，但我太緊張了，匆匆打斷：「荷西——」來的路上我拚命回想自己僅知的西班牙文，在腦中不停反覆練習那句話——「mi papá quiere entrar en el apartamento, le necesitamos abrir la puerta.（我爸要進去公寓，得麻煩你幫忙開門。）」然後飛快說出我在路上想出的句子：「¿Usted puede subir con nosotros?（你可以和我們一起上去嗎？）」

荷西的視線飛快投向父親和杉卓拉。他是個來自多明尼加的英俊大個兒，身上有種氣質讓人不由想起年輕的拳王阿里——好脾氣，三句話不離玩笑，但你又絕對不會想惹惱他。有一次，他悄悄拉起制服外套，給我看他肚子上的刀疤，說是在邁阿密街上和人打架的勳章。

「樂意之至。」他用英文輕快地回答。雖然視線停留在他們身上，但我曉得他是在對我說話。「我帶你們上去。一切都還好嗎？」

「喔，對啊，一切都好。」父親粗魯地說；當初是他堅持我修西班牙文而非德文作第一外語（「這樣一來，我們家裡就起碼有個人可以和這些該死的門房溝通。」）。

杉卓拉——我開始覺得她是真的沒腦子——緊張地一笑，結結巴巴飛快地說：「對，我們很好，只是坐飛機有夠累。賭城離這兒那麼遠，我們還有點——」她翻了個白眼，轉動手指，表示頭暈。

「是嗎？」荷西說，「今天剛到？拉瓜地亞機場嗎？」就像所有門房一樣，他也是個聊天高手，特別是有關交通或天氣的話題，或是尖峰時間走哪條路到機場最快。「聽說今天的航班大延誤，因為行李搬運工出了點問題；工會的事，對吧？」

坐電梯上樓時，杉卓拉的嘴沒有一刻安靜，吵死人了。她不停嘮叨跟拉斯維加斯比起來紐約有多髒（「是啦，我承認，西部是比較乾淨，我大概是被寵壞了。」）、在飛機上吃到什麼難吃的火雞三明治，還有點完酒後「忘記」（杉卓拉特意用手做出引號的手勢）找她五塊錢的空服員。

「可不是！」荷西說，踏上走廊，又刻意擺出那正經八百的表情搖了搖頭：「飛機餐是全世界最難吃的東西了。這年頭啊，他們還肯提供食物就算你走運囉。不過紐約還是有個優點，這裡的食物可好了，有好吃的越南菜、古巴菜、義大利——」

「我不吃辣。」

「什麼都好，妳愛吃什麼我們統統都有，Segundito.（等等。）」他說，舉起一根手指，另一手在身上摸找萬能鑰匙。

門鎖扎扎實實地喀噠一聲打開，那樣直覺，那樣本能，那樣理所當然。儘管屋內因門窗深鎖而顯得窒悶，但我還是被那強烈的熟悉氣味深深擊垮：書、舊地毯、檸檬味的地板清潔劑，以及她在巴尼斯精品百貨買的沒藥味深色蠟燭。

我從博物館帶出來的袋子靠在沙發旁的地板上——不曾移動過。那已經是幾週前的事了？我只覺得天旋地轉，趁著荷西——不著痕跡地微微擋在我那心浮氣躁的父親面前——站在門口，兩手交抱胸前，聽杉卓拉滔滔不絕時，趕緊衝上前，抄起購物袋。他臉上那鎮定又彷彿有些心不在焉的表情，讓我想起有個奇寒徹骨的夜晚，我爸醉到連大衣都不知所終，他幫忙扛他上樓時的神情——這是難免的事；他露出難以捉摸的笑容說，拒絕我父親拚命往他臉上塞去的二十元鈔票——他已經醉到神智不清，西裝外套上還殘留著嘔吐物，又皺又髒，彷彿剛在人行道上打過滾一樣。

「其實我也是東岸人。」杉卓拉說，「本來住佛羅里達。」她又發出那緊張的笑聲——結巴、吞吐。「精確來說，是西棕櫚灘。」

「佛羅里達嗎？」我聽見荷西說，「那裡很美。」

「對啊，非常美。賭城那兒起碼還有陽光——我不知道自己能不能忍受這裡的冬天，說不定會變成冰棒——」

我一抓起袋子就發現它重量太輕——感覺幾乎是空無一物。那幅畫跑去哪兒了？雖然我慌到腦筋一片空白，但仍沒有停下腳步，繼續像機器人般穿過走廊，回到臥室。一面走，一面絞盡腦汁，奮力回想——

驀然間——透過那晚斷斷續續的記憶片段——我想起來了。袋子淋濕了，我不想把畫留在濕袋子裡，說不定會發霉或融化之類的。所以——我怎麼忘得了呢？——我把它放到母親的衣櫃上，讓她一回家就能看見。我腳步停也沒停，迅速將袋子扔在走廊外，關上臥室房門，轉進母親房間。恐懼急速膨脹，我只覺得頭暈目眩，暗暗祈禱父親沒有跟在身後，但又怕到不敢回頭察看。

我可以聽見杉卓拉的聲音從客廳傳來。「我敢打賭你一定在街上看過很多名人，對不對？」

「喔，沒錯。我看過小皇帝詹姆斯、丹·艾克洛德[7]、泰拉·里德[8]、Jay-Z、瑪丹娜……」

母親的臥室幽暗涼爽，而她那若有似無，幾乎難以察覺的香水味讓我好想奪門而出。畫就在那兒，立在眾多銀質相框之間——照片裡有外公外婆、有她、有各種不同年紀的我，還有許許多多的馬兒和狗兒：外公的母馬黑板、大丹狗布魯諾，還有在我幼稚園時過世的臘腸狗波比。我硬

7 Dan Aykroyd，著名演員，曾出演過《魔鬼剋星》，並以《溫馨接送情》入圍奧斯卡最佳男配角。

8 Tara Reid，知名演員，曾出演過《美國派》系列電影。

起心腸，不去看她衣櫃上的老花眼鏡，以及仍然披在原位，曬乾變硬的黑色絲襪；也不看向她桌曆上的字跡，以及其他千千萬萬令我心如刀割的景象，逕自拿起畫，塞到手臂下，迅速穿過走廊，回到我房間。

我的房間——就像廚房一樣——正面對通風井，沒有開燈就伸手不見五指。我最後一天早上洗完澡後隨手亂扔的濕毛巾仍原封不動，皺巴巴地躺在一疊髒衣服上頭。我拿起毛巾——那味道讓我不由縮了一縮——打算蓋在畫上，另外找個更好的藏匿地點；或許藏在——

「你在做什麼？」

父親站在門口，燈光在他漆黑的剪影後閃耀。

「沒什麼。」

他彎腰撿起我扔在走廊上的袋子。「這是什麼？」

「我的書袋。」我頓了會兒後回答——雖然那一看就知道是媽的收納式購物袋，我是絕不可能帶這種東西去學校。

他隨手把袋子扔在敞開的門口，對房裡的味道皺起鼻子，「好噁。」他說，舉手在臉前搧了搧，「這裡聞起來像穿過的曲棍球襪一樣。」他將手探進房內，打開電燈開關。我及時用一個像抽筋一樣的複雜動作將毛巾蓋在畫上，（希望）他不會看到。

「那是什麼？」

「一張海報。」

「好吧，我希望你沒打算搬一堆垃圾去拉斯維加斯。冬天的衣服就不用打包了——反正也穿不到；好吧，滑雪的東西可以。你絕對想像不到太浩湖有多美——完全不像上州那些冷冰冰的小山。」

我覺得自己應該有所回應，尤其這是他出現以來說過最長而且感覺貌似最友善的一段話。但不知為何，我就是無法集中思緒。

我爸忽然冷不防地說：「跟你媽相處也不是件輕鬆的事。」他從我書桌上拿起一份像是舊數學考卷的東西，看了看，又扔回原位。「她防衛心太重了。你也知道她做過什麼，把我關在門外，讓我冷個半死。老是一副高高在上的姿態。這事關權力，你知道的——真正的掌控。雖然不想，但我必須老實說，她把我逼到連和她共處一室都覺得很痛苦。我不是說她是壞人，只是常常上一秒還好好的，但下一秒，砰；我又做了什麼？又是那老套的冷戰……」

我沉默不語——尷尬地站在原地，任由發霉的毛巾蓋在畫上。明亮的光線刺進眼裡，我只希望自己此刻置身他處（西藏、太浩湖、月球，哪裡都好），不敢放任自己開口回答。他對母親的形容完全正確：她確實常常聽不進別人說話，心情不好時也很難揣測她的想法。但我不想討論母親的缺點，特別是不管她有什麼過錯，與父親相比都無足輕重。

我爸仍繼續說著：「……因為你懂嗎，我坦蕩蕩，無須證明什麼。一個巴掌拍不響，這無關誰是誰非，而且沒錯，我承認，我也有部分責任；但我必須說——我相信你也知道，她確實很有兩把刷子，知道要怎麼讓風向倒向自己立場。」和他再次共處一室的感覺好奇怪，尤其是他現在與過去相比簡直判若兩人，幾乎連氣味都不同了，還有一種不同於以往的沉重與重量感，油潤閃耀，彷彿全身上下塗了半吋厚的光滑油脂。「我想很多人的婚姻都跟我們一樣，走著走著就觸了礁——她變得很苛刻，你知道；拒人於千里之外？老實說，我真的覺得無法和她同住一個屋簷下了，但她也實在不該落得如此下場……」

當然不；我心想。

「因為你知道這一切其實是為了什麼，對吧？」我爸說，一手靠著門框，目光灼灼地看著我，「我為什麼要離開？我得從我們的銀行戶頭領些錢去繳稅，然後她就火大了，好像是我偷了她的錢一樣。」他小心翼翼地看著我，觀察我的反應。「那是我們的共同帳戶。我的意思是，基本上，只要有什麼問題，她就懷疑我；她自己的丈夫。」

我無言以對。這是我第一次聽說繳稅的事；不過一講到錢我媽就不信任我爸並不是什麼祕密。

「老天，她實在有夠會記仇。」他說，半開玩笑地縮了縮身子，用手抹了抹臉，「以牙還牙，以眼還眼，一定要想辦法扯平。因為，我是說真的——她把所有雞毛蒜皮的小事都記在腦裡。即便得等上二十年，她也一定要你付出代價。而且沒錯，每次看起來像壞人的都是我，或許我真是壞人……」

那幅畫小歸小，卻越來越沉重，我的臉也因為拚命想要隱藏心中不安而僵硬了起來。為了把他的聲音阻擋在外，我開始默默用西班牙文數數：Uno、dos、tres、cuatro、cinco、sies……

等我數到二十九時，杉卓拉出現了。

「賴瑞，」她說，「你和你老婆的房子真漂亮。」她的口氣令我心生憐憫，但並不因此多喜歡她一分。

我爸摟住她的腰，把她拉進懷裡，像是揉了起來，看得我快吐了。「老實說，」他謙虛地說，「其實該說是她的房子，不是我的。」

知道就好。我心想。

「來。」我爸說，握住她的手，領著她朝母親的臥房走去，完全把我拋到九霄雲外。「我有東西要給妳看。」我轉身，目送兩人離開。想到父親和杉卓拉要去母親房裡東翻西找我就反胃，但因為實在太高興看到他們離開，所以就算了。

我盯著空蕩蕩的門口，繞到床的另一頭，把畫藏起來。地上躺著一份過期的《紐約郵報》——我們共度的最後一個星期六，她就是興匆匆地扔了這份報紙給我。拿去，小鬼頭。她說，把頭探進房裡；選部電影吧。儘管有好幾部是我們喜歡的類型，但我最後還是選了一部卡洛夫電影節的午場電影：《盜屍者》。她半句抱怨也沒有，就這麼接受我的決定。於是我們去了電影論壇劇院看電影，看完後走去月舞餐館吃漢堡——一個完美、愉快的週六午後，除了這是她在這世上的最後一個星期六；而現在，只要想起這點，我就彷彿陷入一灘爛泥，因為她此生看的最後一部電影，竟是部陳腔濫調，有關屍體和盜墓的古老恐怖片（而這都要歸功於我）。（如果我選的是一部我知道她會想看的電影——一部評價很好、有關一次世界大戰的巴黎小孩的電影——她現在還會活著嗎？我的思緒常飄向如此黑暗又迷信的裂痕。）

儘管那份報紙像是一份珍貴的歷史文件般，神聖不可侵犯，但我還是翻到中間，將它撕成兩半。我面色鐵青，用報紙一張一張把畫包起來，再用幾個月前包裝母親聖誕節禮物的膠帶密密貼牢。太棒了！她說，穿著浴袍、捧著一疊色紙探身進來親我：一組她再也無法在夏日的週末早晨帶去公園的水彩盒組。

我的床——從跳蚤市場買回來的黃銅行軍床，看起來強悍又可靠——一直以來，我都覺得它是世上最安全的藏匿處；但現在，我遊目四顧（破舊的書桌、哥吉拉的日本電影海報、從動物園買回來，被我當作筆筒用的企鵝馬克杯），只覺得一種強烈的無常感狠狠衝擊內心。想到所有東西都要搬出這公寓，我就感到一陣天旋地轉——家具、銀器、母親所有的衣物：在樣品特賣會上買回來，連標籤都還沒拆的洋裝、各色的芭蕾舞鞋、袖口上繡著她名字縮寫的訂製襯衫；椅子、燈籠、在東村買的舊爵士黑膠唱片、冰箱裡一罐罐的果醬、橄欖和嗆鼻的德國芥末；浴室裡琳瑯滿目的香精油和乳液、色彩繽紛的泡泡浴劑、塞滿浴缸一側的各種用過的昂貴洗髮精（契爾氏、蔻羅蘭、卡詩；母親總是一次用五、六個牌子）。這間公寓明明看起來就是如此恆久而堅固，為何卻像一座舞台布景，等著被身穿制服的搬家工人拆除、運走？

我一走進客廳，就看到母親的毛衣仍原封不動地披在椅子上，彷彿她天藍色的鬼魂。我們在威爾弗力特海邊撿的貝殼、她去世前幾天在韓國超市買的風信子——莖都發黑了，腐爛地垂落盆裁一側。垃圾桶中有多佛出版社的目錄、比利時船鞋、新英格蘭糖果公司圓餅糖的包裝紙——那是她最喜歡的糖果。我把它撿起來，聞了聞。我曉得，如果我把那件毛衣拿起來，埋首其中，也能聞到她的味道，但此刻光連看著它我都無法承受。

我回到臥房，站在書桌椅子上，拿下我的行李箱——軟殼的，容量不是太大——在裡頭裝滿乾淨的內衣褲、上學穿的衣服，還有從洗衣間拿回來的摺好襯衫。然後把畫收進去，上頭再蓋上一層衣服。

我拉好拉鍊——沒有鎖，反正只是布面的行李箱——動也不動地佇立原地，然後回到走廊上。我可以聽見抽屜開關的聲音自母親房內傳出。還有笑聲。

「爸。」我大聲說，「我先下樓找荷西。」

聲音立刻靜了下來。

「去啊。」父親回答；透過緊閉的門扉，他語調聽起來親切的好不自然。

我回到房內，拎起行李箱，走出公寓，但大門沒全關上，方便等等再進來。我搭乘電梯下樓，瞪著眼前的鏡子，努力不去想像杉卓拉在母親房裡翻找她衣物的畫面。他在離家出走前就跟她搭上線了嗎？這樣放任她搜刮母親的物品，他真的一點也不覺得有什麼不對嗎？

我走向大門，荷西正在那兒站崗。這時候，一個聲音喊住我：「等等！」

我轉頭，看見阿金匆匆走出管理室。

「席歐，我的天啊，我很遺憾。」他說。我們就這麼不知所措地對望片刻，然後——出於一陣「算了，管他的」的衝動驅使下，他笨拙到幾近滑稽地張開手臂，將我擁入懷中。

「非常非常遺憾。」他又重複一遍，搖了搖頭，「老天，真是太不幸了。」阿金自從離婚後就常輪夜班和假日班，沒戴手套，站在門口，拿著一根未點燃的香菸眺望街道。母親有時會讓我送咖啡和甜甜圈下去給他。他自己一人在大廳值班，無人作伴，只有亮著燈的聖誕樹和插電的枝狀燭台與他相依為命，獨自在聖誕節的清晨五點整理報紙，而他臉上的表情讓我不由想起那些死氣沉沉的假日早晨，在看到我出現，迅速換上「嗨，小鬼」的燦爛笑容前，那毫無防備、目光空洞、面如死灰、躊躇不定的面容。

「我常想起你和你母親。」他說，抹了抹額頭，「唉，願主保佑她。我無法想像——你現在一定很難過。」

「是啊，」我說，別開目光，「是很難過。」不知為何，每當有人表達哀悼之情，我總是用這句話回應。因為說過太多遍，聽起來越來越虛浮，而且還有點虛假。

「很高興你來了。」阿金說，「那天早上——是我值班的，你記得嗎？就在大門這兒？」

「當然記得。」我說，好奇他為什麼這麼著急，好像我忘得了一樣。

「唉，老天。」他一手扶額，神色有些慌亂，好像自己也九死一生。「我每天都會想起這件事；我還能看見她的臉，你知道嗎，就是上計程車時和我揮手道別的模樣，她看起來是那麼開心。」

他悄悄湊上前來。「當我聽說她過世的消息時，」他說，好像要告訴我什麼天大的祕密，「還打了電話給我前妻；可見我心情有多糟。」他退開，挑起眉毛看著我，好像不期望我會相信他的話一樣。阿金和他前妻之間的戰爭簡直可媲美史詩。

「我們幾乎沒聯絡了。」他說，「但我還能跟誰說去？我總得找個人說話啊，所以就打給她，說：『羅莎，妳不會相信的，我們大樓失去了一名美麗的女士。』」

荷西——看見我出現——便踩著他那特有的輕快步伐，悠悠哉哉地從大門晃了進來，加入我們的談話。「戴克太太——」他說，懷念地搖了搖頭，彷彿世上再沒像她一樣的人，「——每次看到我都會和我打招呼，笑容總是那麼親切體貼，你知道的。」

「不像公寓裡有些人。」阿金說，回頭望向身後，「你知道的——」他傾身上前，用唇語悄悄說，「——就很勢利眼。明明就兩手空空站在原地，手上沒有包裹，什麼也沒有，但就是要等你幫他開門；實在是。」

「她完全不會那樣。」荷西說，仍舊搖著頭——用力搖著，就像小孩悶悶不樂地抗拒什麼，「戴克太太最好不過了。」

「你可以在這裡等一下嗎？」阿金舉起手說，「我馬上回來，別走。別讓他離開。」他對荷西補交代一句。

「要我幫你招輛計程車嗎，manito?（小老弟？）」荷西看到我手上的行李箱便問。

「不用，沒關係。」我回答，回頭看向電梯，「荷西，你可以幫我保管這個行李箱，我之後再回來拿。」

「當然可以。」他說，提起來掂了掂重量，「樂意之至。」

「我會自己回來拿，好嗎？別讓其他人領走。」

「當然，包在我身上。」荷西輕快回答。我跟著他走進管理室，看著他替行李箱綁上標籤，收到架子最上層。

「看到了嗎？」他說，「高高收在上頭。只有需要簽名領取的物品和我們自己的東西才會放那兒。沒有你的簽名，沒有人可以交出那只行李箱，懂嗎？不管是叔叔舅舅、表弟表哥統統不行。我會告訴卡洛斯、阿金和其他人，說除了你之外，不能交給其他人，好嗎？」

我頷首，正想開口道歉，但荷西清了清喉嚨，搶先一步道：「聽著，」他壓低音量說，「我不想讓你擔心，但最近有幾個傢伙來打探你爸的事。」

「幾個傢伙？」我滿頭霧水，楞了一陣後反問。「對，沒錯。」荷西回答。這只代表一件事：我爸的債主上門了。

「別擔心，我們什麼也沒說。我的意思是，你爸已經離開多久了？都快一年了。卡洛斯告訴那些人你們已經不住這裡，他們就再也沒回來過。只是——」他望向電梯，「——或許你爸不會想在這裡待太久，你懂我意思嗎？」

就在我向他道謝時，阿金帶著厚厚一大疊像是現金的東西回來。「這是給你的。」他說，神情有些正經過頭。

一時間，我還以為自己聽錯了。荷西咳了一聲，別開目光。管理室裡那台小小的黑白電視上（螢幕不比CD盒大上多少），一名戴著叮叮噹噹長耳環的盛裝美女揮舞拳頭，用西班牙語對一名畏畏縮縮的牧師大聲咆哮。

「這是怎麼回事？」我問阿金，那疊現金仍遞在我面前。

「是你母親；她沒告訴你嗎？」

我一頭霧水。「告訴我什麼？」

原來——在聖誕節過後不久——阿金訂了台電腦，請店家送到公寓；是阿金的兒子上學要用的。但是（阿金這段說得不清不楚）阿金原來還沒付錢，或只付了一部分；或本來該是他前妻要付，而不是他。總之，送貨員又把電腦搬了出去，送回貨車上。這時我媽正巧下樓，目睹了這一切。

「她就這麼替我把帳給結了，這位美麗的女士。」阿金說，「她目睹事情經過，於是打開包包，拿出她的支票本，說：『阿金，我知道你兒子需要這台電腦寫功課。請別推辭，我的朋友，等你手頭寬裕時再還我就好。』」

「懂了嗎？」荷西說，語調出乎意外的激動，視線從電視螢幕上收回。現在，那名女子正站在墳墓前，和一名大亨模樣的墨鏡男子爭執。「這是要還你母親的錢。」他朝那疊現金努了努下巴，神情似乎有些憤怒。「Sí, es verdad.（看，我說得沒錯。）她是最好的。她關心身旁的人，但現在大部分的女人呢，只會把錢花在黃金耳環、香水和自己身上。」

不管是什麼原因，收下那筆錢都感覺好奇怪。即便我震驚到腦筋一片空白，還是感覺得出那套故事有點避重就輕（哪家店會還沒收到電腦的款項就出貨？）。之後我不禁思索，我看起來是有窮到門房們覺得必須替我募款嗎？我還是不知道那筆錢是打哪兒來的；我希望自己有多加追問，但那天所發生的一切實在讓我過於錯愕（尤其是我爸的憑空出現；還有杉卓拉），就算阿金試圖要塞給我一塊從地上刮起來的口香糖，我都會伸出手，乖乖收下。

「雖然不關我的事，」荷西說，視線越過我頭頂，「但如果我是你，我不會把這筆錢告訴任何人；你懂我意思嗎？」

「沒錯，你趕快收進口袋。」阿金說，「不要拿在手上，財不露白。外頭肯為了這筆錢殺人的人可不在少數。」

「不用說外頭，公寓裡就有了！」荷西說，忽然大笑出聲。

「哈！」阿金也轟然大笑，用西班牙語說了句我聽不懂的話。

「Cuidado!（小心啊！）」荷西說——又擺出他那一本正經的招牌表情搖搖頭，但克制不住臉上的笑意，「這就是他們不讓我和阿金一起值班的原因，」他對我說，「非得把我們調開不可，否則我們會只顧說笑，事都不做了。」

19.

爸和杉卓拉一出現，事情就像快轉般令人反應不及。那天吃晚餐時（我很意外我爸會選一間觀光餐廳），他在桌邊接了一通電話，是母親的保險公司打來的——即便多年過去，我仍希望自己當初有聽清楚他們說了些什麼。但餐廳裡過於嘈雜，杉卓拉（在豪飲白酒的空檔間——他或許是戒酒了，但她顯然還沒）一下抱怨室內不准抽菸，一下又有點恍惚似地告訴我她在羅德岱堡念高中時，是怎麼透過圖書館藏書學會巫術。(「其實正確來說是叫威卡；一種自然信仰。」)換作任何人，我都會追問當女巫究竟要做些什麼(唸咒語和獻祭?和惡魔打交道?)但我還來不及開口，她自己就已轉移話題，說什麼她本來有機會念大學，現在很後悔(「知道我對什麼有興趣嗎?英國歷史，像亨利八世、瑪麗皇后之類的。」)。但最後因為迷戀一個男人迷戀到走火入魔的地步，所以一所大學也沒去。「走火入魔。」她厲聲道，一雙毫無色彩的銳利瞳孔瞪著我。

為什麼對一個男人走火入魔會導致杉卓拉上不了大學?這答案我永遠不會知道，因為這時我爸終於掛上電話，點了一瓶香檳(口感好奇怪)。

「我自己喝不完一整瓶啦。」杉卓拉說，這已經是她的第二杯，「會頭痛。」

「既然我不能喝，那就你喝。」父親說，往後靠回椅背。

杉卓拉朝我點點頭：「讓他試試。」她說，「服務生，再拿個酒杯來。」

「對不起，」服務生說；他是個神情嚴肅、一板一眼的義大利人，看起來像是早已習慣應付失控的遊客，「若他未滿十八歲就只能喝無酒精飲料。」

杉卓拉開始在包包裡東翻西找。她穿著一件棕色的繞頸洋裝，顴骨下方刷著腮紅或修容，總之是某種咖啡色的粉，顏色濃到我好想伸手幫她抹掉。

「我們去外頭抽根菸。」她對我父親說。兩人一副心照不宣的模樣笑了好一會兒，久到我不禁微微瑟縮。然後杉卓拉將椅子往後一推——順手把餐巾扔在椅子上——四處尋找那名服務生。

「喔，很好，他走了。」她說，拿起我(幾乎)喝乾的水杯，倒了些香檳進去。

食物上桌了，我趁他們回來前又偷偷給自己倒了一大杯香檳。「好香!」杉卓拉說，眼神呆滯卻又似乎有些閃亮，把短裙往下拉了拉，懶得把椅子拉開，直接擠進座位。她將餐巾鋪在腿上，將自己那一大盤鮮紅色的焗烤通心粉拉到面前。「看起來好好吃!」

「我的也是。」我爸說；他呢，對義大利菜向來挑剔，而且只要碰到蕃茄味太重、醬汁太多的義大利麵——就像他眼前這盤——就會滿口抱怨。

兩人一面狼吞虎嚥（從他們離席的時間判斷，菜大概都已經冷了），一面接續先前的話題。「好吧，總之沒成功。」他說，靠在椅背上，瀟灑地把玩不能點燃的香菸。「事情就是這樣。」

「我相信你一定很棒。」

他聳了聳肩：「就算年紀還輕，」他說，「那圈子也很難混。不只要有才能和天分，長相和運氣也很重要。」

「話是這麼說。」杉卓拉說，用裹著餐巾的指尖指了指嘴角，「但演員耶，你一看就知道是演戲的料。」功敗垂成的演藝事業是我爸最愛掛在嘴邊的話題之一——雖然她似乎也興致勃勃——但我感覺得出來這也不是她第一次聽說這件事了。

「這麼說吧，我希望自己當初有堅持下去嗎？」我爸若有所思地看著他那杯無酒精啤酒（還是是酒精濃度百分之三？從我坐的位置看不清楚）。「我必須坦白回答：『沒錯，是的。』這永遠會是我心中的一大遺憾。雖然我很想發揮自己的天分，大展長才，但可惜沒有這餘裕。世事就是這麼難料。」

他們深深沉浸在自己的世界裡；雖然我就坐在他們旁邊，但簡直跟遠在愛達荷州沒兩樣，不過無所謂，這故事我也不是第一次聽說了。我爸在大學時期是戲劇明星，曾有一段短暫的時間以演戲維生：替廣告配音，在電視電影裡當過幾次配角（被謀殺的花花公子，還有被黑道老大寵壞的兒子）。然後——與母親結婚後——這一切都離他遠去了。他有一大堆藉口可以解釋自己為何無法突破瓶頸，不過我常聽見他說如果母親的模特兒事業再成功一點，或再努力工作一點，他就不用擔心錢的事，可以專心於演藝事業上，不用白天還要上班。

我爸將盤子推開一旁。我發現他沒吃多少——而這動作呢，通常不是代表他已經在喝酒，就是準備開喝的前兆。

「到後來，我實在沒辦法，只能認賠殺出。」他說，把餐巾捏成一團，扔在桌上。不曉得他有沒有跟杉卓拉說過米基．洛克的事；除了我和母親外，在他心中，害他演藝事業無疾而終的頭號敵人就是他了。

杉卓拉嚥下一大口酒：「你有考慮過回去嗎？」

「當然有；但是──」他搖了搖頭，彷彿在拒絕什麼無理的請求，「──不，答案基本上還是否定的。」

香檳搔撓著我口腔上半部──那遙遠而塵封的氣泡，封藏於母親仍在世的幸福年分。

「他第一眼看到我，我就知道他對我沒好感。」我爸低聲說。看來他已經跟她說過米基．洛克的事。

她仰頭喝乾剩下的酒。「那種傢伙就是輸不起。」

「一天到晚米基長、米基短、米基要見你；但我一走進去，就知道完了。」

「那傢伙顯然是個怪胎。」

「他那時還很正常。老實告訴妳，我們過去還真有點像──不只是外表，演技風格也很類似；或該說，雖然我受過正統的訓練，自有一套戲路，但一樣可以表現米基那種不動如山的特色，你知道，就他那種低聲細語的方式──」

「唉唷，你讓我雞皮疙瘩都起來了！低聲細語，沒錯，就像你現在這樣！」

「是啊，但米基才是重點。一山不容二虎啊。」

我看著兩人如廣告中的熱戀情侶般共享一塊起司蛋糕，思緒不由陷入陌生而狂亂的波濤中。餐廳的燈光太刺眼，我的臉因香檳開始像火炙般滾燙，混亂而激動地想起母親在外公外婆過世後，不得不搬去和貝絲阿姨同住的過往。那是一棟位於火車鐵軌旁的屋子，牆上貼著棕色的壁紙，家具清一色蓋著塑膠套。貝絲阿姨──無論什麼食物都用酥油炒，還用剪刀剪壞母親的一件洋裝，只因為上頭的迷幻圖案看得她心煩意亂——是個又胖又憤世嫉俗的愛爾蘭裔美國老處女，為了某個名不見經傳、相信人不該喝茶和吃阿斯匹靈的瘋狂教派放棄天主教。她的眼珠——我看過她一張照片——和母親一樣，是驚為天人的銀藍色，只是瘋狂通紅，鑲在一張猶如馬鈴薯般的臉上。母親說和貝絲阿姨同住的那十八個月是她人生中最悲慘的一段時光——馬賣了、狗送人了，在路旁抱住幸運草、黑板、顏料盒和布魯諾的脖子，哭哭啼啼跟牠們道別，久久不肯放手。回到屋裡，貝絲阿姨說母親根本就被寵壞了，還有無懼上帝之人必罪有應得。

「還有那個製作人，妳曉得的——他們全知道米基是什麼樣的人，沒有人不知道；那時他難搞的名聲已經傳了出去——」

「她才不是罪有應得。」我不小心脫口而出，打斷他們的談話。

爸和杉卓拉驀然住口，不約而同向我看來，好像我忽然變成毒蜥蜴一樣。

「我的意思是，怎麼會有人那樣說話？」我無意出聲，但那些話卻自己源源不絕地湧出口中，好像被人打開了開關。「她明明就那麼善良，為什麼每個人都要糟蹋她？她值得一個更好的人生。」

我爸和杉卓拉交換了個眼色，然後招手向服務生買單。

20.

等我們離開餐廳時，我的臉已經如火燒般滾燙，加之耳鳴嗡嗡作響。回到巴波家時，其實也沒有真的很晚，但我照樣被傘架絆倒，發出一大堆聲響。等到巴波夫婦看到我時，我終於察覺自己喝醉了（是從他們臉上表情看出來的，而非自己感到醉意）。

巴波先生用遙控器關掉電視。「你上哪兒去了？」他問，語氣堅定但溫和。

我伸手扶住沙發椅背，回答：「和我爸出門了，還有那個——」我突然忘了她的名字，只記得杉木的杉。

巴波太太對丈夫挑了挑眉，彷彿在說：我是怎麼說的？

「好吧，快上床休息吧，小老弟。」巴波先生爽朗地說；儘管發生這麼多事，他的語調還是提振了我些許精神，「但盡量不要吵醒安迪。」

「你想吐嗎？」巴波太太問。

「不想。」我回答，但我確實想吐。那晚我幾乎夜不成眠，只是清醒地躺在上鋪，籠罩在愁雲慘霧中，翻來覆去，彷彿整間房間都在旋轉，好幾次突如其來地驚醒坐起，心臟撲通狂跳。因為我彷彿聽見杉卓拉走進房裡，對我說話；雖然字語模糊，但那粗啞、結巴的語調絕對是她。

21.

「所以，」翌晨，早餐時間，巴波先生一手按住我肩頭，一手拉出我身旁的椅子，說，「和你老爸開開心心吃了一頓晚餐，是嗎？」

「是的，巴波先生。」我頭痛欲裂，而法式吐司的味道只是讓我的胃更加翻騰。艾塔悄悄替我從廚房端了杯咖啡過來，碟子上還擱著兩顆阿斯匹靈。

「你說他現在住在拉斯維加斯？」

「對。」

「他都在做些什麼？」

「什麼意思？」

「他在那兒都忙些什麼？」

「錢斯。」巴波太太淡淡地說，出聲勸阻。

「我的意思是……」巴波先生說，終於察覺自己的問法有些失禮，「他從事什麼工作？」

「呃——」我開口，隨即閉上嘴巴。我爸是做什麼的？我完全不知道。

巴波太太——似乎不想繼續這話題——張口欲言。但普萊特——就坐在我身旁——氣沖沖地搶先一步，「所以我在這得巴結誰才有咖啡可以喝？」他對他母親說，一手按在桌上，用力推開椅子。

難堪的沉默籠罩餐廳。

「他有咖啡可以喝。」普萊特說，對我努了努下巴，「昨晚醉醺醺回家的人是他，然後現在有咖啡可以喝的人也是他？」

又是一陣難堪的沉默。巴波先生開口了——語調冰冷到連巴波太太都要自愧弗如——「夠了，普萊特。」

巴波太太蹙起蒼白的眉毛。「錢斯——」

「不，這次妳不能再護著他了。回房去。」他對普萊特說，「現在。」

我們全坐在位子上，瞪著自己眼前的餐盤，聆聽普萊特憤怒的腳步聲遠去，然後「砰」的一聲狠狠甩上房門——幾秒後——震耳欲聾的音樂再度響起。之後再也沒人多說些什麼，早餐就在靜默中度過。

22.

我爸——個性就是急驚風，總是等不及——套句他愛用的說法——要「大展身手」，宣布我們三人要在一週內把紐約一切打點妥當，回去拉斯維加斯，而他也的確說到做到。星期一早晨八點，搬家工人來到薩頓公寓，開始打包裝箱。一名二手書商來收購母親的藝術書籍，還有其他人來看了家具——然後，我還來不及回神，這個家就開始以可怕的速度瓦解湮滅。看著窗簾消失，照片拿下，地毯捲起，我不由想起以前看過的一部動畫。電影裡有個角色用橡皮擦擦去了他的辦公桌、檯燈、椅子、景色優美的窗戶，最後是整間裝飾得舒舒服服的辦公室，直到橡皮擦懸浮於一片不安的白色汪洋上。

我眼睜睜看著這一切發生，儘管心如刀割卻無力阻止，只能四處遊蕩，如蜜蜂看著蜂巢被摧毀般，看著往昔吋吋消失。在母親書桌上方的牆壁上（掛著許多度假和以前在學校拍的照片），有張她當模特兒時在中央公園拍的黑白舊照，畫面極其銳利，即便是最微小的細節也呈現得異常清晰：她的雀斑、外套粗糙的紋理、她左眉上方的水痘瘢疤；那雙雀躍的目光凝視著紛雜凌亂的客廳，看著我爸丟掉她的畫紙、她的美術用品，把她的書一本本裝箱捐給二手店。她大概從來不曾想過會有這麼一天，或該說，起碼我是這麼希望的。

23.

我在巴波家的最後幾天過得如此之快，如今幾乎什麼也想不起來，只記得最後一刻才慌慌張張地把衣服洗好，還匆匆忙忙地跑了萊辛頓大道幾趟，去那裡的酒行要紙箱，用黑色馬克筆在上頭寫上聽起來極具異國風情的新家地址：

內華達州拉斯維加斯沙盡路六二一九號
席爾鐸·戴克收（杉卓拉·塔瑞爾代領）

我和安迪悶悶不樂地站在他房裡，望著那些貼了標籤的紙箱。「你感覺好像是要搬去另一個星球。」他說。

「可以這麼說。」

「不，我是認真的。那地址聽起來就像木星上的礦坑殖民地。不知道你學校會是什麼樣子。」

「誰曉得。」

「說不定——就像你在書上看過的那樣，有幫派，還有金屬探測器。」由於安迪在我們這所（理應）優秀先進的學校過得實在太慘，讓他不由把公立學校和監獄畫上了等號。「那你要怎麼辦？」

「把頭髮剃光，我猜；再弄個刺青。」我很高興他沒有像史旺森太太或戴維一樣，嘗試對我搬走一事表現出高興或雀躍的模樣（不用再和我祖父母交涉協商顯然讓戴維大大鬆了一口氣）。公園大道上沒有其他人對我的離開多表示些什麼，不過巴波太太每次聽到有人提起我父親和他「朋友」，臉色就變得緊繃，讓我知道一切並非全屬我幻想。除此之外，和爸與杉卓拉一起同住也沒那麼糟糕或可怕，只是如同地平線上的一滴黑墨，有點無法想像。

24.

「好吧，或許換個環境對你來說是樁好事。」霍比這麼說；我趁離開前又去找了他一次。「即便你無從選擇。」我們這次換個地方，沒在廚房，而是在餐廳共進晚餐，兩人一起坐在可容納十二人的餐桌盡頭，各種銀器和裝飾品遠遠延伸至無邊的黑暗。但不知為何，我感覺好像重回我們在第七大道舊公寓的最後一晚，母親、父親和我坐在紙箱上，吃著外帶的中國菜當晚餐。

我沉默無語。雖然心情跌至谷底，但已下定決心要默默咬牙忍耐這痛苦，因此只是如蚌殼般緊閉著嘴，一語不發。在過去焦慮難安的一週中，我看著自己的家被剝得乾乾淨淨，母親的物品一個個打包裝箱，送去轉賣，內心無比渴望霍比家的黑暗與靜謐。我想念那擁擠的房間和舊木頭的氣味，想念茶葉與菸草味，還有碗櫥上一碗碗的橘子和一根根燒融的蠟燭。

「我的意思是，令堂——」他語調微妙地沉默片刻，「那會是個嶄新的開始。」

我瞪著自己的盤子。他做了羊肉咖哩，淋上檸檬色般的醬汁，嚐起來比較像法國菜，而非印度菜。

「你不怕吧？」

我抬起頭：「怕什麼？」

「搬去和他一起住。」

我沉思片刻，定定看著他頭顱之後的陰影。「不怕。」我說，「不是太怕。」不知為何，我爸回來後似乎變得比較輕鬆、和緩。我不能將這點歸因於他的戒酒，因為當他戒酒時，通常會變得沉默寡言，愁雲慘霧，彷彿隨時都會發火。我得小心翼翼和他保持距離，以免遭殃。

「你有和其他人說過那件事嗎？」

「什麼事——？」

我尷尬地低下頭，吃了一口咖哩。一旦習慣它其實不是咖哩後，就會覺得原來還挺好吃的。

「我想他應該沒在喝酒了。」我打破緊接而至的沉默，說，「你是指這件事嗎？他似乎比較好了，所以……」我尷尬地越說越小聲，「對。」

「你喜歡他女朋友嗎？」

這問題我也得思索片刻。「不知道。」我老實回答。

霍比保持輕鬆的沉默，拿起酒杯，但視線沒有離開我。

「我的意思是，我跟她也不熟。她人不壞，我想。但我不懂他究竟喜歡她什麼。」

「為什麼？」

「因為——」我不知該從何說起。對於我爸口中的那些「女士」來說，他或許瀟灑迷人，會替她們開門，說話時輕碰她們手腕，強調語氣。我也看過女人被他哄得小鹿亂撞，只能在旁冷眼注視這世界奇景，無法理解怎麼會有人被如此明顯的舉動收買；那感覺就像看到小孩被老套的魔術欺騙一樣。「我不曉得，大概我本來預期她會比較漂亮之類的。」

「如果她心腸好，外貌就不重要了。」霍比說。

「是沒錯啦，但她也沒那麼好。」

「喔。」霍比又說，「他們看起來快樂嗎？」

「我不知道。好吧——快樂。」我承認，「起碼他不再老是一副怒氣沖沖的模樣。」我感到霍比沒問出口的問題沉沉壓迫在空氣中，「而且他還千里迢迢地來接我。我的意思是，他不必這麼做。如果他們不想要我，只要保持沉默就好。」

我們沒再繼續深究這個話題，改而閒聊其他事，結束這頓晚餐。但在我要離開時，我們一起穿過掛滿照片的走廊——琵琶的房裡亮著一盞夜燈，小星沉沉地睡在她床尾——他替我打開前門，忽然喊住我：「席歐。」

「什麼事？」

「你有我的地址和電話。」

「是啊。」

「那就好。」他看上去幾乎和我一樣尷尬，「希望你一路平安。要好好照顧自己。」

「你也是。」我說。兩人無言相望。

「好吧。」

「好吧。那麼，晚安了。」

他開門，我走出屋外——以為這將是我最後一次走出這扇大門。雖然我也不知道自己未來是否還能再見到他，但關於這點，是我錯了。

第 二 部

當我們最為強大時——誰退卻？

最歡快時——誰笑著殞落？

劣行劣狀時——誰又能奈我們何？

——韓波

第五章　巴德爾阿爾丁

1.

雖然我已經決定要把行李箱留在舊公寓的管理室，也相信荷西和阿金會替我保管妥當，但隨著啟程的日子一天天逼近，緊張的情緒依舊逐漸高漲，直到最後一刻我還是忍不住趕了回去，但理由現在回想起來卻覺得很蠢：之前我因為急著要把畫帶出公寓，就隨手塞了很多東西進行李箱，包括眾多夏天衣物。所以在我爸約好要來巴波家接我那天，我匆匆趕回五十七街，想從行李箱上層拿幾件比較稱頭的衣服出來。

結果荷西不在，一名肩膀厚實的新人攔住我（名牌上寫著他叫馬可．V），姿態強硬而且頑固，比較像警衛，而非門房。「對不起，有什麼需要幫忙的嗎？」他說。

我解釋了行李箱的事。但在翻閱登記簿後——他用又粗又胖的食指順過日期一欄一欄往下查——他似乎沒進去幫我領行李箱的打算。「你為什麼把它留在這裡？」他狐疑地問，抓了抓鼻子。

「荷西說沒關係。」

「你有收據嗎？」

「沒有。」我楞了一陣後回答。

「那我就愛莫能助了。簿子裡沒有紀錄；除此之外，我們不替非住戶保管行李。」

我在這裡住了幾年，非常清楚事實並非如此，但也沒打算爭辯。「聽著，」我說，「我以前住在這裡，阿金、卡洛斯，所有人我統統認識。我的意思是——拜託了，」氣氛降到冰點，我百口莫辯，可以感到他已經心不在焉。沉默片刻後，我又說：「如果你帶我進去，我可以跟你說是哪個行李箱。」

「對不起，除了員工和住戶外，外人不得擅入。」

「是一個帆布行李箱，把手的地方綁著緞帶，上頭有寫我的名字，看到嗎，戴克？」我指向我們以前信箱上的名牌，以茲證明。就在這時，阿金結束他的休息時間，悠悠哉哉地溜達回來了。

「嘿！看看是誰回來了！這是我家小鬼頭。」他對馬克・V說，「他才這麼丁點大的時候我就認識他了。怎麼啦，老友席歐？」

「沒什麼。只是——好吧，我要走了。」

「是嗎？要去賭城了嗎？」阿金問。聽到他聲音、感到他手按在我肩上的重量，一切又輕盈了起來，令人安心。「瘋狂的地方，對嗎？」

「大概吧。」我遲疑地說。大家一直跟我說拉斯維加斯有多瘋狂，但我實在搞不懂為什麼，因為我又不會花多少時間在賭場或夜店上。

「大概吧？」阿金翻了個白眼，搖了搖頭，模仿母親調侃時愛學的那種滑稽表情。「老天，我告訴你，那地方啊？他們的工會……嘖嘖，餐廳、飯店……無論哪裡，薪水都好的不得了。還有那天氣？那裡的太陽啊——可是三百六十五天全年無休。你會愛死那裡的，小老弟。你說你什麼時候要走？」

「呃，今天；我是說明天，所以我才想——」

「喔，你是來拿行李的？沒問題。」阿金對馬可說了幾句聽起來很尖銳的西班牙語，對方淡淡地聳了聳肩，走進管理室。

「他人還不錯，這個馬可。」阿金壓低音量對我說，「只是對你的行李一無所知，因為我和荷西沒有寫進簿子裡，懂我意思嗎？」

我懂。公寓裡所有進出的行李和包裹都必須登記，而他們是為了保護我才沒替我的行李綁上標籤或登記，以免被別人領走。

「那個，」我尷尬地說，「謝謝你一直這麼照顧我……」

「沒什麼啦。」阿金說，「嗨，謝啦，老兄。」他大聲對馬可道謝，接過行李箱。「就像我剛說的，」他又壓低音量，我得走到他身旁才聽得見，「馬可是個好人，但我們接到不少住戶投訴，因為你知道的，公寓現在人手不足。」他意味深長地看了我一眼，「我是指，卡洛斯那天無法進城值班，雖然不是他的錯，但他們還是炒了他。」

「卡洛斯？」卡洛斯是所有門房中年紀最大，也最沉默寡言的一個；唇上那撇小鬍子和灰白色的鬢鬚讓他看起來就像墨西哥的熟男電影明星，腳上黑鞋永遠擦得光可鑑人，手套也永遠是所有門房中最白的一個。「他們炒了卡洛斯？」

「是不是——很難相信吧。整整三十四年啊——」阿金大拇指往肩後一揮，「就這麼咻的一聲，沒了。現在呢——所有管理階層都把保全看得比什麼還重要，新員工、新規定，每個人都必須登入登出，等等之類的——」

「總而言之，」他說，走回門口，推開大門，「我替你招輛計程車吧，小老弟。你要直接去機場嗎？」

「沒有——」我說，趕緊舉手阻止他——我剛才只顧著想自己的事，完全沒留意他在做什麼——但他打了個「沒關係」的手勢，把我推開一旁。

「不用啦。」他說——幫我把行李箱搬到路邊，「——沒關係，我來就好。」我在錯愕中恍然大悟，他以為我阻止他把行李搬出去，是因為我沒錢付小費。

「嘿，等等。」我說——但在同一瞬間，阿金已經吹了個口哨，舉手跑到路邊。「嘿！計程車！」他高喊。

我站在門口，一臉苦惱地看著原本停靠路邊的計程車旋風似地來到眼前。「來了！」阿金說，打開後座的車門，「我時間抓得很準吧？」我還沒想到該怎麼委婉阻止他，就已經被塞進後座，行李箱也扛進了後車廂。阿金親切地拍了拍車頂，就像他以往那樣。

「一路順風，朋友。」他說——先是看著我，然後又抬頭仰望天空，「替我好好享受那裡的陽光，你知道我有多愛太陽——我是隻熱帶叢林鳥，已經等不及要回波多黎各和那些蜜蜂們說話了。」他閉上眼，偏過頭，哼起歌來。「我妹妹養了一窩蜜蜂，我會唱歌哄牠們睡覺。賭城那兒有蜜蜂嗎？」

「我不知道。」我回答，兩手悄悄在口袋中摸索，想知道自己身上有多少錢。

「好吧，如果你看到蜜蜂，就說阿金向牠們問好，告訴牠們我快回家了。」

「¡Hey! ¡Espera!（嘿！等等！）」是荷西，他高舉著手——身上仍穿著足球球衣，直接從公園的球場跑來，準備值班——搖頭晃腦、踩著敏捷的步伐朝我跑來。

「嘿，manito（小鬼），你要走了嗎？」他問，彎下腰來，把頭探進計程車的車窗內。「記得寄張照片回來，讓我們貼在樓下！」門房都在地下室換制服，那裡有面牆貼滿了各式各樣從邁阿密、坎昆、波多黎各和葡萄牙寄來的明信片和拍立得照片，都是這些年來住戶和門房寄回東五十七街的紀念。

「沒錯！」阿金說，「寄張照片回來！不要忘記喔！」

「我——」我會想念他們的；但這話聽起來好扭捏，所以我只是說：「好，一定。你們保重。」

「你也是。」荷西說，舉手退開，「記得離賭桌遠一點。」

「嘿，小鬼，」計程車司機說，「你到底是要走不走？」

「唉喲，別急嘛，有什麼關係。」阿金對他說，接著又轉頭看向我，「別擔心，席歐，你會沒事的。」他又在車頂拍了最後一下，「祝你好運，小老弟，回頭見了。上帝祝福你。」

2.

「別告訴我你那些垃圾統統都要帶上飛機。」翌晨，我爸坐計程車來巴波家接我時這麼說。除了裝了畫的那只行李箱外，我還有另一個行李——原本就要帶的行李。

「你這樣可能會超重耶。」杉卓拉說，語氣有些歇斯底里。人行道上炎熱難耐，從我站的地方就能聞到她造型噴霧的味道。「行李的重量和數量都是有限制的。」

陪我一起下樓的巴波太太淡淡地說：「喔，這兩箱沒問題的。我每次都超重。」

「是啦，但要花錢啊。」

「事實上，你會發現航空公司的規定其實並不過分。」巴波太太說。儘管時候尚早，她沒戴任何首飾，也沒塗口紅，但即便只穿著簡單的棉布洋裝和涼鞋，她仍然散發著一種精心打扮的感覺。「或許要在櫃台額外多付二十美元，但那應該不成問題，對吧？」

她和我爸像兩隻貓般緊盯彼此，最後是我爸先轉開視線。他的運動外套讓我想起紐約日報中那些詐騙嫌犯的照片，不由覺得有些丟臉。

巴波太太的話幫了我大忙，在緊接而至（我非常歡迎）的沉默中，我爸悶悶不樂地說：「你該先告訴我你有兩箱行李的。不曉得後車廂塞不塞得下。」

我佇立路旁，看著大大敞開的計程車車廂，差點就決定把行李留給巴波太太，到了拉斯維加斯後再打電話告訴她裡頭裝了什麼。但我還來不及拿定主意，那名虎背熊腰的俄羅斯司機就把杉卓拉的行李拿出來，將我第二個行李箱塞進去——擠一擠、挪一挪——裝得剛剛好。

「看吧，沒有那麼重！」他說，將後車廂門砰地關上，抹了抹額頭，「軟箱子很好塞的！」

「那我的隨身行李呢！」杉卓拉一臉驚恐。

「別擔心，女士。它可以和我一起塞前座；或者妳不介意的話，也可以和妳一起塞在後座。」

「問題解決了。」巴波太太說——湊上前來，飛快吻了我一下；這是我搬來公園大道後的第一個吻，聞起來有梔子花和薄荷味的名媛飛吻。「再會了，大家。」她說，「一路平安。」我和安迪前一天就道別過了，不過雖然我知道他心裡也很難受，但見他沒來送我，反而先和其他家人一起去那討厭的緬因別墅，我還是有點受傷。至於巴波太太，她似乎不是太傷感。但老實說，一想到要離開，我就覺得自己快要吐出來。

她灰色的雙眼注視我，清澈而淡漠。「非常謝謝妳，巴波太太。」我說，「謝謝妳為我所做的一切。請幫我向安迪說再見。」

「一定。」她說，「你是個很棒的客人，席歐。」在公園大道如蒸籠般的清晨熱浪中，我佇立原地，握著她的手，多握了那麼一會兒——隱隱期望她會說若我有任何需要，不要客氣，立刻聯絡她——但她只是說：「那就祝你一切順利了。」然後又輕輕吻了我一下，抽身退開。

3.

我其實還不是很能理解自己要離開紐約這件事。我這輩子還沒離開紐約超過八天過。前往機場的路上，我看著窗外那些將有好一陣子不會再見的脫衣舞廳看板和專門處理人身事故官司的律師廣告，感到有個可怕的念頭逐漸沉澱。機場的安檢呢？我不常坐飛機（只坐過兩次，一次還是幼稚園的時候），連現在安檢是什麼方式都不清楚：X光？開箱檢查？

「機場是所有行李都會打開檢查嗎？」我怯生生地問——然後又問了第二次，因為第一次似乎沒有人聽見。我坐前座，讓爸和杉卓拉在後座享受浪漫的兩人空間。

「當然呀。」計程車司機回答。他是個肩膀寬厚、虎背熊腰的蘇聯人：五官粗獷，雙頰通紅，滿頭大汗，看起來就像身材走樣的舉重選手。「如果不開箱，就要過X光機檢查。」

「就連託運行李也一樣？」

「對啊。」他安慰似地說，「他們會檢查有沒有爆裂物或其他危險物品。非常安全。」

「但是——」我絞盡腦汁，想找個不著痕跡的說法發問，但腦筋一片空白。

「別擔心，」司機說，「機場有很多警察。三、四天前還有路障咧。」

「唉，我只能說，我已經等不及要離開這鬼地方了。」杉卓拉用她那嘶啞的嗓子說。我腦筋一時轉不過來，以為她在和我說話。不過當我回頭時，卻發現她是看著我父親。

我爸一手扶著她膝蓋，說了些什麼，但聲音太小，我聽不見。他戴著他的太陽眼鏡，頭靠著後座椅背，平板的聲音之中有種年輕、放鬆的感覺。兩人喁喁私語，他捏了捏杉卓拉膝蓋。我轉回頭，凝視窗外倏忽而逝的荒涼景色：低矮的長型建築、酒行、修車廠；停車場在早晨的酷暑中煨炖發燙。

「我不介意航班號碼裡有七。」杉卓拉小聲說，「我忌諱的是八。」

「是沒錯，但八在中國可是幸運數字。等我們到麥卡倫機場後妳自己看看國際航班的公告，所有從北京來的飛機都是八八八。」

「你啊，對中國人的智慧這麼了解。」

「這一切關乎數字的排列，其中蘊含有能量。天與地的相會。」

「『天與地的相會』；聽起來好神奇。」

「本來就很神奇。」

「是嗎？」

兩人交頭接耳，喁喁私語。後視鏡裡，他們兩張愚蠢的臉孔靠得好近。等我察覺他們是要接吻時（即便我已經看過不知多少次，一樣會大為驚駭），趕緊轉開視線，死盯著前方。我突然想到，若非我已經知道母親的死亡原因，一定會認為她是被他們害死的，深信不疑。

4.

排隊要領登機證時，我嚇得魂飛魄散，全身僵硬，確信安檢人員一定會打開我的行李箱，當場搜出那幅畫。但那名頭髮剪得亂七八糟、一臉不爽的女士——她的臉我到現在還記得（我一直祈禱不要是她幫我們辦理登機手續）——幾乎是看也沒看就把我的行李箱搬上輸送帶。

我看著行李箱搖搖晃晃朝著未知的工作人員和程序前進。陌生人在身旁來來去去，氣息如此鮮明，我只覺得心驚膽戰，難以呼吸——而且引人注目，好像所有視線都集中在我身上，瞪著我不放。自從母親死後，我就沒到過人潮這麼擁擠、警察那麼多的地方。國民兵拿著步槍，站在金屬探測器旁，穿著老舊的裝備堅守崗位，冰冷的雙眼在群眾間來回視察。

背包、公事包、購物袋、嬰兒車。我放眼望去，只見一顆顆頭顱沿著航廈攢動。排隊過安檢時，我忽然聽見一聲大叫——以為有人在喊我的名字，嚇得當場凍結原地，動彈不得。

「快點，快點。」我爸喃喃抱怨，縮起一隻腳在我身後跳來跳去，要把樂福鞋脫掉，並用手肘頂了頂我的背。「別傻傻站在那兒啊，你擋住整個隊伍了——」

我低頭瞪著地毯，穿過金屬探測器——嚇到全身僵硬，等著有人按住我肩膀。嬰兒哇哇大哭，老人坐在電動車上慢吞吞地經過。他們會怎麼處置我？我有辦法把事情解釋清楚嗎？我在腦中想像電影裡看過的那種煤渣磚房，門扉緊閉，憤怒的便衣警探；省省吧小鬼，你是插翅難飛了。

一過安檢，來到回音空洞的走廊上，我就聽見清晰堅定的腳步聲緊跟在我身後。我再次駐足。

「別告訴我你忘了東西。」我爸轉身，惱火地翻了個白眼。

「不是。」我說，環顧四周，「我——」身後不見任何人影，只有旅客朝著各個方向來去。

「老天，他臉白的跟床單一樣。」杉卓拉說；隨即轉向我父親，「他沒事吧？」

「沒事啦。」我父親回答，重新邁開腳步，朝長廊另一頭走去，「上飛機就好了。大家這週都辛苦了。」

「見鬼了；換作我是他，在經歷那樣的事情後還要坐飛機，也會被嚇個半死。」杉卓拉大剌剌地說。

我父親——拉著他的隨身行李，那是母親幾年前買給他的生日禮物——再度停下腳步。

「可憐的小鬼。」他說——見他臉上流露同情之色，我不由大為詫異。「你不怕吧？」

「不怕。」我答得太快了點。我現在最不需要的，就是引人側目，或者流露慌亂焦躁的模樣。他皺了皺眉，又把頭轉開。「杉卓拉？」他說，對她努了努下巴：「妳何不給他些那個。」

「對喔。」杉卓拉機靈回答，停下腳步，在包包裡東翻西找，最後掏出兩大顆子彈形狀的白色藥丸，一顆放在我父親伸出的掌心，一顆朝我遞來。

「謝啦。」我爸說，把藥丸塞進外套口袋。「現在，我們去找些可以配著喝的東西吧。別看了，快收好。」見我用大拇指和食指捏著藥丸，著迷地欣賞它的巨大，他迅速斥責了一聲。

「他不用吃到一整顆。」杉卓拉說，扶著我爸手臂，調整她厚底涼鞋上的綁帶。

「對。」我爸說，拿走我手上的藥丸，熟練地折成兩半，一半塞進他的運動外套口袋，再度邁開腳步，行李箱拖在身後，輕輕鬆鬆地揚長而去。

5.

那半顆藥丸的藥效雖然沒有強到讓我不省人事，但也足以讓我飄飄然地沉浸在空調吹拂的夢境之中，欣然翻滾。身旁的乘客低聲細語，不見人影的空服員透過廣播宣布機上摸彩的得主，獎品是金銀島飯店的雙人晚餐和飲料。她的低聲承諾令我飄呀飄地跌入夢境，泅泳在一片墨綠色的深海之中，火炬熊熊燃燒；是某種競賽，日本小孩潛進海裡，爭先恐後地搶奪一袋粉紅珍珠。自始至終，飛機都如大海般白亮熾眼，轟隆聲不絕於耳，只不過陡然間，莫名其妙地——我原本正深深深埋在寶藍色的毯子裡，夢到自己漂浮在沙漠高空——引擎似乎停止運轉，安靜了下來。我發現自己像失去重力般仰天漂浮，雖然仍綁在位置上，座椅卻不知為何漂離了其他座位，在機艙裡恣意飄盪。

一陣劇烈顛簸，我又跌回軀殼內。飛機降落，在跑道上彈跳了幾下，發出刺耳的摩擦聲，最後終於停止。

「安全降落……歡迎來到內華達州的拉斯維加斯。」機長透過對講機宣布，「萬惡之城的當地時間為早上十一點四十七分。」

刺眼的陽光在金屬、玻璃和各種能夠反射光線的表面間來回跳躍，亮的我幾乎什麼都看不見，只能盲目地跟著爸和杉卓拉穿過航廈。喧譁聲、繽紛閃耀的吃角子老虎機，還有大白天裡就震耳欲聾又格格不入的音樂聲都讓我震驚到說不出話來。這座機場就像迷你版的時代廣場：隨處可見高大的棕櫚樹，以及播放煙火、小船、歌舞女郎、歌手和特技演員廣告的巨型螢幕。

等了好久，我第二個行李箱一直沒有出現。我啃著指甲，雙眼牢牢盯著一個咧嘴大笑的科摩多巨蜥看板，那是某個賭場的廣告：「超過兩千隻以上的爬蟲動物等你到來。」等待行李的旅客彷彿一群色彩繽紛、徘徊在某家三流夜店門口的遊蕩者：曬痕，迪斯可襯衫；珠光寶氣、身材嬌小、臉上又戴著好大一副名牌墨鏡的亞洲女士。轉盤大多時間都是空的，我爸（我看得出來他想抽菸想瘋了）開始伸展筋骨，來回踱步，要不就是用指節揉臉，就像他想喝酒時一樣。就在這時，行李終於出現，最後一個，貼著紅色標籤的卡其色帆布箱，把手上綁著母親繫上的彩色緞帶。

我爸一個箭步趕上前，搶在我前頭拿下來。「終於。」他高興地說，將行李扔到推車上，「來吧，快離開這鬼地方。」

我們將推車推出自動門，彷彿撞上一堵驚人高溫的氣牆。只見形形色色的車輛朝著四面八方延伸，罩著罩子動也不動。我繃緊全身，視線牢牢盯著正前方——鉻銀色的刀鋒光芒閃現，地平線如玻璃般波浪閃耀——彷彿我只要回頭，或稍有遲疑，就會立刻被制服人員攔下。但沒有人揪住我衣領，或吆喝我們止步；根本沒有人注意我們。

刺眼的強光照得我頭昏眼花，以至於當我爸停在一輛銀色的新凌志前，說「我們的車到了。」時，我絆了一跤，差點摔在路上。

「這是你的車？」我問，來回看向兩人。

「對啊，怎樣？」杉卓拉搔首弄姿地說。我爸用遙控鑰匙打開車門，她踩著厚底涼鞋重重走向副駕駛座。「你不喜歡嗎？」

他開凌志？每一天，無論發生任何大小事，我都迫不及待想要告訴母親。所以當我傻傻呆立原地，看著我爸把行李放進後車廂時，腦中浮現的第一個念頭是：哇，不曉得她看到會有什麼反應。難怪他從沒寄錢回家過。

我爸一個揮手，將抽了一半的總督菸扔到一旁。「好了。」他說，「上車吧。」沙漠的空氣讓他顯得精神奕奕。在紐約時，他看起來總有種無精打采、隨便邋遢的感覺，但在這蒸騰的熱浪中，那件白色運動外套和如邪教領袖般的墨鏡卻再合稱不過。

那輛凌志——只要按個鈕就能發動——安靜到我一開始還沒發現車已經開了。車輪如蜻蜓點水般疾駛而去，開進一座無底無邊的平面宇宙。我太習慣計程車後座的顛簸，反而覺得此刻的平穩和舒適好窒息、好詭異。棕色的沙子，毒辣的陽光，恍惚，寂靜，被風颳起的垃圾拍擊鐵絲網。我整個人還因為那半顆藥丸而昏昏沉沉、飄飄欲仙，再加上賭城大道上那些瘋狂的建築和裝飾、沙丘與天空交界處的熾烈閃光，都讓我覺得自己好像來到另一座星球。

杉卓拉原本和我爸在前座低聲交談，此刻她轉身看向我——大聲嚼著口香糖，散發一種狂野、陽光的氣息，首飾在耀眼的光芒下璀璨生輝。「所以呢，你覺得怎樣？」她問，散發濃濃的黃箭口香糖味。

「太瘋狂了。」我說——看著一座金字塔在眼前倏忽而逝，然後是艾菲爾鐵塔——震驚到啞口無言。

「你現在就覺得瘋狂？」我爸說，用指尖敲了敲方向盤，那模樣讓我不禁想起他下班後的煩躁情緒與深夜爭執。「等晚上亮燈之後才厲害。」

「你看那裡——你看。」杉卓拉說，探過身，指向我爸那側的窗戶，「那座火山是真的會爆發。」

「我記得現在在整修；但照理說，沒錯。每個整點都會噴發熾熱的岩漿。」

「零點二英里後由左方出口離去。」一個電腦女聲說。

繽紛熱鬧的色彩、巨大的小丑腦袋、色情俱樂部的招牌：這份奇異的陌生感令我欣喜中又不由有些膽怯。在紐約，放眼所及的一切都能讓我想起母親——每一輛計程車、每一個街角、每一朵飄過太陽的浮雲——但在這片熾熱空洞的山光岩景中，她彷彿從來不曾存在。我甚至無法想像她的靈魂在天上看顧著我。她所有蹤跡似乎都消散在這稀薄的沙漠空氣中。

車子繼續前行，那不可思議的天際線逐漸窄縮為停車場與暢貨中心林立的荒野，一圈又一圈毫無特色的購物中心、電路城3C用品店、玩具反斗城、超市、藥局、二十四小時便利商店；看不出從何開始，也看不出從何結束。遼闊的晴空清澈純淨，猶如海上的天空。我奮力保持清醒——不停對著熾烈的陽光眨眼——迷迷糊糊聞著車裡昂貴的皮革味，腦中不由想起一段常聽母親說起的往事：我爸和她交往時，會開著向朋友借來的保時捷出現，想藉此討她歡心；直到結婚後，她才知道車不是他的。她似乎覺得那很有趣——但婚後發現的其他事就比較讓人笑不出來了（譬如他的前科；青少年時期留下的紀錄，但不曉得確切罪名是什麼）；不曉得她能不能在這件事中找到任何笑點。

「呃，你這輛車已經買多久了？」我問，提高音量，好蓋過前座的交談。

「喔——我想想，老天——大概一年出頭吧，是吧，小杉？」

一年？我心裡默默琢磨這時間——這代表我爸在離家出走前就有這輛車（還有杉卓拉）——我抬起頭，看見購物中心逐漸被無邊無際的小小方格灰房所取代。儘管它們都散發同樣方方正正、蒼白褪色的氣息——一排接著一排，彷彿墓園裡的墓碑——但還是有些房屋漆著活潑喜慶的顏色（薄荷綠、牧場粉、白濛濛的沙漠藍）；鮮明的黑影與尖銳的沙漠植物也莫名透著一股新鮮的異國感。我從小在都市長大，接觸到的永遠都是擁擠的空間，因此此刻就像收到驚喜般雀躍不已。家裡就有自己的院子確實會是不同以往的新體驗，即便院子裡只有棕褐色的石頭和仙人掌。

「這裡還是拉斯維加斯嗎？」我像玩遊戲般試著找出每棟房子的不同處：這裡有扇拱門，那裡有座游泳池或棕櫚樹。

「你現在看到的是另外一區。」我爸說——大力吐了口氣，捻熄他的第三根總督菸。「遊客不會來這裡。」

雖然已經開了好一陣子，周遭卻不見任何地標，完全看不出我們的目的地，甚至連朝哪個方向前進都不曉得。地平線的景色毫無變化，單調乏味，我真怕我們會一路開過這些淡雅可愛的灰泥房宅，進入後方的不毛之地，看見電影裡那種曝曬於烈日之下的拖車停車場。但相反地——完全出乎我意料之外——房子變大了，兩層樓高的建築，有仙人掌花園、圍籬、游泳池，還有可以停多輛車的車庫。

「好了，我們家到了。」我爸說，轉進另一條路。入口處矗立著一面雄偉的花崗岩標誌，上頭的銅字寫著：**谷蔭牧場**。

「你住這？」我問，心裡大為震撼，「這裡有峽谷嗎？」

「沒有，只是名字而已。」杉卓拉說。

「這裡建案很多。」我爸說，捏了捏鼻梁。我從他的語調聽得出來——以前只要是他需要喝一杯時聲音就會變得嘶啞——他累了，而且心情不太好。

「他們把這些都叫牧場社區。」杉卓拉說。

「對，之類的。夠了，閉上妳的鳥嘴。」我爸突然氣沖沖地罵了一聲；導航系統的女聲再次發出指令，他伸手將音量調小。

「每一區風格都不一樣。」杉卓拉一面說，一面用小指頭塗脣蜜，「有一區叫印地安微風，一區叫幽靈山，一區叫舞鹿館；志魂旗是那個高爾夫球社區嗎？快樂山莊是最高級的，很多投資性房產——嘿，親愛的，這裡要轉彎。」她抓住他手臂說。

但我爸一聲不吭，只是繼續直直往前開。

「該死的！」杉卓拉轉身，望向逐漸消失後方的馬路。「你為什麼每次都要繞遠路？」

「別又跟我提什麼捷徑。妳的方向感就跟這位凌志小姐一樣差。」

「是啦，但走那比較快啊。可以省十五分鐘耶。現在我們得一路繞過舞鹿館了。」

我爸惱火地吐了口氣：「妳給我聽好——」

「先走吉普賽小徑，然後左轉兩次再右轉一次到底是有什麼難？就這麼簡單啊。如果你在德薩托亞就先下——」

「聽好，妳是想自己開，還是要他媽的讓我開？」

我非常清楚我爸一旦開始出現這口氣，你最好就是乖乖閉嘴，杉卓拉顯然也知道。她在座位上氣悶悶地扭了扭身子，然後——刻意想要激怒他似地——把廣播音量調大，切換頻道，震耳欲聾的雜訊和廣告開始自收音機中流洩而出。

音響的效果強到我能感受音浪穿透白色皮椅的椅背。我只想要好好度個假……日頭悄悄攀升，熾烈的陽光衝破狂野的沙漠雲朵——無邊無際的天空，湛藍而鮮明，彷彿電腦遊戲的畫面或飛行測試員的幻覺。

「賭城九十九頻道，為您帶來八〇與九〇年代最經典的音樂。」廣播中的亢奮聲音飛快地說，「在接下來的八〇年代豔舞女士午餐節目中，我們要為您播放的是佩特．班納塔。」

我們終於抵達德薩托亞牧場社區的沙盡路六二一九號，只見幾座院子裡堆著木柴，馬路上黃沙滾滾。爸將凌志轉進車道，眼前矗立著一棟西班牙風格——或是摩爾人風格——的大房子，牆面是米白色的灰泥，拱型的山牆與陶瓦屋頂以各種驚人的角度挺立。這一切都令我震懾不已，它的雜亂無章，它的寬闊蔓延，它的飛簷和廊柱，還有那如舞台布景般的精緻鐵門，看起來就像門房在管理室電視上老是播放的西班牙肥皂劇裡的房子。

我們下了車，提著行李，繞到車庫門前。就在這時，我聽到一陣令人毛骨悚然的古怪聲音；是尖叫聲——或哭喊聲——從屋子裡傳出來。

「老天，那是什麼聲音？」我說，緊張地扔下行李。

杉卓拉斜斜站立，腳上的厚底鞋讓她有些搖搖晃晃，在包包裡翻找鑰匙。「喔，閉嘴，閉嘴，閉上你那張臭嘴啦。」她喃喃咒罵。門還沒完全打開，我就看到一支凌亂糾結、歇斯底里的拖把衝了出來，瘋狂地在我們腳邊又跳又撲。

「停！」杉卓拉怒斥。非洲音樂（大象的叫聲和猴子的嘰嘰喳喳）從半開的門扉流洩而出，聲音大到我在車庫外頭都聽得一清二楚。

「天啊。」我說，探頭向內看去。屋裡的空氣又悶又熱，混雜著積累已久的菸味和新地毯味，以及——毫無疑問地——狗屎味。

「大貓們為動物管理員帶來許多特別的考驗。」電視突然傳出聲音，「現在就讓我們跟著安卓莉亞和她的員工一起看看園裡早晨的情景。」

「欸，」我說，拎著行李駐足門口，「妳電視沒關耶。」

「對啊。」杉卓拉說——擦過我身邊，走進屋內——「是動物星球，我特別開給牠看的；我是指波普。我叫你停！」她又厲聲斥責小狗一次；在她搖搖晃晃踩著厚底涼鞋去關電視時，小狗又拚命用爪子撲抓她的膝蓋。

「你們放牠自己在家？」我提高音量，以免被小狗的尖吠聲淹沒。牠是女生常養的那種長毛狗，洗乾淨的話應該會看起來又白又軟。

「喔，牠有一個沛可寵物店買的飲水機。」杉卓拉說，用手背抹了抹額頭，跨過小狗，「還有一個很大的餵食器。」

「牠是什麼品種？」

「瑪爾濟斯；純種的。抽獎贏來的。好啦，我知道牠該洗澡了，這種狗要保持乾淨還真麻煩。只要看看你對我褲子做了什麼事就知道了，對不對啊。」她對小狗說，「特別是白色牛仔褲。」

我們站在一間又大又寬敞的客廳裡，天花板高挑無比，一道樓梯通往上方圍了欄杆的樓中樓——光是這客廳就幾乎和我從小住到大的公寓一樣大。但等瞳孔適應耀眼的陽光後，我才發現屋裡有多空曠，不由嚇了一跳。骨白色的牆面，一座給人一種假的狩獵小屋感覺的石砌壁爐。沙發看起來像從醫院候診區搬回來的。通往院子的落地窗對面矗立著一面牆架，架上幾乎什麼也沒有。

我爸踩著吱吱嘎嘎的腳步聲進門，將行李扔在地毯上。「老天，小杉，屋裡臭死了。」

杉卓拉——正俯身放下包包——皺起眉頭，因為小狗又立刻跳到她身上又扒又抓。「珍奈本來該放牠出去上廁所的。」她在小狗刺耳的尖吠聲中說，「她有鑰匙啊。老天，波普。」她皺起鼻子，轉過頭說，「你臭死了。」

屋子裡的空蕩看得我目瞪口呆。直到這刻前，我從沒質疑過賣掉母親的書本、地毯、古董，或者幾乎把所有家具統統捐給二手店或丟掉的必要。我從小就在一間四房公寓長大，衣櫥永遠滿到快要爆炸，每張床底下都塞滿各式各樣的紙箱；而且因為碗櫥放不下，所以鍋碗瓢盆一律掛在天花板上。但是——把她的一些東西帶過來又不是什麼難事，像是她母親留下來的銀匣、那幅像斯德布[1]作品的栗色母馬畫像，甚至是她小時候看的那本《黑神駒》！他家裡明明就可以擺些優美的畫作或外公外婆留給她的家具。他把她所有東西清得乾乾淨淨只有一個原因，因為他恨她。

「我的老天，」我父親說，火冒三丈地提高音量，蓋過小狗尖銳的吠叫聲。「家裡都被這條狗給毀了；一點都不誇張。」

「唉喲，有那麼嚴重嗎——我知道屋裡被搞得亂七八糟，但珍奈說——」

「我說過，妳應該把牠送去犬舍，或者——我不曉得，收容所吧。我不喜歡把牠養在家裡；應該關到屋外才對。我就說會搞得亂七八糟吧？珍奈是個他媽的怪——」

「牠不就是在地毯上大了幾坨屎嗎？那又怎樣？還有——你他媽的是在看什麼？」杉卓拉氣沖沖地罵了一句，跨過不停尖叫的小狗——我心裡打了個突，忽然醒悟她瞪的人是我。

6.

我的新房間感覺好荒涼、好寂寞。因為如此，我在整理好行李後，沒有關上衣櫥的拉門，以便自己可以看見掛在裡頭的衣服。我還能聽見爸的咆哮聲從樓下傳來，依舊為了地毯的事痛罵不休。不幸的是，杉卓拉也扯開嗓子，吼得他怒火更加高漲；而這呢，正是對付他的下下之策（如果她問的話，我可以提醒她）。以前在家裡，母親知道平息爸怒氣最好的方法，就是保持一股無聲、微弱但堅定不搖的輕蔑之火，把房裡所有氧氣吸得一乾二淨，讓他說的每一句話、做的每一件事都顯得無比荒謬。最後，他會氣沖沖地甩門而出。氣消後——通常是幾小時後，他會悄悄打開門鎖——走進屋內，彷彿什麼事也沒發生過，泰然自若地去冰箱拿啤酒，用再正常不過的聲音問他的信都收到哪裡去了。

二樓有三間空房，我選了最大的一間。裡頭像飯店一樣，有自己一套的小浴室。地板上鋪著厚厚的灰藍色長毛地毯，床墊赤裸裸地擺在房裡，床尾放著一包塑膠套，裡頭裝著床單：高級密織棉布，八折特價。牆上傳來輕微的機械嗡鳴聲，有如魚缸濾器般的嗡嗡低鳴。看起來就像電視上那種會出現應召女郎或空服員屍體的房間。

我一面豎耳留意爸和杉卓拉的動靜，一面在床墊坐下，將那幅包得密不透風的油畫放在腿上。即便鎖著門，我還是不敢貿然把報紙拆掉，就怕他們上樓撞見。但想要看它的衝動是如此強大，所以我還是小心翼翼、戒慎戒懼地用大拇指指甲摳掉膠帶，從邊緣緩緩把報紙撕開。

畫比我預期的還要好拿出來，我強忍開心的驚呼。這是我第一次在天光下欣賞這幅畫。在這

---

1 George Stubbs，十八—十九世紀英國畫家，以擅長畫馬聞名。

空曠蕭索的房內——只有一片光禿禿的白牆——那些無聲的色彩彷彿都活了起來。儘管畫的表面蒙著一層薄薄的灰，但它所散發的氣息，仍像一堵面對著敞開窗戶、空氣清新、浸淫在光線中的牆。這就是史旺森太太那類人總是不時把沙漠陽光掛在嘴邊的原因嗎？她老愛嘮叨分享自己「旅居」新墨西哥的回憶——寬廣的地平線、萬里晴空的藍天、心靈的淨化。但光線彷彿施了什麼戲法，畫面陡然一變。就像有時候，在夏日暴雨傾瀉而下前，傍晚的天空電光大作，而在那奇異的瞬間，母親臥房窗外那片黑黝黝的屋頂水塔會驀然迸出粲然的金光，彷彿通了電一樣。

「席歐？」我爸輕快地敲了敲房門，「你餓了嗎？」

我起身，祈禱他不會轉動門把，卻發現門鎖上了。我的房間空的跟牢房沒兩樣，但是衣櫥上方有個櫥架，比我爸的視線高許多，看起來也夠深。

「我要去中國餐館，你要吃些什麼嗎？」

如果我爸看見那幅畫，他會認出它來嗎？應該不會——但它在天光下散發的光芒如此耀眼，我想任何一個笨蛋都會察覺它大有來頭。「呃，我馬上來。」我喊了回去，聲音沙啞，又不自然。我把畫塞進多出來的枕頭套裡，藏進床底，然後匆匆走出房門。

7.

來到拉斯維加斯後，在開學前的那幾週，我時常戴著iPhone的耳機，把聲音轉到無聲，無所事事地在一樓閒晃。在這段時間內我發現了不少有趣的事。首先：我爸先前的工作原來並不如他所誤導我們相信的那樣，那麼需要常去芝加哥和鳳凰城出差。那幾個月裡，他把我和母親蒙在鼓裡，偷偷飛來賭城好幾次，而且就是在賭城——百樂宮酒店的一間亞洲主題酒吧裡——認識了杉卓拉。在我爸離家出走前，他們就已經來往了一陣子——我推測大約有一年出頭。在母親死前不久，他們似乎才在戴墨尼科牛排館慶祝「一週年紀念」，還在美高梅大飯店看了邦喬飛的演唱會。（邦喬飛！我有那麼多事情想要告訴母親——沒有上萬也有成千——她永遠無法知道這麼好笑的事實在太可惜了。）

另一件事是我在沙盡路住了幾天後發現的：原來杉卓拉和我爸所宣稱的「戒酒」，不過是從蘇格蘭威士忌（他的首選）換成可樂娜輕啤酒和維可汀。原本看這兩人一天到晚在各種不同情境和場合下交換代表和平或勝利的V手勢，我還覺得一頭霧水；而且要不是因為我爸以為我沒在聽，直接向杉卓拉討維可汀，這謎團本來還有可能持續更久。

我對維可汀一無所知，只知道我喜歡的一個狂放女明星每次照片出現在小報上都是因為它：跌出她的賓士外，警車的警示燈在背景閃爍明滅。幾天後，我看到一個貌似裝有三百顆藥丸的塑膠袋——就放在廚房流理台上，旁邊是一瓶我爸的柔沛和一疊尚未繳款的帳單——杉卓拉看見連忙抓起，扔進包包。

「那是什麼？」我問。

「呃，維他命。」

「為什麼裝在塑膠袋裡？」

「是我工作那裡的健身教練給我的。」

奇怪的是——這也是我想和母親討論的事之一——這嗑藥的新爸爸比過去那個舊爸爸好相處的多，也好掌握的多。他過去酗酒時，脾氣總是陰晴不定——先是滿口粗魯的笑話，情緒高亢，直到醉到不省人事——但沒喝酒時還更糟。出門時，他會氣沖沖地走在我和母親前方十步，一面喃喃自語，一面拍打自己的西裝口袋，好像在找什麼武器；還會帶著我們不想要或根本買不起的東西回家，像有一次他就帶了一雙鱷魚皮的Manolo Blahnik給母親（但她最討厭高跟鞋），而且尺寸還根本不對。他有時還會從辦公室扛一大疊紙回來，三更半夜坐在桌子前，一面喝冰咖啡，一面按計算機，渾身大汗，好像剛踩完四十分鐘的踏步機。要不然就是忽然鄭重其事地說要去布魯克林參加什麼派對，(「妳說『我不去比較好』是什麼意思？是覺得我該當個他媽的隱士是不是？」)然後——在硬是把我媽拖去後——又因為羞辱或嘲笑某人，不到十分鐘就氣沖沖離開。

但現在不一樣了，吃過藥後，他變得比較親切、和藹：懶洋洋的，又開朗，給人一種茫然、呆滯、輕飄飄的感覺。步伐變得比較輕盈，更常打瞌睡，還會附和點頭，吵架吵到一半忘了自己在吵什麼，赤著腳、敞開浴袍到處閒晃。從他溫和的咒罵、凌亂的鬍碴，還有嘴角叼著一根菸、輕鬆說話的模樣看來，感覺就像他在扮演什麼角色：五〇年代的黑色電影或《瞞天過海》裡的孤傲男子，一個懶洋洋、看盡人世冷暖、毫無所懼的幫派分子。但即便在這不同於以往的閒散氣息中，他臉上仍會隱隱流露傲岸少年那種雖千萬人吾往矣的瘋狂神情，而且更加令人不安，因為它正朝著自我的衰亡、頹敗與輕忽飄然遠去。

沙盡路的房子裡有母親永遠不可能讓我們裝的貴死人不償命的有線電視台。他會拉下百葉窗，擋住刺眼的陽光，像鴉片吸上癮的人一般，神情呆滯地坐在電視前抽菸，看著無聲的ESPN頻道；不特定哪種運動，電視上有什麼他就看什麼：板球、回力球、羽球、槌球，來者不拒。冷氣太強，有種冰箱的餿味。他可以這麼動也不動地坐上好幾個鐘頭，總督牌香菸的煙霧如線香般裊裊朝天花板飄散，看起來就像對著PGA計分板沉思的佛祖、達摩或僧伽。

我還搞不清楚的是我爸究竟有沒有工作——如果有，又是什麼？家裡的電話二十四小時全日無休，我爸會拿起手持聽筒，退到走廊，背對我，一手撐著牆壁，低頭瞪著地毯講話。神態中有些什麼，讓他看起來就像球賽進入拉鋸終局的教練。他通常會把音量壓得非常低；就算沒有，光聽內容，我也還是聽不懂他們在說什麼：抽頭、獨贏、冠軍相、勝負盤和讓分盤；那都是什麼東西？他大多時候都不在家，也沒交代自己去哪兒，甚至有許多夜晚和杉卓拉兩人直接在外頭過夜。「美高梅常免費招待我們住宿。」他解釋，揉了揉眼，筋疲力盡地嘆了口氣，倒進沙發的靠枕堆裡——再次地，他又給我那種像在角色扮演的感覺，某個喜怒無常的花花公子，八〇年代留下來的遺跡，總是意興闌珊，什麼都提不起勁。「希望你不介意，只是她上大夜班的時候，我們直接睡賭城大道那兒比較方便。」

8.

我趁杉卓拉有天在廚房準備她的白色減肥飲料時問她：「家裡到處都是這種紙，它們到底是什麼啊？」家裡隨處可見這種印製的卡片，我已經好奇了很久：一行又一行用鉛筆寫著單調數字的方格，好像什麼科學數據似的，給人一種DNA序列或間諜的二元密碼的詭異感。

她關掉果汁機，撥開眼前的髮絲。「你說什麼？」

「這些長得像工作資料表的東西是什麼？」

「喔，是百家樂！」杉卓拉說——最後一個音微微捲舌，手指花巧地輕輕一彈。

「喔。」我楞了會兒後回答，雖然以前從沒聽過這三個字。

她用手指沾了些飲料，舔乾淨：「我們不是常去美高梅玩百家樂嗎？」她說，「你爸喜歡把自己的賭局記錄下來。」

「我也可以找天去看看嗎？」

「不行。好吧，可以——應該可以。」她說，好像我是想去哪個局勢動盪的伊斯蘭國家度假一樣。「只是賭場不是太歡迎小孩，你不能進賭廳看我們玩。」

妳以為我想看嗎？我心想；我去又不想傻站一旁，看爸和杉卓拉賭博。「我以為他們有老虎或海盜船之類的表演。」

「是有啦。好吧，我想你說得沒錯。」她伸長手臂，要拿架上的一個玻璃杯，露出T恤和低腰牛仔褲之間的幾個藍色中國字刺青。「他們幾年前試過要推銷那種可以親子同樂的套裝行程，但沒成功。」

9.

如果換作其他時空，我說不定會喜歡杉卓拉——不過這句話呢，就像是說我可能會喜歡某個毒打我的小孩，如果他沒有揍我的話。是她開始讓我隱隱體會到，超過四十歲的女人——而且可能本來就不太漂亮的女人——也可能是性感的。儘管她五官稱不上好看（眼睛像子彈一樣的形狀、鼻子又扁又小、牙齒也同樣小小的），但身材保持良好，定期運動，小麥色的四肢光澤閃耀，幾乎就像是噴漆噴出來的一樣，彷彿擦了上噸的乳液和精油。她總是踩著高跟鞋，搖搖晃晃，腳步飛快，三不五時要把太短的迷你裙往下拉；走路時身子前傾，有種異樣的誘人感。就某種層面而言，我是討厭她的——討厭她結結巴巴的聲音、討厭她那條又黏又稠，寫著「晶亮魔唇」的唇蜜；討厭她耳朵上的眾多耳洞、討厭她喜歡用舌頭去舔的門牙牙縫——不過她也散發著一種撩人、刺激、難纏的氣息，一種野獸般的力量；當她脫去高跟鞋，赤腳走路時，就像一頭發出輕聲呼嚕，悄悄徘徊的獵獸。

香草可樂、香草護唇膏、香草口味的減肥飲料、香草伏特加。下班後，她會打扮的像是那種不顧小孩的有錢貴婦，白色短裙配上滿滿的黃金首飾，就連網球鞋都像新的一樣，白到閃閃發亮。她會穿著針織比基尼在游泳池畔做日光浴，背寬歸寬，但瘦到肋骨分明，看上去就像男人打赤膊。「唉呀，走光了，真是。」她自躺椅上坐起，卻忘了將比基尼綁好；我看見她胸部曬得跟其他地方一樣黑。

她喜歡看真人實境秀，像《我要活下去》和《美國偶像》、喜歡在Intermix和Juicy Couture

買衣服，還喜歡打給她的朋友寇特妮「發洩」；而不幸的呢，她有許多發洩都是和我有關。「妳相信嗎？」有天爸出門時我聽到她在電話上說。「我可沒料到這點。突然冒了個小孩出來？哈囉？有事嗎？」

「對啦，煩死人了。」她又說，懶懶地吸了口手上的萬寶路淡菸——倚著通往游泳池的落地窗，低頭看向剛塗上青綠色指甲油的腳趾甲。「不，」她頓了會兒後說，「我不知道要多久。他是想要我怎樣啊？我看起來是有他媽的時間照顧他嗎？」

雖然抱怨只是像她的習慣，並不特別尖苛或針對我，但我還是搞不懂要怎麼取悅她。過去，我以為所有媽媽年紀的女人都喜歡你出現在她們身旁，陪她們聊天，所以我就這麼試了。但杉卓拉和我都很快發現，如果她回家時心情惡劣，我最好還是不要插科打諢或過分關心她今天過得怎樣。有時候，如果只有我們兩個人在家，她會把電視從ESPN轉到其他台，我們一起還算和平地吃什錦水果、看生活頻道上的電影；但看我不順眼的時候，無論我說什麼，她就只會用冷冷的「是喔」兩個字回應，讓我覺得自己愚蠢至極。

「呃，我找不到開罐器。」

「是喔。」

「今晚會有月蝕喔。」

「是喔。」

「欸，牆上的插座在冒火花耶。」

「是喔。」

杉卓拉上的是夜班，通常會在下午三點半左右穿著她那套曲線畢露的制服出門：黑夾克配上某種彈性貼身的黑長褲，襯衫扣子一路開到雀斑密布的胸骨上。西裝外套上的名牌寫著大大的「杉卓拉」三個字，名字下方又標註佛羅里達。我們一起在紐約共進晚餐那天，她說過自己現在努力想打進房地產界，但我很快發現，她真正的工作其實是經營賭城大道上的一間賭場酒吧，名字叫做「五分錢」。有時候，她會打包一些酒吧的點心回來，用保鮮膜包著裝有肉丸或照燒雞塊的塑膠餐盤。她和我爸會把食物帶到轉成無聲的電視前，一面看一面吃。

和他們同住一個屋簷下，就像和相處起來格格不入的室友同住一樣。他們在家時，我便關上房門，自己待在房裡。如果不在——大多時候都是如此——我就獨自在家裡探險，努力習慣這裡的空曠。有好多房間裡不是連個家具都沒有，就是只有寥寥幾件簡單的擺設。而那開闊的空間，以及毫無窗簾遮蔽的明亮——只有赤裸裸的地毯與牆面——都讓我隱隱有些無所適從。

但不用時時刻刻覺得自己置身舞台或暴露在眾人目光下——像在巴波家時那樣——也讓我如釋重負。天空是一片鮮明飽和、無憂無慮、無邊無際的藍，彷彿許諾著某種荒謬可笑，而且其實根本不存在的光明未來。沒有人在乎我從不換衣服、也不再接受治療。沒有人管我，我成天無所事事，整個早上賴在床上，想的話，就一連看上五部勞勃．米契的電影。

爸和杉卓拉的房門永遠都上鎖——很可惜，因為杉卓拉把她的手提電腦收在房裡。除非她在家，自己拿下樓讓我在客廳用，否則我就別想打電腦的主意。我趁他們不在家時四處查訪，找到房地產的傳單、還沒拆封的新酒杯、一疊過期的《電視指南》、一箱破舊的二手平裝書：《認識你的月亮星座》、《邁阿密飲食瘦身法》、《撲克心戰學》，還有賈姬．柯林斯的《情人與玩咖》。

我們周遭的房子都是空屋——代表半個鄰居都沒有。對街的五、六棟房子後，有輛老舊的龐帝克停在前門。車主是個一臉倦容、頭髮又亂糟糟的大胸女。有時我會在傍晚看到她赤腳站在門前，一手抓菸，一手拿著手機講電話。我頭一次看到她，就替她取了個「殺手」的綽號，因為她穿著一件寫了「制度殺人」的T恤。除了殺手外，我在我們這條街上唯一看過的一個活人，是住在遠遠盡頭的那個黑衣大肚男，我看過他出門把垃圾桶拖到路邊（雖然我應該告訴他這條街上不會有人來收垃圾。需要倒垃圾的時候，杉卓拉會要我偷偷把垃圾帶去幾戶外還沒蓋好就已經廢棄的工地，丟進那裡的垃圾車）。夜裡——除了殺手和我們家外——街道完全由黑暗所占領。這裡荒僻到好像我三年級看過的一本書，故事講述一群去內布拉斯加草原拓荒的小孩，只是我沒有兄弟姊妹、沒有遇到友善的農場動物，更沒有老爸和老媽。

至今為止，最痛苦的一件事就是被困在這鳥不生蛋的地方——沒有電影院、沒有圖書館，路上甚至連間商店都沒有。「這裡沒有公車嗎？」某天晚上，我趁杉卓拉在廚房準備，要把前晚那盤嗆辣雞翅和藍乳酪醬熱來吃的時候問。

「公車？」杉卓拉問，舔掉手上沾到的烤肉醬。

「這裡沒有大眾交通運輸工具嗎？」

「沒有啊。」

「那大家都怎麼出門的？」

杉卓拉把頭歪向一邊。「開車啊。」她說，好像我是不知道世上有車子這東西的智障。

唯一的一件好事：屋後有座游泳池。來到拉斯維加斯的頭一天，我就在一個鐘頭內把自己曬得像磚塊一樣紅，晚上在又刺又癢的新床單上翻來覆去，無法入睡。從此之後，我就只會在太陽下山後出門。這裡的夕陽華麗絢爛，驚心動魄，橘光，緋紅，還有電影《阿拉伯的勞倫斯》裡的那種朱紅的天色洶湧翻騰，入夜後又立刻沉入一片漆黑冷酷，猶如大門給深深上了鎖。杉卓拉的那隻小狗波普——大多時候都窩在圍籬陰影下的棕色塑膠狗屋裡——會沿著游泳池畔跑前跑後、大聲狂吠，陪我仰天漂浮在游泳池裡，試圖在一片眼花繚亂的燦然星光中尋找我認識的星座：天琴座、仙后座、長著兩根尾刺的天蠍座；那些我從天文館買回來，貼在紐約的臥房天花板上，總是眨呀眨地親切哄我入睡的發光星圖。但它們現在看起來不同了——如褪去偽裝的神祇般冰冷而雄偉——彷彿它們飛越了屋頂，朝天空直奔而去，回到銀河上真正的家。

10.

新學校在八月的第二週開學。從遠處看去，那圍著圍牆、又長又矮、由屋頂步道所連結的建築讓我不由想起戒備鬆散的監獄。但一走進校門，色彩鮮豔的海報和回音陣陣的走廊都讓我彷彿霎時間跌回那再熟悉不過的校園生活：擁擠的樓梯間、嗡嗡作響的燈泡、生物教室裡如鋼琴大小的飼養箱，箱裡養著大蜥蜴，還有排滿置物櫃的走廊；這一切熟悉到彷彿看過太多次的影集場景——儘管它和我過去的舊學校只有表面相似，但透過某種奇異的頻率，卻也同時讓我感到安心與真實。

另一堂英語資優班在讀《遠大前程》，我的則在讀《湖濱散記》。我讓自己躲進書本的平靜與沉默中，那是這片金屬般滾燙的沙漠中的唯一庇護所。早晨的下課時間（我們被逼著集合整隊，一定要去販賣機附近的一座鐵絲網操場），我會站在我所能找到的最陰涼角落，手裡拿著平裝的《湖濱散記》和紅筆，一面看一面畫下許多特別令人振奮的句子：「大多數人都過著忍氣吞聲的絕望生活。」、「即便在人類所謂的遊戲與娛樂背後，也隱藏著一種刻板卻不為人察覺的絕望。」梭羅會怎麼看待拉斯維加斯：它的五光十色與熙攘喧鬧、它的垃圾殘骸與白日幻夢、它的精心規劃與空洞表象？

學校裡，那種白雲蒼狗的無常感尤其令人不安。隨處可見軍人子女和外國學生——很多都是來拉斯維加斯擔任大型管理或建設工作的主管子女。其中有些人在九到十年內就住過九到十個州，甚至還有許多人旅居過國外：雪梨、卡拉卡斯、北京、杜拜、台北。也有許多幾乎像隱形人般的害羞少男少女，他們的父母逃離了艱困的農村生活，來賭城的飯店擔任雜工和女傭。在這不同於以往的生態環境裡，財富，甚或是出眾的外表，似乎都不是決定人緣的關鍵。我後來發現，重點在於誰在拉斯維加斯住得久，所以你會看到明星級的墨西哥美女和流動建商的富家子女只能自己孤伶伶地吃午餐，而當地房地產仲介和車商那些枯燥乏味的平庸小孩卻能擔任啦啦隊隊長和班長，成為校內無可撼動的菁英階級。

天氣晴朗而美麗，隨著九月來臨，那毒辣的豔陽也逐漸為一種灰濛濛的金黃光芒所取代。我有時候會在西班牙桌吃午餐，練習西班牙語；有時也會在德國桌吃，雖然我根本不會說德語，但有幾名德國二代——德國銀行和漢莎航空主管的小孩——都是在紐約長大。在所有課程中，我唯一期待的就是英文課，但還是覺得有點悶，因為很多同學都不喜歡梭羅，甚至會對他加以批評，好像他是敵非友（但他可是宣稱自己從沒在任何長者身上學到有用的東西過啊！）。他對商業貿易的輕蔑——看得我神清氣爽——但惹惱了英文資優班上許多勇於發言的同學。「是啦，」一個用髮膠把頭髮梳得硬邦邦，活像七龍珠角色的討厭鬼大聲嚷嚷，「如果所有人都擺爛跑到森林閒晃，這世界會變成什麼樣——」

「我，我，我。」後方有個聲音哀怨地說。

「他有反社會人格。」在轟然大笑聲中，一名長舌婦迫不及待地插口——她在自己的座位上回頭看向老師（一名長手長腳的瘸腿女士，名叫史皮爾太太。身上穿的永遠是棕色涼鞋與大地色系的衣服，看起來像患有嚴重的憂鬱症）。「梭羅一天到晚就是坐在他的罐子旁，告訴我們這罐子有多美妙——」

「——因為，」那名七龍珠男又說——語調變得更加歡樂，「——如果所有人都像他說的那樣，兩手一攤，什麼都不管的話，世界會變成怎樣？如果全世界只剩下他那種人，這社會會變成怎樣？我們不會再有醫院等公共設施，我們連馬路都不會有。」

「智障。」終於，有個聲音喃喃道——音量不大不小，恰巧足夠讓身旁所有人聽見。

我轉頭去看是誰；是走道對面那個一臉倦容的男生。他無精打采地癱在椅子上，用手指敲打桌面。察覺我的視線，他便挑起意外活潑的眉毛，彷彿在說：這些見鬼的白癡是怎麼回事啊？

「後面有人想發表意見嗎？」史皮爾太太問。

「梭羅最好是在意馬路。」那個看起來精神委靡的男生說。他的口音讓我有些意外；是外國腔，但我聽不出來是哪裡。

「梭羅是史上第一位環保人士。」史皮爾太太說。

「也是第一個素食主義者。」後頭一個女生說。

「我就知道。」某人說，「草食先生。」

「你完全搞錯我的重點。」七龍珠男孩激動地說，「這世上總得有人鋪路，而非成天只是坐在森林裡看螞蟻和蚊子。那叫做文明化。」

我鄰座的這位同學發出一聲響亮的刺耳蔑笑。他膚色蒼白，身材瘦削，看起來不是太乾淨，一頭又直又塌的黑髮披散眼前，整個人散發一種逃家少年的病態虛弱感；雙手長繭，髒兮兮的指甲啃得老短——完全不像我紐約上西城那些秀髮亮麗、滑雪滑出一身黝黑肌膚的滑板狂；這些廢物的爸爸不是總裁就是公園大道上的外科手術醫生；但這名同學卻很容易讓人想像他牽著一條流浪狗，坐在人行道旁。

「好，要回答這些問題，大家現在先翻回第十五頁，」史皮爾太太說，「再看一遍梭羅談論他生活實驗那部分。」

「怎麼實驗？」七龍珠男又說，「像他那樣住森林裡，和洞穴人有什麼分別？」

那名黑髮男生一臉慍容，身體又在椅子中下沉幾分。他讓我想起那些站在聖馬可坊街頭，輪流傳菸抽，看起來無家可歸的流浪少年；他們會比較各自身上的傷疤、向路人乞討零錢——他和他們一樣，穿著破破爛爛的衣服，臂膀蒼白瘦削，手腕上也纏繞著同樣的黑色皮環。我無法理解他們層層裹繭的複雜特性，但表面的訊息卻相當顯而易見：我們不是同一世界的人，省省吧，我對你來說太酷了，連找我攀談都不用想。結果原來我對自己在拉斯維加斯唯一交到的朋友——還有，事實證明，也是我這輩子最要好的朋友——的第一印象錯的離譜。

他叫做鮑里斯。那天放學，我們發現對方都在等校車的人群之中。

「哈，這可不是哈利．波特嗎。」他一面打量我一面說。

「去你的。」我冷冷回答。在拉斯維加斯，這已經不是第一次有人叫我哈利．波特。我從紐約帶來的衣服——卡其褲、白襯衫，還有很不幸我必須戴著它才看得到東西的玳瑁眼鏡——讓我在這所幾乎所有人都穿無袖背心和夾腳拖鞋的學校裡看起來就像個怪胎。

「你的掃把在哪？」

「留在霍格華茲了。」我說，「你呢？你的滑雪板呢？」

「啊？」他說，湊上前來，一手放在耳後，模仿老人重聽的模樣。他大約比我高上半個頭，腳上穿著叢林靴和一條膝蓋破洞、怪模怪樣的老舊工作褲，上身則是一件破破爛爛的黑色T恤，印著用白色哥德字體寫著「Never Summer」[2]的滑雪板標誌。

「你的T恤啊。」我說，粗魯地努了努下巴，「沙漠裡沒什麼地方可滑。」

「是沒有。」鮑里斯說，撥開眼前黏膩的黑髮，「我不會滑雪，只是痛恨太陽。」

結果我們一起上了校車，坐在最靠近車門的位置——從其他同學爭先恐後往後方擠去的樣子看來，那裡顯然也是最不受歡迎的位置。我在紐約從沒坐過校車，顯然他也是，所以都覺得看到第一個空位就坐下再自然不過。一時間，我們兩人都沉默無語，但車程很長，所以最後還是聊了起來。我這才知道原來他也住谷蔭區——只是更裡頭，在又逐漸重回沙漠懷抱的盡頭處；那裡有很多房子還沒完工，路上布滿黃沙。

2　美國知名滑雪板大廠。

「你來這裡多久了？」我問他。在這所新學校裡，所有同學都會交換這個問題，好像我們是在坐牢一樣。

「不曉得；兩個月吧，大概。」雖然他的英文流利，但在濃重的澳洲口音底下還隱隱透著些什麼，黑暗，而且混濁，像是德古拉伯爵或KGB探員。「你從哪來的？」

「紐約。」我回答——而且很高興看到他只是楞了一下，然後流露心領神會的表情，皺起眉毛表示「很酷」。「你呢？」

他扮了個鬼臉：「這個嘛，讓我想想。」他說，靠倒椅背上，扳手數起他待過的國家。「我住過俄羅斯和蘇格蘭，應該很酷，但我完全沒印象了。除此之外還有澳洲、波蘭、紐西蘭；德州待過兩個月，還有阿拉斯加、新幾內亞、加拿大、沙烏地阿拉伯、瑞典、烏克蘭——」

「老天。」

他聳了聳肩：「不過主要是澳洲、俄羅斯和烏克蘭這三個地方。」

「你會說俄語嗎？」

他做了個手勢，我猜是多多少少的意思。「還有烏克蘭語和波蘭語，不過大部分都忘了。前幾天我還努力回想『蜻蜓』要怎麼說，但就是想不起來。」

「說幾句來聽聽。」

他說了，聽起來像滾動喉嚨要吐口水的聲音。

「什麼意思？」

他哈哈大笑：「『幹你娘老雞歪』。」

「真假？俄文的髒話？」

他笑了起來，露出一口非常不美國的灰牙：「是烏克蘭文。」

「我還以為烏克蘭是說俄語。」

「是啦。不過要看是烏克蘭哪裡。這兩種語言差別不大。好吧——」他咋了下舌頭，翻了個白眼，「——不是很大。數字的說法不一樣，還有星期幾和其他一些詞彙。我的名字在烏克蘭文中是另外一種拼法，但在北美這裡用俄文拼成鮑里斯（Boris）比較簡單，不是鮑利斯（Borys）。西方國家裡每個人都聽過鮑里斯．葉爾欽……」他偏過頭，又說，「——還有鮑里斯．貝克——」

「——鮑里斯．貝德諾夫——」

「什麼？」他陡然尖聲反問，轉過頭來，好像我剛羞辱了他一樣。

「波波鹿和飛天鼠啊？烏龍情報員啊？」

「喔，對，還有鮑里斯王子！《戰爭與和平》；我的名字就是取自於他。不過鮑里斯王子是姓德魯茇科伊，不是你說的那個。」

「那你的母語是什麼？烏克蘭語？」

他聳了聳肩：「波蘭語吧，大概。」他回答，倒回椅背，頭一撇，將黑髮甩到一側。他的眼神銳利、幽默，瞳孔非常漆黑。「我媽是波蘭人，來自烏克蘭邊界附近的熱舒夫。俄語、烏克蘭語——現在的烏克蘭是以前蘇聯的衛星城市，所以我兩種都會說；俄語可能說得沒那麼好——最溜的就是髒話和詛咒別人的話。斯拉夫語系——俄語、烏克蘭語、波蘭語，甚至捷克語——只要會一種，就幾乎都可以通。但我現在講最順的是英語，以前正好相反。」

「你覺得美國怎樣？」

「每個人都笑得好燦爛！好吧——大部分的人；你就應該不是。我覺得那樣看起來很蠢。」

他和我一樣，是家裡的獨生子。他父親（出生於西伯利亞，來自諾福甘斯克的烏克蘭軍人），目前從事礦業和探勘業。「偉大的工作——需要走遍世界。」鮑里斯的母親——他父親的第二任妻子——已經過世了。

「我的也是。」我說。

他聳了聳肩：「她已經死很久了。」他說，「她是個酒鬼，有晚喝醉，跌出窗外，就這樣摔死了。」

「哇。」我說。他輕描淡寫的口氣讓我有些震驚。

「對啊，糟透了。」他滿不在乎地說，望向窗外。

「所以你算哪國人？」我沉默片刻後問。

「啊——？」

「我的意思是，如果你媽是波蘭人，你爸是烏克蘭人，而你在澳洲出生，所以你算是——」

「印尼人。」他說，露出一個邪邪的笑容。他有雙惡魔般表情豐富的黑色眉毛，說話時常動來動去，一刻也不得閒。

「為什麼？」

「該這麼說，我拿烏克蘭的護照，在波蘭也有部分公民權，但真正想回去的地方是印尼。」鮑里斯說，將頭髮甩開臉前，「好吧——應該說是ＰＮＧ。」

「什麼東西？」

「巴布亞紐幾內亞；那是我所有住過的地方中最喜歡的一個。」

「巴布亞紐幾內亞？我還以為那裡有獵頭族。」

「現在沒有了；或該說沒那麼多了。這條手環就是那裡來的。」他說。他手腕上戴著許多黑色皮環，特別指出其中一條，「是我朋友巴米替我做的；他是我們家的廚師。」

「那裡的生活好嗎？」

「不是太糟。」他說。同時又流露那若有所思、又不知在自得其樂什麼的表情，斜睨了我一眼，「我有隻鸚鵡，還養了頭寵物鵝，本來還在學衝浪。但六個月前呢，我爸把我拖去阿拉斯加一個鳥不生蛋的小鎮；西華德半島，就在北極圈底下？然後，到了五月中——我們又搭一台小飛機去費爾班克斯，之後就到這裡來了。」

「哇。」我說。

「那裡無聊到我快崩潰了。」鮑里斯說，「一大堆死魚，網路訊號又爛的要命。我應該要逃家才對——真希望我有。」他澀然道。

「逃家去哪？」

「回紐幾內亞啊，住在海邊的沙灘上。謝天謝地我們起碼沒有整個冬天都窩在那鬼地方。幾年前，我們曾經跑去加拿大的亞伯達，就普斯庫佩河旁一個只有一條街的小鎮？整整十月到三月沒有一天天亮過，除了看書和聽CBC廣播電台外完全沒他媽的事可做；想洗個衣服還得開上五十公里。但是——」他笑了起來，「——還是比烏克蘭好多了；相較之下那裡簡直就是邁阿密。」

「你說你爸是做什麼的？」

「喝酒，大多時候。」鮑里斯酸溜溜地回答。

「那他應該和我爸認識一下。」

他冷不防又爆笑出聲——簡直就像要噴我一身口水。「沒錯，說得太好了。召妓咧？」

「有也不意外。」我微微楞了會兒後才回答。儘管我爸沒有多少事會讓我吃驚，但我還真沒想像過他會去脫衣舞廳或紳士俱樂部，就像我們有時在高速公路上看到的那些。

校車幾乎要空了，再過幾條街就是我家。「嘿，我要下車了。」我說。

「要不要來我家看電視？」鮑里斯問。

「呃——」

「來啦，反正沒人在家。而且我有《SOS冰山》的DVD。」

11.

校車其實沒有開到谷蔭牧場的盡頭，也就是鮑里斯住的地方。在最後一站下車後，要在炙熱的高溫下走上二十分鐘，穿過黃沙遍地的馬路才能到達他家。雖然我家那條街上立著許多「法拍屋」和「售」的牌子（夜裡還可以聽見汽車的廣播聲迴盪好幾哩）——但還是沒想到谷蔭牧場的邊境角落這麼詭異，在危險的天空下猶如一座玩具小鎮，逐漸為沙漠所吞沒。大多數的房子看起來都像從來沒人住過。其他屋宅——尚未完工的屋宅——窗緣粗糙，空蕩蕩地還沒鑲上玻璃，依舊籠罩在鷹架之中，被漫天風沙刮得灰霾黯淡。屋前堆著許多水泥和發黃的建材，封上板條的窗戶散發一種蒙蔽、破敗的凌亂感，宛如一張張被毒打後又纏上繃帶的面孔。我們循著路往前走，那股荒涼遺棄的氣息越來越令人不安，感覺像是走在某座因輻射或瘟疫而人口滅絕的星球。

「他們這些鳥房子實在蓋太遠了。」鮑里斯說，「現在沙漠正在一點一點地奪回去；還有銀行。」他笑了起來，「去他的梭羅，是嗎？」

「這整座鎮就像是大大的『去他的梭羅』。」

「我告訴你真正去他的完蛋的是誰，這些屋子的屋主；很多人連想脫手換錢都無法。屋子被收回去，因為人們付不出房貸——所以我爸的房租才這麼見鬼的便宜。」

「是喔。」我微微楞了片刻後才回答。我先前從沒想過爸怎麼負擔得起這麼大的房子。

「我爸是挖礦的。」鮑里斯突然說。

「你說什麼？」

他將汗濕的黑髮撥開臉前：「無論我們去哪兒，都被當地的人討厭，因為礦產公司信誓旦旦地保證採礦不會破壞環境，但採礦就是會破壞環境。但在這裡——」他像俄國人那樣認命地聳了聳肩，「——拜託，只有該死的沙，誰在乎啊？」

「嗯。」我說。聽著話語聲迴盪在荒涼的街上，心裡受到不小的震撼。「這裡真的很冷清，對不對？」

「對，根本就跟墳場沒兩樣。除了我們之外只有另外一戶人家——就那裡那棟。前頭停了輛大貨車，看到嗎？是非法移民，我想。」

「你和你爸是合法的，對吧？」這是敝校面臨的一大問題：有些學生並非合法居留，走廊上貼有相關訊息的海報。

他發出個可笑的嗤諷聲：「當然啊，礦產公司會處理；或者某個人會處理。但那些住戶呢？總共約有二、三十人左右，全是男的，擠在同個屋簷下。大概是藥頭。」

「你這麼認為？」

「我只知道，」鮑里斯陰沉沉地說，「他們在屋裡幹些奇怪的事。」

鮑里斯的家——被兩塊垃圾滿溢的空地夾在中間——跟爸和杉卓拉那棟房子很像：地上鋪滿地毯，所有裝潢都是新的；格局相同，沒有太多家具，不過屋內溫暖到讓人渾身不舒服。游泳池裡一片乾涸，底部積著幾吋塵沙；沒有矯揉造作的庭院，連株仙人掌都沒有。所有物品的表面——家電、流理台、廚房的地板——都蒙著薄薄一層的砂。

「要喝什麼嗎？」鮑里斯問，打開冰箱，露出一整面閃閃發亮的德國啤酒。

「哇塞，好啊，謝謝。」

「在巴布亞紐幾內亞，」鮑里斯說，用手背抹了抹額頭，「當我還住在那裡的時候，曾發生過一次非常嚴重的水災。院子裡漂進了許多蛇……非常危險也非常可怕……還有二次世界大戰的未爆彈……死了很多鵝。總而言之——」他說，打開啤酒瓶，「——所有水都不能喝了，怕染上傷寒。只剩啤酒能喝——百事可樂沒了，葡萄適沒了，碘片也沒了。整整三個星期，我和我爸，甚至是回教徒，除了啤酒外沒有任何東西能喝！午餐，早餐，統統一樣。」

「聽起來也沒有那麼糟。」

他扮了個鬼臉：「我那陣子二十四小時都處於頭痛狀態。紐幾內亞本地的啤酒，嘖嘖，味道糟透了；但這啊，可是好東西！冷凍庫裡還有伏特加。」

我正想開口說好，以免被他看輕，但隨即想起等下還得頂著室外的高溫走回家，便說：「不用了，謝謝。」

他和我碰了碰酒瓶：「也是，太熱了，不適合白天喝。我爸已經喝到他腳上的神經都死光了。」

「真的假的？」

「真的啊，那種病叫做——」他五官糾結，努力要擠出那串字眼，「——周邊性神經病變。」（他唸成『周便性神經病變』）。「在加拿大住院時，他們還得重新教他走路。他站起來——摔在地上——然後就流鼻血了——超白癡。」

「聽起來很好笑。」我說，想起我爸有一次也雙手雙腳爬在地上，掙扎要拿冰箱裡的冰塊。

「超級。你家都喝什麼？我是說你爸？」

「蘇格蘭威士忌，有喝的話；現在據說是戒酒了。」

「哈。」鮑里斯說，好像以前就聽過這句話。「我爸應該換種酒喝——好的蘇格蘭威士忌在這裡很便宜。想不想看我房間？」

我以為他的房間會跟我差不多，因此當他打開門，我看見裡頭活像座流浪漢的帳篷時不由嚇了一跳。房裡瀰漫著強烈又混濁的萬寶路菸味，到處都是書，空啤酒瓶、菸灰缸、成堆的舊毛巾和髒衣服散落一地。五顏六色的印染布——黃色、綠色、藍色、紫色——在牆上飄揚翻飛；鋪著蠟染布的床墊上掛著一面前蘇聯的國旗，看起來就像蘇聯太空人墜毀叢林，用國旗和他所能找到的原住民沙龍布裙和織布搭了個避難所。

「這你自己弄的？」

「只要摺起來，塞進行李箱，」鮑里斯說，倒在色彩狂野的床墊上。「十分鐘內就可以重新掛起來。你想看《ＳＯＳ冰山》嗎？」

「好啊。」

「超好看，我已經看過六遍了。她自己開飛機去冰上救人那段超精彩。」

但不知為何，我們那天下午最後還是沒看《ＳＯＳ冰山》，大概是因為我們一直東拉西扯地閒聊，沒機會下樓打開電視。在我所有認識的同齡朋友當中，就屬鮑里斯的人生經歷最有趣。他似乎很少上學；就算有，也是最貧困那種；在他爸工作的偏遠地區，常常根本沒學校可上。「我有錄影帶可看，」他說，灌了一大口啤酒，一眼睨向我，「還要考試，只是得要在有網路的地方，而在加拿大或烏克蘭的荒原地區有時候連網路都沒有。」

「那你怎麼辦？」

他聳了聳肩：「就多看書囉，我猜。」他說德州有個老師從網路上抓了份書單給他。

「愛麗斯泉那裡一定有學校吧。」

鮑里斯笑了起來，「當然有。」他說，吹開臉前一綹汗濕的頭髮，「但我媽死後，我們在北領地住了一陣子——阿納姆地那兒——一個叫做卡米烏拉格的小鎮；他們自己說是小鎮啦。周遭是一大片鳥不生蛋的不毛之地——就幾輛給礦工住的拖車、一家加油站，後頭有間賣啤酒、威士忌和三明治的酒吧。總而言之，酒吧是米克的老婆負責經營，名字好像叫茱蒂？而我只是——」他又唏哩呼嚕地灌了一大口啤酒，「——我每天呢，就只是和茱蒂一起看肥皂劇；晚上當我爸和他礦工隊的弟兄喝得爛醉時，我就乖乖和她待在吧台後方。雨季時我們連電視都沒得看，茱蒂還會把錄影帶收進冰箱，以免壞掉。」

「為什麼會壞掉？」

「潮濕的地方容易發霉，鞋子會發霉，連書都會發霉。」他聳聳肩，「我以前不像現在這麼多話，因為英文不夠好。也很害羞，老是自己一個人坐著，不跟別人說話。但茱蒂呢，不管我多安靜，還是照跟我說話不誤，而且非常和善，只是她說的話我一句也聽不懂。我每天早上都去找她，她也每天都幫我準備同一道熱騰騰的美味早餐。屋外永遠都是雨、雨、雨。掃地、洗碗、幫忙清理吧台，我就像小雞一樣跟在她屁股後面團團轉。這是杯子，這是掃把，這是椅子，這是鉛筆。那裡就是我的學校。所有電視節目——杜蘭杜蘭和喬治男孩的錄影帶——統統都是英文。她最愛看的是《牧場英雌》。我們總是一起坐在電視前，如果我看不懂，她就解釋給我聽。我們會一起討論劇中的姊妹，一起為了不幸在車禍中喪命的克萊兒掉淚。她說如果她有像卓佛牧場那樣大的房子，就會帶我過去一起住，從此過著幸福快樂的日子。我們會像麥克李歐家一樣，有各種女傭幫我們幹活。她非常年輕，也非常漂亮；一頭金色的捲髮和湛藍的眼珠。她老公都叫她蕩婦和賤貨，但我覺得她很像影集裡的茱蒂。她從早到晚不停陪我說話、唱歌——點唱機裡所有歌詞她都教過我一遍。『城市裡的黑夜，熱鬧而活躍……』很快我英文就溜了。『說英文，鮑里斯！』我在波蘭的學校學過一點英文：你好，對不起，感激不盡。但和她一起生活兩個月，我就可以劈哩啪啦講個不停！嘴巴沒一刻停得住！儘管她恨透了卡米烏拉格，每天都會躲進廚房哭，但對我一直都很好、很親切。」

天色開始晚了，但依舊炎熱明亮。「我快餓死了。」鮑里斯說，起身伸了個懶腰，露出破爛的上衣和工作褲間的一截肚子：塌陷、死白，就像瀕臨餓死邊緣的聖人肚子。

「有什麼好吃的？」

「麵包和糖。」

「你開玩笑吧。」

鮑里斯打了個呵欠，揉揉發紅的雙眼：「你從來沒吃過麵包加糖？」

「就這樣？沒別的？」

他疲倦地聳了聳肩：「我有披薩的折價券；但沒用，他們不會送來這麼遠的地方。」

「你們以前住的地方不是有廚師嗎？」

「有啊，住印尼的時候；沙烏地阿拉伯也有。」他手裡拿著菸——本來也遞了一根給我，但我沒接受。他似乎有些茫了，在房裡搖來晃去，好像隨著音樂起舞一樣，但房裡根本半點音樂也沒有。「人很酷，叫做阿杜．法他；意思是『開啟糧門者之僕人』。」

「好吧，要不然去我家。」

他倒向床上，兩手夾在膝蓋間：「別告訴我你家那個賤貨會做飯。」

「不會，但是她工作的酒吧有提供自助餐。有時候她會帶些吃的或什麼回來。」

「讚喔。」鮑里斯說，有些搖搖晃晃地站了起來。他已經乾了三瓶啤酒，現在正解決第四瓶。到了門口，他自己拿了把傘，又遞給我一把。

「呃，幹嘛帶傘？」

他打開傘，走出屋外。「撐傘走路比較涼。」他說，陰影下的面孔顯得一片青藍，「而且才不會曬傷。」

12.

在認識鮑里斯前，我一直獨自淡然過著孤獨的日子，不曾察覺自己有多寂寞。而且我想，只要我們之中有人的家庭正常一些，有宵禁要遵守，有家事要做，有大人會管教，我們就不會在那麼短的時間內變得那麼密不可分。但事實是，我們幾乎從第一天認識起就形影不離，一起搜刮食物，有錢就一起享用。

在紐約時，我從小到大，身邊總是環繞許多有錢、世故的小孩——曾旅居國外、會說三、四種語言；暑假去海德堡參加研習營，去里約、茵斯布魯克或昂蒂布度假。但是鮑里斯——就像個老船長般——卻讓他們全都相形見絀。他騎過駱駝、吃過巫螃蟳、打過板球、得過瘧疾、露宿過烏克蘭的街頭（「但只有兩個禮拜。」）、自己引爆過一枚炸彈、在滿是鱷魚的澳洲河裡游過泳；他讀過俄文的契訶夫，還有其他我從沒聽過的烏克蘭與波蘭作家；他在俄羅斯經歷過華氏四十度以下的黑暗嚴冬，放眼望去只有無邊無際的狂風暴雪與黑色積冰，唯一稍微有點生氣的景象，是他爸喜歡去的那間鄉下酒吧外二十四小時永遠亮著燈的綠色霓虹棕櫚樹。儘管他只比我大一歲——今年十五歲——但已經有過性經驗；他在阿拉斯加一家便利商店的停車場上向個女生討菸，她就問他想不想進她車裡坐坐，就這樣。（「但是告訴你，」他說，從嘴角吐了口煙，「我覺得她沒有很滿意。」

「你呢？」

「拜託，當然。不過呢，我告訴你，我知道自己沒做對：車子裡太擠了。」）

我們每天一起搭校車回家。德薩托亞邊界有座半完工的社區中心，大門深鎖，盆栽裡的棕櫚樹早已枯萎，又乾又黃，了無生氣。那裡有座廢棄的遊樂場，我們會在那兒的販賣機買日漸減少的汽水和融化的糖果，坐在室外的鞦韆上，一面抽菸一面聊天。他的壞脾氣和陰鬱情緒是家常便飯，心情好的時候，又亢奮到幾近病態。他瘋狂、悲觀，有時候又讓我笑到肚子痛。我們總有說不完的話，常在屋外聊到渾然忘我，回神時才發現天色已黑。在烏克蘭，他曾親眼見過一名民選政府官員在走向自己車子時肚子忽然中了一槍——他只是剛好撞見，沒看到槍手，只看到穿著過小大衣的寬肩男子跪倒在黑暗與雪地之中。他說起他在亞伯達齊佩瓦保留區附近念的那所錫板屋頂小學校、唱波蘭文的搖籃曲給我聽（「在波蘭，我們的功課大多是背詩詞、歌曲，或祈禱詞之類的。」)、教我用俄文罵髒話(「這真是他媽的 mat ——這髒話是從古拉格開始的。」);他還告訴我,在印尼時,他的廚師朋友巴米曾成功說服他改信回教:放棄豬肉、在齋戒月實行齋戒、每天朝麥加的方向祈禱五次。「但我現在不信回教了。」他說,將腳趾埋進砂塵中。我們躺在旋轉木馬上,轉到兩人都頭昏眼花。「前陣子放棄的。」

「為什麼?」

「因為我喝酒。」(這麼說還真是輕描淡寫;鮑里斯根本是把啤酒當可樂喝,幾乎放學一回家就開始灌。)

「有什麼關係?」我說,「其他人又不知道。」

他發出個不耐煩的聲音:「因為如果我對外宣稱自己信仰某個宗教,又不好好遵守教條是不對的。那樣對回教很不尊敬。」

「都一樣啦。『阿拉伯的鮑里斯』,嗯,聽起來很順。」

「幹。」

「好啦,我說真的啦。」我說,一面笑,一面用手肘撐起上半身,「你真的相信那些東西嗎?」

「哪些東西?」

「你知道,就阿拉和穆罕默德啊;『世上只有唯一的真神』——?」

「不信。」他說,似乎有些生氣,「我對於回教的信仰是關於政治方面。」

「什麼意思,你是說像鞋子炸彈客那樣?」

他哈哈大笑,哼了一聲:「你媽啦,才不是咧。而且回教不宣揚暴力。」

「那他們宣揚什麼?」

他離開旋轉木馬,兩眼戒備地瞪著我:「你那句話是什麼意思?你到底想說什麼?」

「冷靜一點好嗎!我只是問問而已。」

「問什麼——？」

「如果你改信了回教，那你到底相信什麼？」

他倒了回去，哈哈大笑，好像我放了他一馬。「相信？哈！我什麼都不信。」

「什麼意思？你是說現在什麼也不信？」

「是從來都不信。好吧——還信一點聖母瑪利亞。但是阿拉和上帝……？沒那麼信。」

「那你到底幹嘛想當回教徒？」

「因為——」他伸出雙手，就像他偶爾迷惘時會做的那樣，「——他們人好好，都對我好親切！」

「好吧，起碼是個開始。」

「沒錯，真的是。他們替我取了個阿拉伯名字——巴德爾阿爾丁。巴德爾就是月亮，忠誠之月之類的意思，但他們說：『鮑里斯，你像巴德爾，是因為你可以照亮你所去的每一個地方；而成為穆斯林後，你就可以用宗教照亮這個世界，無論去到哪裡，你都能光耀大地。』我喜歡當個巴德爾。而且清真寺實在是太美了。坍塌的宮殿——夜裡星光閃耀——鳥兒棲息屋頂。有個爪哇老人教授我們可蘭經，還會給我食物吃，每個人都很親切，確保我乾淨整齊、有乾淨的衣服穿。有時候我會在我的祈禱毯上睡著。而且禮拜時，當鳥兒在破曉時分醒轉，你一定可以聽見牠們的振翅聲！」

儘管他混雜澳洲腔與烏克蘭腔的口音非常古怪，但說起英文幾乎就和我一樣流利，而且考慮到他才來美國沒多久，已經算是相當熟悉美國文化。他一天到晚翻著那本破破爛爛的口袋字典（封面上潦草寫著他的斯拉夫名字，下方又小心翼翼地用英文寫著：鮑利斯·佛洛德麥洛維奇·帕夫里考夫斯基），而且我總是會在用過的 7-11 餐巾和廢紙上看見他寫著：

馬勒和馴化
名人
餐館
自作聰明＝Kpymou nauah
鄰近
瀆職

如果字典查不到，他就來問我。「『高二』是什麼？」他一面掃視學校走廊上的布告欄，一面問，「家政呢？政科呢？」（他唸成「政課」）。學校餐廳裡大部分的食物他聽都沒聽過：法士達、油炸豆泥球、香料火雞義大利麵。雖然知道很多電影和音樂，時代卻足足落後好幾十年，對運動、遊戲或電影節目則完全一無所知；除此之外——除了歐洲幾個知名大廠，像是賓士和寶馬之外——他完全不會認車子的廠牌。美金的算法搞得他滿頭霧水，有時美國地理也是，像是加州是在哪一省？我可以告訴他新英格蘭的首都是哪裡嗎？

但他已經習慣孤軍奮戰。他開開心心地自己申請入學、自己搭車、自己簽成績單、自己偷食物和文具。每星期大概一次吧，我們會像印尼的部落民族般撐著傘，在令人窒息的酷暑中走上好幾哩，去搭一種叫做CAT的龜速市內巴士；就我所知，除了我們之外，只有醉鬼、買不起車的窮鬼和小鬼才會搭公車。公車的班次不多，如果錯過一班，就得在路邊枯等好一陣子。但兩站之間有座購物中心，裡頭有家空調涼爽、閃閃發亮而且人手不足的超級市場，鮑里斯會幫我們兩個偷牛排、奶油、茶包、小黃瓜（他愛吃的不得了）、培根——我有次感冒時，他甚至還偷了咳嗽糖漿——塞進他那件醜死人不償命的灰色風衣的割開內裡（那是大人的外套，他穿太大了，肩線鬆垮垮的，有種東歐共產集團的陰森感，讓人不由聯想到食物配給和蘇聯時期的工廠，或利沃夫和奧德薩的工業建築）。他順手牽羊時，我就站在走道盡頭把風，緊張到我有時都忍不住擔心自己會昏倒——但沒多久，我自己的口袋也塞滿蘋果和巧克力（也是鮑里斯愛吃的東西之一），然後大大方方地走到櫃台前替麵包、牛奶或其他體積大到無法藏進口袋的東西結帳。

在紐約的時候，大約十一歲左右吧，母親曾替我報名過一個廚房小廚師的夏令營。我在那裡學會了幾道簡單的料理：漢堡、烤起司三明治（有時如果母親加班加到太晚，我就會做這個給她吃），還有一種鮑里斯叫做「吐司加蛋」的東西。鮑里斯會坐在流理台上，用腳跟踢著櫥櫃，我做菜，他就負責陪我聊天和洗碗。他告訴我，以前在烏克蘭，他有時會偷錢買東西吃。「被追過一、兩次。」他說，「不過從來沒被抓到過。」

「或許我們該找個時間去賭城大道。」我說。我們兩人站在我家廚房流理台前，手裡拿著刀叉，直接就著煎鍋吃牛排。「如果我們決定下手，那裡會是最好的地點。我從來沒在一個地方看過那麼多醉鬼，而且還全都是外地來的。」

他嘴巴停了下來，一臉震驚地看著我：「幹嘛要去那裡偷？這裡明明就有那麼大的店，而且還好偷的要命！」

「說說而已。」門房給我的錢——我和鮑里斯一次只花一點點，不是投販賣機，就是去學校附近的7-11買鮑里斯所謂的「雜誌」——雖然還夠撐一陣子，但總不夠撐上一輩子。

「哈！如果你被抓了我要怎麼辦，波特？」他說，扔了一大塊牛排給小狗；他之前還教牠用後腿跳舞。「以後誰幫我做晚餐呢？誰來照顧這隻小瘋子呢？」他老是喊杉卓拉的小狗波普做「小炸藥」、「小鞭炮」、「小波」、「小瘋子」——總之隨便亂喊，就是不喊牠真正的名字。就算爸和杉卓拉不准，我還是會把牠帶進屋裡，因為實在已經受夠牠老是把繩子拉得筆直，拚命趴在玻璃門上，吠到頭都快斷了。不過進屋後牠倒是出乎意外的安靜，時時刻刻都要你注意牠，不管我們走到哪兒都如影隨形，焦慮地跟在我們腳邊上樓下樓。我和鮑里斯在房間看書、吵架或聽音樂時，牠就窩在地毯上呼呼大睡。

「我說真的，鮑里斯，」我說，撥開眼前的髮絲（我非常需要剪頭髮，但又不想花錢），「偷錢包和偷牛排是有什麼差別？」

「差別可大了，波特。」他張開雙臂，示範給我看有多大，「你是要偷平民老百姓的錢，還是一家搶錢的有錢大公司的錢？」

「好市多又不搶錢；它是特價超市。」

「好哇，那就去偷平民老百姓的財產啊。這就是你的絕頂妙計？噓。」他要小狗安靜；波普又在鬼吼鬼叫，想討更多牛排吃。

「我又不會偷窮上班族的錢。」我說，也扔了一塊牛排給波普，「賭城裡多的是帶著大把現金遊蕩的無賴。」

「無賴？」

「狡猾、不老實的人。」

「喔。」他銳利的黑眉向上一挑。「很公平。但如果你找無賴下手，不是很容易惹到幫派分子，然後反過頭來被教訓一頓，nie?（不是嗎？）」

「你在烏克蘭就不怕被教訓？」

他聳了聳肩：「最糟大概就被打一頓吧，但可不會挨子彈。」

「挨子彈？」

「對，挨子彈。別一臉驚訝。這是個崇拜牛仔的國家，人人身上都有槍。」

「我又不是要我們去偷警察的錢，是爛醉的遊客！這地方只要一到星期六晚上，就滿滿都是這種人。」

「哈！」他把鍋子放到地上，讓小狗解決剩下的牛排，「你遲早有天會去坐牢，波特。道德感低落，金錢的奴隸，非常糟糕的公民啊你。」

13.

到了這時——大約十月左右——我們幾乎每晚都一起吃飯。鮑里斯原本常在晚飯前就已經解決三、四瓶啤酒，但現在到了吃飯時才會配杯熱茶，等飯後再來杯伏特加；我有樣學樣，很快也養出這個習慣（「它能幫你消化食物。」鮑里斯說）。喝完伏特加後，我們會懶洋洋地看書、寫功課，有時候還會吵架，常常喝到直接在電視機前陷入昏睡。

「別走啊！」鮑里斯說；那晚我在他家看《豪勇七蛟龍》，快結束時——就要進入最後的槍戰，尤．伯連納集結手下——我起身準備回家。「你會錯過最精彩的部分。」

「是啦，但已經快十一點了。」

鮑里斯——他躺在地上——一手撐起上半身。儘管一頭長髮、身形單薄、瘦骨嶙峋，在許多方面都和尤．伯連納截然相反，卻又莫名有種奇異的相似感：同樣狡黠、警戒，總是自得其樂，又有那麼點殘酷，像蒙古或韃靼人一樣眼睛微微上吊。

「打給杉卓拉，叫她來接你。」他打了個呵欠，說，「她幾點下班？」

「杉卓拉？算了吧。」

鮑里斯又打了個呵欠，他伏特加喝茫了，眼皮現在有如千斤重。「那就睡在這裡。」他說，滾到一旁，用手抹了抹臉，「他們會擔心你嗎？」

他們會回家嗎？有時不會。「我很懷疑。」我回答。

「噓。」鮑里斯說——伸手拿菸，坐了起來，「快看，壞人來了。」

「你以前就看過了？」

「俄文版配音，很瞎吧。但翻得很爛，變得有夠娘炮；是用娘炮形容沒錯吧？我的意思是，他們聽起來變得比較像學校老師，而非槍戰高手。」

14.

在巴波家時，儘管我因內心哀慟，鎮日憂愁，但現在卻如渴望失落的伊甸園般，對公園大道上那間公寓念念不忘。雖然我可以用學校電腦收發電子郵件，但安迪鮮少寫信，而且每封回信都幾乎生疏的令人沮喪。（嗨，席歐，希望你暑假過得愉快。爹地買了艘新船（押沙龍號）。母親拒絕上船，不幸的是我非上不可。二級日文有點難搞，但除此之外一切都好。）巴波太太很盡責地回了我寄去的手寫信——簡單一、兩行，寫在她跟鄧西凱洛紙品店訂製的個人卡片上——但從沒提起過任何私事，總是用「你好嗎？」開頭，「願一切安好」結束，從來沒出現過任何「想念你」或「希望早日相見」之類的話語。

我還寫了信給搬去德州的琵琶，儘管她仍在養傷，無法回信——不過這樣也好，因為大部分的信我壓根沒寄出去。

親愛的琵琶，

妳好嗎？在德州還適應嗎？我時常想起妳。妳開始騎妳喜歡的那匹馬了嗎？這裡一切都好。不知道妳們那裡熱不熱，這裡熱死了。

無聊。我扔掉信，從頭開始。

親愛的琵琶，

妳好嗎？我很惦記妳，希望妳一切安好，在德州一切順利過得開心。我必須說我不是很喜歡這裡，不過交了一些朋友，也比較適應了些，我猜。

不曉得妳會不會想家？我會。我非常想念紐約，真希望我們住近一點。妳的頭現在怎樣了？希望有好一點。很抱歉

「你女朋友喔？」鮑里斯說——嘴裡啃著一顆蘋果，站在我後面偷看。

「走開啦。」

「她怎麼了？」他問，見我沒回答，又補了一句：「被你打的嗎？」

「什麼？」我心不在焉地回答。

「她的頭啊？所以你才要道歉？她是被你揍了還是怎樣？」

「對啦對啦。」我說——然後，看見他那興致勃勃、熱切專注的模樣，我才陡然領悟他是認真的。

「你覺得我會打女生？」我問。

他聳了聳肩：「說不定是她活該。」

「呃，我們美國人不打女人。」

他忿忿不平地吐出蘋果籽：「對，美國人只會迫害和他們信仰不同的小國家。」

「鮑里斯，閉上你的鳥嘴，不要煩我。」

但是我已經被他的話搞得心煩意亂，所以沒再重寫一封信給琵琶，而是寫給霍比。

親愛的霍伯特先生，

嗨，你好嗎？希望如此。我還沒向你道謝，在我離開紐約前的那最後幾週，你對我是如此照顧。我知道你和小星一定都很想念琵琶，但還是希望你們一切安好。她還好嗎？希望她能早日重回她最愛的音樂的懷抱，也希望

但這封信我同樣沒有寄出，所以收到信時我非常高興——信很長，而且是寫在真正的信紙上——除了霍比外，沒有人會這麼做。

「那是什麼？」父親狐疑地問——一看到紐約的郵戳，立刻把信從我手上搶走。

「什麼是什麼？」

但我爸已經撕開封口，飛快掃過一遍內容，頓時失去興趣。「還你。」他說，把信交還給我，「對不起，小鬼，是我誤會了。」

信好美，本身彷彿就是一件藝術品：精緻的信紙，謹慎的字跡，透露著靜悄悄的房間與財富。

親愛的席歐，

我一直惦念著你，但又很高興至今尚未接獲你的消息，希望那代表你的生活忙碌而愉快。這裡的樹葉已經開始枯萎了，華盛頓廣場陰雨綿綿，黃葉遍野，天氣也日漸寒冷。星期六早晨，我會帶小星在東村裡溜達——抱牠走進起司店——我不確定這麼做有沒有違反什麼法規，但櫃台後的女孩總是會留些起司給牠。牠和我一樣想念琵琶，但是——也和我一樣——依舊享受美食。我們現在有時會在壁爐前吃飯，因為冬天就快來了。

希望你生活已經安定下來，交到了新朋友。我和琵琶通電話時，覺得她聽起來不是很快樂，但身體顯然是好轉不少。我感恩節會飛去德州看她。不曉得瑪格瑞特會不會不想見我，但琵琶希

望我去，我就會去。如果小星能上飛機，我說不定也會帶牠同行。

隨信附上一張我覺得你可能會喜歡的照片——這只齊本德爾衣櫃才剛送來，修得很糟。聽說它被儲放在紐約華特弗列特附近一棟沒暖氣的小屋。傷痕累累，到處坑坑疤疤，頂部甚至裂成兩半——但是——你看看那些後傾的線條，還有那鷹爪抓珠的支腳！照片沒把支腳拍清楚，但你可以看到那雙爪子承受的重量。它是個美麗的傑作，我只希望它有受到更好的照顧。不曉得你能不能看到表面驚人的紋理——實在太美了。

至於樓上的店面，我接受預約，一週會營業幾天，但大多時間都在樓下修復私人客戶送來的物品。史考尼克太太和幾名鄰居都向我問起你——這裡沒什麼改變，只有韓國超市的趙太太發生小小的中風（非常小，現在已經回工作崗位了），還有哈德遜街上我很喜歡的那家咖啡館收了——非常令人傷心。我今早經過時，發現他們將它改建成——好吧，我不知道你怎麼稱呼，總之是某種日本的新奇用品店。

一如往常地，我又過於嘮叨，快寫不下了。但我真心希望你在那兒一切安好、快樂，沒有你害怕的那麼寂寞。如果需要我幫忙，任何事都好，不必客氣，我非常樂意效勞。

15.

那晚，在鮑里斯家——醉醺醺地躺在蠟染布床墊一側；我的那一側——我試圖回想琵琶的長相，但在那扇毫無窗簾遮蔽的窗外，月亮太大、太清澈，讓我思緒不由轉向母親說過的一個故事：她小時候會坐在他們家那輛老別克的後座，跟著爸媽一起參加馬展。「我們常常到處跑——有時候還得整整開上十個小時，穿過荒涼的土地。摩天輪、鋪了木屑的競技場，空氣裡瀰漫著爆米花和馬糞味。有一晚，當我們在聖安東尼奧時，我實在有點受不了了——好想躺在自己的房間，你曉得，好想念我的狗和我的床——爹地於是把我抱到園遊會場上，要我看向月亮。『想家的時候，』他說，『只要抬頭看看月亮。因為無論妳去哪兒，都能看見同一個月亮。』所以當他過世，我不得不搬去和貝絲阿姨同住時——即便是現在，住在這座大城市裡，只要看見滿月，感覺就像是他在勸我不要留戀過去或心懷怨懟；只要我在的地方就是家。」她親了親我鼻子，「或者是只要你在的地方，小狗寶。你就是我世界的中心。」

身旁傳來一陣騷動。「波特？」鮑里斯問，「你還沒睡嗎？」

「我可以問你一件事嗎？」我說，「印尼的月亮是什麼樣子？」

「你是在胡思亂想什麼？」

「或者，我不曉得，俄國的月亮呢？和這裡一樣？」

他用指節輕輕敲了敲我腦袋——我現在已經了解這是他表示「白癡」的手勢。「到處都一樣啊。」他說，打了個呵欠，用戴著手環的細瘦手腕支起上身，「幹嘛這樣問？」

「不曉得。」我說。在一陣緊繃的沉默後又問：「你有聽到嗎？」

是門重重甩上的聲音。「是誰？」我問，翻身面向他。我們就這麼彼此對看，豎耳聆聽。樓下傳來各種聲音——有笑聲、乒乒乓乓的碰撞聲，然後砰的一聲巨響，像是有東西被撞倒。

「是你爸嗎？」我坐了起來，問——隨即聽見女人的聲音，酒醉，而且尖銳。

鮑里斯也坐了起來，窗外的月光映照出他慘白瘦削的身影。樓下聽起來像是有人在亂丟東西，把家具推得亂七八糟。

「他們在說什麼？」我低聲問。

鮑里斯凝神傾聽。他頸間所有線條我都看得一清二楚。「該死的。」他說，「他們喝醉了。」

我們倆就坐在那兒，凝神傾聽——鮑里斯比我更加專注。

「和他在一起的人是誰？」我問。

「妓女。」他又聽了會兒，眉頭深鎖，五官輪廓在月光下分外鮮明。隨後又倒回床上：「而且是兩個妓女。」

我翻身，看向我的iPod。凌晨三點十七分。

「幹。」鮑里斯咕噥，搔了搔肚子，「他們就不能安靜點嗎？」

「我渴了。」我膽怯沉默了片刻後才說。

他哼了一聲：「哈！你不會想現在出去的，相信我。」

「他們在做什麼？」我問。其中一個女人剛尖叫了一聲——但不曉得是笑聲還是恐懼的尖叫，聽不出來。

我們就這麼僵直身體，躺在床上，瞪著天花板，聽著樓下不祥的碰撞聲。

「是烏克蘭語嗎？」過了一會兒後，我說。儘管他們說的話我一個字也聽不懂，但和鮑里斯相處這些時日後，我也開始能分辨烏克蘭語和俄語間的音調差異。

「厲害，波特。」然後又說，「幫我點根菸。」

我們在黑暗裡來回傳遞那根菸，直到又有一扇門被甩上，屋裡總算靜了下來。最後，鮑里斯吐了口氣，伴隨裊裊煙霧的一聲終了嘆息，然後翻過身，在床邊爆滿的菸灰缸中捻熄香菸，「晚安。」他低聲說。

「晚安。」

他幾乎是立刻陷入夢鄉——我從他的呼吸聲中聽得出來——但是我久久無法入睡，喉嚨發癢，被菸味燻得頭暈目眩，噁心想吐。我要怎麼適應這詭異的新生活？聽著酩酊大醉的外國人在夜裡大吼大叫，沒有一件乾淨的衣服，甚至沒有人愛我？鮑里斯——毫無所覺地——躺在我身邊呼呼大睡。最後，快要天亮的時候，我終於沉沉入睡，夢見母親：她在六號地鐵上，坐在我對面，身子微微搖晃，臉孔在明滅不定的日光燈下顯得如此平靜。

你在這裡做什麼？她說；趕快回家！現在就回去！我在公寓和你會合。但聲音不太對；我凝神細看，才發現那人原來不是她，只是某個冒牌貨。我猛然倒抽了口涼氣，就這麼悚然驚醒。

16.

鮑里斯的父親是個神祕人物。正如鮑里斯所說，他常派駐到邊遠地區的礦場，一口氣就和其他礦工在那裡住上好幾個星期。「沒澡可洗。」鮑里斯一本正經地說，「搞得渾身又髒又臭，爛醉如泥。」廚房裡那個破破爛爛的廣播收音機就是他的（「布列茲涅夫時期的玩意兒。」鮑里斯說，「他就是不肯丟掉。」），我偶爾會找到的俄文報紙和《今日美國報》也是。有天我走進鮑里斯家的其中一間浴室（每間都很陰森可怕——無論是樓上或樓下的浴室統統沒有浴簾，也沒有馬桶坐墊，浴缸裡長著黑黑的東西），結果被他爸的西裝嚇得魂飛魄散。衣服又濕又臭，像屍體般掛在浴桿上，水珠自一團又粗又畸形、顏色像樹根一樣的棕色羊毛上滴滴答答淌落地板，毛骨悚然，簡直就像一具來自舊大陸、氣息潮濕的魔像，或是警方從河裡打撈出來的西裝。

「怎麼了？」我走出浴室後，聽見鮑里斯這麼問。

「你爸自己洗西裝？」我問，「用浴室的水槽？」

鮑里斯——他倚在門框上，啃著大拇指指緣——不置可否地聳了聳肩。

「你絕對是在開我玩笑。」我說。見他只是直勾勾地盯著我，我又道：「怎樣？俄國是沒有乾洗店嗎？」

「他有一堆名牌和珠寶，」鮑里斯仍舊啃著大拇指指緣，氣沖沖地說，「勞力士手錶、Ferragamo的皮鞋，他愛怎麼洗就怎麼洗，你管得著嗎？」

「對啦。」我說，隨即轉移話題。然後，幾個星期過去，我再也不曾想起鮑里斯的父親，直到有一天，鮑里斯上學遲到，頂著一隻瘀青的眼睛悄悄溜進英語資優班教室。

「喔，被橄欖球砸到臉。」當史皮爾太太（他都用俄文叫她『史皮爾斯卡亞』）狐疑地問他怎麼了時，他用輕快的語氣這麼回答。

我知道這不是真的。我隔著走道瞄了他一眼，今天整堂課都在討論愛默生，無聊的要命。我不停思索昨晚我回家帶波普出門散步後——杉卓拉一天到晚把牠綁在屋外，我開始覺得牠是我的責任——他究竟是怎麼把自己眼睛弄成那樣的。

下課後我追上他，問：「你幹了什麼好事？」

「什麼？」

「你眼睛是怎麼弄的？」

他眨了眨眼：「喔，這又沒什麼。」他說，用肩膀撞了撞我肩膀。

「到底怎樣啦？你喝醉了？」

「我爸昨晚回家了。」他說。見我一聲不吭，又說，「要不然咧，波特？你以為是怎樣？」

「老天，他幹嘛打你？」

他聳了聳肩：「幸好你回去了。」他說，揉了揉沒受傷的那隻眼睛。「看到他回來我也嚇了一大跳。那時我正睡在樓下的沙發，本來還以為是你。」

「發生什麼事？」

「唉！」鮑里斯誇張地嘆了口氣，他上學途中抽了菸，我從他的口氣中聞得出來。「他看見地上的啤酒瓶。」

「因為你喝酒他就揍你？」

「因為他幹他媽的喝醉了，我告訴你為什麼。爛醉如泥——八成不曉得自己打的人是我。今天早上——他一看到我的臉就可憐兮兮地痛哭道歉。總而言之，他有一陣子不會回來了。」

「為什麼？」

「他有很多事要忙；他說的。接下來三個禮拜都不會回家。那礦場在州政府經營的風化區附近，你知道嗎？」

「那些妓院不是州政府經營的。」我說——話說出口後才思索到底是不是。

「反正你知道我的意思。不過起碼有件好事——他留了錢給我。」

「多少？」

「四千塊。」

「少來。」

「真的啦，啊——」他拍了拍額頭，「——對不起，我是說盧布！大約兩百塊美金，但還是不少了。我應該跟他多討一點錢，但沒那膽子。」

我們來到走廊的交叉口，我要去上代數，鮑里斯要上公民課：他的痛苦之源。那是必修課——即便以我們學校鬆散的標準來看都像小學數學一樣簡單——但要讓鮑里斯理解權利法案和美國國會的列舉權利和默示權利，都讓我不由想起之前嘗試向巴波太太解釋什麼是網路伺服器的情形。

「好吧，下課見。」鮑里斯說，「再跟我說一次聯邦銀行和聯邦準備銀行有什麼不同？」

「你有告訴任何人嗎？」

「什麼事？」

「你明知故問。」

「怎樣，你想去檢舉我？」鮑里斯說，哈哈大笑。

「不是你，是他。」

「為什麼？那有什麼好處？好讓我被驅逐出境？」

「對喔。」我尷尬沉默了片刻後才擠出這兩個字。

「所以——我們今天晚上應該去吃頓好料！」鮑里斯說，「找家餐廳好了！墨西哥菜怎樣？」

經過最初的懷疑與抱怨，鮑里斯終於也開始愛上墨西哥料理——在俄羅斯吃不到，他說，習慣後就覺得還不錯，不過太辣的話他一樣不會碰。「我們可以搭公車去。」

「中國餐館比較近，東西也比較好吃。」

「對啦，但是——你忘了嗎？」

「喔，對喔，忘了。」我說。我們最後一次去的時候沒付錢就溜了。「那算了。」

17.

鮑里斯比我喜歡杉卓拉，而且是喜歡很多。他會衝上去幫她開門，稱讚她的新髮型，還主動幫忙提東西。有天我逮到他趁杉卓拉在廚房流理台前彎腰拿手機時偷瞄她乳溝，從那時候起，我就開始拿這件事取笑他。

「老天，她有夠辣的。」鮑里斯一進我房間就說，「你覺得你爸會介意嗎？」

「他大概根本不會發現。」

「我說真的啦，你覺得你爸會怎樣？」

「什麼會怎樣？」

「如果我和杉卓拉怎樣的話。」

「不曉得，報警吧。」

他一聲冷哼：「他能告我什麼？」

「不是你，是她。法定強姦罪。」

「最好是。」

「想的話就上啊。」我說，「我才不管她會不會坐牢。」

鮑里斯翻了個身，俯趴在床上，賊兮兮地看著我：「她有在吸古柯鹼，你知道嗎？」

「什麼東西？」

「古柯鹼。」他做了個吸白粉的動作。

「少來。」我說。見他只是衝著我賊笑，我又問：「你怎麼知道？」

「我就是知道；從她說話的方式，而且她會磨牙，你找天觀察一下就知道。」

我不曉得要觀察什麼。但有天下午回家時我爸不在，只見她一手將頭髮抓在脖子後，趴在咖啡桌前吸了下鼻子，然後挺直腰桿，抬頭時才看見我們站在門邊。一時之間，沒有任何人開口，她只是把頭轉開，彷彿我們根本不存在。

我們繼續朝樓梯走去，回我房間。雖然我以前從沒看過人吸毒，但還是很清楚她在做什麼。

「老天，那畫面也太性感了。」我關上門後聽見鮑里斯這麼說，「不曉得她都藏在哪兒？」

「誰知道。」我說，倒向床上。杉卓拉正要出門，我可以聽見車道上傳來引擎發動的聲音。

「你覺得她肯分我們一些嗎？」

「你的話大概會吧。」

鮑里斯坐在床邊的地板上，背靠著牆，將膝蓋拉到胸前。「你覺得她有在賣嗎？」

「怎麼可能。」我不可置信地楞了會兒後回答，「你這麼認為？」

「哈！有的話你就爽了。」

「為什麼？」

「因為家裡就會有很多現金！」

「那我有什麼好爽的？」

他用銳利的目光掃了我一眼：「家裡是誰在付錢的，波特？」他問。

「呃——」我從來沒想過這問題，但立刻領悟它有多一針見血。「我不知道。我爸吧，我想。不過杉卓拉也有出一些。」

「那他的錢是從哪裡來的？」

「誰知道。」我說，「他一天到晚講電話，然後就不知道出門去哪兒。」

「你有在家裡看過任何支票簿或現金嗎？」

「沒有，從來沒看過；有時倒會看到籌碼。」

「那也跟現金差不多。」鮑里斯飛快地說，將咬下來的指甲吐到地上。

「對，但未滿十八歲無法去賭場兌現。」

鮑里斯哈哈大笑：「這有什麼難；必要的話，我們一定會想出辦法。你就穿上以前紐約學校那件裝腔作勢、有盾形校徽的制服外套，走去窗口，說：『小姐，不好意思——』」

我翻身，用力揍了他手臂一拳，「去你的。」我說。他學我用那種慢條斯理、自以為了不起的方式說話，讓我很不爽。

「你可不能那樣說話，波特。」鮑里斯樂不可支，揉了揉手臂，說，「否則他們一毛也不會給你。重點是，我知道我爸的支票簿在哪兒，如果發生什麼緊急情況——」他攤開雙掌，「——對不對？」

「對。」

「我的意思是，如果我得開張空頭支票，起碼我還能開張空頭支票。」鮑里斯泰然自若地說，「知道自己不會束手無策的感覺很好。我不是要你闖進他們房裡東翻西找，但眼睛放亮點總不是壞事，對吧？」

18.

鮑里斯和他爸不過感恩節，而杉卓拉和我爸已經在美高梅的一家法國餐廳訂了頓奢華的浪漫晚餐。「你想一起去嗎？」我爸看到我在看廚房流理台上的廣告單便問——愛心、煙火、烤火雞上插著三色彩旗。「還是自己有計畫？」

「不了，謝謝。」我知道他是好意，但想到要和他還有杉卓拉一起共度浪漫的莫名晚餐，我就渾身不對勁。「我有計畫了。」

「你要做什麼？」

「我和別人約好了要一起過。」

「誰啊？」我爸問，流露百年難得一見的慈父之情。「朋友嗎？」

「我猜猜。」杉卓拉插口——她赤著腳，穿著睡覺時穿的邁阿密海豚隊運動衫，察看冰箱裡頭有什麼，「就是那個老把我買回家的橘子和蘋果吃掉的傢伙。」

「少來了啦。」我爸睡眼惺忪地說，從身後抱住她，「妳喜歡那個俄國小鬼——他叫什麼名字來著——鮑里斯，對。」

「我是喜歡他；這是件好事，我想，因為他差不多每天都跑來這裡鬼混。該死的，」她咒罵一聲——掙開我爸懷抱，拍了一下她赤裸的大腿——「是誰放這隻蚊子進來的？席歐，把游泳池那扇門關好有那麼難嗎？我都不知道提醒你幾百遍了。」

「好吧，如果你們想的話，我可以和你們一起過感恩節。」我靠著廚房流理台，平心靜氣地說，「這樣也不錯。」

我是故意要激怒杉卓拉的，也很高興看到自己成功。「但我們只訂兩個人的位子耶。」杉卓拉說，甩開臉前的髮絲，看向我爸。

「我相信他們有辦法安排的。」

「那我們還得先打電話告訴他們。」

「那就打啊。」我爸說，略顯冰冷地在她背上一拍，走到客廳察看美式足球的分數。

杉卓拉和我就這麼無言對望了片刻，然後她別過頭，彷彿望向什麼無可阻擋的殘酷未來。

「我需要來杯咖啡。」她無精打采地說。

「忘了關門的人不是我。」

「我不知道是誰，只知道以前住在那裡的直銷怪胎搬家前沒把噴水池的水放乾，搞得現在蚊子滿天飛——又有一隻，該死。」

「好啦，別氣了，我不是一定要跟你們過感恩節。」

她放下手中的咖啡濾紙盒。「什麼意思？」她說，「我到底要不要改訂位人數？」

「你們兩個還在那兒摸什麼？」我爸的聲音飄過印了水漬的杯墊、抽完的空菸盒和密密麻麻的百家樂路單，隱隱從隔壁房裡傳來。

「沒什麼。」杉卓拉揚聲回答。幾分鐘後，咖啡機開始嘶嘶作響，開關一跳。她揉揉眼，用昏昏欲睡的聲音說，「我沒說不讓你來。」

「我知道，我也沒說妳這麼說。」然後又道，「還有，只是想告訴妳一聲，忘了關門的人不是我，是爸；他常出去講電話。」

杉卓拉——正把手伸進碗櫥，要拿她的好萊塢星球馬克杯——回頭看向我，問，「你不是真要去他家吃晚餐吧？」她說，「那個俄國小鬼？」

「沒啦，我們只會在這裡看電視。」

「要我替你們帶什麼回來嗎？」

「鮑里斯喜歡妳之前帶回來的那種迷你香腸，我喜歡雞翅；辣的。」

「還有嗎？那種迷你肉捲呢？你不是也很喜歡？」

「有的話就太好了。」

「好，我會幫你們帶回來；別碰我的菸就好，這是我唯一的要求。我不管你們抽不抽菸，別抽我的就好。」她說，舉起一隻手阻止我開口，「我不是說你，但家裡的菸一直被偷，害我一個星期損失二十五塊。」

19.

自從鮑里斯帶著那隻黑眼圈出現後，我就開始把他父親想像成一個粗脖子、豬眼睛、小平頭的蘇聯分子，沒想到——我後來終於見到他的盧山真面目，不由大感意外——他本人就像瀕臨餓死邊緣的詩人，蒼白瘦削，膚色蠟黃，胸口凹陷，菸不離手；身上穿著洗到褪色的廉價上衣，不停猛灌加了糖的茶。但若你直視他雙眼，就會發現他的脆弱只是偽裝。他結實精瘦，整個人緊繃的像弓弦也似，感覺得出來脾氣很差——像鮑里斯一樣骨架小，臉型尖銳，但有著一雙發紅的邪惡眼神與又小又尖的褐色銳齒，讓我不由想起得了狂犬病的狐狸。

雖然我以前就匆匆瞥過他幾眼，或晚上在鮑里斯家聽見他（或者我以為是他的人）到處乒乒乓乓，卻從來不曾真正面對面看過他本人，直到感恩節前。某天放學後，我和鮑里斯回到他家，兩個人還有說有笑，就看見他窩在餐桌邊，桌上擺著一只酒瓶和一個玻璃杯。儘管衣衫襤褸，但他腳上的鞋子卻十分昂貴，而且身上掛著許多叮叮噹噹的黃金首飾。他一抬起發紅的雙眼，我們就立刻乖乖噤聲。儘管他身材矮小，勉強還算結實，臉上卻有些什麼，讓人不敢靠近。

「你好。」我怯生生地招呼。

「你好。」他說──神情冰冷，而且口音比鮑里斯重上許多──隨即轉向鮑里斯，用烏克蘭語說了些什麼。他們交談了一會兒，我在旁邊興致盎然地看著。鮑里斯用另一種語言說話時就像換了個人，很有意思──變得比較有活力，或者警覺；感覺就像另一個更幹練、更俐落的靈魂占據了他身體。

然後──出乎意外地──帕夫里考夫斯基先生向我伸出雙手。「謝謝。」他用低沉的聲音說。儘管我心下惴惴──感覺像要接近一頭野獸──但還是走上前，笨拙地伸出雙手。他緊緊握住我的手，皮膚粗糙，而且冰冷。

「你是個好人。」他說。他雙眼充滿血絲，而且眼神過於熾烈。我想要別開目光，只覺得無地自容。

「願上帝永遠祝福你。」他說，「我把你看作自己兒子，就像你們把鮑里斯看作自己兒子一樣。」

你們？我一頭霧水地瞄向鮑里斯。

帕夫里考夫斯基先生的視線也轉到他身上。「你把我的話轉告他了？」

「他說你是我們家的一分子。」鮑里斯無聊又不耐煩地說，「如果有什麼他能做的……」

就在這時，我萬萬沒想到，帕夫里考夫斯基先生忽然一把將我拉上前，緊緊擁入懷中。我閉上眼，努力無視他身上的氣味：混合著髮油、體臭、酒精，還有某種難以忍受的嗆鼻古龍水味。

「剛剛到底是怎麼回事？」等回到鮑里斯二樓房間，並且關上房門後，我壓低音量問。

鮑里斯翻了個白眼：「相信我，你不會想知道的。」

「他一直都是這麼醉醺醺的嗎？他是怎麼保住工作的？」

鮑里斯哈哈大笑：「公司高層裡有認識的人。」他說，「之類的。」

我們待在鮑里斯掛著蠟染布的昏暗房間裡，直到聽見車道上傳來他爸發動貨車引擎的聲音。

「他要好一陣子才會回來。」鮑里斯說。我放下窗簾，重新遮蔽窗戶。「老是放我自己一個人在家他也很愧疚。而且知道感恩節快到了，就問我能不能去你家。」

「你一天到晚來我家啊。」

「他知道。」鮑里斯說，揉出掉進眼睛的頭髮，「所以才向你道謝。但是——希望你不介意——我把你家地址給他了；不過是假地址。」

「為什麼？」

「因為——」不用我開口，他自己就挪動雙腿，騰出空間讓我坐下，「——你應該也不希望看到他三更半夜醉醺醺地出現在你家，把你爸和杉卓拉從床上吵醒。喔，對了——如果他問起的話——他以為你姓波特。」

「為什麼？」

「因為，相信我，」鮑里斯淡淡地說，「那樣比較好。」

20.

我和鮑里斯兩人躺在我家電視前的地板上，一面吃洋芋片配伏特加，一面看梅西百貨的感恩節遊行。紐約下雪了，氣球花車陸續經過——史努比、麥當勞叔叔、海綿寶寶、花生先生——還有一群只穿著纏腰布和草裙的夏威夷舞者在先鋒廣場上跳舞。

「幸好不是我。」鮑里斯說，「我敢打賭他們現在一定冷到皮皮剉。」

「對啊。」我說，但我壓根沒在看那些氣球、舞者或任何一切。看到電視螢幕上的先鋒廣場，我只覺得自己彷彿和地球相距數百萬光年遠，聽著古早的廣播訊號傳來殞落文明的主持人解說聲和觀眾的掌聲。

「一堆白癡。真不敢相信他們居然穿成那樣。最後鐵定都會被送進醫院，那些女生。」儘管鮑里斯老是猛烈抨擊拉斯維加斯的炎熱，但他也堅信所有「寒冷」的東西都會讓人生病：沒有加熱的游泳池、我家的冷氣，甚至是飲料裡的冰塊。

他翻了個身，仰躺地上，把酒瓶遞給我：「你和你媽去看過這個遊行嗎？」

「沒有。」

「為什麼？」鮑里斯說，餵波普吃了一片洋芋片。

「Nekulturny（粗俗），」我說，這是我從他那兒學到的單字。「而且遊客太多了。」

他點了根香菸，又遞了根給我：「你會難過嗎？」

「有點。」我說，湊上前去，就著他的火柴點菸。我不由想起去年的感恩節，它就像一部無法停止的電影，一遍一遍不停播放：我媽穿著膝蓋破洞的舊牛仔褲，赤腳走來走去。她開了瓶酒，又替我在香檳杯裡倒了薑汁汽水，擺了些橄欖，把音響的音量調大，穿上她的搞笑圍裙，打開她從中國城買回來的火雞胸肉，卻立刻皺起鼻子，被那味道嚇得往後跳開——「喔，天吶，席歐，這肉壞了，快幫我開門。」——阿摩尼亞般的強烈惡臭瀰漫屋內，她像拎著未引爆的手榴彈般，把火雞遠遠捧在身前，衝下防火梯，跑向路上的垃圾桶；而我——將腦袋探出窗口外——在樓上發出樂不可支的嘔吐聲。後來我們吃了頓克難的感恩節晚餐：豌豆罐頭、蔓越莓罐頭、紫米飯配烤杏仁。「我們的素食社會主義感恩節大餐。」她這麼說。當時她因為有工作要趕，我們就沒有認真規劃感恩節要怎麼過。明年；她保證（我們兩個都已經笑到筋疲力盡；那隻餿掉的火雞不知為何讓我們像嗑了藥似地笑個不停），我們會租一輛車，開到佛蒙特找她朋友傑德；或訂家高級餐廳，像葛拉姆西餐廳。只是這計畫沒有實現，我只能和鮑里斯在電視前，用伏特加和洋芋片慶祝感恩節。

「我們要吃什麼，波特？」鮑里斯問，抓了抓肚子。

「你說什麼？你餓了喔？」

他搖了搖手，表示：Comme ci comme ça（還好）。「你呢？」

「不是太餓。」我洋芋片吃太多，嘴巴上半部的黏膜都被刮了一層，菸味也開始讓我不舒服。

鮑里斯忽然轟然大笑，坐了起來：「你聽！」他說——踹了我一腳，指向電視：「你有聽到嗎？」

「什麼？」

「那個主播啊。他剛祝自己小孩『雜種和凱西』感恩節快樂。」

「喔，有完沒完啊你。」鮑里斯老是把這類的英文聽錯，耳誤大王；有時候很好笑，但大多時候只讓人覺得很煩。

「『雜種和凱西！』；有夠狠。凱西就算了，但叫自己小孩『雜種』，而且還是在感恩節的電視節目上？」

「他不是說雜種。」

「對啦，你最厲害，什麼都知道。那他到底是說什麼？」

「我他媽的怎麼知道？」

「那你是說心酸的嗎？你哪來的信心，老自以為比別人聰明？這國家是有什麼問題？蠢成這樣還能如此傲慢和有錢？美國人……電影明星……電視明星……莫名其妙，還把自己小孩名字取成蘋果、毛毯、阿藍、雜種，各種神經病的東西。」

「你的重點是——？」

「我的重點是，你們把民主當作所有混帳事的藉口。暴力……貪婪……愚蠢……只要是美國人，幹什麼都可以。對嗎？我有說錯嗎？」

「你就是無法閉上那張鳥嘴，對嗎？」

「我很清楚自己聽到什麼，哈！就是雜種！告訴你，如果我覺得自己小孩是雜種，也他媽的絕對不會取這個名字。」

冰箱裡有杉卓拉帶回來的雞翅、肉捲和小香腸，還有我爸從他愛去的那家中國餐館——位於賭城大道的購物中心裡——帶回來的水餃。但等到我們真要吃的時候，那瓶伏特加（鮑里斯為了感恩節所貢獻的）已經空了一半，我們也開始不舒服，食慾盡失。鮑里斯——有時喝醉時會出現一種嚴重的症頭，俄國人的症頭，就是開始大聊特聊沉重的話題和你無法回答的問題——他坐在大理石面的流理台上，揮舞一根叉著小香腸的叉子，有點失控地大聲發表對於貧窮、資本主義、氣候變遷和這世界有多糟糕的意見。

不知過了多久，我頭昏腦脹地說：「閉嘴，鮑里斯，我不想聽。」他先前還去我房間，拿出我英文課在看的那本《湖濱散記》，滔滔不絕地唸了出來，好支持他部分的論點。

書本朝我飛來——幸好是平裝本——砸到我顴骨。「Ischézni! 給我滾！」

「這是我家，你這白癡混蛋。」

那根小香腸——依舊插在叉子上——從我頭頂飛了過去，差點砸中我，但我們都笑到上氣不接下氣。到了下午，我們都茫了，在地毯上滾來滾去，不停絆倒彼此，一面大笑一面罵髒話，像狗一樣在地上爬。電視上，有場美式足球賽開打了，雖然我們都覺得爛死了不想看，但又懶得找遙控器轉台。鮑里斯醉昏了頭，拚命用俄文跟我說話。

「說英文，要不然就閉上你的鳥嘴。」我說，醉醺醺地想要抓住欄杆，保持平衡，閃避他的拳頭，結果還是沒抓到，整個人栽到咖啡桌上。

「Ty menjá dostál!! Poshël ty!（你煩死了，幹！）」

「啦啦啦啦啦。」我學女生捏尖了嗓子回嘴，趴在地毯上。地板變得好像船上的甲板，不斷顛簸搖晃。「巴拉萊琴啥米碗糕。」

「幹你媽的爛電視。」鮑里斯說，倒在我身旁地上，可笑地伸長了腳，想踹電視。「我不想看這狗屎節目。」

「好啦，幹——」我捧著肚子，翻了個身，「——我也不想。」我覺得眼睛怪怪的，家裡的物品開始發光，籠罩在朦朧的光暈中。

「我們來看氣象。」鮑里斯說，趴在地上爬過客廳地板，「我想知道巴布亞紐幾內亞現在天氣怎樣。」

「你得自己一台一台找，我不曉得是哪台。」

「是杜拜耶！」鮑里斯驚呼，向前撲倒在地——然後口齒不清地吐了串俄文，我在其中聽見一、兩個髒話。

「Angliyski! 說英文！」

「那裡在下雪嗎？」他搖晃我肩膀，「有人說那裡在下雪，神經病，ty videsh ?!（有沒有看到?!）杜拜在下雪！神蹟啊，波特！你看！」

「那是都柏林啦，你這白癡，不是杜拜。」

「Valí otsyúda! 閃邊涼快啦！」

之後我一定是昏了過去（每次鮑里斯帶酒來都會這樣），因為等我回神時，天已經暗了，而我跪在拉門旁，身旁地毯上躺著一團嘔吐物，額頭抵在玻璃上。鮑里斯睡死了，趴在沙發上欣然打呼，一手垂落椅外。小波也睡著了，下巴香甜地靠在他後腦杓上。我覺得自己像灘爛泥。死蝴蝶漂浮游泳池面，機器嗡嗡作響，溺死的蟋蟀與甲蟲在塑膠濾籃裡轉呀轉。天空上，夕陽狂野華麗，絢爛非常，血紅的雲朵彷彿災難與廢墟的末日景象：太平洋的原子彈引爆，野獸在大火前撒足狂奔。

如果不是有鮑里斯在，我很有可能會哭出來。但我只是走進浴室，又吐了一遍，就著水龍頭喝了點水，然後帶著紙巾回到客廳，儘管頭痛到幾乎什麼也看不清，但仍努力收拾自己製造出來的髒亂。嘔吐物被烤雞翅染成可怕的橘色，而且很難清理，在地毯上留下一灘汙漬。當我用洗碗精猛力刷洗地毯時，不停強迫自己回想紐約那些美麗的回憶——巴波家的公寓和那些中國瓷器與友善的門房、霍比家亙古的寂靜、他那些舊書和大聲滴答作響的時鐘、古老的家具、絲絨窗簾，處處都是過往殘存的遺跡，在那靜謐的房裡，一切是如此平和安詳，順理成章。夜裡，我常被周遭的陌生氣息所吞沒；這時，我就會在腦中細細回想他的工作室，哄自己入睡。那濃郁的蜂蠟味和玫瑰木屑、通往客廳的狹窄樓梯、塵埃飛舞的陽光灑落東方織毯上。

我要打給他。我心想；有何不可呢？我還醉茫茫的，意識不到這主意有什麼不對。但是電話一直響一直響，就是沒人接聽。最後——我試了兩、三次，接著又悽慘地在電視前坐了三十分鐘左右——不只想吐，而且冷汗直流，肚子痛的要命，只能楞楞瞪著氣象台，看著主播報導冰封的路面和冷鋒侵襲蒙大拿——然後，我決定打給安迪，用廚房的電話打，以免吵醒鮑里斯。是凱西接的電話。

「我們現在沒時間。」知道是我後她匆匆地說，「正要出門吃晚餐，快遲到了。」

「去哪吃？」我問，眨了眨眼。我依舊頭痛欲裂，連要好好站著都很困難。

「和凡尼斯家去第五大道吃；是媽媽的朋友。」

我可以聽見陶弟的哭聲隱約從背景傳來，普萊特一聲怒吼：「放開我！」

「我可以和安迪打聲招呼嗎？」我說，兩眼牢牢瞪著廚房地板。

「真的沒辦法，我們——媽，我馬上去！」我聽見她高喊；然後又對我說，「感恩節快樂。」

「妳也是。」我說，「幫我跟大家問好。」但她已掛斷電話。

21.

我對鮑里斯父親的恐懼在他懇切地握住我的手、感謝我照顧鮑里斯之後就減輕許多。沒錯，帕夫里考夫斯基先生（「還先生咧！」鮑里斯哈哈大笑）看起來確實嚇人，但我現在覺得他人其實不如表面上可怕。感恩節過後兩週，某天放學回家後，我們看到他坐在廚房裡——只喃喃跟我們打了聲招呼，然後便自顧自地灌起伏特加，用紙巾擦抹汗濕的額頭。原本偏淡的髮色因油膩的髮乳顯得深了些，身旁伴著那台破破爛爛的收音機，大聲收聽俄羅斯新聞。但有一晚，當我們和波普（我從家裡牽牠過來）在樓下看《五指凶獸》時——一部彼得．羅雷的老電影——忽然聽見前門重重甩上。

鮑里斯拍了下額頭：「幹。」我還沒反應過來，他就已經把波普塞進我手中，一把抓住我襯衫領子，將我拎了起來，往後方推去。

「怎麼了——？」

他手一擺——你走就是了。「狗。」他壓低音量厲聲道，「我爸會殺了牠，快。」

我拔腿穿過廚房，然後——盡可能安靜地——從後門溜了出去。屋外天色漆黑如墨。總算有那麼一次，波普乖乖地半聲不吭。我將牠放下來，知道牠會緊跟在我腳邊，悄悄繞到客廳沒有窗簾遮掩的窗戶邊。

他爸拄著根我以前從未看過的枴杖。他重重倚著它，如同舞台劇演員，一跛一跛走進明亮的客廳。鮑里斯站了起來，雙臂交疊在瘦巴巴的胸前，環抱自己。

他和他爸在吵架——或該說，他父親疾言厲色地對他說了些什麼。鮑里斯瞪著地板，頭髮遮在臉前，所以我只能看到他的鼻尖。

冷不防地，鮑里斯霍然抬頭，說了什麼尖銳的話語，轉身就要離開。就在這時——場面凶狠到我來不及會意——鮑里斯的父親便如毒蛇般猛然甩出手中枴杖，重重打在他肩後，鮑里斯整個人摔倒在地。他還來不及起身——四肢跪地——帕夫里考夫斯基先生又把他狠狠踹倒，揪住他上衣，把他跌跌撞撞地拎了起來。他用俄語火冒三丈地大吼大叫，戴著戒指膚色泛紅的手卯起來甩他巴掌，反手一掌，正手又是一掌。然後——把蹣跚的他扔到客廳中央——舉起枴杖彎曲的那頭，用力砸在他臉上。

我嚇呆了，退開窗前，只覺得天旋地轉，一個踉蹌絆倒，摔在一包垃圾上。波普——被那聲音嚇了一跳——發了瘋似地跑來跑去，尖聲狂吠。我才剛爬起來——驚恐之下又踢倒一堆罐子和啤酒瓶——門猛然甩開，一方黃色燈光灑在水泥地上。我跌跌撞撞，盡快爬了起來，一把抄起波普，拔腿就跑。

結果只是鮑里斯。他追了上來，抓住我手臂，直拽著我往前走。

「老天。」我說——微微落後，想回頭張望，「剛剛是怎麼回事？」

身後，鮑里斯家的前門猛然打開。帕夫里考夫斯基先生的身影出現門口，他一手撐在門上，一手揮舞拳頭，用俄語大聲咆哮。

鮑里斯只是一股腦兒地拽著我。「走就是了。」我們跑過漆黑的街道，鞋子重重踏在柏油路上，直到他父親的聲音終不可聞。

「幹。」我罵了一聲，轉過街角後放慢速度，改用走的。我心臟撲通狂跳，只覺得天旋地轉。波普在我懷裡唉唉慘叫，掙扎著想要下去。我一把牠放在馬路上，牠就繞著我們瘋狂兜圈。

「剛才是怎樣？」

「喔，沒什麼。」鮑里斯說，口氣不可思議的輕快。他抹了抹鼻子，發出濕濡的擤鼻聲。「他只是『發神經』而已；我們在波蘭都這麼說。不曉得突然抓什麼狂。」

我彎下腰，雙手扶在膝蓋上，氣喘吁吁。「是氣瘋了還是發酒瘋？」

「都有。幸好他沒有看到小波，要不然——後果不堪設想。他認為動物就是要待在屋外。看，」他說，舉起一瓶伏特加，「看我有什麼！出門時摸來的。」

我眼睛還沒看見，鼻子就已經先聞到他身上的血腥味。一輪新月高掛空中——光芒雖然微弱，但已足以照亮周遭景物——我站在那兒，楞楞打量他，才發現他鼻血如注，上衣都染紅了。

「老天。」我說，依舊上氣不接下氣，「你還好吧？」

「我們去遊樂場，喘口氣。」鮑里斯說。他的臉有夠悽慘，我看見了：一隻眼睛腫了起來，額頭上一道勾形的猙獰傷口也仍汩汩冒血。

「鮑里斯！我們應該先回家去。」

他挑起一邊眉毛：「回家？」

「我家啦。隨便。你看起來有夠慘。」

他咧嘴一笑——露出血淋淋的牙齒——用手肘撞了撞我肋骨。「不用啦，我得先喝點酒才能見杉卓拉。來吧，波特，在發生這些事後你不用放鬆一下嗎？」

22.

廢棄的社區中心內，遊樂場的溜滑梯在月光下閃耀銀色光輝。我們坐在空蕩蕩的噴泉邊緣，雙腳在乾涸的水池上晃呀晃，來回傳遞酒瓶，喝到渾然不覺時間的流逝。

「那是我看過最奇怪的東西。」我說，用手背抹了抹嘴。天上的星星似乎在旋轉。

鮑里斯——雙手撐在背後，昂首凝視天空——嘴裡喃喃哼著一首波蘭歌。

Wszystkie dzieci, nawet źle,（所有的孩子，包括壞孩子，）
pogrążone są we śnie, a Ty jedna tylko nie.（除了你之外，全都睡著了。）
A-a-a, a-a-a...（啊—啊—啊，啊—啊—啊……）

「他有夠恐怖。」我說，「我說你爸。」

「對啊。」鮑里斯開心地說，轉頭在血跡斑斑的上衣肩處抹了抹嘴巴，「他殺過人；有次在礦場裡活活打死一個人。」

「屁啦。」

「沒騙你，真的。在巴布亞紐幾內亞。他企圖把現場布置成像是鬆動的石塊掉下來砸死他，但我們還是得馬上離開。」

我思索片刻。「但你爸的體格不是，呃，太強壯。」我說，「我的意思是，看不出來——」

「不是啦，不是用拳頭活活打死；是用，你們管那叫什麼——」他做出敲擊的動作，「——扳手。」

我沉默不語。鮑里斯假裝揮舞扳手的動作中有些什麼，讓我相信他沒說假話。

鮑里斯——費了好一番功夫終於把菸點起來——嘆了口氣，煙霧在黑暗中繚繞。「要嗎？」他將菸遞給我，自己又點了一根，用指節刷撫下巴。「真是。」他說，來回摩挲。

「會痛嗎？」

他露出疲倦的笑容，在我肩上打了一拳。「你說呢，白癡？」

沒多久，我們就搖搖晃晃、哈哈大笑，四肢跪在石子地上，跌跌撞撞地爬來爬去。雖然我爛醉如泥，思緒卻冰冷高亢，而且異樣清明。不知何時——因為在地上又滾又爬，所以搞得一身灰塵——我們踩著蹣跚的步履，在幾乎伸手不見五指的黑暗中走回家。身旁是一排又一排的廢棄空屋與廣闊無邊的沙漠黑夜，頭頂上星光閃耀，小波跑在我們搖搖晃晃的身影之後。我和鮑里斯笑到一下噎住，一下想吐，差點真的直接吐在路邊。

他扯開嗓子，大聲唱起歌來；是和之前一樣的曲調：

A-a-a, a-a-a,（啊—啊—啊，啊—啊—啊，）
byly sobie kotki dwa.（本來有兩隻小貓咪。）
A-a-a, kotki dwa,（啊—啊—啊，兩隻小貓咪，）
szarobure—（都是灰棕色——）

我踹了他一腳：「說英文啦！」

「來，我教你。啊—啊—啊—，啊—啊—啊—」

「解釋一下可以嗎。」

「好，我解釋。『本來有兩隻小貓咪。』」鮑里斯唱著：

都是灰棕色的小貓咪。
啊—啊—啊—

「兩隻小貓咪？」

他想打我，結果自己差點摔倒。「閉嘴啦！我還沒唱到最棒的部分。」他用手抹了抹嘴，仰頭又唱：

喔，睡吧，我的小親親，
我會給你天空上的一顆星。
所有孩子都睡得那樣香甜，
所有的孩子，包括壞孩子，
除了你之外，全都睡著了。
啊——啊——啊，啊——啊——啊——
本來有兩隻小貓咪——

等我們兩人回到我家時——乒乒乓乓，弄出一堆聲音，又舉起食指擋在脣前，要彼此安靜——卻發現車庫裡空蕩蕩的，沒人在家。「感謝老天。」鮑里斯激動地說，趴倒在水泥地上，膜拜上帝。

我抓住他衣領：「起來啦！」

走進屋內——在燈光的映照下——他簡直慘不忍睹：全身是血，眼睛腫到只剩一條線。「在這裡等著。」我說，將他扔在客廳地毯中央，蹣跚走到浴室，想找東西處理他的傷口。但浴室裡除了洗髮精和杉卓拉從永利飯店贏回來的一瓶綠色香水外，什麼也沒有。我在酩酊大醉中想起母親說過，萬不得已時，香水也可以拿來當作消毒劑。我回到客廳，鮑里斯依舊呈大字型癱在地上，波普在旁憂心忡忡地聞著他血跡斑斑的上衣。

「躺好。」我說，把小狗推開，用一條濕布輕輕擦拭他額頭上血淋淋的傷口。「不要動。」

鮑里斯掙扎躲開，大聲吼道：「幹嘛啦？」

「閉嘴。」我說，撥開他眼前的髮絲。

他用俄文喃喃說了些什麼。我已經盡力把動作放輕了，但不幸的是，我們兩個醉的半斤八兩，所以當我把香水噴在他傷口上時，他放聲慘叫，一拳就往我嘴巴揮來。

「你是怎樣啊？」我說，伸手碰了碰嘴唇，只見手指上沾有血跡。「看你幹了什麼好事。」

「Blayd。（幹。）」他罵了一聲，一面咳嗽，一面用手搧風，「臭死了。你在我身上擦了什麼，你這賤貨？」

我忍不住放聲大笑。

「混蛋。」他大罵一聲，用力把我推倒在地。但是他也在笑，伸手要扶我起來，但被我踹開了。

「閃遠一點啦！」我笑到幾乎說不出話來，「你聞起來像杉卓拉一樣。」

「老天，我快窒息了，得把這玩意兒洗掉。」

我和他跌跌撞撞走出屋外——扒了上衣，一面走一面蹦蹦跳跳把褲子脫掉——然後就這麼撲通兩聲，跳進游泳池裡。這是個餿主意，但我在爛醉如泥，連路都走不穩，搖搖晃晃摔進水裡前一刻才領悟這點子有多糟。冷水狠狠向我襲來，幾乎把我肺裡的空氣全搾光。

我掙扎划動雙手，浮上水面，雙眼又刺又痛，刺激的氯水燒灼鼻腔。一波水花襲向我眼睛，我潑了回去。他在黑暗中猶如一道朦朧的白影，雙頰凹陷，黑髮貼在頭顱兩側。儘管我牙齒不住格格打顫，而且覺得自己醉到隨時可能吐出來，實在不該在八呎深的水裡打鬧，但依舊和他哈哈大笑，你追我躲，玩得不亦樂乎。

鮑里斯潛到水底，一手抓住我腳踝，把我拉了下去，眼前立刻出現一堵由氣泡組成的黑牆。我發了瘋似地扭動身子，極力掙扎，一切又彷彿重回博物館，黑暗自四面八方包圍著我，不見任何出路。我拚命想掙脫桎梏，驚恐的喘息化為串串氣泡，漂浮眼前，猶如水下的鐘罩，黑暗無邊。最後——就在差點吞進一大口水之前——我終於掙開鮑里斯，浮出水面。

我大口呼吸，緊緊抓住游泳池邊緣，不斷喘息。等視線恢復清晰後，我看見鮑里斯——一面咳嗽，一面咒罵——朝台階游去。我氣到一口氣哽在喉中，半游半跳地追上前，一腳勾住他腳踝。他砰的一聲栽進水裡。

「你這混蛋。」我激動咒罵，看他掙扎游向水面。他想開口，但我一把水狠狠往他臉上潑去，然後又是一把，並揪住他頭髮，猛力把他往水底下壓。「你這個可悲的混蛋。」我大聲怒吼。他氣喘吁吁地浮出池面，滿臉是水。「以後不准再那樣弄我。」我雙手用力按在他肩上，準備要一個使勁——把他往下壓，久久不放他起來——但他反手抓住我手臂，我發現他臉色蒼白，還不停打著哆嗦。

「住手。」他上氣不接下氣地說——我這才注意到他的目光有多不對勁和渙散。

「嘿。」我說，「你還好嗎？」但他咳到無法回答，鼻子又開始流血，黝黑的血珠自指縫間汩汩湧出。我扶他起身，兩人一起倒在游泳池的台階上——半身已爬出池外，半身卻還在水裡，但已經累到只能癱倒原地，沒力氣再繼續前進。

23.

明亮的陽光將我喚醒。我和鮑里斯躺在我的床上：頭髮依舊濕濡，上身赤裸，在強力放送的冷氣中簌簌發抖，波普擠在我們中間呼呼大睡。床單也全濕了，散發刺鼻的氯臭味。我頭痛欲裂，覺得嘴裡有種可怕的金屬味，好像我用力吸吮了一大把零錢。

我躺在床上，動也不動，覺得頭只要輕輕一動，就有可能會吐出來，然後——小心翼翼地——坐了起來。

「鮑里斯？」我說，揉了揉臉。枕頭上布滿一道道棕色的乾涸血跡。「你醒了嗎？」

「喔，我的天啊。」鮑里斯呻吟了聲，面如死灰，滿身是汗，又濕又黏。他翻身趴倒，緊緊抓著床墊，全身上下除了手上那條席德．維瑟斯的手鍊和一條看起來像是我的內褲外，渾身赤裸，一絲不掛。「我快吐了。」

「不准吐在這裡。」我踹了他一腳，「起來。」

他喃喃說了些什麼，踉蹌站起。我可以聽見他在浴室嘔吐，那聲音不只讓我一陣反胃，還像被點中笑穴般，莫名地想笑。我翻了個身，把頭埋在枕頭裡哈哈大笑。他跌跌撞撞回到房內，雙手捧著腦袋，我被他的模樣嚇了一大跳：一眼又黑又腫，鼻孔上覆蓋著乾涸的血跡，額頭的傷口結著猙獰的瘢疤。

「老天，」我說，「那傷口看起來好嚴重，需要去給醫生縫一下。」

「欸，你知道嗎？」鮑里斯說，趴倒在床上。

「知道什麼？」

「我們來不及去他媽的學校了！」

我們翻身仰躺床上，轟然大笑。雖然全身虛脫乏力又噁心想吐，但就是停不下來。鮑里斯翻了個身，伸手在地板上摸索，不知道摸到什麼，頭霍然抬起：「哈！這是什麼？」我坐了起來，急著想搶過那杯水——或該說我以為那是水，結果他把杯子湊到我鼻子下——聞到那味道，我立刻大口乾嘔。

鮑里斯轟然大笑，像閃電般騎到我身上。他瘦骨嶙峋，皮膚又濕又黏，渾身散發噁心的汗臭味、嘔吐味，還有些什麼無以名之的味道，強烈又骯髒，彷彿池塘裡的死水。他用力掐住我臉頰，把那杯伏特加倒在我臉上，「該吃藥了！快，快！」他說。我揮開酒杯，結果一拳打中他嘴巴，我也不曉得自己是怎麼失手的。波普興奮地叫個不停。鮑里斯掐住我脖子，抓起我前一天穿的髒衣服，想塞進我嘴裡。但我動作更快，已經把他掀翻下床，一頭撞在牆上。「噢，幹。」他咒罵一聲，睡意未消，用掌心揉了臉，咯咯竊笑。

我跌跌撞撞地下床，頂著一身冷汗走進浴室，一手撐在牆上，對著馬桶用力吐了一、兩回，把胃清得乾乾淨淨。我可以聽到他在房裡哈哈大笑。

「吐死你吧。」他對我大喊；但下一句就沒聽到了，因為我又一陣反胃。吐完後，我吐了一、兩口口水，用手背擦擦嘴。浴室裡一團狼籍：蓮蓬頭在滴水，門半掩半開，濕答答的毛巾和血跡斑斑的方巾散落一地。我仍全身虛脫，簌簌發抖，用手就著水龍頭，掬了幾口水喝，順道洗了把臉。我倒映在鏡子裡的赤裸上身佝僂蒼白，昨晚被鮑里斯打到的嘴巴高高腫了起來。

鮑里斯依舊頭靠著牆，全身軟趴趴地躺在地上。我回到房裡時，他睜開沒受傷的那隻眼睛，看到我就哈哈大笑。「好點了嗎？」

「幹！不要跟我說話。」

「你活該好不好。我就跟你說了別碰那杯子。」

「我？」

「你忘了喔？」他用舌頭舔了舔上脣，檢查嘴巴是否又開始流血。沒穿上衣時，你可以看見他肋骨根根分明，胸口上散落著過去毒打留下的傷疤和赤紅的曬痕。「地上那杯酒啊，糟糕透頂的爛主意。會召來晦氣！我叫你不要放在那！會害我們兩個倒大楣！」

「那你也不用倒在我頭上啊。」我說，摸索尋找眼鏡。我們兩個的髒衣服在地上堆成一座小山，我從中抽出我看到的第一件褲子。

鮑里斯捏了捏自己鼻梁，笑了起來：「我只是想幫你，一點點的酒精可以讓你舒服些。」

「是喔，那還真多謝你了。」

「真的啦。你喝下去就知道了，頭痛會奇蹟般地消失。我爸廢歸廢，但這小方法倒是非常管用。冰啤酒的效果最好，如果你有的話。」

「欸，你快過來。」我說，站在窗邊，望向樓下的游泳池。

「幹嘛？」

「過來啦。你看這個。」

「你直接用說的啦。」鮑里斯賴在地上咕噥道，「我不想起來。」

「你最好給我起來。」樓下看起來簡直就像凶案現場。一道血痕蜿蜒穿過石板，直到游泳池邊。鞋子、牛仔褲、血跡斑斑的上衣亂七八糟地散落一地；鮑里斯的一只破爛靴子沉在深水區那頭的底部。更糟的是，階梯旁的淺水區上浮著一團油膩膩的嘔吐物。

24.

在拖拖拉拉地用游泳池吸塵管清理幾次後，我們坐在廚房流理台上，一面抽我爸的總督菸，一面聊天。時近中午——已經沒必要去學校了。鮑里斯——邋遢憔悴，而且神情恍惚，上衣斜斜地掛在肩上，甩上櫥櫃的門，牢騷抱怨，因為裡頭沒茶了——所以他採用俄國人的方法，把咖啡粉直接倒進鍋裡，拿去爐子上燒，煮了鍋可怕的咖啡。

「不行，不行。」見我替自己倒了一杯正常分量的咖啡，他連忙阻止，「這很濃，一次只能喝一點。」

我喝了一口，五官糾結，扮了個鬼臉。

他將一根手指伸進杯裡，舔了舔，說：「有餅乾就好了。」

「你是認真的嗎？」

「那有麵包和奶油嗎？」他滿懷希望地說。

我跳下流理台——盡可能地放輕動作，因為頭依舊痛的要命——東翻西找，直到在抽屜裡挖出糖包和一包玉米片；是杉卓拉從酒吧的自助吧帶回來的。

「太誇張了。」我看著他的臉說。

「什麼？」

「你爸把你打成這樣。」

「這沒什麼。」鮑里斯喃喃說，歪過頭，直接將玉米片倒進嘴裡。「他還打斷過我肋骨一次。」沉默許久後——也因為我想不到其他話好說，只好道：「打斷肋骨也沒那麼嚴重。」

「是不嚴重，但很痛啊。就這根。」他撩起上衣，指給我看。

「我還以為他會殺了你。」

他撞了撞我肩膀。「唉唷，是我故意挑釁的啦。跟他頂嘴，這樣你才能帶小波離開。聽著，這沒什麼，沒事的。」見我只是盯著他看，他又擺出一副不以為意的模樣說，「他昨晚氣到都口吐白沫了，但看到我就會後悔了。」

「或許你該搬來住一陣子。」

鮑里斯雙手枕在腦後，不屑地一笑：「不用這麼大驚小怪啦。他只是有時心情不好，沒什麼大不了。」

「哈。」在我爸沉浸於約翰走路黑牌威士忌的那段日子裡——把自己襯衫吐得亂七八糟，還引來憤怒的同事打電話到我們家罵人——他（有時候還一面哭）會把自己的怒氣怪到「心情不好」上。

鮑里斯哈哈大笑，似乎是真心覺得這很有趣。「所以咧？你都沒有心情不好的時候嗎？」

「他該為了這種事去坐牢才對。」

「喔，得了吧。」鮑里斯已經對自己煮出來的難喝咖啡失去興趣，改去冰箱裡尋找啤酒。「我爸——脾氣是差了點，沒錯，但他愛我。離開烏克蘭時，他大可把我丟給鄰居。我朋友麥克斯和賽瑞尤薩就是這樣——麥克斯後來流落街頭。更何況，如果你真那麼想，那我也該去坐牢。」

「什麼？」

「我有一次差點殺了他。真的！」看見我的表情，他又補了一句，「我發誓。」

「我才不信。」

「沒唬你，是真的。」他莫可奈何地說，「我覺得很愧疚。那是我們在烏克蘭的最後一個冬天。我騙他走出屋外——他那時已經爛醉如泥，所以就照做了。我立刻鎖上大門，深信他會凍死在外頭的冰天雪地。還好沒有，對不對？」他說，轟然大笑，「否則我就會被困在烏克蘭，天吶，太可怕了；只能翻垃圾桶找東西吃，以火車站為家。」

「發生什麼事？」

「不知道。八成是天色不夠黑，有人看到他，就把他帶回車上——女人吧，我想，誰曉得？總之他又出去繼續喝，幾天後才回家——算我好狗運，他什麼都不記得！還替我帶了顆足球回來，說自己從今後只喝啤酒；持續了大概一個月吧。」

我揉了揉眼鏡後的雙眼。「你去學校後要怎麼解釋？」

他打開啤酒罐：「啊？」

「你的臉啊。」他臉上的瘀青看起來像生肉的顏色，「別人看到一定會問。」

他咧嘴一笑，用手肘撞了撞我：「我會說是你幹的好事。」他說。

「別鬧了，我是認真的。」

「我是認真的啊。」

「鮑里斯，這不好笑。」

「唉唷，好了啦。橄欖球、滑板；理由多的是。」他的黑髮如陰影般散落臉前，他甩了開去。

「你也不想他們帶走我，對吧？」

「是沒錯。」我不安沉默了片刻後才回答。

「我想會是波蘭。」他將啤酒遞給我，「應該會把我送回那裡，如果我真被驅逐出境的話。雖然波蘭——」他忽然大笑出聲，把我嚇了一跳，「——比烏克蘭好！老天！」

「他們不能送你回去，對嗎？」

他對著自己髒兮兮的雙手皺起眉頭，指甲邊緣覆滿乾涸的血跡。「對。」他激動地說，「因為我會先自殺。」

「最好是啦。」鮑里斯成天嚷嚷著說要自殺。

「我是認真的！我會先殺了自己！我寧可去死！」

「你才不會。」

「我會！那裡的冬天——你不曉得有多可怕，連空氣都很糟。到處都是灰色的水泥，還有那風——」

「好啦，但總有夏天的時候吧。」

「拜託，」他拿走我的香菸，用力吸了一口，朝著天花板吐出煙霧：「蚊子、臭死人的爛泥巴，所有東西聞起來都有霉味。我又餓又孤單——有時候真的餓到受不了，我會走到河邊，考慮要不要淹死自己。」

我的頭還是很痛。鮑里斯的衣服（其實是我的衣服）在烘衣機裡轟隆隆翻滾，屋外陽光毒辣刺眼。

「我不知道你餓了沒，」我拿回香菸，說，「但我想吃些真正的食物。」

「那怎麼辦？」

「我們該去學校的。」

鮑里斯哼了一聲。他之前就說得很清楚，他會去學校只是因為我也會去，而且不去也沒其他事好做。

「不——我是說真的，我們該去學校的，今天有披薩。」

鮑里斯的臉抽搐了一下，是真心感到懊悔。「幹。」這是學校的另一個優點，他們起碼會餵飽我們。「來不及了。」

25.

有時候，我會在夜裡哭著醒來。關於那起爆炸，最可怕的一件事是它在我體內留下了無法抹滅的記憶——那股高溫，還有那重重衝擊我四肢百骸的力量。在我的夢境之中，永遠有光明與黑暗兩條不同的出路，而我必須選擇黑暗，因為光明那條大火延燒，高溫炙人，但漆黑的路上屍橫遍野。

幸好，每次鮑里斯被我吵醒，都不曾表現過任何不耐煩，甚至是驚訝的模樣，彷彿在他的故鄉，深夜的痛苦悲嚎並不是什麼特別的事。有時候他會抱起在我們床腳邊呼呼大睡的小波，把軟綿綿又昏沉沉的牠放在我胸口。我就這麼被牠壓著——感受他們在我身邊的體溫——動也不動地躺在原位，不是默默用西班牙文數數，就是努力回想所有我知道的俄文（大部分是髒話），直到重回夢鄉。

剛到拉斯維加斯時，我會假裝母親還活著，想像她獨自在紐約生活——和門房聊天、到餐館買咖啡和馬芬、在月台的報攤旁等六號地鐵——好讓自己好過一點。但這方法很快就失去效用。而此刻，當我把臉埋在聞起來毫無她或家的氣味的陌生枕頭上時，腦中想起的是巴波家位於公園大道上的公寓，或者，有時候，是霍比在東村的家。

很遺憾令尊將令堂的遺物變賣了。如果你早點說，我或許會買一些回來，替你保管。傷心難過時，若能抓住一些不會隨時光變遷的熟悉物品，心裡或許會覺得踏實些——起碼我是如此。

你對沙漠的描繪——那如大海般無止無盡的灼人強光——很可怕，但也很美。或許那其中的赤裸與空洞具有什麼特別的意義。過去的光芒與今日的光芒並不相同，但在這裡，在這棟屋子裡，每一個轉角都會喚醒我的回憶。但每當想起你，感覺就像你乘船遠航——置身於一片陌生的光芒之中，不見任何道路，只有滿天的繁星與蒼穹。

這封信是夾在聖修伯里一本老舊精裝版的《風沙星辰》中一併寄來的，我讀了好多遍，看完後同樣夾回書裡，而書已經因為反覆閱讀而變得又油又髒。

在拉斯維加斯，我只告訴過鮑里斯一個人母親過世的事——他聽了後沒有絲毫大驚小怪，這點我必須讚揚。他自己的人生就已經夠顛沛流離、殘酷狂暴，所以聽了我的經歷好像也不覺得有什麼好特別震驚的。他也親眼見過大爆炸，在他父親工作的巴都西賈烏和一些我聽都沒聽過的地方的礦場；而且——在只知梗概的情況下——就能推測出是哪種炸藥，而且猜得還相去不遠。儘管他一張嘴老是劈哩啪啦說個不停，但也很能保守祕密，因此我甚至不用叮囑，就相信他會守口如瓶。或許是因為他自己也失去了母親，並和巴米、他父親的「隊長」葉夫根尼和卡米烏拉格的酒保妻子茱蒂培養出深厚的情感——所以並不認為我和霍比的親密有什麼奇怪。「大家每次都信誓旦旦地說會寫信，但都只是說說而已。」當我們在廚房讀著霍比最新寄來的一封信時，他這麼說道，「但他還真三天兩頭就寫信給你。」

「對啊，他人很好。」我已經放棄向鮑里斯解釋霍比是怎麼樣的一個人：他的家、他的工作室、他與我父親迥然不同、善體人意的聆聽方式；不過最重要的是，他有種舒服的氣質：彷彿含煙籠霧、如秋日般和煦又宜人的微氣候，讓我在他身邊總是感到那麼安心與安全。

鮑里斯將手指伸進我們之間的花生醬罐裡，然後舔了個乾乾淨淨。他來美國後愛上了花生醬，這在俄羅斯吃不到（棉花糖也一樣，他的另一個新寵）。「他是同性戀嗎？」他問。

我嚇了一大跳。「不是。」我飛快回答。又說：「好吧，我不知道。」

「沒差。」鮑里斯說，將花生醬遞給我，「我認識一些年長的同性戀人都很好。」

「他應該不是。」我說，但自己也不確定。

鮑里斯聳聳肩：「管他的，只要他對你好就好。我們在這世上都受到太多不公與欺凌，不是嗎？」

26.

鮑里斯對我爸的好感與日俱增，我爸對他也是。他比我了解父親的營生方式；而雖然沒人告訴他，他也知道我爸輸錢時最好是和他保持距離，但同時也了解我爸心中有種強烈的渴望，而那渴望是我所不願滿足的：也就是在他大獲全勝，興高采烈、趾高氣揚地在廚房走來走去，渴望有人聽他滔滔不絕、稱讚他是怎麼做到時，在旁當個良好的聽眾。當我們聽到他凱旋而歸，在樓下亢奮地跳上跳下——得意洋洋地東碰西撞，製造各種聲響時——鮑里斯會放下書本，來到一樓，耐心地聽我爸拿起一張又一張路紙，無聊重播他在百家樂牌桌上度過的夜晚，而那話題通常會延續到其他（對我來說）無趣至極的光榮過往，一路回溯至他的大學歲月和破滅的演藝事業。

「你都沒說你爸以前拍過電影！」鮑里斯說，捧著一杯已經冷掉的茶回到樓上。

「他又沒多少作品；大概就兩部吧。」

「還是很厲害啊。而且其中有一部是大片耶——就那部警匪片，你知道的，關於警察收賄那部。片名叫什麼來著？」

「他又不是演什麼重要的角色，只出現大概一秒吧，演個在街上被槍殺的律師。」

鮑里斯聳聳肩：「誰在乎？還是很有趣的經歷。如果他去烏克蘭，大家會把他當大明星一樣看。」

「他去最好；帶杉卓拉一起去更好。」

而鮑里斯對於所謂「深度對談」——他自己這麼稱呼的——的熱愛，也終於找到欣賞的對象。我本來就對政治毫無興趣，更不用說我爸的政治見解，所以不願參與任何我知道我爸會樂在其中而且又毫無意義的政治爭論。但是鮑里斯——無論清醒或酒醉——都非常樂於配合。討論政治時，我父親常會比手劃腳，模仿鮑里斯的口音長篇大論，讓我恨得牙癢癢。但鮑里斯自己不是沒發現，就是壓根不在意。有時候，他會去樓下燒水，結果一去不復返，然後我跟著下樓找他，就會看見他們倆活像舞台上的演員，在廚房裡興高采烈地爭論諸如蘇聯解體之類的話題。

「欸，波特，」他回到樓上，說，「你爸人好好！」

我摘下iPod的耳機：「你高興就好。」

「我說真的啦。」鮑里斯說，重重坐在地上，「他好健談，又聰明，而且又愛你！」

「我還真不知道你哪來的想法。」

「真的啦！他想彌補你，只是不知該從何做起。而且他希望下樓陪他討論那些事的人不是我，是你。」

「他這麼說？」

「沒有。但是是真的！我很清楚。」

「差點就被你騙了。」

鮑里斯目光炯炯地看著我：「你為什麼這麼恨他？」

「我不恨他。」

「雖然他離開時狠狠傷了你媽的心。」鮑里斯鏗鏘有力地說，「但你必須原諒他。一切都已經過去了。」

我只是瞪著他。這就是我爸對外的說法？

「一堆屁話。」我說，坐了起來，把漫畫扔到一旁，「我媽——」我能怎麼解釋？「——你不了解，他對我們糟糕至極，發現他離家出走，我們根本高興的要命。我的意思是，我了解你覺得他很棒——」

「那他到底哪裡糟了？就因為他外遇？」鮑里斯說——攤了攤手，「這種事在所難免。他有他自己的生活，這和你有什麼關係？」

我不可置信地搖了搖頭。「老天，」我說，「你完全被他迷昏頭了。」我爸施展魅力，收服陌生人的方式沒有一次不叫我大開眼界。他們會借他錢，薦舉他，把他介紹給重要人士，邀請他去他們的度假別墅，完全被他迷得暈頭轉向——但最後，一切美好終將分崩離析，他於是開始尋找下一個目標。

鮑里斯抱著膝蓋，仰頭靠在牆上：「好吧，波特，」他附和，「你的敵人就是我的敵人。如果你恨他，我就也恨他。但是——」他歪過頭，「我現在在這兒，窩在他家，該怎麼做才對？是該親切有禮地和他說話？還是對他粗魯無禮、沒大沒小？」

「我沒有那樣說。我只是說，不要他說什麼你就信什麼。」

鮑里斯輕輕笑了起來：「無論誰說的話我都不會全盤接收。」他說，狎昵地踢了踢我的腳，「甚至是你。」

27.

儘管我爸非常喜歡鮑里斯，我還是拚了命地想要轉移他的注意力，以免他發現鮑里斯根本是在我們家住下——這並不難，我爸光顧著賭博、吸毒，即便我帶了一隻山貓回來，養在樓上房間，他也不會發現。杉卓拉比較棘手，儘管鮑里斯會偷零食回來，供大家吃，她還是常抱怨開銷很大。若是她在家，鮑里斯就會識相地乖乖待在樓上，一面皺眉閱讀俄文版的《白癡》，一面用我的攜帶型喇叭聽音樂。我會下樓幫他帶食物和啤酒上來，還學會用他喜歡的方式準備熱茶：水要燒得滾燙，茶裡要加三包糖。

聖誕節快到了，但光看天氣你絕對想像不到。夜裡還算涼爽，但白天依舊溫暖明亮。颶風時，游泳池畔的陽傘會砰的一聲吹倒，猶若槍響。夜裡偶有電光閃現，但不會下雨；有時風捲起黃沙，你就會看見小小的漩渦在街上打轉。

眼看聖誕節日漸逼近，我的心情也越來越鬱悶，鮑里斯倒是泰然自若。「全都是些小孩子的玩意兒。」他嘲諷地說，手肘支著頭，靠在我床上，「聖誕樹、玩具。不如聖誕夜那晚我們自己搞個praznyky，你覺得怎樣？」

「praznyky？」

「你知道，就像聖誕派對那樣，只是沒有正式的聖餐，就一頓豐盛的晚餐。我們可以準備些特別的料理——還可以邀請你爸和杉卓拉。你覺得他們會想和我們一起過嗎？」

意外的是，我爸——甚至是杉卓拉——似乎都很喜歡這主意（我想我爸主要是喜歡praznyky這個字，也喜歡聽鮑里斯說）。二十三號那天，我和鮑里斯帶著我爸給的錢——真的錢，美金現鈔——出門採買（幸好他有給，因為我們常去的那家超市人潮洶湧，擠滿為了假期採購的顧客，我們很難順手牽羊）。最後帶了馬鈴薯、一隻全雞、一堆看起來不怎麼美味的食材（德國泡菜、蘑菇、豆子、酸奶油）回家，準備要做一道鮑里斯宣稱他知道要怎麼做的波蘭年菜和黑麥麵包（鮑里斯堅持一定要吃黑麵包，白色不行；他說）；除此之外，還有一磅奶油、醃黃瓜，和一些聖誕糖果。

鮑里斯說我們要在天空出現第一顆星星——也就是伯利恆之星——時開動。但我們平常都是自己隨便吃吃，不習慣準備多人的料理，所以時間有所延誤。聖誕夜那晚，到了大約八點左右，黑麥麵包烤好了，雞也大概再十分鐘就可以拿出烤箱（我們照著包裝上的說明準備）。這時候，我爸出現了——一面吹著《點綴聖誕》的口哨——輕快地敲了敲廚房櫥櫃的櫃門，吸引我們注意。

「來吧，男孩們！」他說，一張臉紅光滿面，講話速度飛快，語調斷續又透著一股緊繃，這模樣我再熟悉不過。他身上穿著一套從紐約帶來的D&G時髦舊西裝，但沒打領帶，襯衫也鬆垮凌亂，最上方的扣子沒扣。「去梳梳頭，打扮一下，我帶你們出去吃飯。席歐，你有沒有好一點的衣服可以換？一定有。」

「但是——」我挫敗地看著他。我爸就是這樣，老是在最後一秒鐘才忽然改變心意。

「好啦，有什麼關係，那隻雞可以等，不是嗎？當然可以。」他連珠砲似地說，「其他東西也都先放回冰箱吧，明天聖誕節中午再吃——不過那樣的話還叫做praznyky嗎？還是只有聖誕夜的才算？我有沒有弄錯什麼？算了算了，我們就等明天聖誕節再慶祝praznyky——新傳統，反正隔夜菜比較好吃。聽著，今晚一定會讓你們大飽口福。鮑里斯——」他已經推著鮑里斯走出廚房，「——這位同志，請問你穿幾號襯衫？不曉得？我應該把我一些布克兄弟的舊襯衫都送你才對；別誤會，那都是很好的襯衫，你穿可能會長到膝蓋，但是我現在穿領口有點太緊了，你只要把袖子捲起來就好……」

28.

雖然我已經搬來拉斯維加斯近半年，但只去過賭城大道三、四次——鮑里斯（光是來回於學校、購物中心和自己家之間就已經心滿意足）更不用說，幾乎是沒好好欣賞過賭城。我們瞪大雙眼，驚奇地看著周遭五光十色的霓虹瀑布，繽紛的電光一閃一滅、如氣泡般傾洩而下。鮑里斯昂首翹望，面孔浸浴在瘋狂的燈光之中，金、紅兩色的光芒在臉上交錯明滅。

威尼斯酒店裡，船夫在水道內——真正的水道，裡頭真的有散發化學氣味的清水——輕划船槳；一身戲服的歌劇演員在人造穹頂下高唱《平安夜》與《聖母頌》。我和鮑里斯兩人戰戰兢兢地尾隨父親身後，只覺得自己狼狽邋遢，不安地躑躅前進，心裡大為震撼，根本無法好好細看。我爸替我們在一家裝飾有橡木鑲板的高級義大利餐廳訂了位——它在紐約有家更為知名的姊妹餐廳。「大家想吃什麼就點什麼，別客氣。」他說，替杉卓拉拉開椅子，「我請客。今晚就好好大吃一頓。」

既然他都這麼說了，我們怎麼可以讓他失望。前前後後，我們總共吃了蘆筍餡餅佐蔥醋醬、煙燻鮭魚、煙燻生牛肉、黑松露菜薊義大利麵、焦脆的黑鱸魚佐番紅花蠶豆、烤牛排、燉肋排；甜點則吃了義式奶酪、南瓜蛋糕和無花果冰淇淋。這毫無疑問絕對是我這幾個月來吃過最好的一餐——甚至是我這輩子吃過最好的一餐；而鮑里斯——他自己一個人就吃掉兩份煙燻生牛肉——樂的簡直要升天了。「啊，天堂啊。」當那名年輕貌美的女服務生又端了一盤糖果、餅乾和咖啡上桌時，他發出了第十五次的由衷讚嘆，簡直就要跟貓一樣心滿意足地呼嚕起來。「謝謝你們！真的是謝謝你們，波特先生，還有杉卓拉。」他又說，「這實在太美味了。」

我爸——和我們相比根本沒吃多少（杉卓拉也是）——將他的盤子推到一旁，鬢髮濕漉，一張臉紅光滿面，幾乎像在發光。「這一切都得感謝那個戴小熊隊球帽的小個子中國佬，他今天下午在賭廳裡老是押莊贏。」他說，「老天，根本就像我們想輸都輸不了一樣。」來這裡的路上，他已經給我們看過他今天的豐碩收穫：厚厚一大捆的百元現鈔，用橡皮筋綁在一起。「牌一直來一直來。水星逆行，月亮上升！——簡直就像神蹟一樣。你知道，有時牌桌上會出現一道光，一道清清楚楚的光，而你就是它，了解嗎？你就是那道光？那裡有個很棒的莊家，名字叫做狄亞哥；我愛死他了——實在有夠瘋狂，他長得很像那個畫家，狄亞哥．里維拉，只是身上穿著一套帥斃的晚宴服。我跟你們說過狄亞哥了嗎？他來這四十年了，打從火鳥酒店時期就在這兒了。高大、結實、尊貴；墨西哥人，你懂的。一雙手靈活俐落，總是戴著大大的戒指——」他搖了搖手指，「——這就是百，家，樂啊！老天，我愛死百家樂廳裡的老派墨佬了，每個都超他媽的有型。過時卻優雅的老傢伙，即便發福也只是看起來更有威嚴。總之，狄亞哥當莊，我和那個小個子中國佬——他也是個滑稽的傢伙，戴著一副玳瑁眼鏡，半句英文也不會，你知道，只是一直喊著：『San Bin! San Bin!』，猛灌他們愛喝的那種人參茶；喝起來像灰塵一樣，但我愛死那味道了，那是好運的味道。而且我們手氣實在好到不可思議，一直贏一直贏一直贏，老天，一堆中國女人圍在我們身後，我們把把開，把把中——」他轉頭對杉卓拉說：「——妳覺得我可以帶他們回賭廳和狄亞哥見個面嗎？他們一定會愛死狄亞哥的。不曉得他下班沒。妳覺得怎樣？」

「他下班了啦。」杉卓拉今天打扮得非常美麗——眼神晶亮，明豔動人——穿著一襲紅絲絨迷你洋裝，腳踩寶石涼鞋，脣上的口紅比平時還要鮮紅欲滴。「早就不在了。」

「他假期期間有時會輪兩班。」

「唉唷，他們不會想去的。要走好久的路，來回賭場就要半小時了。」

「是沒錯，但我知道他會想見見我孩子的。」

「大概吧。」杉卓拉附和，指頭在酒杯邊緣摩挲，項鍊上那隻小巧的金鴿在她喉嚨的凹陷處閃閃發亮。「他是個好人；但是賴瑞，我是說真的，我曉得你向來把我的話當耳邊風，但如果你和莊家走得太近，遲早有天會被保全扔出去。」

我爸哈哈大笑：「老天！」他樂不可支地說，用力拍了下桌子，聲音大到我忍不住縮了一縮。「如果我不曉得，還真會以為今天是狄亞哥在偷幫我。誰知道，說不定真的是。心電感應百家樂！叫你們的蘇聯學者去研究研究，」他對鮑里斯說，「說不定可以解決你們的經濟問題。」

鮑里斯——輕輕地——清了清喉嚨，舉起他的水杯：「不好意思，我可以打個岔嗎？」

「你是要致詞嗎？我們每個人都要嗎？」

「謝謝你們陪我一起過節。祝福大家都能平安、喜樂，活到下一個聖誕節。」

沒想到他會這麼說，我、爸和杉卓拉一時間都驚訝到說不出話來。這時候，廚房傳來香檳塞爆開的砰響，歡樂的笑聲緊接而至。午夜剛過，已進入聖誕節兩分鐘。父親靠倒在椅背上，哈哈大笑。「聖誕節快樂！」他高聲道，從口袋掏出一只珠寶盒給杉卓拉，還扔了兩疊二十元鈔票（總共五百塊！而且兩疊都是！）給桌子對面的我和鮑里斯。儘管在這無法察覺時間流逝、溫度受到嚴格控管的賭場夜晚中，諸如「白晝」與「聖誕節」這類的詞彙毫無意義，但在玻璃杯的響亮碰撞聲裡，「快樂」兩個字，似乎也不再那麼意味著必然的失敗與滅亡。

第六章 風沙星辰

1.

接下來的一年，由於我太過專注於將紐約與舊生活阻擋於思緒之外，以至於幾乎不曾察覺時光的流逝。日子就這麼一成不變地在毫無四季之分的豔陽之下度過：早晨頂著宿醉上校車；因為在游泳池邊睡著，把背曬得又紅又腫；伏特加中的汽油味；波普身上老是散發濕狗和氯劑的氣味；鮑里斯——就像教我怎麼罵髒話一樣——耐心地教我怎麼用俄文數數、問路、請人喝酒。是的，麻煩了，謝謝，你人真好。Govorite li vy po angliyskiy? 你會說英文嗎？Ya nemnoho govoryu po-russki。我會說俄文，一點點。

無論冬夏，陽光永遠那麼耀眼，沙漠的空氣燒灼我們鼻腔，刮搔我們喉嚨。一切都是那麼滑稽，任何事都能把我們逗得哈哈大笑。有時候，就在太陽即將西下、天空的藍幕開始轉為深紫色時，那如派瑞許畫作般洶湧如浪的雲朵會夾雜電光，絢爛的白、金兩色滾滾湧入沙漠，如神諭指引摩門教徒往西而去。Govorite medlenno；我說，意思是「說慢一點」；Povotorite, pozhalusta；意思是「請再重複一遍」。但我們的默契是如此之深，假若不想說話，我們根本無須開口，知道自己只要動一動眉毛，拉一拉嘴角，就能讓對方大笑不止。夜裡，我們會盤腿坐在地上吃東西，在課本上留下油膩膩的指紋。我們吃得很不健康，把自己搞得營養不良，手腳上布滿淡淡的棕色瘀青——是因為缺乏維他命的關係；學校護士說，然後在我們屁股上各扎了一針，痛的要命，還給了我們一罐五顏六色的孩童咀嚼錠。（「我屁股痛死了。」鮑里斯說，一面揉著他屁股，一面咒罵校車上的金屬座椅。）我因為游泳曬出一身雀斑，頭髮（長度再次打破我個人紀錄）也被游泳池裡的化學藥劑漂淡，好像挑染過一樣。我的心情基本上還算愉快，儘管那沉沉壓在胸口上的窒息感從來不曾消失，臼齒也快被糖果蛀爛。除此之外，我很好，過得還算開心。但就在這時——在我十五歲生日過後不久——鮑里斯認識了個叫做小咪（Kotku）的女孩，從那時起，一切不再相同。

小咪這個名字（烏克蘭文的拼法是Kotyku）讓她聽起來比較可愛，但那不是她的本名，只是鮑里斯替她取的寵物小名（波蘭文裡的「小貓咪」之意）。她姓赫欽斯，實際上叫做凱莉、凱麗或楷莉之類的，一出生就住在內華達州的克拉克郡。儘管她和我們同一所學校，只比我們高一年級，年齡卻比我們大上許多——比我整整大了三歲。顯然地，鮑里斯已經看上她一陣子，只是我沒發現，直到那天下午他倒在我床腳邊，說：「我戀愛了。」

「是喔？和誰？」

「公民課上一個女的。就是賣我大麻那個女生。而且她十八歲了，你相信嗎？老天，她有夠美的。」

「你有大麻？」

他嬉鬧地撲上前，壓住我肩膀。他知道我的罩門就在肩胛骨下方，只要手指用力一壓，我就會失聲慘叫。但我沒心情跟他玩，就狠狠打了回去。

「噢！幹！」鮑里斯痛呼，一個翻身滾開，用指尖按摩下巴，「你幹嘛啦？」

「會痛就好。」我說，「你的大麻咧？」

話題就此結束，我們沒再繼續探討鮑里斯的花癡情愫，起碼那天沒有。但幾天後，我走出數學教室，看見他站在置物櫃前，一個女生籠罩在他身影之下。鮑里斯的個子在同齡男孩裡不算特別高，但儘管那女生年紀看起來比我們大，身材卻非常嬌小：胸部扁平，屁股乾癟，高顴骨，額頭光潤，一張三角臉又尖又亮。她鼻子上穿了環，身上套著一件黑色背心，手上塗著斑駁的黑色指甲油，黑髮中挑染著幾撮橘髮，目光明亮呆滯，一雙氯藍色的眼睛，用黑色眼線勾勒出強烈的輪廓。她的長相確實可愛——甚至可以說是火辣，但眼神卻令人焦躁，讓我不由想起速食店裡的刻薄店員或惡毒的保母。

「你覺得怎樣？」放學後，鮑里斯追上我，興匆匆地問。

我聳聳肩：「很可愛，我想。」

「你想？」

「好吧，鮑里斯，老實告訴你，她看起來都像二十五歲了。」

「是不是！超讚的！」他說，一副心醉神迷的模樣，「十八歲耶！法定上的成年人了！可以光明正大地買酒！而且又從小就住在這裡，知道哪裡不會查證件。」

2.

美國歷史課上，我旁邊坐著一個穿著字母外套的女生，名字叫做海莉。她相當健談，聽我問起鮑里斯姊弟戀的對象，便皺起鼻子回答：「她？」她說，「就是個到處勾搭人的騷貨啊。」海莉的姊姊珍和那個凱拉——還是凱蕾？什麼名字都好——同年級。「還有，我聽說她媽真的是個妓女。你朋友最好小心一點，不要染上什麼病。」

「好吧。」我說，沒想到她反應會這麼大，嚇了一跳。但或許這沒什麼好感到意外的，海莉出生軍人家庭，不僅參加游泳校隊，還是學校合唱團的成員。她的家庭很正常，有三個兄弟姊妹、一隻叫做葛瑞琴的威瑪獵犬，是她從德國帶過來的；而且只要子女超過門禁時間沒回家，爸爸就會大發雷霆，厲聲咆哮。

「我是說真的。」海莉說，「她會和有女朋友的男生親熱——甚至和女生親熱——任何人都可以。還有，她會抽大麻，我想。」

「是喔。」我回答。在我看來，這些都不是討厭那個凱莉或凱什麼的必要原因，特別是我和鮑里斯在過去幾個月來是真心愛上了大麻。但有件事確實帶給我很大的困擾——非常大的困擾——那就是小咪（我接下來都會用鮑里斯取的小名叫她，因為我實在是記不起來她到底叫什麼名字）幾乎是在一夕之間就霸占了鮑里斯的所有權。

起初，他先是星期五晚上沒空，然後是整個週末——不只是晚上，白天也一樣。沒多久，他就開始滿口小咪長、小咪短；再接下來，就只剩我和波普自己看電影配晚餐。

「她是不是很棒？」鮑里斯在第一次帶她來我家後又問了一次——那是個極其失敗的夜晚，我們三個先是大麻抽到動都動不了，然後這兩個傢伙開始在樓下的沙發摟摟抱抱。我坐在地上，背對兩人，試圖把注意力集中在《第九空間》的重播上。「你覺得怎樣？」

「嗯，我想想——」他要我說什麼？「她喜歡你，這是可以確定的。」

他焦躁地挪了挪身子。我們此刻在屋外的游泳池畔，不過風太大又太冷，無法游泳。「不，我是說真的啦！你覺得她這個人怎麼樣？老實說，波特。」見我流露遲疑之色，他又補了一句。

「我不曉得。」我猶豫回答，然後——看他兩眼依舊直勾勾地瞪著我，只好說，「老實說嗎？我真的不知道，鮑里斯。她看起來有點像是寧濫勿缺。」

「是嗎？有那麼糟嗎？」

他是真心感到好奇——沒有生氣，也聽不出任何譏諷。「好吧，」我嚇了一跳，說，「或許沒那麼糟。」

鮑里斯——喝伏特加喝到滿臉通紅——一手按在心口，說：「我愛她，波特；真的。我這輩子從未有過如此真實的感受。」

我尷尬到忍不住把臉別開。

「那個瘦皮猴小女巫！」他嘆了口氣，臉上洋溢滿滿的幸福，「抱著她的時候，可以感覺到她全身上下瘦到只剩皮包骨，整個人輕的像空氣一樣。」不知道為什麼，鮑里斯愛上小咪的理由，有很多恰巧是我最看不順眼的：她那像野貓一樣的苗條身材，以及像大人一樣又瘦又乾又黏人的態度。「而且她勇敢、聰明，心胸又寬大！我只想好好保護她，不讓她被那個叫麥可的傢伙欺負。」

雖然我不是真的想喝，但還是又默默給自己倒了一杯伏特加。這整齣有關小咪的鬧劇我是越看越糊塗了，因為——正如鮑里斯自己所說，而且還是用一種千真萬確的自豪語氣——小咪已經名花有主：一個二十六歲、名叫麥可．麥奈特的傢伙。他有輛摩托車，在一家游泳池清潔公司工作。「太好了。」鮑里斯之前和我說起這件事時，我這麼回答他，「我們應該找他來清理一下游泳池。」我已經受夠這座游泳池（清潔的工作現在落在我頭上），而且杉卓拉從沒買過足夠或正確的化學藥劑。

鮑里斯用掌根抹了抹眼睛。「我是說真的，波特。我覺得她很怕他。她想分手，但是又不敢，現在正在想辦法說服他入伍。」

「你最好小心點，以免那傢伙來找你麻煩。」

「我！」他哼了一聲，「我擔心的是她！她那麼小一個！只有八十一磅！」

「對啦對啦。」小咪宣稱自己有「邊緣型厭食症」，鮑里斯一天到晚老是嚷嚷著說她整天沒吃東西。

鮑里斯扣住我腦袋：「你自己一個人在這裡關太久了。」他說，在我身旁坐下，把腳泡進游泳池裡，「今晚一起去小咪家吧。順便帶上個伴。」

「我能帶誰——？」

鮑里斯聳聳肩：「那個男生頭的金髮小辣椒怎樣？你歷史課那個同學？有參加游泳隊的？」

「海莉？」我搖了搖頭，「不可能。」

「怎麼不可能！帶她去啦！她超辣的！而且她一定會去！」

「相信我，這絕對不是個好主意。」

「要不我幫你問！好啦，她對你很好，而且話老說個沒完。要不要現在打給她？」

「不行！事情不是你想的那樣——站住。」我說，抓住他袖子，不讓他起身。

「小孬孬！」

「鮑里斯，」他朝屋內走去，真的要打電話。「別打，我是說真的。她不會去的。」

「為什麼？」

他嘲諷的口氣聽得我心浮氣躁。「老實說？因為——」我正要說因為小咪是個破麻，這是唯一顯而易見的真相，但最後只是說：「聽著，海莉是有上榮譽榜的優等生，她不會想去小咪家的。」

「你說什麼？」鮑里斯說——猛然轉身，一副要殺人的模樣，「那個婊子。她說了什麼？」

「沒什麼。只是——」

「她肯定說了什麼！」他又衝回游泳池邊，「你最好一五一十老實招供。」

「好了啦，真的沒什麼。冷靜點，鮑里斯。」見他火冒三丈，我便開口勸阻，「小咪年紀比我們大那麼多，她們甚至不在同一個年級。」

「那個勢利眼的賤貨，小咪是哪裡得罪過她？」

「冷靜。」我看向那瓶伏特加，一道清澈如光劍般的白色陽光照亮瓶身。他喝多了，而我現在最不想要的就是打架，但偏偏我也醉了，想不出任何好笑或輕鬆的方式轉移話題。

3.

與鮑里斯同齡的女孩中，多的是其他更好的對象——尤其是莎菲．凱斯普森。她是丹麥人，說英文時帶有濃濃的英國腔，在太陽馬戲團中擔任配角，而且毫無疑問絕對是我們這年級中最漂亮的一個女生。莎菲和我們是英語資優班的同學（她對《心是孤獨的獵手》有一套非常有趣的見解），雖然素有冰山美人之稱，卻偏偏對鮑里斯情有獨鍾，所有人都看得出來。他隨便開個玩笑，她都一定捧場，在他的讀書會裡表現得傻裡傻氣，而且我看過她在走廊上和他聊得興高采烈——鮑里斯也同樣熱情，發揮他俄國人的本性，兩手比畫不停。但是——非常神祕地——他似乎對她完全沒興趣。

「為什麼啊？」我問他，「她是我們班上最漂亮的女生耶。」我一直以為丹麥人的特徵就是滿頭金髮、身材高大，但莎菲個頭嬌小、褐髮，彷彿童話中走出來的人物；我看過她一張舞台照，她臉上閃閃發亮的妝容更是加強了我這個印象。

「漂亮，沒錯；但不夠辣。」

「鮑里斯，她辣翻了。你腦子是進水了嗎？」

「她太認真了。」鮑里斯說，手裡拿著啤酒，在我身邊坐下，另一手拿走我的菸。「沒有一點神祕感。一天到晚不是在念書，就是在排演或什麼之類的。而小咪呢——」他吐了口煙，將菸遞還給我，「——她和我們是同一類人。」

我啞口無言。我是怎麼從一個全科資優生淪落到今天這地步，被拿來和像小咪這樣的放牛班學生相提並論。

鮑里斯用手肘撞了撞我：「你喜歡她吧，那個莎菲。」

「還好，普普通通。」

「你明明有。找一天約她出去。」

「好啦，有空的話。」我說，但我知道自己沒那膽子。在我以前的學校裡，外國學生和交換學生通常會彬彬有禮地退在一旁，要約莎菲這樣的女生機會比較大。但在拉斯維加斯這裡，她太受歡迎，身邊有太多人簇擁——除此之外，還有個棘手的問題，那就是我不知道能約她出去做什麼。在紐約，這完全不成問題，我可以帶她去溜冰、看電影，或去天文館。但我無法想像莎菲・凱斯普森在遊樂場吸強力膠、仰頭豪飲裝在紙袋裡的啤酒，或任何一件我會和鮑里斯一起做的事。

4.

我還是會見到他——只是沒那麼常了。他晚上越來越常留在小咪和她母親住的雙悅公寓——不過那其實是棟臨時飯店，一九五〇年代留下來的一家廢棄汽車旅館，位於機場與賭城大道間的高速公路旁，總是可以看到貌似非法移民的傢伙站在院子裡的乾涸游泳池邊，為摩托車零件爭得面紅耳赤。（「雙悅？」海莉說，「你曉得是哪雙悅吧？『老鼠和蟑螂』。」）慶幸的是，小咪不常和鮑里斯一起來我家；但就算不在，他還是不停把她掛在嘴邊：小咪聽的音樂很酷，還替他燒了一片CD，裡頭有很多我也非聽不可的嗆辣嘻哈音樂；小咪喜歡只有青椒和黑橄欖的披薩、小咪真的真的很想要一台電子琴——還有一隻暹羅幼貓，或者雪貂也可以，但雙悅禁止住戶飼養寵物。「我是說真的，波特，你應該試著多花點時間和她相處。」他說，用肩膀撞了撞我，「你會喜歡她的。」

「最好是啦。」我說。腦中立刻浮現她在我身邊時那洋洋自得的模樣——不只會在錯誤的時機露出噁心的笑容，還老是指使我去冰箱幫她拿啤酒。

「不！她喜歡你！真的！我的意思是她把你當弟弟一樣看；她是這麼說的。」

「她從來沒對我說過一句話。」

「那是因為你都不和她說話。」

「你們倆做過了嗎？」

鮑里斯發出個不耐煩的聲音；每次事情不如他意他就會這樣。

「骯髒耶你。」他說。將頭髮甩開眼前，又說：「怎樣？你覺得呢？要我幫你寫張地圖嗎？」

「是畫張地圖。」

「什麼？」

「那才是正確的說法。『要我替你畫張地圖嗎？』」

鮑里斯翻了個白眼，又開始手舞足蹈，滔滔不絕地稱讚小咪有多聰明、「聰明到無法想像」，還有她多有智慧，人生閱歷多豐富，我根本不了解她就這樣批評她、看不起她實在太不公平。但當我心不在焉地坐在那兒，一面聽他喋喋不休，一面盯著電視上的黑色電影（達納・安德魯絲演的《墮落天使》），腦中卻不由想起他和小咪是怎麼在公民補修課上認識的。那堂課基本上是專門開給不夠聰明的學生（對，即便我們學校的標準已經非常寬鬆），好讓他們不用另外補課就能拿到學分。鮑里斯——不只數學對他來說根本是小菜一碟，語文能力也比我認識的所有人都好——會被強迫去上這堂笨蛋公民課，只是因為他是外國人；而他也恨死了學校這規定。（「為什麼我非上不可？我是哪天有可能會去投票選國會議員嗎？」）但是小咪——她都已經十八歲了！還從小在克拉克郡長大！貨真價實的美國公民，根本就是從真人實境秀《條子》走出來的！——是有什麼藉口！

我一次又一次無可遏制地發現自己腦中浮現這種惡毒的念頭，但也只能盡力擺脫。我有什麼好在乎的？沒錯，小咪是個賤貨；沒錯，她笨到連一般的公民課都過不了，耳朵上戴著藥妝店買來的廉價圈型耳環，老是鉤到東西；而且沒錯，儘管她只有八十一磅重，卻還是能把我嚇得屁滾尿流，好像只要她發火，就會用那雙尖頭靴把我活活踢死。（「她是個剽悍的小黑鬼。」鮑里斯有次跟我這麼吹噓過。他像隻猴子般跳來跳去，滿口幫派黑話和手勢——或他自以為是幫派的黑話和手勢——口沫橫飛地描述小咪是怎麼硬生生、血淋淋地扯下某個女生的頭髮——這是我不喜歡小咪的另一個原因，她一天到晚在打架，而且是打到你死我活的那種打架，對象大多是像她一樣的白人賤貨，但有時候也會是真正的拉丁或黑人太妹。）但誰在乎鮑里斯喜歡什麼樣的爛貨呢？我們不一樣是朋友嗎？而且還是最好的朋友，基本上根本可以說是換帖兄弟。

不過同樣地，世上沒有任何言語能描述我和鮑里斯之間的關係。在小咪出現前，我從沒仔細思索過這件事，只意識到那些昏昏欲睡的午後，和他一起懶洋洋、醉醺醺地吹著冷氣，百葉窗關得緊緊的，將刺眼的陽光阻擋在外；空糖包與乾癟的橘子皮散落地毯，一遍遍聽著披頭四白色專輯裡的《親愛的普魯敦絲》（鮑里斯很喜歡這首），或電台司令其他同樣悲傷的老歌：

在那瞬間，
我迷失了自我，我迷失了自我……

吸食強力膠後，我耳邊彷彿會聽見一種陰鬱的機械咆哮，有如推進器颳起的強烈氣流，高聲吶喊著：引擎啟動！我們會倒在床上，陷入無邊的黑暗，像跳傘者向後一倒，跳出飛機之外。不過——儘管飛得那麼高、那麼遠——你還是得小心臉上的袋子，否則醒來後會發現頭髮或鼻尖上黏著乾掉的膠水。我們筋疲力盡地沉沉睡去，背靠著背，躺在滿是菸灰和狗味的骯髒床單上，小波睡到肚子朝天，大聲呼嚕打鼾。如果你聽得夠仔細，還能聽見風自牆上的通風孔送來的隱約私語。那道風颳了整整一個月，飛砂擊打窗戶，游泳池面漣漪不絕，氣氛陰森詭異。我們早上會喝著濃茶，吃偷來的巧克力；鮑里斯揪住我頭髮，踹向我肋骨。起床了，波特。太陽曬屁股了啦。

我告訴自己並不想他，但那只是自我欺騙。我自己一個人嗑藥嗑到恍惚失神，自己一個人看成人頻道和花花公子，自己一個人讀《憤怒的葡萄》和《七角屋》——感覺像是史上最無聊的兩本書，看得我度分如年；或是自己一個人帶著我和鮑里斯在街尾一棟法拍屋裡找到的破爛滑板，無所事事地溜達打混。我和海莉一起去游泳隊舉辦的派對——不供應酒精，還有家長在場——還有，週末的時候，跑去幾乎不認識的同學家裡，參加趁父母不在偷辦的派對，贊安諾隨你吃，野格利口酒隨你喝，凌晨兩點再坐著嘶嘶作響的CAT公車回家，茫到我必須緊抓住前座的椅背，以免摔到走道上。放學後，如果閒閒沒事，我就會找群一副活死人樣的毒蟲小鬼打發時間；那並不難，在墨西哥捲餅速食店或賭城大道上的電動遊樂場裡就能找到他們的身影。

但我還是寂寞。我真正想念的是鮑里斯，是他的衝動與混亂；他的陰鬱、不安、火爆和那驚人的輕率。我想念鮑里斯毫無血色的蒼白，想念他偷來的蘋果和他的俄文小說，想念他啃得亂七八糟的指甲和在沙塵中拖行的鞋帶。鮑里斯——正朝酒鬼之路邁進，會流利地用四種語言罵髒話——只要興致一來，就搶走我盤子裡的食物，醉醺醺地直接倒在地上昏睡，臉紅到像挨了巴掌。儘管他老是不告而取——DVD、我放在學校置物櫃裡的文具，各種小東西總是一天到晚不翼而飛；我不只一次發現他在我口袋裡翻找現金——但他根本不把這些身外之物看在眼裡，所以你也很難把他的行為稱之為「偷」。他只要拿到錢，一定和我五五對分；任何屬於他的東西，只要我開口，他都會欣然贈送（有時候我連說都不用說；像是帕夫里考夫斯基先生的黃金打火機，我只是路過時稱讚了一聲，之後就出現在我背包外側的口袋裡頭）。

好笑的是，真要說的話，我本來還擔心鮑里斯才會是黏人的那個——如果「黏人」兩字是正確的形容詞的話。當他第一次在床上轉身，一手掛上我腰間時，我半夢半醒地躺了片刻，不知該作何反應，只能瞪著地上的舊襪子、空啤酒瓶和平裝本的《鐵血勳章》。最後——我尷尬地假裝打個呵欠，想趁勢翻身滾開。沒想到他嘆了口氣，迷迷糊糊、像要相擁入眠似地又把我摟緊了些。

噓，波特，他對著我的頸背喃喃道；不要緊，只是我而已。

那感覺好怪。真的怪嗎？對，怪，但又不怪。不多久，我就被他渾身又苦又臭的啤酒味和輕呼在我耳畔的放鬆氣息給哄睡。我曉得不管我怎麼解釋，都一定會讓人誤會。夜裡，每當我被恐懼扼緊喉嚨，悚然驚醒時，是他陪在我身旁；每當我惶然坐起，是他抱住我，將我拉回被窩，躺在他身旁，聽著他用波蘭文胡言亂語，那充滿睡意的低沉嗓音聽起來是如此奇異而陌生。我們會蜷在彼此的臂彎裡打瞌睡，用我的iPod聽音樂（泰隆尼斯．孟克、地下絲絨等等我母親以前愛聽的音樂）；有時，醒來時，會發現我們像漂流到孤島的船難倖存者或小孩一樣，互相摟擁著彼此。

然而（這是最曖昧不明，也是最困擾我的部分）還有其他許多更為迷惘與混亂的夜晚，我們會打著赤膊，彼此扭打，微弱的燈光自浴室流洩而入。少了眼鏡，一切彷彿都籠罩在昏黃的光暈中，搖搖晃晃。我們雙手粗魯地緊緊扣住彼此，踢翻的啤酒在地毯上吐露白沫——在那當下，我只覺得很好玩，沒什麼大不了。整個人茫到失去意識，把一切統統拋諸腦後的感覺實在是太爽了。但當翌晨醒轉，我們兩人分別趴在床的兩頭痛苦呻吟時，前一晚的片段就消融為凌亂的朦朧火焰，彷彿實驗電影般，畫面搖曳，燈光昏暗，鮑里斯那張扭曲的陌生臉孔已逐漸從記憶中消失，所有一切恍然若夢，毫無半分的真實感。對於這樣的夜晚，我們絕口不提；那並不是真的。該上學了，我們找到鞋子，扔給對方，互相潑水洗臉，吞下阿斯匹靈，治療宿醉，一路嬉笑打鬧到站牌。我很清楚，如果別人知道，一定會誤會，所以我不想任何人知道，也知道鮑里斯不想任何人知道。不過他似乎完全不把這事放在心上，所以我相當肯定那只是個玩笑，不用過於認真或費心思索。但是，不只一次，我都不禁思量，自己是否該鼓起勇氣說些什麼，劃清某種界線，開誠布公地說清楚，確保他沒有任何誤會。但那時機始終沒有到來，現在再舊事重提或覺得尷尬也已無必要。然而，即便如此，我也感覺不到任何安慰。

我好痛恨自己如此想他。現在家裡酒精消耗的速度飛快，主要是因為杉卓拉；而且屋裡不時可以聽見憤怒的甩門聲（「如果不是我，就一定是你。」我聽見她大聲怒吼）；而少了鮑里斯（如果鮑里斯在，他們兩個通常會克制一些），更是讓情況雪上加霜。部分是因為酒吧調整了杉卓拉的工作時間——她被換到另外一班，壓力很大，以前的同事不是走了，就是不同班。每到星期一和星期三，當我準備出門上學時，常發現她才剛下班回家，獨自坐在她最喜歡的晨間節目前，情緒緊繃到難以入睡，直接就著藥罐大吞胃藥。

「我這個老太婆累壞了。」看見我站在樓梯上，她硬擠出個笑容，說。

「妳該去游個泳，那會讓妳想睡覺。」

「不，謝了，有胃藥陪我就好。這真是個好東西，味道就像口香糖一樣，棒呆了。」

至於我爸，他在家的時間多了許多——陪我一起打混；我是很高興，但也被他陰晴不定的心情搞得筋疲力盡。美式足球賽季開始了，他腳步也變得輕盈。在看過黑莓機後，他會跟我擊掌，在客廳裡手舞足蹈：「我是不是有夠天才？是不是？」他會研究得分統計和對戰分析——偶爾還有一本叫做《天蠍座的運彩預測書》的平裝書。「最重要的就是要尋找優勢。」他說。只見他按照數據在計算機上敲敲打打，好像在算自己要繳多少稅一樣。「只要有百分之五十三、五十四的機會，就可以靠它過上舒舒服服的好日子——懂嗎，我玩牌純屬娛樂，沒有任何技巧，只是給自己訂個額度，一賠光立刻收手。但運彩不一樣，只要仔細鑽研，就真有可能靠它發財。你必須把自己當作個投資者，而非球迷，甚至連賭徒都不是，因為祕訣在於，優秀的隊伍通常會贏，而賠率編算者的數字也通常設得很準，但即便是他們，也不得不受普羅大眾的觀感和輿論影響，因為他們預測的不是誰會贏，而是一般大眾認為誰會贏。所以，在情感上的支持與事實間的落差呢——幹，你看達陣區那個接球員，又給匹茲堡攻下一城，但我們現在最不需要的就是他們得分——總而言之，像我剛才說的，如果我好好坐下來，認真研究，不要像那個白癡老喬，光看個五分鐘的體育專欄就選定自己的隊伍，根本兒戲。現在贏面大的是誰？懂嗎，我不是那種不管表現好壞，都無條件支持巨人隊的腦殘球迷——幹，你母親可以證明這點。天蠍座最大的特點就在於自我控制——我就是這樣的人。我好勝，為了求勝可以不計任何代價。我的演技就是從那兒來的；以前還當演員的時候。我的太陽星座在天蠍，上升在獅子。一切都在我計算之中。而你，是巨蟹座，一隻隱居的螃蟹，悄悄躲在自己的殼裡，和我完全不同。這沒有什麼好或不好，反正就是如此。總而言之，我呢，總是從球隊進攻和防守的表現尋找線索，但在比賽日當天花點時間留意星座和太陽的運行也沒什麼不好——」

「是杉卓拉讓你對星座產生興趣的嗎？」

「杉卓拉？拉斯維加斯有半數運彩站的快速撥號裡都有占星師的電話。總之，就像我說的，如果所有條件都一樣，星座和運勢會有影響嗎？會，絕對會，就像球員在比賽當天是幸運、倒楣，或身體不對勁之類的。我說真的，當你有點，哈哈，該怎麼說呢——拮据的時候——這優勢可以助你一臂之力。不過——」他拿出厚厚一疊用橡皮筋捆成一束，像是百元現鈔的東西，「——我這一年真的是大豐收。百分之五十三的勝率，一年一千場比賽。這玩意兒就是這麼神奇。」

他把星期天稱為重要關鍵日。我起床後，會發現他窩在樓下滿地的報紙間，像聖誕節早晨一樣，興高采烈又焦躁不安地忙東忙西，對著櫥櫃開開關關，用黑莓機打給運彩的投注員，然後頭一仰，直接把袋子裡的玉米片倒進嘴裡。重要的比賽開打時，如果我下樓，就算只陪他看一下下，偶爾也會分到些他叫做「吃紅」的彩金——如果他贏的話；大多是二十或五十元。「看能不能引起你一點興趣。」他坐在沙發上，傾身向前，焦慮地搓著雙手，說，「看到嗎——我們需要小馬隊在第一節擊潰對手，把他們打到倒地不起；至於牛仔隊和四九人，分數需要在第二節時超過三十分——好！」他忽然大聲歡呼，高舉拳頭，興高采烈地跳了起來。「掉球！紅人拿到球。我們開張了！」

但我根本聽得一頭霧水，因為掉球的明明就是牛仔隊，而我以為牛仔隊起碼要贏十五分。他倒戈的速度實在快到我跟不上，老是因為幫錯球隊歡呼而出醜。但我很喜歡像這樣和他一起隨意切換於球賽與分數之間，喜歡他這份幾乎興奮到神智不清的狂熱，喜歡一整天大吃特吃油膩的食物，喜歡他扔給我的二十元、五十元鈔票，彷彿天上掉下來的禮物。但在其他時候——當他隨著激動的情緒時而亢奮時而洩氣時——彷彿有種隱隱約約、在我看來和球賽輸贏沒太大關連的不安會緊緊攫住他；我不曉得原因，但他會來回踱步，雙手交疊頭頂，眼睛牢牢瞪著電視，就像個被失敗生意逼瘋的男人。他會對教練和球員說話，問他們是他媽的有什麼問題，情況現在到底是怎樣。有時他會用一種異樣氣餒的姿態跟我走進廚房，哀嚎道：「我快輸到脫褲了。」他靠在流理台上，滑稽地說，模樣十分好笑。那佝僂的身影之中有些什麼，讓人不由想起銀行搶犯因中槍而彎下了腰。

起攻線，分碼線，跑陣，過盤。比賽當日，到了大約五點左右，沙漠的白熾天光延遲了週日帶來的憂鬱——秋日逐漸為冬季所吞沒，十月的黃昏是如此寂寥冷清，而且隔天還得上學——但到了傍晚，球賽接近尾聲時，總有好長一段時間的靜默，觀眾的心情不再高亢，茫然蕭索的氣息瀰漫空中，無論螢幕內外皆同。院子落地窗上的閃耀金屬強光先是轉為黯淡的金色，然後又變成灰色；長長的影子與開始為夜色籠罩的寂靜沙漠。那是我揮之不去的一種哀傷，彷彿看見沉默的人們魚貫走向球場出口，冰冷的雨水落在東方的大學城上。

我無法解釋那突如其來的恐慌。比賽結束得如此迅速，幾乎就像失血般，在轉眼間消逝無蹤，讓我不由想起自己當初是如何看著紐約的公寓被搬得人去樓空，彷彿腳下失去實地，只能虛浮掙扎，沒有任何支點。回到樓上，我緊閉房門，把所有電燈統統打開，有大麻就抽大麻，用攜帶式的喇叭播放音樂——先前沒聽過的音樂，像是蕭士塔高維契和艾瑞克．薩堤；那是我幫母親存進iPod的，之後一直沒刪除——看從圖書館借出來的書；大多是藝術書籍，因為它們會讓我想起她。

《荷蘭名畫選》、《台夫特：黃金時代》、《林布蘭作品集與其影響》。我用學校的電腦查到了一本關於法布里契爾斯的著作（很薄，只有一百頁），但學校圖書館沒有，而且校方又嚴格控管我們的電腦使用，我太怕會被發現，所以不敢在網路上搜索——特別是有一次，我一時不察，點進了個連結（Het Puttertje，金翅雀，一六五四年），螢幕上隨即出現了個看起來正式且嚇人的網站，叫做「失蹤藝術品資料庫」，要求我必須輸入姓名和地址才能登入。我在毫無心裡準備的情況下忽然看到「國際刑警」和「失蹤」兩個詞，差點沒被嚇死，驚慌之下，立刻把電腦關了，而依照規定，學生是不能自己把電腦關機的。「你做了什麼好事？」我還沒來得及重新開機，就聽到圖書館員奧斯妥先生這麼質問。他站在我身後，伸長手臂，對著螢幕輸入密碼。

「我——」見他開始察看歷史紀錄，我不由大鬆了口氣，慶幸自己沒在看色情網站。我原本打算用我爸在聖誕節給我們的五百塊去買一台便宜的筆記型電腦，但那筆錢卻在不知不覺花完了——失蹤藝術品；我告訴自己，沒必要為「失蹤」兩個字驚慌，毀壞的藝術品也是失蹤藝術品，不是嗎？儘管我沒有留下姓名，但還是擔心剛才查資料庫時用的是學校的ＩＰ。就我所知，之前來找過我的兩名調查員仍掌握我的行蹤，知道我現在在拉斯維加斯；這關連儘管薄弱，卻千真萬確。

我把畫藏起來了，而且自認藏得十分巧妙。我先把它包在一只乾淨的棉布枕頭套裡，再用封箱膠帶貼在床頭板背後。我從霍比那裡學會，處理古董必須非常小心（有時如果需要處理特別脆弱、精緻的物品，他會戴上白色的棉布手套），所以從來不赤手觸摸那幅畫，只會觸碰畫框，而且只有在爸和杉卓拉不在家，並知道他們好一陣子不會回來時才會把它拿出來——雖然不能看著它、欣賞它，但知道它在那兒，我就感到無比安心。它賦予事物深度與確鑿的存在感，為一切扎下穩固的根基，宛如一種看不見、摸不著、如基石般屹立不搖的真理安慰著我，就像知道在遙遠的他方，有鯨魚無拘無束地在波羅的海中泅泳，神祕的國度裡有僧侶為了救贖世人日夜不休地誦經唸佛，那般令人安心。

從把畫拿出來，到捧在手裡端詳細看，沒有一個動作可以輕忽草率。即便在要拿出它時，你都會感到一種膨脹感，飄飄然，彷彿漂浮了起來。而且很神奇的，假若我看得夠久，雙眼因沙漠冰寒的空氣開始感到乾燥，我和它之間的距離彷彿消失了一般。因此，當我抬起頭時，真實存在的不再是我，而是那幅畫。

生於一六二二年，卒於一六五四年。教師之子，目前僅有不到十二件作品確定是為他所創作。根據台夫特的城市歷史學家范布萊謝克所述，當火藥庫在早晨十點三十分爆炸時，法布里契爾斯正在畫室裡描繪台夫特老教堂的教堂司事。畫家的屍體是街坊從畫室的廢墟中抬出來的。「不僅令人悲慟欲絕，」書裡寫道，「而且過程十分艱辛。」在圖書館書籍的短短說明中，最吸引我注意的就是機運是如何牽引著我們：偶發的不幸，我與他皆是，在同一個不可見的交會點交會。「大爆炸」；我爸是這麼稱呼的，語氣中沒有任何嘲諷或輕蔑，而是謙卑恭敬地承認有份能夠主宰人生的力量存在。你可能日復一日、經年累月的研究因果關連，卻毫無所獲——一切關乎於事物的交會、崩解。時光隧道，母親站在博物館前，時間忽明忽滅，光線變得好奇怪，無法確定的未來在廣闊的明亮邊緣徘徊。那偶然的機運可能會也可能不會改變這所有一切。

樓上，浴室水龍頭的水因為加了太多氯不能直接飲用。夜裡，乾燥的晚風吹動街上的垃圾與啤酒罐。霍比告訴過我，水氣與濕氣是古物在世上最大的天敵。我離開時他正在修理一座立鐘，還特別指出底部受潮腐爛的木頭給我看（「有人直接拿桶子在石地上潑水，有沒有看到這裡的木頭變得多軟、多爛？」）。

時光隧道：重見過去的方法，甚至可以不只一次。就像父親的儀式與賭博模式，他所擁有的一切神諭和魔法都是奠基於無形的意識模式，因此台夫特的爆炸也是某複雜事件的一環，影響了現在。結局千變萬化的可能性看得我眼花繚亂。「錢不重要，」我爸說，「金錢只是代表了事物的能量，懂嗎？重點在於你是如何追蹤機運的流向。」金翅雀用牠那雙亙古不變的閃亮雙眼沉穩凝視我。它的木框很小，「只比A4的紙稍大一點。」其中一本藝術書籍這麼說明。但那些日期、尺寸、死板的教科書內容根本與那幅畫毫不相干，就像體育專欄的統計與包裝人隊在第四節領先兩分，而細小的雪花開始翩翩落在球場之上一樣毫無關連。那幅畫，以及它所散發的魔力與生命力，恰似那白雪紛飛、奇異而輕盈的一刻，綠色的燈光閃耀，鏡頭前雪花飛舞，你再也不在乎比數、不在乎誰贏誰輸，只想好好享受風起時的靜謐時光。當我看著那幅畫時，也能感受到同樣的交會感：在那陽光點亮的瞬間，此刻即是永恆。我只有偶爾偶爾，才會注意到鳥兒腳上的鐵鍊，或想起對於一隻小動物來說，只能稍稍拍動翅膀，總是被迫降落在同一個毫無希望的地方，是多麼殘酷的一種生活。

5.

值得慶幸的是，爸現在對我很好，我很高興。他會帶我出去吃飯——而且是高級餐館，鋪有白色桌巾的餐廳，就我和他兩人——一個禮拜起碼一次。有時他也會邀鮑里斯一起去，鮑里斯也總是興高采烈、二話不說地接受邀約——小咪再有魅力，也仍舊抵不過美食的誘惑——但奇怪的是，我發現我比較喜歡只有我和爸兩人單獨相處的時候。

「你知道，」有次出去吃飯時他說，我們點了甜點一面吃，一面聊，待到很晚——聊我學校的事、各種五花八門的話題（我是什麼時候開始有這樣一個關心兒子的新爸爸了！他是從哪兒冒出來的！）「——席歐，我真的很高興你搬來這裡，讓我有機會了解你。」

「喔，嗯，對啊，我也是。」我回答。雖然尷尬，但半分不假。

「我想說的是——」我爸一手梳過頭髮，「——謝謝你願意給我第二次機會，小鬼，因為我真的錯了。我從來都不該讓我和你母親的問題影響你我之間的關係。不，不，」他舉起手，阻止我開口，「我不是要把責任推到你媽身上，我已經不會那麼想了。只是她太愛你了，讓我覺得自己好像是個第三者，明明是在自己家裡，感覺卻像外來的陌生人。你們倆那麼親密——」他哀然一笑，「——家裡彷彿沒有我存在的餘地。」

「嗯——」我想起和母親兩人在家躡手躡腳，竊竊私語，總是盡量想要避開他的情景；那些祕密，那些歡樂。「我只是——」

「不，不，我不是要你道歉。我身為人父，應該要了解的。只是事情到後來變成某種惡性循環，你懂我意思嗎？我覺得自己被排擠，心裡不痛快，成天借酒澆愁，而我從來不該讓那種事發生的。我錯過了你最重要的成長時期，而我必須承擔這個錯誤。」

「呃——」我愧疚到啞口無言。

「我沒要讓你難堪的意思，小鬼，只是想告訴你，我很高興我們現在是朋友了。」

「喔，對啊。」我說，瞪著眼前的餐盤，盤內的法式烤布蕾已經被我吃得乾乾淨淨。「我也是。」

「還有——我想補償你。我今年靠運彩賺了不少——」我爸喝了一口咖啡，「——想替你在銀行開個戶頭，幫你存點錢進去。因為，你知道的，我真的傷了你和你媽；你懂的，就那樣不告而別，離開了好幾個月。」

「爸，」我困窘地說，「你不必那麼做。」

「但我想那麼做！你有社會安全號碼，對嗎？」

「對。」

「好，我已經先存了一萬塊。這是個好的開始。回家後，如果你覺得可行的話，就把你的社會安全號碼給我，我下次去銀行就幫你開個戶頭，好嗎？」

6.

除了學校以外，我幾乎見不到鮑里斯了。只有某週星期六下午，我爸帶我們一起去米拉奇賭場酒店的卡內基餐廳吃燻牛肉和洋蔥麵包時他有出現。但到了感恩節前幾週，他忽然毫無預警地砰砰砰跑上樓來，說：「你爸最近輸慘了，你知道嗎？」

我放下手中的《織工馬南傳》——學校這學期的指定讀物——反問：「你說什麼？」

「他最近都去兩百元的賭桌——一注兩百，」他說，「隨隨便便就可以在五分鐘內輸掉一千塊。」

「一千塊對他來說只是小菜一碟。」我說。發現鮑里斯沒有回話，我又問：「他說他輸了多少？」

「他沒說，」鮑里斯回答，「但很多。」

「你確定他不是在唬你？」

鮑里斯笑了起來：「是有這可能。」他說，在床上坐下，用手支著頭，「你完全不曉得這件事？」

「呃——」就我所知，水牛城比爾隊上星期贏了，我爸因此大賺一筆，「我是察覺不出他有輸多慘，最近還有帶我去Bouchon[1]之類的餐廳吃飯。」

「沒錯，但他這麼做或許是有好理由。」鮑里斯意味深長地說。

「理由？什麼理由？」

鮑里斯似乎本想說些什麼，但最後還是作罷。

「好吧，誰曉得，」他說，點了根菸，猛力吸了一口，「你爸啊——有俄羅斯血統。」

「最好是。」我說，伸手向他拿菸。我常在鮑里斯與我爸那些激動到比手劃腳的「深度對談」中聽見他們討論俄羅斯史上眾多的知名賭徒：普希金、杜司妥也夫斯基，以及其他我從來沒聽過的名字。

「我告訴你——他真的非常俄羅斯，一天到晚抱怨這世界有多糟！即便生活順遂——也自己知道就好，不用表現出來。以免樂極生悲。」他身上穿著一件我爸不要的襯衫，洗到幾乎快變透明，而且衣襬幾乎寬鬆到像阿拉伯還是印度人的長袍一樣飄逸。「只是喔，有時很難分辨你爸到底是在開玩笑還是認真的。」說完後，他小心翼翼地看著我，問：「你在想什麼？」

「沒什麼。」

「他曉得我們會聊這些事，所以才告訴我。如果他不想你知道就不會說了。」

「是啊。」我非常肯定是他誤會了。我爸啊，是那種只要心情好，就會開心和別人大方分享自己私生活的人，無論對方是他頂頭上司的老婆或其他不適宜的聽眾。

「如果他覺得你想知道，」鮑里斯說，「就會自己告訴你。」

「聽著，就像你說的——」我爸就愛自憐自艾，言過其實；星期天時，他常裝出一副誇張悽

1　名廚湯瑪斯・凱勒於威尼斯飯店內開設的米其林餐廳。

慘的模樣，拖著蹣跚的腳步哀嚎呻吟，在比賽輸了後大聲抱怨自己「毀了」或「死了」，但同時間明明就還贏了其他六場比賽，正在計算機上累計自己總共贏了多少錢。「他有時會誇大其詞。」

「也是，你說得沒錯。」鮑里斯說，一副理解的模樣。他拿回香菸，吸了一口，然後又殷勤地遞給我，「剩下的都給你。」

「不用，謝謝。」

我們沉默了會兒，聽見電視上的美式足球賽傳來群眾的歡呼聲。鮑里斯又倒回床上，用手支著頭，問：「樓下有什麼好吃的？」

「什麼都沒有。」

「有吃剩的中國菜，我想。」

「沒了。不知道被誰吃掉了。」

「可惡，要不我去小咪家好了，她媽有冷凍披薩。你要一起嗎？」

「不了，謝謝。」

鮑里斯笑了起來，又比了個莫名其妙的幫派手勢。「隨便你，老兄。」他用他那所謂「黑幫分子」的口氣說（但你只有從他的手勢和「老兄」兩個字分得出來和平常有什麼不同），起身下床，拖著懶洋洋的腳步離去。「黑鬼得覓食去了。」

7.

鮑里斯與小咪之間最特別的是，他們兩人沒多久就變得像老夫老妻一樣，說話簡潔有力，口氣又不耐煩。他們還是一天到晚卿卿我我，雙手幾乎離不開對方，但只要一開口，簡直就像一對已經結婚十五年的夫妻。他們會為了一些雞毛蒜皮的小錢吵到不可開交，像是上次午餐是誰付的錢等等；我有時會偷聽到類似以下的對話：

鮑里斯：「怎樣啦！我已經努力在當個好男朋友了！」

小咪：「是嗎，也沒好到哪裡去啊。」

鮑里斯追上她：「我是認真的，小咪！絕對沒有半句假話！我只是努力想當個好男朋友！」

小咪：（噘起小嘴。）

鮑里斯想親她，但沒有成功：「我做了什麼？到底發生什麼事？妳覺得我哪裡對妳不好？」

小咪：（沉默不語。）

關於麥可，那個游泳池清潔工——也就是鮑里斯的情敵——在他決定加入海岸巡防隊後，這問題就迎刃而解了。顯然地，小咪每個禮拜還是會跟他通上好幾小時的電話，不過不知為何，鮑里斯一點也不在意（「她只是想表現她的支持之意，懂嗎？」）。但他在學校裡簡直就是個醋罈子，實在很讓人傷腦筋。他把她的課表背得滾瓜爛熟，只要一下課，就立刻衝去找她，好像懷疑她會在商用西語或其他什麼課上給他戴綠帽一樣。有天放學後只有我和波普在家，他打電話過來，劈頭就問：「你認識一個叫做泰勒．歐洛斯卡的傢伙嗎？」

「不認識。」

「他跟你上同一堂美國歷史課。」

「對不起，那堂課人很多。」

「好吧，那你可以替我查查他的事嗎？像是他住哪？」

「他住哪？這和小咪有關嗎？」

陡然間，門鈴聲大作——嚇了我一大跳——前後總共是四聲莊嚴宏偉的鈴響。打從我搬來拉斯維加斯後，還從未聽過家裡大門鈴響，一次也沒有；電話另一頭的鮑里斯顯然也聽到了。「那是什麼聲音？」他問。小波在原地瘋狂打轉，叫到牠脖子都要斷了。

「門口有人。」

「門口有人？」在我們這條荒涼冷清的街道上——沒有鄰居、沒有垃圾車，連街燈都沒有——這可是了不得的大事。「你覺得是誰？」

「不曉得，我等等再打給你。」

我抱起小波——牠已經陷入瘋狂狀態——（在我臂彎裡死命掙扎尖叫，拚命想下去）勉強用一手把門打開。

「唉呀呀，你看看你看看，」一個帶有紐澤西口音的愉悅聲音說，「真是個可愛的小傢伙。」

我愣愣對著傍晚的刺眼陽光眨了眨眼，發現面前站著一名個頭非常高、膚色非常非常健康、身材非常瘦削、看不出年紀的男人。看起來有點像德州牛仔，又有點像走火入魔的酒吧樂手。金邊的雷朋鏡片是漸層的紫色，白色的運動夾克下有件珍珠扣的紅色牛仔襯衫，腳上則是一條黑色牛仔褲。不過最吸引我目光的是他的髮型：一半是假髮，一半是植髮或噴霧，看起來就像用玻璃纖維做成的隔熱泡棉，顏色是鞋油般的深棕色。

「沒關係，放牠下來吧！」他說，朝仍死命想掙脫我懷抱的波普努了努下巴。他的聲音低沉，舉止沉穩、和善，除了那口口音外，看起來就是個徹頭徹尾的德州人，包括他腳上的靴子，等等一切。「牠愛跑就給牠跑吧！我不介意，我愛狗。」

我放下波普，他俯身拍了拍牠的頭，那動作不禁讓人想起營火旁的高瘦牛仔。儘管這名陌生男子看起來古裡古怪，像是他那頭髮型和裝扮等等，但我仍不禁為他那瀟灑從容的態度所折服。

「唉呀呀，」他說，「你這可愛的小傢伙，沒錯，你最可愛了！」他棕色的臉龐猶如皺巴巴的風乾蘋果，布滿細小的紋路。「我家也養了三隻狗，都是小杜賓。」

「什麼？」

他挺直腰桿，對我微微一笑，露出一口整齊又耀眼的白牙。

「迷你杜賓。」他說，「一群神經兮兮的小混蛋，趁我不在家時把東西咬得支離破碎，但我愛死牠們了。小伙子，你叫什麼名字？」

「席爾鐸．戴克。」我回答，好奇他到底是誰。

他又揚起笑容，藏在漸層色雷朋鏡片後的一雙小眼亮了起來：「嘿！你也是紐約來的！我從你聲音聽得出來，對不對？」

「對。」

「我猜是曼哈頓人，對嗎？」

「對。」我說，好奇他究竟從我聲音裡聽到什麼。從來沒有人光聽我說話就猜到我是曼哈頓來的。

「你好——我來自肯納西[2]，從小在那兒出生長大。能遇到同樣來自東岸的同鄉實在太讓人高興了。敝姓西佛，納曼．西佛。」他伸出手。

「很高興認識您，西佛先生。」

「先生！」他露出讚賞的笑容，「我最喜歡有禮貌的小孩了。現在這種小孩不多了。你是猶太人嗎，席爾鐸？」

「不，先生。」我說，但心裡立刻後悔。

「好吧，告訴你，在我心中，所有出身紐約的人都是名譽上的猶太人。我是這麼認為的。你有去過肯納西嗎？」

「沒有，先生。」

「好吧，那裡過去曾是個好地方，很棒的社區，但現在啊——」他聳聳肩，「我家在那兒住了

---

2 位於紐約布魯克林區東南部。

整整四代。我祖父索爾是最早在美國開設潔食餐廳的猶太人之一。餐廳很大，很有名，但在我小時候就收了。父親死後，母親帶著我們搬去紐澤西，好和哈利舅舅一家親近些，方便有個照應。」他一手按在瘦削的臀部，兩眼直視我，問：「令尊在家嗎，席歐？」

「不在。」

「不在？」他視線越過我，望向屋內，「真可惜。知道他什麼時候回來嗎？」

「不知道，先生。」我回答。

「先生；嗯，我喜歡，你是個好孩子。告訴你吧，你讓我想起這年紀的自己，剛從猶太中學畢業——」他舉起手，毛茸茸的棕色手腕上戴著黃金手鍊，「——而這雙手呢？白的像牛奶一樣；像你的手一樣。」

「呃——」我仍尷尬地站在門口，「——您想進來坐坐嗎？」我不確定自己該不該邀請一名陌生人進屋，但反正我正悶得慌，覺得無聊又寂寞。「如果您想的話，可以先進屋等。但我不確定他什麼時候回來。」

他又微微一笑：「沒關係，謝謝，我還有許多地方要去。不過，好吧，因為你是個好孩子，我就坦白說了吧；令尊欠了我五分，你知道那是什麼意思嗎？」

「不知道，先生。」

「好吧，願主保佑你，你不必知道，也希望你永遠不會知道，但我可以告訴你，這可不是什麼好的經營策略。」他親切地一手按住我肩頭，「信不信由你，席爾鐸，我非常擅長與人應對，但我不喜歡來到一個人家裡，面對他的小孩，像我現在這樣。這樣不對。一般來說，我會去令尊工作的地方，兩個人坐下來好好商量片刻。只是他很難找，不過這點我想你應該已經知道了。」

我可以聽見屋裡的電話又響了起來；是鮑里斯，我很肯定。「你是不是該去接個電話。」西佛先生愉快地說。

「沒關係。」

「去吧，我想最好還是接一下。我就在這裡等著。」

我心神越來越不寧，回到屋內，接起電話。如我所料，是鮑里斯。「誰啊？」他劈頭就問，「不是小咪吧？」

「不是。聽著——」

「我想她和那個叫做泰勒的傢伙一起回家了。我有種奇怪的預感；好吧，可能沒有和他一起回家，但他們是一起離開學校的——我看見她在停車場和他說話。他們一起上最後一堂課，木工課還什麼之類的——」

「鮑里斯，對不起，但我現在真的不能說話。等等再打給你，可以嗎？」

「從你的話聽來，我想電話另一頭的人不是你爸。」等我回到門邊後，聽見西佛先生這麼說。我視線越過他身後，看向停在路邊的白色凱迪拉克。車裡有兩個人——一個是司機，還有另一個男人坐在副駕駛座上。「不是令尊打來的，對吧？」

「對，先生。」

「如果是的話，你會告訴我的，對吧？」

「對，先生。」

「但我為什麼不相信你呢？」

我啞口無言，不曉得該說些什麼。

「不要緊，席爾鐸。」他又彎下腰來，搔搔波普的耳朵。「我遲早會找到他的。你會記得轉告我的話嗎？還有我來過的事？」

「會的，先生。」

他伸出長長的手指，指著我鼻子，問：「我叫什麼名字？」

「西佛先生。」

「西佛先生；沒錯，我只是要確認一下。」

「我需要轉告他什麼？」

「告訴他說賭場是開給遊客的，」他說，「不是本地人。」他輕輕地，輕輕地，用瘦削的棕手拍了拍我的頭，「願主保佑你。」

8.

大約三十分鐘後，鮑里斯現身門口。我試圖描述西佛先生來訪的事，雖然他聽進去了一些，但主要還是為了小咪和其他男生調情的事大發雷霆，就是那個叫泰勒．歐洛斯卡還是什麼之類的傢伙，一個比我們大上一歲、愛抽大麻、參加高爾夫球隊的有錢公子哥。「去她的。」我們一起坐在我家樓下地板，抽小咪的大麻時，鮑里斯啞著嗓子說，「她不接電話，現在一定是和他在一起，我確定。」

「算了啦。」儘管我為了西佛先生的事憂心忡忡，但談論小咪還是讓我心煩不已。「他可能只是想買大麻。」

「對，但事情沒那麼簡單，我就是知道。她現在都不想讓我去她家了，你沒注意到嗎？一天到晚有事要忙；連我買給她的項鍊都沒戴了。」

我的眼鏡歪了，伸手把它推回鼻梁。那條愚蠢的項鍊才不是鮑里斯買的，是在購物中心偷的。他趁我（穿著紐約的學校制服外套，裝出一副模範公民的模樣）彬彬有禮又呆頭呆腦地詢問店員我和我爸該買什麼生日禮物給我媽時，抓了那條項鍊就跑。「喔。」我說，試著擠出同情的語調。

鮑里斯臉色鐵青，活像烏雲罩頂似地說：「那個狐狸精，前幾天還在班上假哭——想引歐洛斯卡那傢伙同情。死破麻。」

我聳聳肩——這點我贊同——把大麻遞給他。

「她還不是因為對方有錢才喜歡他。他家有兩台賓士，E系列的。」

「老女人開的車。」

「胡說八道。在俄羅斯，那是幫派開的車。還有——」他用力吸了口大麻，屏氣憋著，揮舞雙手，兩眼漲滿淚水：等等，等等，最爽的部分來了，幫我拿一下？「——你知道他怎麼叫她的嗎？」

「小咪？」因為鮑里斯極力堅持叫她小咪，以至於現在全校——甚至包括老師——也都開始跟著這麼叫。

「沒錯！」鮑里斯氣憤填膺地說，嘴裡噴出濃濃白煙。「那是我專屬的名字！我給她的。還有，前幾天在走廊上？我看見他居然在搔她的頭。」

咖啡桌上有兩顆從我爸口袋裡找到的融了一半的薄荷糖，還有一些收據和零錢。我打開其中一顆，放進嘴裡。我現在的心情就像傘兵一樣亢奮，那甜膩的味道如火焰般刺痛我全身。「搔頭？」我問，糖果大聲撞擊我牙齒，「再說一次？」

「像這樣。」他說，用手做出弄亂頭髮的動作，抽完最後一口大麻，然後捻熄。「我不曉得要怎麼說。」

「是我就不會太擔心。」我說，仰頭靠在沙發上，「欸，你該試試這些薄荷糖，真的有夠好吃。」

鮑里斯抹了抹臉，像狗甩水珠一樣搖了搖頭。「哇塞。」他說，兩手梳過糾結的頭髮。

「沒錯，我也是。」我在一陣震顫的沉默後說，只覺得思緒不斷拉長、延伸，變得黏稠癱軟，緩緩浮上表面。

「怎樣？」

「我茫了。」

「是嗎？」他哈哈大笑，「多茫？」

「超級茫，兄弟。」舌頭上的薄荷味感覺好強烈，小小的糖果變得猶如巨石一樣大，讓我幾乎無法開口說話。

祥和的寂靜籠罩屋內。快要傍晚五點半了，但陽光依舊赤裸純亮。我有一些白色上衣晾在屋外的游泳池畔，耀眼生輝，如船帆般翻飛起落。我閉上眼，感到火紅的光芒燒灼眼皮，整個人倒回（忽然間變得非常舒服的）沙發上，好像那是艘顛簸蕩漾的小船，回想起在英文課上讀到的哈特·克萊恩[3]。布魯克林大橋。我在紐約時怎麼從來沒讀過那首詩？而且明明幾乎每天都會看到那座橋，卻怎麼從來不曾好好留意它？海鷗與令人暈眩的雨珠。我想起了電影，那全景的拍攝手法……

「我要掐死她。」鮑里斯冷不防地說。

「你說什麼？」我大吃一驚，只聽到「掐死」兩個字與鮑里斯斬釘截鐵的凶惡口氣。

「那個皮包骨的死賤婊。我快被她氣死了。」鮑里斯用肩膀撞了我一下，「少來了，波特。你不想給她點顏色瞧瞧嗎？」

「這個嘛……」我只覺得頭昏腦脹，沉默了片刻才開口；而且他分明是在挖坑給我跳。「賤婊是什麼？」

「基本上跟賤貨一樣。」

「喔。」

「我的意思是，她以為她誰啊。」

「沒錯。」

漫長的沉默緊接而至，而且氣氛好奇怪，我不禁考慮要不要起身放些音樂，但又無法決定要聽什麼。任何輕快一點的曲調感覺都不適合，但也不能放太陰沉或沮喪的樂曲，以免刺激到他。

「欸，」我覺得應該等夠久了，便打破沉默，說，「《世界大戰》再十五分鐘就要開演了。」

「我會讓她見識見識什麼叫做世界大戰。」鮑里斯陰惻惻地說，站了起來。

「你要去哪？」我問，「雙悅？」

鮑里斯繃著一張臉。「想笑就笑啊。」他冷冷地說，穿上他的灰色蘇聯風衣，「如果你爸不把欠那傢伙的錢還清，雙悅就會變三悅了。」

「三悅？」

「手槍、車禍或屋頂。」鮑里斯說，發出一聲陰沉灰暗的斯拉夫式輕笑。

9.

那是部電影還是什麼嗎？我思忖。三悅？他是哪來的想法？儘管我已經差不多要把那天下午的事拋諸腦後，但鮑里斯離去前的話卻把我嚇得魂飛魄散。我在一樓繃緊神經，僵直地坐了一個鐘頭左右，電視上播著電影《世界大戰》，但我沒開聲音，只是聽著冰箱製冰機的聲響和院子陽傘被風吹動的翻飛聲。波普被我感染，情緒跟我一樣緊繃，拚命狂叫，從沙發跳了下來，四處察看屋內的動靜——所以當天黑後不久，聽到有車轉進車道，牠立刻衝到門口，叫得呼天喊地，差點沒我嚇死。

---

3 Hart Crane，二十世紀美國詩人。

結果只是我爸而已。他看起來狼狽又呆滯，而且心情似乎不是太好。

「爸？」我整個人還飄飄然的，所以聲音聽起來很怪。而且恍惚。

他停在樓梯底部，轉頭向我看來。

「今天有人來找你。一位西佛先生。」

「喔，是嗎？」他回答，語調輕鬆，站姿卻異常僵硬，一手緊握在樓梯欄杆上。

「他說他在找你。」

「他什麼時候來的？」他問，走進客廳。

「大概下午四點，我想。」

「杉卓拉那時在嗎？」

「我沒看到她。」

他一手按在我肩上，似乎思索了片刻。「好，」他說，「希望你能幫我保守這祕密。」

我忽然想起菸灰缸裡還有鮑里斯抽完的大麻。他察覺我的視線，拿起菸頭，放到鼻前聞了聞。

「就覺得我聞到什麼。」他說，將大麻塞進外套口袋，「你身上有味道，席歐。你們這兩個小鬼是從哪兒搞到這玩意兒的？」

「一切都還好嗎？」

爸的眼睛有些紅，目光渙散。「當然好啊。」他說，「我只是得上樓打幾通電話。」他身上散發一種強烈的陳年菸草味和他常喝的人參茶味——是他從百家樂賭廳裡一個中國商人那兒學來的習慣，人參茶讓他的汗多了一股刺鼻的異國氣味。我看著他拾級而上，在樓梯間片刻駐足，從外套口袋掏出那截大麻，再度放到鼻子底下，若有所思地聞了聞。

我回到二樓房間，鎖上房門，波普仍然緊張兮兮，繃緊全身地走來走去——思緒立刻回到那幅畫上。我一直很自豪自己想出了那個方法，把畫包在枕頭套裡，藏在床頭板後，但現在卻悚然驚覺，把畫留在屋裡根本是個愚蠢至極的主意——雖說我也沒有其他選擇，除非我想把畫藏到隔壁幾棟屋子的垃圾桶裡（從我搬進這裡後就沒看過有人來收垃圾），或對街其中一棟廢棄空屋裡頭。鮑里斯家沒比我家好到哪裡去，除了他之外，我也沒有其他信任的熟人。另外唯一一個選擇是學校，但同樣也是爛主意。雖然我知道一定還有其他更好的地方，卻怎麼樣也想不出來。學校平常動不動就會突擊檢查我們的置物櫃，而現在——由於鮑里斯的關係，我和小咪之間也牽上了線——我很可能也被列進學校的不良少年名單，成為突襲檢查的對象。不過就算真有人在我置物櫃裡找到那幅畫——無論是校長、那個可怕的籃球教練戴特瑪斯先生，或是學校三不五時就從保全公司租來嚇唬學生的假警察——也都比我爸或西佛先生找到的好。

藏在枕頭套裡的油畫被包在好幾層用膠帶拼黏的畫紙裡——很好的畫紙，檔案紙，我從學校美術教室拿回來的——最內層還包了兩層乾淨的白色棉布，以防油畫表面受畫紙內的酸性物質損害（雖說應該也沒有）。但我實在太常把畫拿出來看——只撕開頂端的膠帶，把畫滑出來——畫紙已經變得破破爛爛，膠帶也失去黏性。我躺在床上，楞楞瞪著天花板好一會兒，然後起身拿出搬家時用剩的特大號強力膠帶，拆下床頭板後的枕頭套。

這幅畫實在太美——太誘人了——我無法拿在手上卻忍著不看。我迅速把它拿出來，幾乎是立刻被包圍在它的光芒之中。那是一種幾近旋律的光芒，一種無法言喻、超越了深刻而搖撼血液的和諧真理的內心喜悅，感覺就像置身在一個能帶給你安全感與關愛的人身旁，心跳變得緩慢而確實。它散發著一種力量，一種光輝，如同灑進我紐約那間舊臥房裡的曙光般，清新、寧靜而喜悅。那光芒讓一切變得如此清晰而鮮明，同時間卻又比真正的樣貌更為柔和可愛，而且正因為屬於過去的一部分，再也無可挽回，因此更顯動人：壁紙閃閃發亮，老舊的麥可納利地球儀掩映於陰影之中。

那隻小鳥；黃色的小鳥。我甩開那份暈眩，將畫塞回包於紙中的棉布，重新用我爸的體育版包了兩、三層（還是四、五層？），然後——因為我實在太茫，滿腦子只執拗地想著這念頭，一時衝動下，就卯足了勁地拚命用膠帶纏繞一圈又一圈，直到再也看不到報上的文字，整捆特大號膠帶被我用得一乾二淨。這樣一來，就絕對沒人會一時心血來潮把它打開。即便有刀——不只是剪刀，而是一把銳利的刀——也需要費好大把勁才能拆開。終於，大功告成後——那幅畫被我包得活像是什麼科幻小說中的古怪繭蛹——我把包得像木乃伊一樣的油畫和枕頭套塞進書包，藏到我腳邊的被子底下。波普煩躁地咕噥一聲，挪了挪身子，騰出空間。牠體型小歸小，模樣又可笑，領域性一樣很強，只要有人接近我，絕對會死命吠叫。所以如果有人趁我睡覺時打開房門——即便是杉卓拉或我爸也一樣，牠對這兩人都沒太大好感——牠一定會立刻跳起來，大聲示警。

原本令人安心的念頭又再次化為陌生人闖入的畫面。空調的溫度冷到我忍不住簌簌發抖。我閉上雙眼，感到自己飄離軀殼——彷彿脫逸的氣球般迅速高升——但睜開雙眼時，又嚇到身子劇烈抽搐。因此我閉上眼，努力回想哈特．克萊恩那首詩。我想起的不多，但即便只是寥寥幾個零星詞彙，像是海鷗、車流、喧譁與清晨，都有種飛翔的距離感，彷彿自高處俯衝而下；而當我昏昏欲睡時，那感覺就好似陷入某種無可阻擋的感知記憶，我又再度回到我們舊公寓附近的一座公園裡。那座狹長的公園位於東河旁，風很大，瀰漫著廢氣的臭味，車流聲抽象地呼嘯而過，底下的河水茫茫然地迅速打轉，有時甚至似乎朝著兩個不同的方向奔騰而去。

11.

那晚我睡得不多，隔天筋疲力盡，累到我走進學校，把畫藏進置物櫃後，甚至沒發現小咪（整個人掛在鮑里斯身上，彷彿什麼事也沒發生過）嘴脣腫得半天高。直到我聽見一個叫做艾迪·瑞索的粗壯高年級生說：「妳被貨車碾過喔？」才發現有人把她打得鼻青臉腫。她有點緊張地笑了笑，到處跟人說她是被車門打中嘴巴，但是態度忸怩，讓人覺得不像實話（起碼我這麼覺得）。

「是你幹的嗎？」之後，我在英文教室裡看見他獨自一人（不是真的獨自一人，但少了小咪）時這麼問道。

鮑里斯聳聳肩：「我也不想。」

「什麼意思，『你也不想』？」

鮑里斯一臉驚駭：「是她逼我的！」

「是她逼你的。」我重複。

「聽著，只因為你嫉妒她——」

「去你的。」我說，「我才不管你和小咪之間怎樣——我有自己的事需要擔心。你就算把她頭砸爛我也不在乎。」

「喔，老天，波特。」鮑里斯說，突然恢復清醒，「他又來了嗎？那個傢伙？」

「沒有。」我沉默片刻後回答，「還沒。幹，去他的，我才懶得管。」我說。見鮑里斯兩眼仍直勾勾地瞪著我，又說：「那是他的問題，不是我的。他得自己想辦法解決。」

「他欠多少錢？」

「不知道。」

「你不能替他籌錢嗎？」

「我？」

鮑里斯別開目光。我戳了戳他手臂：「不，鮑里斯，你給我說清楚，我不能替他籌錢嗎？你到底在說什麼？」見他不答，我又問了一次。

「當我沒說。」他飛快地說，坐回椅子上。我沒有機會繼續追問，因為史皮爾斯卡亞老師已走進教室，準備好要討論無聊的《織工馬南傳》，所以只能先算了。

12.

那晚，我爸提早帶著一袋他最愛的中國餐館的外賣回家，而且還幫我多點了一份我愛吃的辣餃子——他的心情之好，彷彿西佛先生的出現不過是昨晚夜裡的一場夢。

「所以——」我說，驀然又住了口。杉卓拉已經吃完她的春捲，現在正在水槽前洗杯子，但有她在我就是開不了口。

他咧開嘴，露出溫柔的笑容；這笑容有時會讓空服員免費替他升等到頭等艙。

「所以什麼？」他說，將自己那盒四川蝦仁推到一旁，拿起幸運餅乾。

「呃——」杉卓拉把水開得很大聲。「——事情都解決了嗎？」

「什麼事？」他輕快地問，「你是指波波．西佛？」

「波波？」

「聽著，那沒什麼，你不用擔心。你沒在擔心吧？」

「呃——」

「波波——」他笑了起來，「——他們都叫他『大佬』。他人其實很好——你也和他說過話，不是嗎——我和他之間只是鬧了點小小的不愉快。」

「五分是什麼意思？」

「聽著，這只是一場誤會。」他說，「這些人很有個性，自有一套語言和做事的方式。但是，嘿——」他笑了起來，「——這實在太妙了——我在凱薩飯店和他碰面時，波波把那兒稱作他的『辦公室』，你知道，就凱薩飯店的游泳池——總而言之，我和他碰面時，你知道他嘴裡不停叨唸什麼嗎？『你有個好兒子，賴瑞。』、『貨真價實的小紳士。』我不曉得你對他說了些什麼，但我欠你一次。」

「喔。」我不置可否，只是挖了更多飯來吃，但暗地裡，他的好心情幾乎把我灌得醺然欲醉——就像小時候屋裡的沉默終於打破，他的腳步再度恢復輕盈，你可以聽見他為了某件事哈哈大笑，對著鏡子愉快哼歌時的那種喜悅。

我爸捏碎他的幸運餅乾，哈哈大笑：「你看。」他說，把紙捏成一團球，扔來給我，「不知道都是誰負責在中國城裡想這些玩意兒。」

我把籤語唸了出來：「你身賦異稟，務必謹慎使用！」

「身賦異稟？」杉卓拉說，來到他身後，摟住他脖子。「聽起來好色喔。」

「哈——」我爸轉頭親了她一下，「淫穢之心即青春之泉源。」

「確實如此。」

13.

「我先前把你嘴巴打腫了。」鮑里斯說，他顯然仍為了小咪的事良心不安，才會忽然在校車早晨的溫煦沉默中提起這件事。
「對啊，然後我就推你的頭去撞牆。」
「我不是故意的！」
「什麼不是故意的？」
「打到你嘴巴！」
「所以你是蓄意打她的？」
「可以這麼說，對。」他顧左右而言他地說。
「可以這麼說。」
鮑里斯發出聲著惱的聲音：「我跟她道過歉了！一切都已經和好如初！我才要說呢，你是怎麼回事？」
「是你起的頭，不是我。」
他看了我一會兒，氣氛古怪而迷茫，但隨後又笑了起來：「我可以告訴你一件事嗎？」
「什麼事？」
他把他的腦袋湊了過來：「我和小咪昨晚試了迷幻藥。」他低聲說，「兩個人嗨到不行。太讚了。」
「真的假的？你從哪兒弄來的？」在我們學校，要買搖頭丸是輕而易舉的事——鮑里斯和我起碼試過十幾次，那些沉默無言的神奇夜晚，兩人半亢奮、半狂亂地走進沙漠，朝廣大的星空而去——但從來沒試過迷幻藥。
鮑里斯揉了揉鼻子。「事情是這樣，她媽認識一個可怕的老頭，叫做吉米，在一家槍械販賣店工作。他替我們弄了五顆——我也不曉得我幹嘛買五顆，要是當初買六顆就好了。總而言之，我手邊還有一些。老天，那真的太神奇了。」

「是嗎？」現在，我仔細端詳他，才發現他不只瞳孔放大，而且眼神古怪。「藥效還沒退嗎？」

「大概還沒全退。我差不多只睡了兩個小時。總之我們打得好火熱，那就像——就連她媽床單上的花都好友善，好像我們也是它們的一分子；然後我們領悟到我們是多深愛著彼此，無法缺少彼此，發生在我們之間的一切齟齬都是出於愛。」

「哇。」我說。我猜我的語氣一定比預期中還要悲傷，因為鮑里斯皺起眉頭，向我看來。

「怎麼了？」見他只是盯著我，我便問：「到底是怎樣？」

他眨眨眼，搖了搖頭：「不，我看得出來。你腦袋周圍籠罩著一股哀傷的薄霧，之類的東西。就像你是個士兵還什麼，某個歷史中的人物，走在戰場之中，或許還有那些深刻的感受……」

「鮑里斯，你根本就還在茫。」

「不。」他夢囈似地喃喃道，「比較像是時醒時茫。但如果我從正確的角度看過去，還能用眼角餘光看見物體迸發彩色的火花。」

14.

接下來的一週左右就這麼風平浪靜地過去了，無論是我爸、鮑里斯或小咪都沒再出什麼事——我想風頭應該已經過了，可以安心把枕頭套帶回家了。我把畫從置物櫃中拿出來，發覺它不知為何看起來大（還有重）的異常；不過等我回到二樓臥房，把它從枕頭套中拿出來後就立刻恍然大悟。顯然呢，我當初用報紙和膠帶包畫時根本神智不清，在驚恐與大麻的控制下，那些一層層的報紙和一圈圈的特大號強力封箱膠帶感覺都像是必要而且審慎的防範措施。但回到房裡，在午後清醒陽光的映照下，才發現它看起來根本就像是精神錯亂而且/或者無家可歸的瘋子的傑作——變得跟木乃伊沒兩樣，而且因為繞了太多圈膠帶，甚至看起來不再是長方形，四個角也變得圓圓滾滾。我在廚房找了把最鋒利的刀子，從邊角開始鋸。起初還小心翼翼，怕自己會一時失手，不小心插得太深，把畫割傷——但後來就忍不住越來越大力。包裝足足有三吋厚，我才割開一半手就開始累了。這時候，樓下傳來杉卓拉進門的聲音，我趕緊把畫塞回枕頭套，重新黏回床頭板後，打算等確定自己有時間獨處後再繼續。

鮑里斯答應過我，只要等他腦袋恢復正常——他自己這麼說的——我們就來試剩下的兩顆迷幻藥。他坦承自己還是有點神遊太虛的感覺，會在學校桌子的假木紋上看到會動的圖案，而且頭幾回抽大麻時又出現嚴重幻覺。

「聽起來有點可怕。」我說。

「還好啦，沒那麼嚴重，我想停就可以停。我們去遊樂場好了。」隨後又補上一句，「感恩節那天感覺不錯。」我們只有第一次試搖頭丸時是在家，之後每次都去那座廢棄的遊樂場。那時杉卓拉忽然來敲我的房門，要我們下去幫她修洗衣機：我們當然不會修，但在正嗨的時候浪費整整四十五分鐘陪她在洗衣間裡窮耗實在是非常掃興。

「它會比搖頭丸強很多嗎？」

「不會——好吧，會，但那感覺非常美妙，相信我。我一直希望能和小咪在屋外試，但她家實在太靠近高速公路，東西太多，像那些街燈和車子——還是你要這週末？」

總算有事可以期待了。但正當我心情開始好轉，甚至又開始對事物懷抱希望時——電視已經一個星期沒轉到ESPN，這絕對是破了某種紀錄——放學後，卻發現爸正在家裡等我。

「席歐，我有事要和你商量。」我一進門就聽見他說，「你有空嗎？」

我頓了會兒才回答：「喔，有啊。」客廳看起來簡直像被闖過空門一樣——紙張散落滿地，就連沙發上的靠枕都有點歪掉。

他停止踱步——動作有些僵硬，好像膝蓋在痛一樣。「過來這裡，」他親切地說，「來這兒坐。」

我坐下。爸吐了口氣，也在我對面坐下，一手梳過頭髮。

「那個律師。」他傾身向前，雙手夾在膝間，筆直迎視我雙眼，開口道。

我等著。

「我是指你母親的律師——我曉得事出突然，但我現在真的需要你幫忙打給他。」

屋外，狂風呼嘯，飛砂打在落地窗上，院子裡的遮陽棚如翻飛旗幟般獵獵作響。「怎麼了？」我小心翼翼地沉默了片刻後問。爸離家出走後，媽曾提過要找律師——討論離婚的事，我想——但最後到底怎樣我也不知道。

「該怎麼說呢——」我爸深呼吸了口氣，望向天花板。「事情是這樣的，我想你已經發現我沒在賭運彩了，對不對？」他說，「我想戒賭，趁成績好時急流勇退。這不是——」他頓了會兒，似乎在思索該怎麼解釋，「——我的意思是，老實說，我很認真研究，也很有系統，這事我非常拿手。我總是仔細計算數字，從不衝動下注。而且，就像我說過的，我收穫豐碩，過去幾個月來攢了一大筆錢，只是——」

「是啊。」我打破緊接而至的沉默，不懂他到底想表達什麼。

「我的意思是，何苦要冒這不必要的險呢？因為——」他一手按住心口，「——我是個酒鬼。我是第一個這麼承認的人。我完全碰不得酒，一杯都不行，一開始就停不下來。戒酒是我這輩子做過最正確的一件事。我的意思是，即便我有容易上癮的毛病，但賭博還是不一樣，永遠都不一樣；沒錯，我是有過些低潮，但從來不像那些傢伙，搞到自己盜用公款、傾家蕩產之類的。但是——」他笑了起來，「——如果你沒打算剪頭髮，就不要在理髮店外徘徊，對嗎？」

「所以呢？」我等著他繼續說下去；見他沒開口，便戰戰兢兢地問。

「所以——呼，」我爸兩手梳過髮絲，那模樣看起來有那麼點稚氣、那麼點迷惘，又有那麼點難以置信。「事情是這樣的，我真的想做些重大的改變，而現在恰巧有機會參與一個大好事業。我的好哥兒們有間餐廳，我認為這對我們大家來說都真是個很棒的機會——一生一次的機會；我可以老實這麼說。你曉得嗎？杉卓拉現在上班上得很痛苦，老闆爛的要命。而且，我不曉得，只是覺得這麼做比較明智。」

我爸？開餐廳？「哇——太好了。」我說，又驚嘆了聲，「哇。」

「對啊。」我爸點了點頭，「真的很棒。但重點是，要開這樣子的一家店——」

「是哪種餐廳？」

我爸打了個呵欠，揉揉通紅的雙眼：「喔，你知道的——就只是簡單的美國食物：牛排、漢堡等等。簡單，但美味。但重點是，餐廳要籌備，還要付餐廳營業稅——」

「餐廳營業稅？」

「老天，沒錯，你不會相信這鬼地方有多少名堂的錢要付；有餐廳營業稅、酒牌稅、責任保險費——想要經營這樣一家餐廳，你必須投入一大筆現金。」

「是喔。」我知道他想說什麼了。「如果你需要我戶頭裡的錢——」

我爸一臉震驚：「你說什麼？」

「你知道，就你幫我開的銀行戶頭啊。有需要的話就拿去用，沒關係。」

「喔，對。」我爸沉默了會兒，「謝了，小老弟，我非常感激。不過實際上呢——」他站了起來，到處走來走去，「——我想到了個非常聰明的方法；只是暫時的權宜之計，先讓我們有機會把餐廳準備起來，開始營業，你曉得的，幾週內就可以回收——你知道的，有像這樣的一間餐廳和地點，簡直就像合法印鈔一樣。這只是起步必須的支出。這地方要繳的稅和費用多的不得了，有夠瘋狂。我想說的是——」他笑了起來，有些愧歉地，「你知道的，如果不是事出緊急，我也不會開口——」

「什麼意思？」我聽得一頭霧水，沉默了片刻後說。

「我的意思是，就像我之前說的，我現在真的非常需要你幫我打這通電話。號碼在這兒。」他已經替我寫在一張紙上——開頭是212，我注意到了。「我需要你打給他，親自和他通話。他姓布萊斯葛多。」

我看了看紙條，又看向我爸：「我不懂。」

「你不必懂，只要照我的話去做就好。」

「這和我有什麼關係？」

「聽著，你打就是了。報上你的姓名，說你有事需要和他商量，是正事，等等之類的——」

「但是——」這位律師到底是何方神聖？「我該說些什麼？」

我爸深吸了口氣，非常小心地控制自己語調；這點他非常擅長。

「他是律師，」他說，將氣吐了出來，「你母親的律師，他必須將這筆錢——」看見他指出的數字，我嚇到眼珠差點掉出來：整整六萬五千塊，「——匯進這個帳戶。」（他將手指移到下方的一串數字）「就說我決定送你去念私立學校。他會需要你的全名和社會安全號碼，就這麼簡單。」

「私立學校？」我只覺得一陣天旋地轉，沉默片刻後問。

「你知道，因為那堆稅的緣故。」

「但我不想去私立學校。」

「等等——等等——聽我說完。只要這些錢是用在對你有益的事上，在法律上就沒有任何問題。而這間餐廳對我們所有人都有好處，懂嗎；說不定到頭來，最大的受益者是你。當然，我可以自己打這通電話，只是如果我們用對方法，就可以省下整整三萬塊錢，否則這筆錢會進到政府口袋。管他的，如果你想的話，我就讓你去念私立學校；或者寄宿學校也行。我可以用多出來的錢送你去安多佛[4]。我只是不想這麼一大筆錢白白進入國稅局口袋，懂我意思嗎？除此之外——依照現在的方式，等你要上大學時，你就得付一大筆學費，因為名下那麼多錢，代表你不能申請獎學金。大學裡的財務人員會調查你的戶頭，直接把你歸類到另一個收入層級，然後四分之三的錢就在第一年這麼『噗』地一聲不見。但照我的話做呢，你起碼一毛都不會浪費，懂嗎？我們現在就可以拿那筆錢來做些真正的好事。」

「但是——」

「但是——」他捏起嗓子，拖長音調，目光呆滯地瞪著我，「好了啦，席歐。」他說。見我只是楞楞看著他，又恢復正常語調說：「我發誓，我現在真的沒時間和你耗。我需要你盡快打這通電話，越快越好，在東岸下班之前。如果有文件需要簽名，就叫他用快遞寄過來，要不傳真也可以。我們必須盡快解決這事，了解嗎？」

「但為什麼是我？」

我爸嘆了口氣，翻了個白眼：「聽著，你少給我來這套，席歐。」他說，「我知道你很清楚現在是什麼情況，因為我看過你翻看家裡的信件——對，」他不讓我有反駁的機會，「沒錯，你有。每天郵差一到你就飛也似地衝去信箱前。」

我實在是一頭霧水，根本不知道該怎麼回應。「但是——」我低頭看向紙條，那筆金額——六萬五千元——再次躍入眼簾。

毫無預警地，我爸搶過那張紙，狠狠搧了我一巴掌，速度之快、力道之大，一時間我完全反應不過來。緊接著，我眼睛連眨都來不及眨，他又一拳揮來，像卡通般砰的一聲，白光閃現，猶如相機的閃光，只是這次換成是拳頭。我整個人搖搖欲墜——雙膝發軟，眼前一片空白——他又掐住我喉嚨，猛力往上一頂，逼得我只能用腳尖站立，拚命掙扎喘息。

「你給我聽好！」他厲聲咆哮——鼻尖只距離我兩吋——但波普像發了瘋似地又跳又叫，我的耳鳴也嚴重到好像是隔著廣播雜訊聽他怒吼。「打給這傢伙——」他把那張紙舉到我臉前，用力甩動，「——乖乖照我的吩咐去做。不要再考驗我的耐心，因為我有的是法子逼你就範，席歐，沒騙你，如果你現在再不給我去打電話，我就打斷你手臂，把你打到面目全非，聽到沒有？聽到沒有？」沉默籠罩屋內，我只覺得天旋地轉，在劇烈的耳鳴中聽見他這麼重複，鼻子裡可以聞到他帶有菸味的酸臭氣息。他放開我脖子，後退道：「有沒有聽到？回答我。」

我舉起手臂，抹了抹臉。淚水滑落，但那是反射的淚水，就像打開水龍頭流出的自來水，並不夾雜任何情感。

我爸緊閉雙眼，復又睜開，搖了搖頭，說：「聽著，」他語調乾脆，氣息依舊粗重。「我很抱歉，」但他聽起來一點也不抱歉，我彷彿置身事外般，遠遠地、冷冷地、清明地觀察他；他聽起來還是像想把我毒打一頓。「但是席歐，我發誓。信我這一次，你真的必須這麼做。」

眼前一片模糊，我舉起兩手，扶正眼鏡，大聲喘息，那是現在屋子裡最響亮的聲音。

我爸一手按在臀上，目光轉向天花板。「好了啦，」他說，「夠了。」

我一聲不吭。我們父子倆又無語佇立了好一會兒。波普已經停止吠叫，只是憂心忡忡地來回看著我們兩人，像想弄清楚究竟發生了什麼事。

「只是……你知道嗎？」現在他又恢復一副冷靜講理的模樣，「對不起，席歐，我發誓，是真的。只是我現在真的有麻煩，我們現在就需要這筆錢，不能再拖了，真的。」

---

4 Phillips Academy Andover，安多佛菲利浦斯學院，位於麻薩諸塞州，是全美歷史最為悠久的寄宿名校之一，美國總統布希與小布希均為該校校友。

雖然我盡力迴避，但他還是努力想對上我視線，目光坦率而理智。「他是誰？」我問，沒有看向他，而是他頭顱之後的牆壁。不知為何，我的聲音聽起來像火燒一樣，好陌生。

「你到底是要我說多少遍？他是你母親的律師。」他按摩指節，好像剛才把自己的手打傷了一樣。「席歐，重點是——」他又嘆了口氣，「——對不起，但是我發誓，如果不是事關緊要，我也不會這麼氣急敗壞。因為現在情況真的、真的很急迫。這只是暫時的，你懂嗎——只要等生意開始步上軌道就好。因為現在一切都岌岌可危，隨時可能崩解——」他彈了一下手指，「——除非我能先把部分的債務還清。至於剩下的錢——我保證會送你去好一點的學校；甚至是私立學校。這就是你想要的，不是嗎？」

他講入了迷，逕自拿起電話，輸入號碼，把話筒遞給我——然後趕在有人接聽前，衝到對面，拿起分機的話筒。

「妳好。」我對接起電話的女士說，「呃，不好意思，」我的聲音沙啞而且顫抖，仍舊無法相信在這短時間內所發生的一切。「我想找，呃……」

我爸用手指戳了戳紙條：布萊斯葛多。

「呃，布萊斯葛多先生。」我說。

「請問貴姓大名？」因為我爸拿著分機，導致我和對方的聲音聽起來都好大聲。

「席爾鐸．戴克。」

「喔，是的，沒錯。」男人接起電話後說，「你好，席爾鐸！近來可好？」

「我很好。」

「你聽起來像是感冒了。著涼了嗎？」

「呃，對啊。」我遲疑回答。客廳另一頭，只見我爸用脣語指示了四個字：喉嚨發炎。

「唉呀，真糟糕。」那回音陣陣的聲音回答——音量大到我必須把話筒稍稍拿遠一些，「沒想到住在那樣大熱天的地方還會著涼。總之呢，我很高興你打了這通電話——我不曉得要怎麼直接聯繫你。你心裡大概還是很不好過，但希望有比我上次見你時好多了。」

我無言以對。我見過這個人？

「你那時才新喪不久。」布萊斯葛多先生又說，正確解讀了我的沉默。

那醇厚而流暢的聲音喚醒了我的記憶。「對喔，哇。」我說。

「暴風雪，記得嗎？」

「嗯，記得。」他大約是在母親過世後一週出現的：滿頭白髮，看起來頗有年紀——穿著入時，直紋襯衫上打著領結。他和巴波太太似乎是舊識，或至少他看起來是認識她的。他坐在我對面最靠近沙發的扶手椅上，滔滔不絕說了一大串讓人摸不著頭腦的話。但我唯一真正記住的，是他與母親相識的經過：紐約那天颳起嚴重的暴風雪，馬路兩頭不見半輛計程車——就在這時——地上濺起一陣濕濡的積雪——一輛載有客人的計程車剷進八十四街和公園大道的街角，車窗搖了下來——我母親（「美麗的化身！」）正要去東五十七街，他也同方向嗎？

「她常提起那場暴風雪。」我說。我爸——話筒拿在耳邊——狠狠瞪了我一眼。「就是全城封鎖那次。」

他笑了起來：「多麼好心的一位年輕女士！那時天色已晚，我才剛見完一名客戶——公園大道與九十二街上的一名老受託人，貨運公司的女繼承者，如今已不在人世了，唉。總而言之，我從公寓頂層來到街上——提著我的公事包，當然了——發現地上已積了一呎深的雪。周遭萬籟俱寂，小孩子們在公園大道上玩雪橇。總之，七十二街的地鐵停駛了，我站在那兒，雪深及膝，舉步維艱。就在這時，哇！來了輛黃色計程車，而令堂就坐在裡頭！『嘎』的一聲停在我面前，就像是搜索隊派來的救難人員。『上車吧，我送你一程。』整座中城杳無人跡……大雪紛飛，城裡每盞燈都亮了。我們就這麼以一小時大約兩英里的龜速前進——坐雪橇都還快些——一路闖過紅燈，反正也沒必要停車。我記得我們先是聊起了費爾菲爾德．波特[5]——紐約那時才剛舉辦了他的作品展——然後是法蘭克．奧哈拉[6]與拉娜．透納[7]，還有他們是哪一年終於鬧了洪恩與哈達特這家老式販賣機餐廳。接著，我們發現原來我們兩人的公司就在對面！從此展開一段美好的友誼。」

我向父親瞥了一眼。他臉上表情陰陽怪氣，雙唇緊抿，好像就快吐在地毯上一樣。

「不知道你記不記得，我們談過些有關令堂遺產的事。」電話另一頭的聲音說，「但談得不多，時機不對。我原本希望等你心情平復後可以來找我談談。早知你要離城，我就會在你離開前先打個電話。」

我看向我爸，然後又看向手中的紙條。「我想念私立學校。」我忽然脫口而出。

「真的嗎？」布萊斯葛多先生說，「那再好不過了。你想念哪一所？打算回東岸嗎？還是留在那裡？」

我們沒考慮到這點，看向父親。

「呃——」我楞楞回應，「呃。」我爸皺起臉孔，一手瘋狂揮舞。

「西岸那裡應該也有很好的寄宿學校，不過我不清楚。」布萊斯葛多先生說，「我念的是米爾頓[8]，那是段非常美好的經驗。我家大兒子也是去那，好吧，念了一年，那裡不是太適合他——」就當他滔滔不絕時——從米爾頓說到南肯特[9]，然後是其他朋友或舊識子女念過的寄宿學校——我爸匆匆寫了張字條，扔來給我。把訂金匯過來。上頭寫著。

「呃，」我說，不曉得該如何啟齒，「母親有留錢給我嗎？」

「這個嘛，不算真的有。」布萊斯葛多先生回答。聽到這問題，他似乎冷靜了些；但也可能只是因為被我打斷，一時尷尬。「她後來在財務上面臨了些困難，我想你應該也很清楚。不過你確實有個五二九基金，過世前不久又替你設立了個小小的ＵＴＭＡ帳戶。」

「那是什麼？」我爸——雙眼緊盯我不放——凝神細聽。

「未成年人財產受讓帳戶。準備用在你的教育上，不能用作其他任何用途——起碼在你成年前不行。」

「為什麼不行？」我短暫沉默片刻後問，因為他似乎非常強調最後一點。

「因為法律這麼規定。」他言簡意賅地回答，「但若你想去外地念書，我們自然可以想辦法安排。我有個客戶就是用她長子五二九大學儲備計畫裡的部分基金送么子進高級幼稚園。不過我不認為一年兩萬的學費稱得上精打細算就是——他們用的肯定是全曼哈頓裡最貴的蠟筆！不過沒錯，你現在應該明白這事是怎麼運作的。」

我看向父親。「所以你不能，呃，舉例來說，先匯六萬五千元的現金給我。」我說，「如果我現在就要的話。」

「當然不行！所以就別多想了吧。」他態度丕變——顯然在他心中，我已經不再是母親的乖小孩，而是一個貪得無厭的小無賴。「對了，我可以問問你為什麼會提起這個數字嗎？」

「呃——」我瞥向我爸，只見他一手頹喪又焦躁地擋在眼前。該死的。我心想；但立刻察覺我竟然不小心說出口了。

「好吧，不要緊。」布萊斯葛多先生打圓場，「反正那是不可能的事。」

---

5 Fairfiled Porte，出生於一九〇七年，卒於一九七二年，美國畫家與藝術評論家。
6 Frank O'Hara，出生於一九二六年，卒於一九六六年，美國著名詩人。
7 Lana Turner，出生於一九二一年，卒於一九九五年，美國知名演員。
8 Milton Collage，米爾頓中學，成立於一七九八年，位於麻薩諸塞州，為美國著名中學。
9 South Kent School，南肯特中學，成立於一九二三年，位於康乃狄克州，為美國著名私校。

「真的不可能嗎？」

「不可能。真的沒辦法。」

「好吧，沒關係——」我絞盡腦汁，但思緒卻朝著兩個截然不同的方向奔馳。「那先匯一部分的金額呢？一半可以嗎？」

「不行。我必須直接與大學或你所選擇的學校安排。換言之，我必須看到繳費單和帳單。而且這其中還有許多文件需要處理。雖然機率微乎其微，但若你最後決定不上大學……」

他繼續喋喋不休——我完全聽得一頭霧水——解釋母親替我設立的各種基金細節（限制都相當嚴格，無論是我或我爸都不可能即刻拿到現金），只見我爸把話筒拿離耳邊，臉上流露一種非常類似嫌惡的表情。

「呃，好吧，很高興了解這些。謝謝你，布萊斯葛多先生。」我說，努力想結束這通電話。

「當然了，這樣的安排還有助於節稅。不過她真正的目的，是要確保令尊永遠無法動用這些錢。」

「是嗎？」我沉默許久，最後才遲疑地開口。他語氣中有些什麼，讓我不禁懷疑他知道電話另一頭像黑武士一樣的呼吸聲是來自我爸（起碼我聽得到——但他聽不聽得到我就不曉得了）。

「除此之外，還有其他另外的考量。我的意思是——」他優雅得體地沉默了片刻，「——我不曉得自己該不該說這些，但有位未經授權的不明人士曾兩次企圖從這戶頭提領大筆現金。」

「什麼？」我只覺得胃部一陣翻騰，沉默了片刻後才說。

「事情是這樣的，」布萊斯葛多先生說。他的聲音聽起來好遙遠，彷彿來自海底深處。「我是該帳戶的監管人。令堂過世的兩個月後，有某位不明人士在上班時間走進曼哈頓的銀行，企圖偽造我的簽名。但總行的人認識我，因此立刻致電通知。不過我們尚未結束通話，那人便已悄悄開溜，保全也沒來得及上前察看證件。那是，我的老天，近兩年前的事了。不過——就在上個星期——你有收到我的信嗎？」

「沒有。」我楞了許久，才察覺他等著我答覆。

「好吧，細節我就不多說了，總之我接到通奇怪的電話。有人宣稱是你在拉斯維加斯的律師，要求我將基金裡的錢轉匯給他。然後——經過查證後——我們發現有位擁有你社會安全號碼的人士，以你的名義申請並收到一筆相當大的信貸額度。你知道這件事嗎？」

「沒關係，不用擔心，」沒聽到我回應，他又說，「我這裡有一份你的出生證明，已經傳真給那間銀行，立刻終止了那筆貸款。同時也通知了Equifax與所有徵信機構。雖然你尚未成年，依法無法簽訂這樣的合約，但只要一成年，就必須為名下所有債務負責。總而言之，你未來一定要謹慎保管好自己的社會安全號碼。理論上來說，要申請新號碼不是不行，只是那些繁文縟節非常麻煩，我不建議……」

我掛上電話，只覺得一身冷汗——而且完全沒準備好要面對我爸的咆哮。我以為他在生氣——對我生氣——但他只是站在原地，話筒仍握在手中。我定睛多看了一眼，才發現他原來在哭。

這實在太可怕了。我不知所措。他聽起來就像被當頭澆了一桶滾燙的熱水——就像他即將變身為狼人——忍受殘酷的虐行。我將他留在原地——小波匆匆跑在我前頭，顯然也想趕緊逃離那撕心裂肺的悲嚎——回到二樓，走進房裡，鎖上房門，雙手抱頭坐在床邊，想吞阿斯匹靈，但又不想去樓下的浴室拿，只希望杉卓拉能快點回家。樓下傳來的慘呼聲好淒厲，彷彿有熊熊烈火燒炙著他。我拿起iPod，想聽些大聲但又不煩躁的音樂（蕭士塔高維契的四號交響曲，雖然經典，但聽起來其實有點讓人焦躁），躺在床上，把耳機塞進耳裡，兩眼瞪著天花板。波普豎起耳朵，牢牢緊盯緊閉的房門，頸上鬃毛直豎。

15.

「他跟我說過你有一筆錢。」鮑里斯說。那晚，我們坐在遊樂場裡，等待迷幻藥生效。我心裡其實有些希望改天再試，但鮑里斯堅持它們會讓我心情好一些。

「你覺得我有錢會不告訴你？」我覺得我們已經像在鞦韆上坐到天荒地老了，但卻不知自己究竟等待著什麼。

鮑里斯聳聳肩：「我不曉得，你有很多事沒告訴我。換作是我，一定會告訴你。不過無所謂。」

「我不曉得該怎麼辦才好。」儘管非常隱約，但我確實察覺到，腳邊的砂礫上開始有像灰色萬花筒般的閃耀圖案緩緩移動——骯髒的晶冰、鑽石，還有閃閃發亮的碎玻璃。「事情越來越可怕了。」

鮑里斯用手肘撞了撞我：「我也有事沒告訴你，波特。」

「什麼事？」

「我爸要走了。工作的關係。幾個月後回澳洲，之後就回俄國，我想。」

沉默或許只維持了五秒，但感覺卻像延續了一整個鐘頭。鮑里斯？離開？天地宛若凍結，地球彷彿停止了轉動。

「不過呢，我沒有要離開。」鮑里斯靜靜地說。月光下，他的臉孔彷彿閃耀著不安的電光，好似默片時期的黑白電影。「去他的，我要逃家。」

「逃去哪？」

「不知道。你要一起嗎？」

「要。」我想也不想，立刻回答；隨後又說，「小咪也會一起走嗎？」

他扮了個鬼臉：「我不曉得。」那電影般的氣氛變得如此鮮明而強烈，與現實生活再無任何相似之處；我們抽離了自我，變成虛構、扁平的人物。我的視野彷彿框在一個黑色方塊裡，可以在下方看見他說話的字幕。接著，幾乎就在同時間，方框的底部從我肚子掉了下來。喔，老天。我心想，雙手梳過頭髮，震撼到無法解釋這神奇的感覺。

鮑里斯依舊滔滔不絕，而我領悟到，若我不想永遠迷失在這如《吸血鬼》[10]電影般的粗糙畫面裡，一切失去色彩，只有黑影濃墨般鮮明，我就必須聽他說話，不能沉迷於人造的紋理表象。

「……我的意思是，我想我能理解。」他黯然道，斑駁的雜點與腐朽的雨滴在他身旁跳動。「對她來說，那甚至已經稱不上逃家；因為她已經成年了，你懂嗎？但是她流浪過一次，而她不喜歡那種生活。」

「小咪流浪過街頭？」出乎意外地，我心底忽然湧現一陣同情——幾乎就像聽見電影配樂的管弦樂曲響起，不過那悲傷再真切不過。

「在烏克蘭的時候，我是不得不露宿街頭。但我還有我的朋友，麥克斯和賽瑞尤薩——而且一次不會超過太多天。有時候很好玩，我們會睡在廢棄大樓的地下室——喝酒、吞美妥芬諾[11]，甚至還會生營火。但我爸清醒後我總是會回家。小咪卻完全不是那樣。她媽的其中一個男朋友——會對她毛手毛腳，所以她就離開了。餐風露宿，在街上乞討零錢——靠幫男人口交賺錢，還逃學了一陣子——她非常勇敢，即便經歷了那一切，仍重新回到學校，努力想要完成學業。因為，你知道的，旁人總難免會有些閒言閒語。」

---

10 Nosferatu，德國一九二二年的一部恐怖電影。

11 Butorphanol，一種鴉片類的止痛劑。

我和他沉默無語，靜靜思索這其中的殘酷。我感覺自己好像在這短短幾句話中，經歷了小咪與鮑里斯這輩子所有的沉重和失去。

「很抱歉我不喜歡小咪。」我說。是真心的。

「我也很遺憾。」鮑里斯淡淡地說。他的聲音彷彿沒有經過我耳朵，就這麼鑽進了腦袋。「不過她也不喜歡你。她覺得你是溫室裡的花朵，和我們相比，你根本不知人間疾苦。」

這批評聽起來很公平。「很公平。」所以我這麼說。

似乎過了一段忽明忽滅的嚴肅時光：顫抖的陰影、雜訊、看不見的投影器發出嘶嘶聲響。當我伸出手，向它看去時，只見其中夾雜著點點塵粒，明亮猶如逐漸腐朽的底片。

「哇塞，我也看到了。」鮑里斯說，轉頭看向我——一種轉動把手的慢動作，一秒十四格。他面色慘白，瞳孔又黑又大。

「看到什麼——？」我小心翼翼地問。

「你知道的，」他在空中揮舞那隻彷彿在黑白畫面中被泛光燈照亮的手掌，「所有東西都變得好平面，像電影一樣。」

「但是你——」所以不只是我？他也一樣？

「當然啊。」鮑里斯說，時間一分一秒流逝，他看起來也越來越不像人，而像一九二〇年代殘留下來的褪色膠捲，隱密的光源在他身後熒熒閃耀。「但我希望可以有些色彩，像《歡樂滿人間》那樣。」

他一說完，我就無可遏制地哈哈大笑，還差點從鞦韆上摔下來。我知道他一定也看到同樣的畫面；不僅如此，那還是我們所創造出來的畫面。不管那迷幻藥究竟讓我們看見什麼，都是由我們共同所建築。有了這領悟後，這現實模擬機立刻有了色彩，啪的一聲同時出現！我和他彼此對望，只是一個勁兒地狂笑，所有一切都滑稽的不得了，就連溜滑梯都在對我們微笑。到了深夜時分，當我們在這座叢林體育館裡一面盪鞦韆，嘴裡一面不斷吐出火花時，我忽然像醍醐灌頂般，領悟笑即是光，光即是笑，而這就是宇宙間最重要的奧祕。好幾個鐘頭過去，我們就這麼看著天上的雲朵不斷組合成各種智慧的圖案；在沙土中打滾，相信那是海草（！）；仰躺地上，對著和善又專注聆聽的星星高唱「親愛的普魯敦絲」。那一夜神奇而美妙——實際上，是我人生中最美好的夜晚之一，儘管接下來發生的事完全不如我所願。

16.

鮑里斯跟我一起回家過夜，因為我家離遊樂場比較近，而且他也v gavno了（這是他最喜歡用來形容喝醉的字眼），意思是「爛醉如泥」或「醉癱了」之類——總而言之，他茫到無法自己摸黑回家。幸好如此，這樣一來，隔天下午三點半西佛先生來訪時，我才不用獨自面對他。

儘管我們幾乎都沒什麼睡，而且仍有些昏昏沉沉，但還是覺得周遭一切帶著隱隱的神奇色彩，光芒四溢。門鈴響起時，我們正一面喝柳橙汁，一面看卡通（好主意，因為那似乎可以延續昨晚五彩繽紛的歡樂心情），並且——這就是餿主意了——剛一起抽了那天下午的第二根大麻。而小波——察覺我們不對勁，一直神經兮兮，不停對我們狂吠，好像我們被邪靈附身一樣——彷彿早有預期般，立刻衝上前去。

在那瞬間，現實有如一記重擊，瞬時湧回腦中。「該死的。」我說。

「我去。」鮑里斯立刻開口，撈起小波，沒穿上衣，踩著赤腳，輕快地朝門口走去，散發一種瀟灑從容的氣息。但才不到一秒鐘，他又面如死灰地退了回來。

他什麼也沒說。他不必說。我起身，穿上運動鞋，牢牢綁緊鞋帶（就像我每次開始偷竊大計前的習慣，以免到時需要逃跑），來到門口。同樣地，又是西佛先生——白色的運動夾克、油亮的髮型，一切都跟上次一樣——只是這次身旁多了個大塊頭，模糊的藍蛇刺青爬滿整條前臂，手裡還拎著根鋁製球棒。

「席爾鐸！」西佛先生說，好像真的很開心見到我。「你好嗎？」

「我很好。」我說，瞬間清醒過來，太神奇。「你好嗎？」

「馬馬虎虎囉。你臉上多了塊好大的瘀青啊，小老弟。」

我反射性地伸手碰了碰臉頰：「呃——」

「最好處理一下。你的好兄弟說你爸不在家。」

「呃，對啊。」

「你們兩個一切都好嗎？下午自己在家沒問題嗎？」

「呃，沒問題。」我回答。那名大塊頭並沒有揮舞球棒，或表現出任何恫嚇的模樣，但我就是無法忽略那根球棒的存在。

「因為如果遇上什麼麻煩事，」西佛先生說，「任何事都行，我都能輕輕鬆鬆替你解決。」

他到底在說什麼啊？我視線越過他，看向停靠路邊的汽車。儘管車窗都貼上了黑膜，但還是可以看見有另一個人等在車上。

西佛先生嘆了口氣：「我很高興知道你一切順利，席爾鐸，真希望我也是。」

「什麼意思？」

「事情是這樣的，」他又說，彷彿沒聽到我的話一般，「我遇上了個麻煩；很大的麻煩。和你爸有關。」

我無言以對，只能瞪著他腳上的牛仔靴。黑色的鱷魚皮，疊層鞋跟，鞋頭非常尖，擦得光可鑑人，讓我不由想起露西．羅波每天必穿的夢幻少女牛仔靴；露西是母親公司裡的一個古怪造型師，總是讓人搞不懂她在想什麼。

「重點是呢，」西佛先生說，「你爸欠了我五萬塊，而那給我帶來了非常大的麻煩。」

「他在籌錢。」我囁嚅地說，「要不，我不曉得，如果您能再給他一點時間……」

西佛先生看著我，調整鼻梁上的眼鏡。

「聽著，」他心平氣和地說，「你爸把他的身家押在一堆玩球的智障上——原諒我這麼說話，但是我實在很難對他那種人有所同情。沒有半點責任感、利息已經晚了三個星期、不回我電話——」他扳起手指，一一細數他的罪行，「——約我今天中午見面，然後又不見半點人影。你曉得我在原地枯等了那無賴多久嗎？整整一個半小時。好像我沒其他事好做一樣。」他將頭偏向一側，「就是有你爸這樣的傢伙，我和這位約可先生才有生意好做。你以為我喜歡來你家嗎？一路千里迢迢開來這鳥不生蛋的鬼地方？」

我以為那只是一種表達方式——想也知道，沒有任何一個正常人會喜歡千里迢迢跑來這裡——但好長一段時間過去，他仍直勾勾地瞪著我，好像真的在等待我回答一樣。我終於反應過來，困窘地眨了眨眼，說：「不。」

「不，沒錯，席爾鐸，我當然不喜歡。我們還有更重要的事要做，我和約可。相信我，整個下午到處尋找像你爸一樣的無賴絕對不是什麼好玩的事。所以幫我個忙，告訴你爸，只要他肯坐下來，好好處理，我們就可以像紳士一樣解決這問題。」

「怎麼處理？」

「把他欠我的東西還乾淨。」他面露微笑，但雷朋墨鏡最上方的深灰色部分卻讓他雙眼散發一種不祥的陰森感。「也請你務必這麼轉達他，席爾鐸，因為相信我，下次我再出現在這裡，就絕對不會這麼客氣了。」

17.

我回到客廳，只見鮑里斯靜靜坐在地上，一面看靜音的卡通，一面撫摸波普——這個小傢伙先前還煩躁不安，但此刻已在他大腿上酣然入睡。

「太扯了。」他只有簡單三個字。

他的咬字讓我一時愣在當地，片刻後才明白他說了什麼。「對啊，」我說，「我就說他是個怪胎。」

鮑里斯搖搖頭，靠倒在沙發上：「我不是說那個頭戴假髮，看起來像李歐納．科恩[12]的老傢伙。」

「你覺得他頭上那是假髮？」

他扮個「誰在乎」的表情。「他是很怪，但我說的是那個俄羅斯大塊頭；就是手上拿金屬棍那個——你們怎麼叫那玩意兒？」

「棒球棒。」

「那只是唬人用的。」他不屑地說，「只是想嚇嚇你而已，那個混蛋。」

「你怎麼知道他是俄國人？」

他聳了聳肩：「我就是知道。美國人不會有那樣的刺青，所以一定是俄國人，無庸置疑。他知道我也是，我一開口他就知道了。」

一會兒後，我才發現自己仍坐在原地，楞楞發呆。鮑里斯抱起小波，把牠放到沙發上，動作輕柔，完全沒把牠吵醒。「你想出去透透氣嗎？」

「老天。」我說，忽然搖了搖頭——不知為何，西佛先生來訪的衝擊現在才襲中我，遲來的反應——「幹，真希望我爸在家。真希望那傢伙把他狠狠毒打一頓，真的。他活該。」

鮑里斯踢了踢我的腳踝。他腳上黑黝黝的都是泥土，腳趾上也擦著黑色指甲油，小咪的傑作。

「你知道我昨天吃了什麼嗎？」他輕快地說，「兩根雀巢巧克力棒和一罐百事可樂。」對鮑里斯來說，所有巧克力棒都是雀巢巧克力棒，所有汽水都是百事可樂。「今天呢？」他圈起大拇指和食指，比了個零。「什麼都沒吃。」

「我也是。那玩意讓你完全失去飢餓感。」

「對啊，但我得吃些東西。我的肚子——」他扮了個鬼臉。

「你想去吃鬆餅嗎？」

「好啊——吃什麼都可以——我不在乎。你有錢嗎？」

「我找找看。」

「好，我想我身上應該有個五塊。」

當鮑里斯尋找他的鞋子和上衣時，我去洗了把臉，對著鏡子檢查瞳孔和下巴上的瘀青，發現襯衫扣子扣錯，於是重新解開，再扣一遍。然後放小波出去，跟牠玩了一會兒網球；我已經有陣子沒好好牽繩帶牠出去散步，知道牠一定憋得慌。等我們回到屋內時，鮑里斯——也已經著裝完畢——在一樓等著。我們迅速搜索客廳一遍，嘻笑打鬧，把找到的二十五分錢和十分錢堆成一堆，商量要去哪裡吃東西，還有最快的抵達方法。這時候，我們忽然發現杉卓拉站在前門門口，臉上的表情難以捉摸。

我們兩個立刻閉嘴，默默整理零錢。雖然這不是杉卓拉平常回家的時間，但她工時有時很不固定，以前也嚇過我們一跳。只是她忽然用遲疑的口氣呼喊我的名字。

---

12 Leoard Cohen，加拿大著名詩人、小說家與創作歌手。

我和鮑里斯停下雙手。杉卓拉通常不是叫我「小鬼」就是「喂」；什麼都好，就是不會叫席歐。而且我發現了，她身上仍穿著上班制服。

「你爸出車禍了。」她說，對象卻感覺像是鮑里斯，不是我。

「在哪？」我問。

「大概兩小時前。醫院打來我工作的地方。」

鮑里斯和我對望了一眼。「哇。」我說，「出了什麼事？他把車撞爛了嗎？」

「他血液裡的酒精濃度高達零點三九。」

這數字對我來說毫無意義，喝酒一事卻不然。「哇。」我將零錢收進口袋，又說，「那他什麼時候可以回家？」

她空洞的雙眼向我看來：「回家？」

「出院回家啊？」

她飛快搖了搖頭，東張西望，找了張椅子坐下。「你不明白，」她的臉色茫然而古怪，「他死了，不會回來了。」

18.

接下來的六、七個小時一片模糊。杉卓拉來了些朋友，包括她的閨密寇特妮、同事珍奈，還有一對叫做史都華和莉莎的夫妻；他們兩人比杉卓拉平常會帶回家的朋友和善而且正常許多。鮑里斯慷慨拿出小咪剩下的大麻，在場所有人都非常感激。而且謝天謝地，有人（可能是寇特妮）點了外送披薩——我不曉得她是怎麼說服達美樂千里迢迢送來這裡的，過去這一年來，我和鮑里斯甜言蜜語、苦苦乞求，試遍各種我們想得到的好話與藉口，但沒有一次成功。

杉卓拉坐在沙發中央，一邊有珍奈摟著她，一邊有莉莎輕撫她的頭；史都華在廚房煮咖啡，寇特妮在咖啡桌前捲大麻，手法幾乎就像小咪一樣熟練。我和鮑里斯則像無主遊魂似地徘徊後方，心裡仍大為震駭。好難相信爸死了，他的菸還在廚房流理台上，後門也仍擺著他老舊的白色網球鞋。顯然地——事情亂七八糟，我必須在腦中重新拼湊——下午將近兩點鐘時，爸的凌志在高速公路上出了車禍，車子切進逆向車道，迎頭撞上一輛拖車，當場死亡（幸好不是貨車司機，或者拖車後方那輛追撞車尾的汽車乘客，但駕駛不幸斷了一條腿）。他體內的酒精濃度讓人同時感到意外又不意外——雖然沒親眼看過，但我早懷疑爸又開始喝酒——不過最讓杉卓拉想不通的，並非他把自己喝到爛醉如泥（他在方向盤後幾乎可說是毫無意識），而是出事的地點——那裡已超出拉斯維加斯的邊界，往西朝沙漠而去。「他該告訴我的。他該告訴我的。」寇特妮不知問了她什麼，而她正哀傷欲絕地回答。但是為什麼呢？我坐在地上，雙手蒙在眼前，冷冷地想著；她怎麼會以為我爸是那種會坦承相告的人呢？

鮑里斯一手攬住我肩頭：「她不曉得，對不對？」

我知道他是在說西佛先生：「我該不該——？」

「他打算去哪兒？」杉卓拉幾乎是以咄咄逼人的語氣質問寇特妮和珍奈，好像她懷疑兩人有事相瞞。「他跑去那裡做什麼？」她身上仍穿著制服，那感覺好奇怪，因為她通常一進門就會立刻換掉。

「他沒依約去見那傢伙。」鮑里斯悄聲道。

「我知道。」或許他原本打算去見西佛先生，但是——不幸地，正如我和母親再熟悉不過的那樣——他八成在哪裡找了間酒吧，迅速喝上一、兩杯，說是要穩定情緒。然後——誰曉得他心裡在想什麼？在這情況下，沒必要再跟杉卓拉多說什麼，總之他撇下責任，遠走高飛也不是第一次了。

我沒有哭。但難以置信與驚恐的冰冷浪潮不停襲擊而來，一切都感覺好不真實。我四處張望，想要尋找他的身影，但又一次次因找不到他聲音而失望慌亂。他那從容自在、冷靜理智，如阿斯匹靈廣告配音般的聲音（五分之四的醫生……）在眾人中總是那麼突出，想錯過也難。杉卓拉像機器人似地扮演女主人的角色——擦乾眼淚，拿出吃披薩用的餐盤，不知從哪兒找了瓶紅酒，替每個人倒上一杯——然後又崩潰大哭。小波倒是樂的很，家裡很少這麼熱鬧，牠在眾人腳邊跑來跑去，就算再三斥責也打退不了。不知不覺間，夜色已相當漆黑——杉卓拉第二十次哭倒在寇特妮懷裡，喔，天啊，我不相信他就這麼走了——鮑里斯將我拉到一旁，說：「波特，我得走了。」

「不行，拜託你留下。」

「小咪會急壞的。我現在應該已經要在她媽家了！她已經整整四十八小時沒見到我。」

「聽著，如果她願意，就叫她過來——告訴她發生了什麼事。你現在不能走，我應付不來。」

由於杉卓拉此刻全副心神都為客人與悲傷所占據，所以鮑里斯能偷溜到她二樓房裡打電話——她房門通常都是鎖著的，我們倆都沒看過裡頭是什麼模樣。大約十分鐘後，他無聲無息地飛快下樓。

「小咪叫我留下。」他說，蜷起身子，坐在我身旁，「還要我跟你說節哀順變。」

「哇。」我說，淚水差點奪眶而出，趕緊伸手抹臉，以免他看見我深深的感動與驚訝。

「我想她能理解這是什麼感覺。她爸也死了。」

「是嗎？」

「對，幾年前。也是車禍，摩托車。他們倆不是太親——」

「誰死了？」珍奈說，搖搖晃晃走向我們。她一頭捲髮，身上穿著絲質襯衫，散發濃濃的大麻與美容用品味。「還有誰也死了？」

「沒有人。」我粗魯回答。我不喜歡珍奈——她就是那個自願說要照顧波普，結果把牠獨自和食物供給器一起鎖在屋內的混蛋。

「我不是問你，是問他。」她說，微微退開，將渙散的注意力集中在鮑里斯身上，「有人死了？和你親近的人？」

「對，好幾個。」

她眨了眨眼：「你從哪裡來的？」

「為什麼這麼問？」

「你口音好奇怪，有英國腔還什麼之類的——不對，是英國腔混外西凡尼亞腔？」

鮑里斯不屑地說：「外西凡尼亞[13]？」他咧開嘴，露出虎牙，「妳想被我咬嗎？」

「唉唷，你們兩個怪男孩。」她口齒不清地說，用酒杯底部碰了碰鮑里斯頭頂，然後便走去和正要離開的史都華和莉莎道別。

杉卓拉吞了顆藥丸，(「可能不只一顆。」鮑里斯在我耳畔說。) 看來就快陷入昏迷。鮑里斯——對，不是我；我曉得自己那樣很差勁，但就是不想靠近她——拿走她手上的菸，捻熄後和寇特妮一塊兒扶她上樓，讓她趴在床上休息，門開著沒關。

我佇立門口，鮑里斯和寇特妮替她脫去鞋子——很有意思，我終於看見這間總是門窗緊鎖的臥房模樣。髒杯子、菸灰缸、一疊又一疊的《Glamour》時尚雜誌、蓬鬆的綠色床罩、我不能用的筆記型電腦、健身腳踏車——誰想得到他們房裡會有一台健身腳踏車？

杉卓拉的鞋子脫好了，但他們決定不要替她更衣。「你們要我留下來過夜嗎？」寇特妮低聲問鮑里斯。

---

13 Transylvania，今日羅馬尼亞境內，傳說中吸血鬼之起源地。

鮑里斯大大方方地伸了個懶腰，打了個呵欠。他上衣拉了起來，牛仔褲的褲頭低到你可以看見他沒穿內褲。「妳人真好。」他說，「但她看來是不會醒了，應該。」

「我無所謂。」或許是我茫了——我確實是茫了——但她整個人貼在他面前，就像想和他親熱或什麼一樣，有夠好笑。

我一定是發出了什麼類似嗆到或嗤笑的聲音——因為蔻特妮倏然轉身，及時撞見我對鮑里斯打的揶揄手勢：拇指指向門口——意思是「帶她離開這裡！」

「你還好嗎？」她冷冷地說，把我從頭到腳打量了一遍。鮑里斯也在笑，但等她轉回身時，他已挺直腰桿，臉上寫滿關懷與擔憂，害我笑到更停不下來。

19.

等到人去樓空後，杉卓拉已完全昏迷不醒——看見她動也不動，鮑里斯還從她包包裡拿了個隨身鏡（我們先前已翻過一遍，想看有沒有什麼藥丸或現金），放到鼻子下，檢查她還有沒有呼吸。她皮夾裡共有兩百二十九元，拿了我也不特別覺得良心不安，反正她還有信用卡和一張未兌現的兩千零二十五元支票。

「我就知道杉卓拉不是她本名。」我說，將她的駕照扔給鮑里斯：一張曬成橘色的臉，不同的髮型，但同樣蓬鬆；全名為珊卓拉．潔伊．泰瑞爾；持照條件：無限制。「不知道這是什麼的鑰匙？」

鮑里斯——像電影裡的老派醫生，坐在她身旁床畔，手指搭著她脈搏——將鏡子舉到燈光下。「有了。」他喃喃低語，然後又說了些我聽不懂的話。

「啊？」

「她睡死了。」他用一根手指戳了戳她肩膀，然後湊上前來，探頭看向我正迅速翻找的床頭櫃抽屜，裡頭塞滿了一堆莫名其妙的垃圾：零錢、籌碼、唇蜜、杯墊、假睫毛、去光水、破破爛爛的平裝書（《鑽出牛角尖：擺脫情緒死角，學習重新做人》）、香水試用瓶、舊錄音帶、過期十年的保險卡，還有一堆雷諾法律事務所送的火柴，上頭印著：「服務項目：酒醉駕駛與各類毒品罪」。

「嘿，那些我要。」鮑里斯說，伸長手臂，將一串保險套塞進口袋。「這是什麼？」他拿起一個乍看之下像是可樂罐的東西——但他一搖晃，裡頭就喀嗒作響。他把耳朵湊上前。「哈！」他把罐子扔給我。

「幹得好。」我扭開罐蓋——顯然是個假可樂罐——把裡頭的東西全部倒到床頭櫃上。

「哇。」我楞了會兒後才一聲驚呼。顯然杉卓拉把她所有小費都藏在這兒——部分是現金，部分是籌碼，還有其他許多東西——多到我眼花繚亂——但我的視線立刻被其中某個東西所吸引，是我爸失蹤前，母親不翼而飛的那副鑽石翡翠耳環。

「哇。」我又喊了一聲，用大拇指和食指把其中一只拎起來。每次參加雞尾酒派對或任何需要盛裝出席的場合，母親幾乎都會戴這副耳環——寶石透明的藍綠色光澤、凌晨三點鐘的邪黠光芒，就如同她瞳孔的色彩與髮絲所散發的幽暗刺鼻味，都是屬於她的一部分。

鮑里斯在旁咯咯發笑。他一眼就看到那堆現金，也二話不說，立刻塞進口袋。但其中還有個底片罐，他用發抖的雙手打開，小指頭伸進去沾了一下，送進嘴裡。「賓果！」他說，指頭來回抹著牙齦，「小咪一定氣死自己沒來。」

我將耳環放在平攤的掌心上，遞給他看。「嗯，很棒。」他說，幾乎看也沒看上一眼，逕自把罐裡的白粉倒在床頭櫃上。「這些起碼可以賣上兩千塊。」

「這是我媽的耳環。」我爸在紐約時就幾乎已經把她所有珠寶都變賣乾淨，包括她的婚戒。

但現在──我明白了──杉卓拉自己也私吞了些戰利品；而且看到她的選擇，我莫名有種說不上來的感傷──她拿的不是珍珠或紅寶石胸針，而是母親少女時期留下來的廉價首飾，包括一副國中時戴的手鍊，上面掛滿各種叮叮噹噹的馬蹄、芭蕾舞鞋與四葉草墜飾。

鮑里斯挺背坐直，捏了捏鼻子，將那捆捲起來的鈔票遞給我。「你要一些嗎？」

「不要。」

「好啦，這會讓你心情好一些。」

「不用了，謝謝。」

「這裡一定起碼有十四、十五克，說不定還更多！我們可以留下四、五克，其他都賣掉。」

「你以前就吸過？」我狐疑地問，看向杉卓拉俯臥的身影。儘管她不省人事，我還是不喜歡在她身旁討論這事。

「對啊。小咪喜歡，但是很貴。」他似乎恍神了一分鐘，然後迅速眨了眨眼。「哇塞，你試試看啦。」他哈哈大笑，「來，你試了就知道。」

「我已經夠亂七八糟了。」我一面說，一面數著鈔票。

「是沒錯，但這會讓你煥然一新。」

「鮑里斯，我現在沒空胡鬧。」我說，將耳環和手鍊放進口袋，「如果我們要走，就得現在立刻走，再晚其他人就會出現了。」

「什麼人？」鮑里斯狐疑地問，手指在鼻子底下揉來揉去。

「相信我，事情會快到你措手不及。社福機構或什麼之類的馬上就會現身。」我清點現鈔──總共是一千三百二十一元，外加一些零錢；籌碼還更多，足足有將近五千塊，但最好還是留給她。「你一半，我一半。」我說，開始將現金平分成兩份，「這裡的錢要買兩張機票綽綽有餘。最後一班飛機大概是趕不上了，但我們還是該立刻動身，找輛車去機場。」

「現在？今晚？」

我停下數錢的動作，向他看去：「我在這裡無親無故，半個親人也沒有了。完全沒有。他們會用最快的速度把我送進寄養家庭，快到我根本無暇反應。」

鮑里斯朝杉卓拉努了努下巴——她癱軟俯臥床上的模樣實在太像一具屍體，非常令人不安。「她呢？」

「所以現在是怎樣？」我沉默片刻後說，「我們能怎麼辦？等她醒來，發現我們把她洗劫一空？」

「我也不曉得。」鮑里斯說，猶豫不決地看著她，「只是覺得她也挺可憐的。」

「省省吧，沒這必要。她不想要我。一旦知道我將成為她的責任，自己就會立刻聯絡當局。」

「當局？當局是誰？」

「鮑里斯，我還沒成年。」驚恐湧現，那感覺我再熟悉不過——或許現在的情況並非真的攸關生死，但在我心中沒有兩樣，彷彿屋內煙霧瀰漫，所有出口都被封死。「我不曉得你國家怎樣，但我在這裡沒有任何家人、任何朋友——」

「我！你還有我！」

「所以咧？你打算怎麼辦？收養我？」我站起身，「聽好，如果你要一起走，就動作快。你的護照在身上嗎？搭飛機需要護照。」

鮑里斯舉起雙手，像俄國人那樣比了個「夠了」的手勢。「等等等等！太快了。」

我停下腳步，已一腳跨出門口。「鮑里斯，你到底他媽的是怎樣？」

「我怎樣了？」

「想要逃家的人是你！要我一起走的人也是你！你昨晚才說的！」

「所以你打算去哪兒？紐約？」

「要不然呢？」
「我想去個溫暖的地方。」他立刻回答，「像加州。」
「你瘋了。我們在那裡半個人也不認識——」
「耶！加州！」他歡呼。
「好吧——」我對加州已經夠一無所知了，但相信鮑里斯知道的更少（除了他現在嘴裡哼的《加州萬歲》）。「加州哪裡？哪個地方？」
「誰管它啊？」
「加州很大。」
「那太好了！一定會很好玩。我們可以瘋狂一整天——看書——生營火，睡在海灘上。」
我凝視他良久、良久，久到難以忍受。他雙頰燒紅，嘴唇被紅酒染成一片烏黑。
「好吧。」我說——心裡非常清楚，我正準備跨越那道界線，踏入人生這輩子最大的錯誤：偷竊、詐騙、露宿街頭、無家可歸，從此萬劫不復，再也翻不了身。
他開心的像快要飛上天：「所以我們決定要去海邊？你答應了？」
這就是錯誤的開始；就是這麼迅速。「你說了算。」我說，撥開眼前的髮絲，只覺得筋疲力竭。「但我們現在就必須離開。拜託。」
「現在？」
「對。你要回家拿什麼東西嗎？」
「你是說今晚？」
「我是認真的，鮑里斯。」這來回的爭執令我心中驚恐再度湧現。「我不能留在這裡坐以待斃——」那幅畫是燙手山芋，雖然還不曉得要怎麼處理，但只要鮑里斯離開，我就會想到法子。
「拜託你了，快點。」

「美國的社福機構有這麼糟嗎？」鮑里斯狐疑地問，「說的好像他們是警察一樣。」

「你到底要不要和我一起走？要或不要？」

「我需要一點時間。」他說，跟在我身後，「我們不能說走就走！真的——我發誓。只要再多等一下。一天！給我一天的時間就好！」

「為什麼？」

這問題似乎讓他不知所措：「噢，因為——」

「因為——？」

「因為——因為我必須去見小咪！還有——還有其他很多事情要處理！我是說真的，你不能今晚就走。」見我一聲不吭，他又說，「相信我，你會後悔的，真的。先去我家！我們早上再走！」

「我等不了那麼久。」我粗魯地說，拿走一半現金，走回我房裡。

「波特——」他緊跟在我身後。

「怎樣？」

「我有件重要的事必須告訴你。」

「鮑里斯，」我轉身說，「你他媽的到底想怎樣。到底什麼事？」兩人就這麼佇立原地，他瞪著我，我瞪著他。「有話快說，有屁快放。」

「我怕說了你會抓狂。」

「什麼？你做了什麼事？」

鮑里斯一語不發，只是啃著大拇指指緣。

「所以咧，到底什麼事？」

他別開目光：「你不能走。」他語焉不詳地說，「這樣不對。」

「算了。」我火冒三丈，再次轉身，「你不想走就不要走，我沒時間整晚跟你窮耗。」

我本來以為鮑里斯會問枕頭套裡裝著什麼東西，尤其是我當初亢奮過頭，整幅畫不只被我包得像個龐然大物，還變得奇形怪狀。但當我把枕頭套從床頭板後拆下來、收進旅行袋時（連同我的iPod、筆記本、充電器、《風沙星辰》、幾張母親的照片、牙刷、替換衣物），他只是一臉鐵青，什麼話也沒說。看見我從衣櫥深處拿出以前那件制服外套（儘管母親買的時候還太大，但現在已經太小），他點了點頭，說：「好主意，那外套。」

「怎樣？」

「可以讓你看起來稱頭一點，沒那麼像流浪漢。」

「已經十一月了。」我說。我當初只從紐約帶了一件保暖的毛衣過來。我將外套收進包包，拉上拉鍊。「那裡會很冷。」

鮑里斯粗魯地靠在牆上：「你回去之後有什麼打算？露宿街頭還是火車站？你要住哪？」

「我會聯絡之前收留我的朋友。」

「那些人喔，如果他們想要你，早就收養你了。」

「他們沒有辦法！哪有那麼簡單！」

鮑里斯交抱雙臂，說：「那家人根本沒想要你，是你自己說的——還不只一次。更何況他們從沒和你聯絡過。」

「事情不是那樣。」我茫然沉默了片刻後回答。就在幾個月前，安迪才寄了封（對他來說）不短的電子郵件給我，提了些學校近況，說網球教練對班上的女生毛手毛腳，鬧出醜聞。但我卻感覺好遙遠，彷彿那些人全與我毫不相干。

「家裡已經有太多小孩？」鮑里斯有些自鳴得意地說，似乎。「房間不夠？記得嗎？你說那對夫妻都很樂於送你離開。」

「去你的。」我頭已經痛得要命。如果社工出現，把我架進汽車後座怎麼辦？在這裡，內華達州——我能打給誰？史皮爾老師？對面那個殺手？模型店裡我們只向他買模型膠卻沒買模型的胖店員？

鮑里斯尾隨我下樓，到了客廳中央，卻被一臉可憐兮兮的波普攔了下來——牠跑到我們面前，一屁股坐下，兩眼直勾勾看著我們，好像知道發生了什麼事。

「喔，幹。」我罵了聲，放下旅行袋。沉默籠罩屋內。

「鮑里斯。」我說，「你能不能——」

「不能。」

「小咪能不能——」

「不能。」

「好吧，管他的。」我說，撈起波普，抱在臂彎裡，「我不能把牠留在這裡；牠會被杉卓拉鎖在屋裡，活活餓死。」

「那你現在是打算去哪兒？」我正要朝大門走去，又聽見鮑里斯這麼問。

「啊？」

「你是要走路去機場嗎？」

「等等。」我說，又把小波放下，突然間嚴重反胃，覺得自己就要吐滿一地紅酒。「狗可以上飛機嗎？」

「不行。」鮑里斯立刻冷冷回答，吐出啃下來的大拇指指甲。

看他那副混蛋模樣，我真想狠狠賞他一拳。「好吧。」我說，「機場那裡說不定會有人想要牠；要不然管他的，我就改搭火車。」

他本想譏誚幾句，那緊抿雙脣的模樣我再熟悉不過，但是——就在那剎那——他表情一變，我轉身，看見杉卓拉睜大雙眼，睫毛膏糊成一團，搖搖晃晃地站在樓梯頂層。

我們只是楞楞地瞪著她，凍結原地。沉默籠罩屋內，彷彿足足過了有一世紀之久——她雙唇開了又闔，抓著欄杆，保持平衡——然後用粗啞的聲音說：「賴瑞把他的鑰匙留在銀行保險庫嗎？」

我們驚恐地瞪大雙眼，一會兒後才領悟她還等著我們回答。她的頭髮宛若稻草，眼神渙散，似乎完全搞不清楚狀況，而且身子搖搖欲墜，彷彿隨時會從樓梯上摔下來。

「對。」鮑里斯大聲回答，「呃，我的意思是不對。」見她仍佇立原地，又說：「沒事的，回房睡吧。」

她喃喃說了些什麼，接著——同樣搖搖晃晃地——蹣跚離開。我們倆又動也不動地呆立了片刻，然後——我感到後頸陣陣刺痛——悄悄拿起旅行袋，躡手躡腳溜出大門（我連最後留戀一眼都沒有，這是我最後一次見到她和這棟屋子），鮑里斯和小波尾隨而出。我們兩人一狗快步朝街尾離去，小波的爪子踩在馬路上噠噠作響。

「好吧。」鮑里斯說，聲音裡透著一抹興味，就像我們在超市差點失風被逮時那樣，「她或許沒我想的那麼不省人事。」

我一身冷汗，夜晚的空氣——儘管冰涼，感覺卻很舒服。西方遠處，科學怪人般的電光在黑暗中無聲閃現。

「好吧，起碼她沒死，對吧？」他咯咯笑了起來，「我本來還替她擔心咧，老天。」

「電話借一下。」我說，用手肘撞了撞他，「我要叫車。」

他在口袋裡撈了一陣，遞出手機；是拋棄式手機，他買來掌控小咪行蹤的。

我在按鍵上輸入七七七—七七七七，幸運計程車；在拉斯維加斯這裡，幾乎每張外觀可疑的公車亭長椅上都貼著這號碼。「不用了，留著吧。」我打完電話，要把手機還給他時，鮑里斯舉起雙手這麼說。隨後又拿出一疊鈔票——從杉卓拉那兒拿來的那一半——想要塞給我。

「不用。」我說，緊張地看向屋子，怕她又會醒來，追到街上。「那是你的。」

「不行！你可能用得著！」

「我不想要。」我說，雙手插在口袋，以免他硬塞給我。「何況你自己也可能用得著。」

「好了啦，波特！真希望你不是現在就要離開。」他指向街尾那些空屋，「如果你不來我家——就去那裡躲一、兩天！那棟磚房裡頭連家具都有。如果你想，我可以替你送吃的過去。」

「哈，要不我也可以叫達美樂。」我說，把手機塞進外套口袋，「反正他們現在肯送來這裡了。」

他縮了一縮：「別生氣。」

「我沒生氣。」是真的，我沒有生氣——只是茫茫然地覺得這一切好不真實，彷彿自己隨時可能醒轉，發現臉上蓋著一本書睡著了。

鮑里斯抬頭仰望星空，自顧自地哼著曲兒，是母親愛聽的地下絲絨樂團裡的一句歌詞：若你關門離去……我的夜將永無止境……

「那你呢？」我揉了揉眼，問。

「我怎麼了？」他說，微笑看向我。

「所以咧？我還會見到你嗎？」

「或許吧。」他說。我想像他與巴米、卡米烏拉格的酒保妻子茱蒂，以及其他所有人道別時都是用這樣的輕快語調。「未來的事誰說得準呢？」

「你之後會來跟我會合嗎？」

「這個嘛——」

「晚點來找我。搭飛機來——你現在有錢了。我會打給你，告訴你我落腳何處。不要拒絕我。」

「好吧。」鮑里斯說，語調同樣輕快，「我不會拒絕。」但我聽得出來，他顯然就是在拒絕。

我閉上雙眼：「天吶。」我筋疲力盡，只覺得自己搖搖欲墜，必須拚命抗拒躺倒的衝動，就像腳下有道強大的暗湧，正猛力將我往地面拉去。我睜開雙眼，只見鮑里斯憂心忡忡地看著我。

「看看你，」他說，「差點就要暈了。」他把手伸進口袋。

「不，不，不。」我看見他手上的東西，連忙退開，「不用了，你收起來吧。」

「你吃了精神就來了！」

「你每次都這樣說。」我沒打算要迎接更多海草或是正在唱歌的星星。「真的不用了。」

「但這不一樣，跟先前完全不同！它會讓你煥然一新，頭腦整個清醒過來——我保證。」

「最好是。」煥然一新、頭腦清醒聽起來完全不像鮑里斯的作風，不過他現在看起來確實沒我這麼狼狽。

「看著我，」他冷靜地說，「沒錯，就是這樣。」他曉得我被他說服了，「我有在胡言亂語或口吐白沫嗎？沒有——我只是想要幫你！喏。」他說，倒了一些在他手背上，「來，我教你。」

我心裡隱隱期待這是什麼詭計——我將當場昏迷，之後在某個莫名的地方醒轉，或許是對面的一棟空屋。但我已累到腦筋一片空白，什麼都不在乎，反正那樣也無所謂。我湊上前，讓他用指尖按住我一邊鼻孔。「沒錯！」他鼓勵似地說，「就像這樣。現在，吸。」

在那瞬間，我果真立刻精神一振，簡直就是奇蹟。「哇嗚。」我讚嘆，捏了捏自己鼻子，想舒緩那猛烈又暢快的刺激感。

「我沒唬你吧？」他又倒了些出來，「再來，換另一邊。不要呼氣。好，現在。」

一切似乎都清晰、明亮了起來，包括鮑里斯本人。

「是不是，我剛怎麼說的？」他自己又吸了點，「有沒有懊悔自己不聽老人言啊？」

「天吶，你要把這玩意兒賣了。」我說，抬頭仰望夜空，「為什麼？」

「因為它值錢啊；可以賣上好幾千塊。」

「這麼一點就值幾千塊？」

「這才不只一點！這樣已經很多了——大概二十克吧，說不定還超過。如果我分成小包小包，賣給凱蒂．貝爾曼那些女生，保證能大賺一筆。」

「你認識凱蒂．貝爾曼？」她比我們高一年級，自己有車——黑色敞篷車——而且和我們社會階層天差地遠，簡直跟電影明星沒兩樣。

「當然，思凱、凱蒂、潔西卡，統統認識。總而言之——」他又將錢遞給我，「——我現在有錢幫小咪買她想要好久的鍵盤了。錢再也不是問題。」

我們來來回回推辭了幾次，直到我心裡湧現一種樂觀的感覺，又開始對未來與事物感到希望。而當我們站在街上，一面揉鼻子，一面吱吱喳喳說個不停，波普睜著好奇的雙眼注視我們時，紐約的美好彷彿就在舌尖，傳達的機會轉瞬即逝。「那裡真的很棒。」我說，話語無可遏制地湧出口中，「真的，你一定要來。我們可以去布萊頓海灘——那裡是俄國人的聚集地；好吧，我從來沒去過，但有地鐵可以去——是那條線的終點站。那裡有個很大的俄國社區，有賣煙燻魚和鱘魚子的餐廳。我和我媽老是嚷嚷著說要找天去吃吃看，她有個合作的珠寶商跟她推薦了幾個地方，但我們始終沒成行。那裡應該會很有趣。而且——我有錢上學——你可以來我學校。不——你絕對可以。我有獎學金；好吧，以前有，但律師說我基金裡的錢只要是用在教育用途上就沒問題——任何人的教育都可以，不一定要是我。那筆錢我們兩個人用綽綽有餘。不然，公立學校好了，紐約的公立學校也很好，我有認識的人，我也可以念公立學校。」

鮑里斯開口時我仍自顧自地說個不停。「波特。」我還來不及回應，他便兩手捧住我的臉，往我嘴唇親了下去。我楞在原地，除了眨眼外完全不知所措——然後，還來不及回神，他便已從我面前退開——抱起波普，舉在空中，同樣在他鼻尖上輕輕一吻。

親完後他將波普交給我。「你的車到了。」他說，最後一次搔小狗的頭。然後——沒錯——我轉身，一輛林肯無聲無息轉進對街，尋找住址。

我們就這麼佇立原地，凝視彼此——我大聲喘息，震驚呆滯。

「祝你好運。」鮑里斯說，「我不會忘了你的。」然後又拍拍波普的頭，「拜了，小波。好好照顧牠，好嗎？」他對我說。

之後——無論是在計程車，或者更往後的日子裡——我都不時在腦中重複那一刻，詫異自己竟能如此瀟灑地揮手離去。我為什麼沒有抓住他胳臂，最後一次求他上車？來吧，管他的，鮑里斯，就像逃學一樣，天亮時我們就會在玉米田邊吃早餐了。我了解他，知道只要在正確的時機，用正確的方式開口，他幾乎什麼都會答應；也知道只要我再問最後一次，那麼，見我轉身，他一定會立刻追上來，笑著跳進車裡。

但我什麼也沒做。而且，坦白說，這麼做或許才是對的——雖然我現在這麼說，但心裡著實也懊悔了好一陣子。不過，最重要的是，幸好我在那難得口若懸河、滔滔不絕的時刻中阻止了自己，沒有衝口而出湧在舌尖上的那句話，那句我永遠不可能說的話；但我倆卻心知肚明，即便沒有說出口，在那條街上卻依舊清澈響亮的一句話——而那當然就是，我愛你。

20.

我實在太過疲憊，所以藥效沒多久就退了——起碼讓人覺得心情振奮的部分退了。計程車司機——聽他的口音，應該是從紐約搬來的——立刻察覺事情不對，企圖塞給我一張青少年逃家熱線的名片，但我拒絕了。我請他載我到火車站（我連拉斯維加斯有沒有火車站都不知道——但一定有吧），他卻搖了搖頭，說：「美國國鐵不准乘客帶狗上車，你知道吧，眼鏡仔？」

「是嗎？」我說，一顆心直沉谷底。

「飛機——或許可以，我不曉得。」他年紀感覺不大，說話很快，一張娃娃臉，有點過胖，T恤上寫著：潘恩與泰勒：里奧魔術秀[14]。「你得有運輸籠之類的載具。巴士應該最有機會，但特定年紀以下的乘客需要父母許可才能獨自搭車。」

「我說過了！我爸死了！他女朋友要送我回東岸的家人那裡。」

「好吧，那你就不用擔心了，對吧？」

接下來的車程中我一語不發。我還沒真正接受父親過世的消息，每當燈火在高速公路旁呼嘯而逝，事實就又重新湧現腦中，令我感到一陣反胃的暈眩。車禍；在紐約，起碼我們不用擔心酒駕的問題——我們最大的恐懼是他會跌到一台車前，或在凌晨三點踉蹌走出某間三流酒吧時被搶錢的歹徒捅上一刀。他的遺體會怎麼處理？儘管法律明令禁止，我仍將母親的骨灰灑落中央公園。某天晚上，當天色開始轉黑時，我和安迪一起在池塘西側找了個罕無人跡的地方——安迪替我把風——我將骨灰灑向大地。比起灑骨灰這件事，更讓我焦慮不安的是骨灰罈被包圍在色情廣告的碎片間。「亞洲性感寶貝」、「火熱高潮」；當那如月球岩石般的灰色粉末在五月的薄暮中翻飛旋舞時，這兩句話不經意吸引了我的目光。

眼前出現明亮的燈光，計程車停下。「到了，眼鏡仔，」我的司機說，扭身看向後座。我們已來到灰狗巴士的停車場。「再說一次你叫什麼名字？」

「席歐。」我想也沒想立刻回答，但話一出口就後悔了。

「好，席歐。我叫J．P。」他伸長手臂，和我握了握手，「想不想聽我個建議？」

「好啊。」我說，隱隱有些恐懼。即便發生了那麼多事，情勢一片混亂，我心裡依舊七上八

---

14 Penn and Teller，美國雙人魔術師拍檔，在拉斯維加斯的里奧飯店有定期的魔術表演。

下，就怕他看到了我和鮑里斯的那個吻。

「雖然不關我的事，但你需要有個東西把那小毛頭裝起來。」

「不好意思，你說什麼？」

他朝我的旅行袋努了努下巴：「那袋子裝得下嗎？」

「呃——」

「算了，你大概得再確認一下那個包包，帶上車太大了——不像飛機，他們會把它收進車廂底下。」

「我——」我腦筋現在無法思索這些，「但我什麼也沒有。」

「等等。讓我查查我的辦公室。」他離座，走到後車廂，拿了個健康食品超市的大型帆布購物袋回來，上頭寫著：**綠化美國**。

「如果我是你，」他說，「會把小毛頭留在外頭，自己進去買票。不如你先把牠放在我這，以防萬一，怎麼樣？」

我的新朋友說對了，我需要家長簽署兒童單獨旅行同意暨免責書才能搭灰狗巴士——除此之外，孩童乘車還有其他的限制。窗口的櫃員——一名將頭髮往後梳得乾乾淨淨的加拿大華裔女子——開始用平板單調的聲音宣讀一長串的恫嚇規定：不准轉車；車程一次不可超過五小時；若兒童單獨旅行同意書上之指定人士未攜帶有效證件現身車站接我，我會被送至兒福機構或該地之執法單位，交由他們暫時監護。

「但是——」

「所有未滿十五歲的孩童都一樣，沒有例外。」

「但我滿十五歲了啊。」我說，急忙掏出紐約州政府發出的官方證件。「你自己看。」安立奎——當初預期我可能會被送進那他稱為「體制」的系統——因此在母親死後不久，曾帶我去拍照申請證件。儘管我當時對老大哥無遠弗屆的魔掌深惡痛絕（「哇，你自己的條碼耶。」安迪曾好奇地看著我的證件，這麼讚嘆道），現在卻非常感激他有這先見之明，把我帶去下城，像登記二手摩托車一樣把我登記在冊。我如難民般麻木站在昏暗的日光燈下，等待櫃員用不同的角度和光線檢視卡片上的號碼，最後終於認定它是貨真價實的證件。

「十五歲。」她仍猜疑地說，將證件交還給我。

「對。」我知道自己看起來不像十五歲，也明白沒必要再多問波普的事，因為櫃台前就貼著一個大大的告示，用紅色的字體寫著：乘車禁止攜帶狗、貓、鳥、齧齒類、爬蟲類及其他動物。

至於巴士本身，我運氣很好：此刻是凌晨一點四十五分，轉車前往紐約的班次將在十五分鐘後離站。售票機發出「啪」的一聲，吐出車票。我茫然佇立原地，思索到底該拿波普怎麼辦才好。走到站外，心裡隱隱期待司機已經離開——或許還順道將波普載去某個能提供更多愛和安全的家庭——結果卻見他一面喝罐裝紅牛，一面講手機，但到處不見波普的蹤影。他看見我，掛上電話，問：「怎麼樣？」

「狗呢？」我無力地看向後座，「你把牠怎麼了？」

他笑了起來：「不見了……又出現了！」他手一翻，從副駕駛座的帆布袋中拿出一份折得亂七八糟的《今日美國報》。而安安穩穩蜷在袋底紙箱、大快朵頤洋芋片的，正是波普。

「暗度陳倉。」他說，「箱子不只能隱藏小狗的身形，還能提供牠大一點的活動空間。還有那些報紙——再完美不過的道具，不只可以蓋住牠，讓袋子看起來滿滿的，又不會增加重量。」

「你覺得這樣可以過關嗎？」

「嗯，應該可以，牠這麼小一隻——才五、六磅重而已？牠安靜嗎？」

我懷疑地看向波普，牠正舒舒服服地蜷在箱子底部。「有時候。」

J．P用手背抹了抹嘴，遞給我一袋洋芋片。「如果牠開始毛躁，就給牠一些零嘴。巴士大約幾小時會停一次，你坐越後頭越好。要放牠出來上廁所時記得盡量離車站遠一點。」

我將袋子背在肩上，環手抱住底部。「這樣看得出來嗎？」我問。

「看不出來。不知道的人就不會發現。但我可以給你個建議嗎？魔術師的祕訣？」

「當然。」

「不要一直偷瞄袋子，像你現在這樣。看哪兒都好，就是別看袋子。你可以看風景、看鞋帶——很好，就是這樣——沒錯。要自信、自然，非常好。如果覺得有人在懷疑你的話，就假裝笨手笨腳，或要找掉落的隱形眼鏡。或者灑翻洋芋片——不小心踢到東西——對著自己的飲料咳嗽——什麼都行。」

哇嗚！我心想；顯然地，幸運計程車這名字可不是隨便說說而已。

他又露齒而笑，彷彿我把心中念頭說出口了一般。「這規定蠢斃了，不准帶狗上車。」他說，又灌了好大一口紅牛，「要不然你能怎麼辦？把牠丟在路邊？」

「你是魔術師嗎？」

他哈哈大笑：「你怎麼猜到的？我在紐奧良一間酒吧有撲克牌魔術表演——如果你年紀夠大，我就會邀你有空去看看。總之呢，祕訣在於轉移注意力，聲東擊西。這就是魔術的首要準則，眼鏡仔，『錯誤引導』，永遠不要忘記。」

21.

猶他州。聖拉斐爾岩牆群。日出時分，火星般荒蕪的景致展開眼前：沙岩、頁岩，峽谷與蕭索的鏽紅色台地。我睡得很不安穩，部分是因為古柯鹼，部分是擔心波普會騷動不安或哀哀嗚咽。然而，當我們行駛於曲折的山路上時，牠非常安靜，只是乖乖坐在我擱在身旁靠窗座位上的袋子裡。我的行李剛好夠小，可以帶上車，我不由大鬆了口氣。原因很多，因為裡頭有我的毛衣和《風沙星辰》，不過最重要的當然還是那幅畫。即便包得密不透風，看不出原樣，卻仍覺得它是個必須謹慎保護的珍寶，就像聖戰士帶上戰場的聖幣。後座沒有其他乘客，只有一對腿上放著一堆塑膠餐盒的害羞西班牙夫妻，以及一名不停自言自語的老酒鬼。我們一路相安無事，行經蜿蜒的山路，穿過猶他，進入科羅拉多的大章克申，準備在這裡休息五十分鐘。我把行李鎖進投幣式置物櫃後，將波普帶到巴士站後方，遠離司機的視線，在漢堡王替我們兩個買了兩個漢堡，並用在垃圾桶裡找到的餐盒頂蓋餵牠喝些水。離開大章克申後我睡著了，直到丹佛的休息站才醒來。車程一小時又十六分鐘，太陽此時正要下山。總算能下車舒展筋骨，我和波普都像解脫似地放開腳步，一路沿著不知名的昏暗街道拚命狂奔，跑到我都要擔心自己會不會迷路。不過最值得高興的是，我找到一間嬉皮咖啡店，裡頭的店員年輕又友善（「帶牠進來啊！」櫃台後方的紫髮女生看見我把波普綁在門外便說，「我們最愛狗狗了！」），除了兩個火雞三明治外（一個給我，一個給牠），我還買了個素食布朗尼和一袋油膩膩的手工素食狗餅乾。

我看書看到深夜，奶油色的紙張在微弱燈光下泛著黃暈。不知名的黑夜在窗外呼嘯而過，巴士穿過大陸分水嶺，離開洛磯山脈。波普在丹佛玩瘋了後，此刻正心滿意足地在袋裡酣然打盹。

我在不知不覺中睡著了，醒來後又看了點書。凌晨兩點，正當聖伯修里娓娓訴說他墜機沙漠的故事時，我們來到了堪薩斯的薩利納（「美國的十字路口」）——準備休息二十分鐘。在飛蛾撲繞的街燈下，我與波普趁著夜色在一座廢棄加油站的停車場內奔跑。我滿腦子裡仍是方才所看的故事內容，心裡也因生平首度來到母親故鄉而升起一股奇異的親切感，狂喜不已——她和外公出門旅行時是否曾經過這座小鎮，車輛呼嘯穿過州際公路的第九街出口，看著點燈的穀倉如太空船般自好幾哩外的虛空中逼近？回到巴士後——我們都已經又睏又髒又累又冷——我和小波一路自薩利納睡到托皮卡，再從托皮卡到密蘇里州的堪薩斯城，抵達時東方恰巧亮起曙光。

母親常跟我說她家鄉的地勢有多平坦——平坦到你可以看見龍捲風在好幾哩外橫掃原野——但即便早有耳聞，我仍無法相信它的遼闊，天空一望無際，感覺自己就要被那無窮無盡的廣大所粉碎與壓迫。我們大約在中午時分抵達聖路易，準備在此休息一個半小時（非常足夠我溜波普、買了個難吃的烤牛肉三明治當午餐；只是這一帶感覺有些危險，我不敢走太遠），回到車站後——我們換了輛和先前完全不同的巴士。然後——大約才過了一、兩個小時吧——巴士再度停止，我醒來，驚見波普乖乖坐在原位，鼻尖探出袋外，一名塗著螢光粉紅色口紅的中年黑人婦女站在我面前，怒聲咆哮：「車上禁止攜帶寵物。」

我楞楞看著她，一時間反應不及。隨即驚恐領悟她並非隨隨便便一名乘客，而是頭戴帽子、身穿制服的司機本人。

「有沒有聽見？」她又重複一遍，凶狠狠地搖頭晃腦。她像職業拳擊手般虎背熊腰，挺拔胸脯上的名牌寫著「丹妮絲」。「你不能帶狗上車。」語畢，她不耐煩地將手一揮，彷彿在說：把牠塞回袋子裡！

我蓋住小波的頭——牠似乎不介意——迅速蜷起身子，坐在袋子裡。我們停靠在伊利諾州一座叫做艾芬漢的小鎮：周遭是愛德華．霍普式的房屋、如舞台布景般的法院，還有一面手繪旗幟上寫著「機會的交叉口！」

司機搖了搖手指，問：「有沒有人對這隻狗有意見？」

後方的其他乘客——（臉上蓄著兩撇翹鬍子的邋遢鬼、嘴裡戴著牙齒矯正器的成年女性、帶著小學女兒的焦慮黑人媽媽，還有名插著鼻管、帶著氧氣瓶，看起來活像W．C．菲爾茲的老人）——似乎都訝異到張口結舌，只有那睜著圓圓雙眼的小女孩微乎其微地搖了搖頭，表示：沒意見。

司機等待眾人答覆，視線掃過一圈後又轉頭看向我。「很好，恭喜你和那隻小傢伙。但如果——」她對我搖了搖手指，「——無論任何時間、任何地點，只要有一名乘客提出抱怨，我都會立刻請你下車，聽懂嗎？」

所以她沒有要趕我下車？我朝著她眨了眨眼，怕到不敢有任何動作，連大氣也不敢喘上一口。

「聽懂嗎？」她又凶巴巴地重複一遍。

「謝謝——」

她略顯不悅地搖了搖頭：「喔，不，不用謝我，親愛的。只要有人抱怨一句，我就會立刻趕你下車。立刻。」

我坐在座椅上簌簌發抖，看著她大步走回駕駛座，發動引擎。巴士在顛簸間離開停車場，儘管我怕到連眼珠子都不敢轉動，但仍能察覺所有人的目光都集中在我身上。

波普在我膝上發出小小的噴息聲，重新躺下。我是喜歡波普，也替牠感到難過，但從不曾覺得牠有什麼特別有趣或聰明之處。恰恰相反，我反而常希望牠可以更酷一點，是隻邊境牧羊犬、拉不拉多犬，或流浪犬也好；從收容所救出來、聰明憂鬱的混種比特犬，一隻會追球、會咬人的活力小雜種——基本上只要不像牠就好。女生才會養這種小白狗，像玩具一樣，娘炮的要命，要我牽在街上散步都會害羞。波普不是不可愛，實際上，牠正是那種廣受眾人喜愛、嬌小玲瓏又神氣活現的棉花糖毛球——或許不適合我，但走道隔壁那個小女孩如果在路上發現牠，一定會帶牠回家，綁上漂漂亮亮的蝴蝶結。

我像木頭般僵硬坐在位置上，那駭然的一刻不停在我腦中重複播放：司機臉上的表情，以及我震驚的反應。但最讓我害怕的是，我現在知道了，如果波普下車，我也必須一起下車（然後呢？），即便是在伊利諾州某個鳥不生蛋的地方。雨水，玉米田，呆立路旁。我和這隻愚蠢生物的命運是從什麼時候開始變得如此密不可分？牠不過是杉卓拉養的一條寵物狗啊。

在穿越伊利諾與印第安那州的車程中，我搖搖晃晃、全神戒備地坐在位置上，嚇到完全不敢睡覺。路旁的樹木一片光禿，門廊上擺著挖空的萬聖節南瓜。走道對面，黑人媽媽一手攬著小女孩，靜悄悄地唱著《你是我的陽光》。計程車司機給我的洋芋片只剩下一些碎屑，除了那之外我沒有任何東西可吃。嘴裡湧現可怕的鹽味，平坦的工業區與荒涼的小鎮在窗外倏忽而逝——我覺得好冷、好孤獨，只能眺望窗外蕭索的農田，回想母親許久許久以前曾對我唱的歌：親愛親愛的寶貝兒再會了，親愛親愛的寶貝別哭了。最後——到了俄亥俄州，天色已暗，路旁，相隔遙遠的落寞小屋紛紛亮起——我覺得安全了些，不由打起盹來，在睡夢中點著腦袋，直到抵達克里夫蘭。凌晨兩點，我在這座冰冷的白光城市裡換乘另一輛巴士。雖然知道波普需要好好散個步，但我不敢帶牠走太遠，深怕有人會看到我們。（被人看到的話怎麼辦？永遠留在克里夫蘭？）但小波似乎也很害怕，我們就這麼簌簌發抖，在街角站了十分鐘，給牠喝了點水後放回袋裡，走回車站，準備登車。

時值午夜，所有人似乎都昏昏欲睡，因此換車沒那麼困難。我們隔日中午在水牛城又換了一次車，巴士隆隆駛過車站裡的積冰，寒風砭骨，帶著猛烈的濕意。在沙漠住了兩年後，我已經忘了真正的冬天是什麼模樣——那是疼痛而赤裸的冰冷。鮑里斯一通簡訊也沒回，不過這是可以理解的，因為我是傳到小咪的手機，但我還是又發了一封：到水牛城了，今晚會到紐約。你還好嗎？有杉的消息嗎？

水牛城離紐約市還很遠；但除了曾在雪城像作夢似的匆匆停靠片刻外——我在那裡溜了一下波普、餵牠喝了點水、買了兩個起司丹麥麵包，因為沒有其他東西好買——我幾乎整路都在睡，巴士經過巴達維亞、羅徹斯特、雪城、賓漢頓，我臉就這麼貼著窗戶，寒風穿透窗隙，顛簸的車行將我帶回風沙星辰裡的世界，沙漠高空裡的寂寞座艙。

我想我一定是在離開克里夫蘭的休息站後就生病了，只是自己毫無所覺。但等我終於抵達曼哈頓的巴士總站時，天色已晚，我也發起高燒，只覺得渾身發冷，雙腿疲軟無力。而這座城市——我深切渴望的城市——卻顯得如此陌生、嘈雜、冰冷，隨處可見霧茫茫的廢氣和垃圾，陌生人自四面八方川流而過。

車站裡滿滿都是警察，放眼望去，隨處可見逃家收容所與逃家熱線的海報。我匆匆走向出口，有名女警狐疑地打量了我幾眼——在坐了超過六十個鐘頭的巴士後，我又髒又累，知道自己看起來確實可疑——但沒被真的攔下來。我一路頭也不回，就這麼走出門外，遠離車站。到了街上，許多不同年紀與國籍的男子對著我大聲呼喊，親切的聲音同時自好幾個不同的方向傳來（嘿，小兄弟，你要去哪兒？需要搭車嗎？）。儘管其中有名紅髮男似乎特別友善和正常，年紀不比我大多少，感覺像是可以和他結為好友，但我了解紐約，知道自己最好是無視他開朗的招呼，並像心裡已有明確目的地般筆直往前走。

我本來以為不用再繼續關在袋子裡波普會很高興，但一把牠放在第八大道的人行道上，牠就嚇得不知所措，連一條街都不肯走。牠從未來過城市，所有一切都讓牠害怕不已（車子、喇叭、人類的雙腿、滾過人行道的空塑膠袋）。牠拚命往前衝，想往斑馬線跑去，一下橫衝直撞，一下又驚恐地竄到我身後，牽繩纏住我雙腿，我絆了一跤，差點摔到一輛急著要穿越綠燈的廂型車前。

我把牠抱起來，把拚命掙扎的牠塞回袋裡（牠氣呼呼地又抓又扒了好一陣子才安靜下來），站在尖峰時間的人潮之中，努力釐清思緒。一切都比我記憶中骯髒、粗暴好多——而且天氣好冷，街道如舊報紙般灰暗慘澹。Que faire？（怎麼辦呢？）母親以前總愛這麼說。我幾乎可以聽見她那輕鬆、愉快的聲音在我耳邊響起。

我常常想，當爸東翻西找、乒乒乓乓地大聲開關廚房櫥櫃、抱怨他想喝酒時，那種「想要喝酒」的心情究竟是什麼感覺——除了酒精外什麼也不要，無論白開水、可樂或任何飲料統統不行。現在，我懂了。我悶悶不樂地想著。我好想來罐啤酒，但心裡非常清楚，沒有可騙人的證件，我還是別妄想走進酒鋪。我好懷念帕夫里考夫斯基先生的伏特加，那日復一日已被我視為理所當然的溫暖享受。

更重要的是，我快餓死了。前方就有一家高級杯子蛋糕店，我餓到立刻推門而入，買下第一個看到的蛋糕（結果是綠茶口味，裡頭包有香草味道的內餡，雖然感覺怪怪的，但很好吃）。一吸收到糖分，我精神立刻就振奮許多。我舔去手指上的奶油，訝然注視眼前熙來攘往的人潮。離開拉斯維加斯時我還充滿無比的信心。巴波太太會聯絡社工，通知他們我回來了嗎？應該不會，但現在我卻猶豫了起來。除此之外，還有個不容忽視的問題：波普。因為安迪對狗嚴重過敏（還有奶製品、堅果、膠帶、三明治裡的芥末醬，以及其他大約二十五種常見的家用品）——不只是狗，貓、馬、馬戲團裡的動物，以及我們二年級時班上養的天竺鼠（叫做「小牛頓」）也一樣，所以巴波家才半隻寵物也沒有。不知為何，在拉斯維加斯時，我並不覺得這是什麼無法克服的難題，但此刻——站在第八大道上，嚴寒刺骨，天色又越來越黑——卻顯得是了。

我六神無主，於是往東朝公園大道走去。寒風赤裸裸地打在我臉上，空氣中的雨水味更是讓我忐忑不安。紐約的天空似乎比西岸低矮、沉重許多——灰霾的雲朵有如寫在粗紙上後又被橡皮擦抹去的鉛筆字跡。這感覺就像沙漠和它的遼闊改變了我的距離感，如今所有一切顯得如此潮濕又封閉。

步行舒緩了我雙腿的麻木。我往東走至圖書館（那些石獅！我動也不動佇立片刻，彷彿歸鄉士兵望見家園景色），然後轉向第五大道——街燈都亮了，路上依舊繁忙，但人潮與車流已開始稀疏，準備迎接夜晚的到來——一路走到中央公園南側。儘管我又冷又累，看見公園，心裡仍不禁一緊，迅速穿過五十七街（喜悅之街！），跑進樹蔭濃密的黑暗之中。那氣味、那陰影，即便是法國梧桐斑駁蒼白的樹幹都令我雀躍不已。但我卻仍像在這真切的公園之下看見另一座公園，一幅通過過去的地圖，一座充滿回憶籠罩的幽靈綠地，許久以前我曾參加過的校外活動與看過的動物園。我沿著第五大道的人行道往前走，向內看去，小徑隱藏在樹蔭底下，映著街燈的昏黃光暈，神祕而誘人，彷彿《獅子、女巫、魔衣櫥》裡的森林。若我轉身踏上其中一條街燈掩映的小徑，會不會又走進一個不同的年分，甚至是不同的未來？在那裡，剛下班的母親會坐在池塘邊的長椅（我們的長椅），頭髮微微被風吹亂，耐心地等著我。見我到來，便收起她的手機，起身給我個吻。嗨，小狗寶，學校還好嗎？晚餐想吃什麼？

驀然間——我停下腳步。一個熟悉的西裝人影與我擦肩而過，大步走在我前方的人行道上。他的白髮在黑暗中異樣顯眼，看起來像該留得長長的，用緞帶在腦後紮成一束。儘管他心事重重，衣裝不若平時整潔，但我仍舊一眼就認了出來。他頭微微歪著，隱隱像是安迪。是巴波先生，手裡拎著公事包，正準備下班回家。

我追上前去，喊道：「巴波先生？」他喃喃自語，但我聽不見他說了什麼。「巴波先生，是我，席歐。」我大聲呼喊，拉住他衣袖。

他猛然一震，轉身用力甩開我的手。這人確實是巴波先生沒錯，我到哪兒都認得出來。但那雙注視我的眼眸卻是如此陌生——閃耀、嚴厲，而且輕蔑。

「不要碰我！」他尖聲大吼，「快滾！」

那瘋狂的模樣我早該認出的。我爸有時在比賽日——或者，嚴格來說，在他把我拖出去打的時候——也會出現這樣的表情，只是在巴波先生臉上更顯強烈。我從來沒見過巴波先生停藥時的模樣（而安迪呢，一如往常地，在描述父親的「高亢狀態」時十分自制，我那時並不曉得他曾試圖打給美國國務卿或穿睡衣去上班）；而他的怒火與我過去所熟悉的那個迷惘而淡漠的巴波先生相去太多，以至於我只能羞愧地退開。他狠狠瞪視我良久，然後拍了拍手臂（好像我很髒一樣，被我輕輕觸碰就玷汙了他），闊步離開。

當我仍震驚佇立於人行道上時，一名男子不曉得從哪兒冒了出來，說：「你是想向那人討錢嗎？」見我背過身子，他又繼續追問：「是不是？」那人又矮又胖，穿著一身上班族的西裝，看起來就是有家庭的人，但那窩囊的態度卻讓我起了滿身雞皮疙瘩。我想繞過他，他卻攔在我面前，一隻沉重的掌心想要按上我肩膀。我在驚恐中閃身而過，跑進公園之中。

我衝向池塘，穿過鋪滿濕濡黃葉的小徑，憑直覺朝集結點直奔而去（我和母親都這麼稱呼那張長椅），坐在那兒簌簌發抖。在路上巧遇巴波先生原本像是世上最不可思議、難以置信的好運。在起初的五秒內，我是真心以為在最初的尷尬和困惑退去後，他將開心地迎接我，問些問題：喔，算了，算了，我們以後有的是時間。然後帶我回到公寓。天吶，太刺激的一段旅程了！安迪一定很高興看到你！

老天，我心想——一手梳過頭髮，仍舊心有餘悸。理想中，我最想在街上巧遇的就是巴波先生——甚至比安迪還想；安迪的兄弟姊妹就不用說了，即便是巴波太太我也要躊躇幾分。她那冰冷的沉默、客套的好意、我一無所知的言行密碼、那雙無法解讀的冰冷目光。

我習慣性地拿出手機，感覺像是第一萬次查看有沒有簡訊——然後無法遏制地歡呼出聲，因為信箱裡終於出現一封簡訊——號碼我不認識，但一定是鮑里斯。嘿！希望你一切平安。別生氣。打給杉，她一直煩我。

我回撥號碼——我先前在路上大概傳了有五十封簡訊——但沒人接聽電話，小咪的手機直接進入語音信箱。杉卓拉的事不急。我和波普走回中央公園南側，跟準備收攤的小販買了三條熱狗（一條給波普，兩條給我），在學者門內找了張僻靜的長椅，一面吃熱狗，一面思索自己其他的選項。我在沙漠幻想紐約時，有時會想像些頹唐的畫面：我和鮑里斯流落街頭，站在聖馬可坊或湯普金斯廣場附近，搖晃手中的零錢杯，而身旁很有可能就是那些曾嘲笑過我和安迪學校制服的滑板混混。但真可能要露宿於十一月的寒風中時，這些念頭就顯得沒那麼有趣了。

管他的，安迪家就在五條街外。我想過打給他——問他能不能出來見我——但最後還是打消念頭。若我真走投無路，當然可以打給他，他會很樂意溜出門，帶套替換衣物和從他母親包包裡摸出來的現金給我；還有——誰知道呢——或許還帶上一堆吃剩的蟹肉小餅或巴波家必備的花生米。但「施捨」兩個字仍狠狠燒灼我。我是很喜歡安迪，但我們畢竟已分開了兩年，我也仍無法忘懷巴波先生方才的目光。事情顯然出了什麼差錯，而且是嚴重的差錯，只是我無法確定究竟是什麼事——只知道自己也有責任，那羞愧、無用、自覺是他人負擔的自卑感始終不曾離開我。

無意間——我原本正楞楞看著前方發呆——忽然和對面長椅上的男人四目相接。我飛快別開目光，但為時已晚。只見他起身離座，朝我走來。

「小狗好可愛。」他說，彎腰摸了摸波普。見我沒有反應，又問：「你叫什麼名字？我可以坐下嗎？」他身材精瘦結實，矮歸矮，但體格強壯，而且渾身發臭。我起身，迴避他的視線，但正當我要轉身離開時，他手臂陡然一伸，牢牢扣住我手腕。

「怎麼了？」他語調猙獰，「你不喜歡我嗎？」

我掙脫他的桎梏，拔腿就跑——波普追在我身後，轉眼就竄上馬路。牠還不習慣城市的交通，車輛呼嘯而至——我在千鈞一髮之際撈起牠，衝過第五大道，跑到皮埃爾飯店前。追我的人——被剛轉換的紅綠燈困在馬路另一頭——吸引了部分路人的目光。但當我安全地站在飯店門口，包圍在溫暖明亮的燈光下——身旁陪伴有衣著體面的夫婦與招攬計程車的門房——再度回望時，只見他已消失於公園之中。

紐約的街道比我記憶中還要嘈雜——而且更臭。站在斡羅思珠寶店的街角，中城那熟悉的臭味燻得我頭昏眼花：馬車、公車排放的廢氣、香水、尿臊味。一直以來，我都是將拉斯維加斯視為暫時的棲身之所——紐約才是我真正的家——但真是那樣嗎？再也不是了。我悶悶不樂地想著，觀察人潮漸稀的街道，匆匆經過古德曼百貨公司門前。

儘管我發著燒，覺得全身發冷，疼痛難耐，但仍繼續往前走了大約十條街，想要驅趕雙腿的麻痺與虛浮感，巴士的顛簸震動仍殘存於我體內。但終於，我再也承受不了那寒冷，在街邊攔了一輛計程車。從第五大道搭公車到東村很方便，約莫半小時就能直達，只是在整整坐了三天的巴士後，我再也無法忍受在公車上顛簸搖晃，一分鐘都不行。

想到要這麼突如其來現身霍比家門口，我就忸怩不安——非常不安，因為我們已經許久未曾聯絡；是我的錯，不是他。不知何時開始，我就不再回信。就某方面而言，這似乎是再自然不過的發展；鮑里斯先前無心脫口的一句話（「老同志？」）讓我隱隱不想再和他多有牽扯，因此最後的兩、三封信就沒再回覆。

我覺得好糟，糟透了。即便車程不長，我也一定還是在後座睡著了，因為當司機停車，問我「這裡可以嗎？」時，我才倏然睜眼，駭然呆楞了一會兒，努力回想自己置身何方。

司機把車開走後，我看見了，店門深鎖，而且屋內一片漆黑，彷彿從我離開後，這家店就再也沒有營業過。窗上覆滿塵垢——我看向屋內——只見部分家具罩著白布，其餘毫無改變，只是所有舊書和小巧古玩——那些大理石鸚鵡和方尖碑上又多蒙了一層灰。

我的心直沉谷底，在街上佇立了好一會兒，才終於鼓起勇氣按鈴。我覺得自己好像在那兒站了好久好久，聆聽遙遠的回音，但其實可能只是一眨眼的時間。就在我幾乎要說服自己沒人在家時（怎麼辦呢？走回時代廣場，想辦法找間便宜的旅館，或找警察自首？），前門忽然打開，而我發現眼前之人並非霍比，而是一名與我同年紀的女孩。

是她——琵琶。身材依舊嬌小（這兩年來我比她高了許多）、瘦弱，但氣色比我最後一次見到她時精神許多，豐潤的雙頰灑著密密麻麻的雀斑。髮型也不同了，似乎新生出不同的髮色與紋理，不再是過去的紅金色，而是一種更深的鐵紅色，略顯凌亂，像她姑姑瑪格瑞特。她打扮得像個男孩，腳上套著襪子和一件舊燈芯絨褲，身上則是一件過大的毛衣，頸間圍著只有古怪老奶奶才會圍的橘粉雙色條紋圍巾。她皺著眉，禮貌卻沉默，一雙金棕色的瞳眸毫無表情地看著我；在她眼中，我只是個陌生人。「請問有什麼事嗎？」她說。

她不記得我了。我黯然思忖。她怎麼會記得呢？已經過去那麼長一段時間，我曉得自己的樣貌也變了不少。這就像看見死人復生，重新出現我眼前。

就在這時——樓梯傳來砰砰砰的腳步聲，一個身穿油彩斑駁的棉褲與袖子捲到手肘的羊毛衫的人影出現在她身後——是霍比。他把頭髮剪短了。那是第一個閃過我腦中的念頭；短到幾乎貼著頭皮，而且比我記憶中還要花白。他神情有些煩躁，在那瞬間，我的心又更往下沉，以為連他也認不出我，但隨即聽見：「天吶！」他驚呼，陡然退倒。

「是我。」我飛快地說，深怕他會把門狠狠甩上。「席爾鐸．戴克，記得嗎？」

琵琶飛快抬頭看向他——顯然地，雖然認不出我，但她仍記得我的名字——而他們臉上和善的詫異神情大大出乎我意料之外，讓我不由哭了起來。

「席歐。」他的擁抱是那麼強壯、溫暖，而且激動，我忍不住哭得更加厲害。然後，他放開我，一手按在我肩頭，那沉重踏實的掌心是如此安全與威嚴，帶領我走進屋內，穿過工作室，走進我夢中的熒弱燈光與濃郁的木頭氣味，上樓來到那闊別已久的客廳與它的絲絨、甕罐和銅器。「能夠再次見到你實在是太好了。」他說，「你看起來累壞了。」、「你什麼時候回來的？」、「你餓不餓？」、「老天，你長大好多！」、「看看你的頭髮！就像《森林王子》裡的毛克利」、（然後憂心忡忡地問）——「你會不會覺得裡頭太悶了？要不要我把窗戶打開？」——看到波普從袋裡探出頭來，又說：「哈！這小傢伙是誰啊？」

琵琶——露出開心的笑容——把牠抱了出來，摟在臂彎裡。我發著燒，只覺得天旋地轉、頭暈目眩——一張臉通紅滾燙，彷彿電熱水瓶裡的鐵條。而且整個人昏昏沉沉，就算哭成這樣也絲毫不覺得難為情。除了置身這溫暖屋內的安心感與激動酸楚的心情外，我毫無所覺。

廚房裡有蘑菇湯，我沒胃口，但湯暖呼呼的，我又全身冷到骨子裡——因此我一面喝湯（琵琶盤腿坐在地上，把那條老奶奶圍巾上的毛球垂在臉前逗小波玩。波普〔Popper〕；琵琶〔Pippa〕，我以前怎麼從沒察覺他們的名字有多像?),一面解釋父親的死與之後發生的事;只是約略說明,而且竄改了部分事實。霍比凝神聆聽,雙臂交抱胸前,擔憂不已,執拗的眉頭越皺越深。

「你得打給她。」他說,「你父親的妻子。」

「他們沒結婚!她只是他女朋友!根本一點也不關心我。」

他堅定地搖了搖頭:「那不重要。你必須打給她,讓她知道你平安無事。沒錯,你一定得打。」他說,不給我任何辯駁的機會,「沒有但是。現在就打。小琵——」廚房牆上有具老式電話,「——來,我們先出去一下。」

雖然我現在在這世上最不想面對的人就是杉卓拉——特別是在我洗劫她臥房,偷走她小費之後——但我因為實在太開心能夠來到這裡,所以無論霍比要我做什麼,我都會乖乖聽話。我撥打號碼,努力告訴自己她大概不會接聽電話(每天有太多推銷和催收帳款的人打來,她很少會接不認識的號碼),因此聽到電話在第一聲鈴響後就接通,我不由嚇了一跳。

「你沒關門。」她劈頭就這麼指控。

「什麼?」

「你把波普放出去,牠跑走了——我到處都找不到牠;可能被車撞了還是怎樣。」

「牠沒有。」我兩眼牢牢盯著漆黑的磚院。屋外正下著雨,雨點用力擊打窗戶,這是我近兩年來首次看見真正的雨水。「牠和我在一起。」

「喔。」她聽起來鬆了口氣,隨即又拔尖語調,問,「你在哪兒?和鮑里斯在一起嗎?」

「沒有,不是。」

「我和他通過電話——他聽起來神智不清,不肯告訴我你在哪兒,但我曉得他知道。」儘管拉斯維加斯那裡時間還早,她的聲音卻好沙啞,像是喝了酒或在哭。「我該報警的,席歐,我知道是你們兩個偷了我的錢和東西。」

「對啊，就像妳偷了我媽的耳環。」

「你在胡說什麼——」

「那對翡翠耳環；那是我外婆的。」

「我沒有偷。」她現在生氣了，「你好大膽子，竟敢這樣指控我。那是賴瑞送我的，在——」

「是啊，在他從我媽這兒偷走之後。」

「不好意思喔，但你媽已經死了。」

「對，但他偷的時候她尚在人世；大約是她死前一年的事，她有聯絡保險公司。」我提高音量，不讓她開口，「也有去警局報案。」我不曉得報警一事是真是假，但很有可能。

「呃，我想你大概從沒聽過有種東西叫做夫妻共同財產。」

「對，而妳大概沒有聽過有種東西叫做傳家寶。妳和我爸連婚都沒結，他沒權利送妳那些東西。」

靜默。我可以聽見她在電話另一頭點燃打火機的聲音，然後是疲憊的吸氣聲。「聽著，小鬼，我可以說句話嗎？跟錢無關，真的；或是那些白粉。但我可以百分之百向你保證，我在你這年紀時絕對是清清白白。你以為自己很聰明，大概也真的是，但你走上了一條不歸路，你和那什麼名字來著的傢伙。對，沒錯，」她說，提高音量不讓我插口，「我也喜歡他，但他對你不是什麼好影響，那個小鬼。」

「這妳不是應該最清楚。」

她笑了起來，笑聲蒼涼。「好吧，小鬼，你說得沒錯，我也有過幾次經驗——所以我確實清楚。他只要一滿十八歲就會被扔進監獄，那傢伙；而且旁邊保證少不了你的位置。不過這也不能怪你。」她說，再次提高音量，「我愛你爸，但他就是個沒用的傢伙，而從他說的話聽來，你母親也好不到哪兒去。」

「很好，我跟妳沒什麼好談的了。去妳媽的。」我氣到渾身發抖，「我要掛了。」

「不——等等。等等，對不起，我不該那樣批評你母親。那不是我想說的話。拜託了，你可以再多等一下嗎？」

「我等著。」

「首先——如果你在乎的話——我準備火化你爸的遺體，可以嗎？」

「隨便妳。」

「你從來沒有喜歡過他，對嗎？」

「隨妳怎麼說。」

「還有一件事；老實說，我並不在乎你在哪，但我需要個地址，以便日後聯繫。」

「妳為什麼會需要聯絡我？」

「別自作聰明了。總有一天，學校或哪裡會有人打來——」

「我不這麼認為。」

「——而我需要——我不曉得——一個理由解釋你的行蹤；除非你希望警察把你的照片印在牛奶盒或什麼海報上。」

「那應該不太可能。」

「不太可能。」她重複一遍，慢條斯理、冷酷無情地模仿我的語調，「或許吧。但還是給我個地址，我們從此就算扯平了。」聽我一聲不響，她又說，「讓我把話說清楚，我根本不在乎你去哪，我只是不想責任落到自己頭上，以免日後出了什麼問題，我要找還找不到你。」

「紐約有個律師，叫做布萊斯葛多。喬治．布萊斯葛多。」

「你有他的號碼嗎？」

「妳自己查。」我說。琵琶走進廚房，替波普裝水。我尷尬地轉身面向牆壁，以免與她四目相接。

「布萊斯葛多？」杉卓拉說，「是這兩個字嗎？這是他媽的哪國名字？」

「我相信妳一定可以找到他。」

沉默片刻後，杉卓拉再度開口：「你知道嗎？」

「知道什麼？」

「你爸才剛過世，你的親生父親，但你表現得卻像——我不曉得，我本來想說像寵物過世一樣，但就連是狗你都不會這麼冷漠；如果是狗被車子撞死了，你都還會掉幾滴眼淚；起碼我是這麼認為的。」

「這麼說吧，他對我有多在乎，我就對他有多在乎。」

「好，那麼讓我告訴你一件事。你和你爸比你想像中的還要像。有其父必有其子，你們根本就是一個模子刻出來的。」

「聽妳在放屁。」我不屑地沉默了片刻後說——在我看來，這句駁斥相當巧妙而貼切地總結了這段談話。然而——在掛斷電話許久後，我坐在放滿熱水的浴缸中，一面打噴嚏，一面發抖，整個人彷彿包圍在明亮的白霧中時（我吞下霍比給我的阿斯匹靈，尾隨他穿過走廊，來到一間透著霉味的空房。你看起來累壞了，箱子裡有多的毛毯。不，不，別說了，我讓你先自己靜一靜。），她掛電話前的怒吼卻在我腦中一遍遍迴響。我轉頭，將臉埋進那氣味陌生的沉重枕頭。那不是真的——就像母親的事也是她的胡言亂語一樣。但就連是她那穿越電話線而來的乾粗聲音、就連是那記憶，都讓我覺得好骯髒。去她的！我昏沉沉地想。算了，別想了，反正她人在千里之外。但儘管我早已筋疲力盡——就連「筋疲力盡」也不足以形容我的困倦——這張搖搖晃晃的黃銅床是我睡過最軟的一張床，她的話卻仍像一條醜陋的絲線，整晚穿引我夢境之中。

國家圖書館出版品預行編目（CIP）資料

金翅雀．上／唐娜．塔特 Donna Tartt作；劉曉樺譯.
-- 二版. -- 臺北市：馬可孛羅文化出版：家庭傳媒
城邦分公司發行, 2019.10
面；　公分. --（Echo；MO0063）
譯自：The goldfinch
ISBN 978-957-8759-84-8（平裝，上冊）
ISBN 978-957-8759-85-5（平裝，下冊）
ISBN 978-957-8759-86-2（全套：平裝）　NT$: 840

874.57　　108013435

【Echo】MO0063

金翅雀（上）

The Goldfinch

作　　者❖唐娜．塔特 Donna Tartt
譯　　者❖劉曉樺
封面設計❖莊謹銘
內頁排版❖張彩梅
總 編 輯❖郭寶秀
責任編輯❖李雅玲
協力編輯❖陳俊丞
校　　對❖魏秋綢
行銷企畫❖力宏勳、許芷瑀

發 行 人❖凃玉雲
出　　版❖馬可孛羅文化
10483台北市中山區民生東路2段141號5樓
電話：886-2-2500-7696
發　　行❖英屬蓋曼群島商家庭傳媒股份有限公司城邦分公司
10483台北市中山區民生東路二段141號11樓
客服專線：886-2-2500-7718；2500-7719
24小時傳真專線：886-2-2500-1990；2500-1991
服務時間：週一至週五09:30~12:00；13:30~17:00
讀者服務信箱：service@readingclub.com.tw
劃撥帳號：19863813　戶名：書虫股份有限公司
香港發行所❖城邦（香港）出版集團有限公司
香港灣仔駱克道193號東超商業中心1樓
電話：+852-2508-6231　傳真：+852-2578-9337
馬新發行所❖城邦（馬新）出版集團【Cite (M) Sdn. Bhd.】
41-3, Jalan Radin Anum, Bandar Baru Sri Petaling,
57000 Kuala Lumpur, Malaysia.
電話：+603-9056-3833　傳真：+603-9057-6622
讀者服務信箱：services@cite.my
輸出印刷❖中原造像股份有限公司
初版一刷❖2015年8月
二版三刷❖2020年1月
定　　價❖420元

ISBN：978-957-8759-84-8（平裝）